Anne Birk
Weiße Flecken an der Wand

EUROPA
VERLAG

ANNE BIRK

Weiße Flecken an der Wand

Roman

Europa Verlag
Hamburg · Wien

Die Deutsche Bibliothek – CIP-Einheitsaufnahme
Ein Titelsatz für diese Publikation ist bei
der Deutschen Bibliothek erhältlich.

Erstausgabe

Lektorat: Sybil Volks, Text + Stil, Hamburg
Umschlaggestaltung: Kathrin Steigerwald, Hamburg
unter Verwendung eines Fotos von Andreas Reeg
Innengestaltung: H & G Herstellung, Hamburg
Druck und Bindung: Wiener Verlag, Himberg bei Wien
ISBN 3-203-75512-2

Informationen über unser Programm erhalten Sie beim
Europa Verlag, Neuer Wall 10, 20354 Hamburg
oder unter www.europaverlag.de

Inhalt

Rosas Familie

Christine Birk
∞
Christian Birk †

neun Kinder

Christian † | Karl † | Wilhelm | Adolf | Anna

Marie Schuster

Ernst ∞ Lotte | Hans ∞ Bertl | Rudolf ∞ Käthe | Rosa ∞ Karl Schuster | Hugo Schuster ∞ Luis

Feuerstunde

Sie hatten das Land besetzt. Die Stadt und das Haus. In der Scheune stapelten sich die Kisten mit Munition. Sie hatten die beiden vorderen Stuben im oberen Stock belegt und mit Betten vollgestellt. Auch in der unteren Stube hausten sie, und die Waschküche war ihr Lager- und Waschraum. Im Hof wurde auf offenem Feuer in großen Kesseln gekocht. Sie holten das Holz aus dem Schuppen und verfeuerten es ohne ein Wort.

Schon am zweiten Tag nach dem Einmarsch war der Wanger Ottl mit einem französischen Offizier vor dem Haus erschienen und hatte wütend geklopft. So lange, bis sie das Fenster über der Haustüre aufgemacht und gerufen hatte: »Was ist denn?«

»Einquartierung!« rief der Ottl und schwenkte ein Papier. »Ihr bekommt Einquartierung.«

Sie hatte auf die beiden Männer herunter gesehen. Da stand ein französischer Offizier in feinem blauen Tuch und goldbetreßter Mütze. Daneben der Ottl in einem abgetragenen braunen Anzug mit weißer Armbinde. Immer noch schwenkte er sein Stück Papier wie ein Fähnchen.

Der Offizier nickte ihr kurz zu. Der Ottl ging geschäftig von Tür zu Tür und riß jede auf ohne ein Wort der Erklärung. Deutsche Hilfspolizei stand auf seiner weißen Armbinde. Er erklärte die Lage der Küchen im oberen und unteren Stock, machte Vorschläge, welche Räume zu belegen und auszuräumen wären. Der Offizier versuchte, seinen Ausführungen zu folgen, verlor sich aber bald in der Betrachtung der weißen Vierecke auf der Tapete.

Der Hitler hatte da gehangen und der Ernst in SA-Uniform. Und Baldur von Schirach. Wieso eigentlich der? Weil er öfter nach Sontheim gekommen war, um am sogenannten Wirtschaftskreis des Herrn Fabrikanten Kühn teilzunehmen. Wer hatte ihn eigentlich da aufgehängt? Egal. Das war unwichtig jetzt. Schon vor Wochen war er mit Hitler und Ernst im Küchenherd in Flammen und Rauch aufgegangen.

Der Herr Offizier, aus dessen feinem Tuch ein angenehmer Duft aufstieg, starrte ungebührlich lange auf die weißen Vierecke, während der Ottl immer behender weitere Türen aufriß, um seine Aufmerksamkeit zu erregen.

Einmal riß er sogar die Tür des Wäscheschranks auf, so daß sie ihn anzischen mußte: »Laß das gefälligst, das geht dich gar nichts an.«

»Halts Maul«, zischte er prompt zurück. »Du hast hier gar nichts zu melden. Ihr habt ausgespielt, ganz und gar ausgespielt. Lang genug hat's gedauert. Aber jetzt ist Schluß mit euch.«

Sie sagte nichts. Sie schloß den Schrank und drehte energisch den Schlüssel im Schloß, daß es laut knirschte. Da wandte der Offizier den Kopf und sah sie zum ersten Mal an. Dann glitt sein Blick wieder über die Wände mit den hellen Vierecken.

Der Ottl sprach ein seltsames Kauderwelsch, deutsch mit einzelnen französischen Brocken. Der Offizier schien ihn zu verstehen. Viel gab es ja auch nicht zu verstehen. Es lief auf die Beschlagnahmung der Wohnung hinaus. Wie sollte das gehen, die Möbel raus und wohin dann damit? Wie stellten die sich das vor?

Als sie an der Tür waren und Ottl schon den Türgriff in der Hand hatte, sagte er, ohne sie anzusehen, zwischen den Zähnen hindurch: »Räum lieber alles selber aus. Soldaten sind Soldaten.«

Dann gingen sie beide ohne einen Gruß. Sie setzte sich an den Tisch in der Stube und ließ den Kopf in die Hände fallen. Noch stand alles an seinem Platz. Noch fehlte kein Leintuch und kein Marmeladenglas hinter den Leintüchern. Und doch fühlte sie sich ausgeplündert, preisgegeben.

Kein einziger Blick hatte dem Kind gegolten, das schüchtern an der Tür geblieben war. Das mit seinen drei Jahren schon sehr genau wußte, wann man sich bemerkbar machen durfte und wann auf keinen Fall. Sie waren um das Kinderbett der Kleinen herum zum Fenster gegangen, hatten die Größe und die Lage des Zimmers abgeschätzt und nicht auf das erregte Strampeln und freudige Schmatzen geachtet. Einer Katze hätten sie vermutlich den Kopf gekrault oder einen Fußtritt gegeben.

Der Krieg ist vorbei, und du mußt dich gegen sie wehren, sagte sie sich. Es half nichts. Der Krieg ist nie vorbei, dachte sie, wenn einer zu Ende gegangen ist, fangen sie schon damit an, den nächsten vorzubereiten. Da tapste eine Kinderhand über ihr Knie. Das half. Sie legte ihre Hand auf die Kinderhand und stand auf. Im Hinausgehen stellte sie fest, daß die hellen Flecke an der Wand sie doch störten. Aber die mußten jetzt warten.

Sie wollte den Rudolf fragen und den Käsper, ob sie ihr beim Umstellen der Möbel helfen konnten. Und gleich anfangen mit dem Ausräumen. Zuerst aber mußte sie alle Möbel ausmessen und einen Plan machen, welche in das untere Zimmer noch hineinpaßten und welche auf die Bühne geschafft werden sollten. Und wenn der Rudolf vom Feld nach Hause kam, mußte sie ihn sofort fragen und zum Käsper schicken.

Übermorgen kamen die Franzosen und bezogen Quartier. Zwölf Mann. Dann hatte sie mit der Anna und den Kindern zusammen noch ein Zimmer und zwölf Männer im Haus.

»Fünfzehn«, sagte die Schwägerin böse, als davon die Rede war. »Wir bekommen auch drei. Das haben wir jetzt davon, daß ihr Nazis gewesen seid. Jetzt können wir es ausbaden.«

»Als ob nur die Nazis den Krieg verloren hätten«, antwortete sie ihr schnippisch. »Und wenn du so furchtbar dagegen warst, dann hättest du ja auch nicht mit dem Rudolf mit ›Kraft durch Freude‹ zu verreisen brauchen.«

»Das ist etwas anderes«, sagte die Schwägerin kleinlaut.

»Gar nichts anderes ist es«, warf sie ihr ins Gesicht. »Alle habt ihr abgesahnt, wo es nur ging, und auf ›wir, das deutsche Volk‹ gemacht. Und jetzt wascht ihr eure Hände in Unschuld.«

»Also, ich geh dann gleich zum Käsper«, sagte der Rudolf und zog sich seine Jacke über. Nichts war ihm so zuwider wie keifende Weiber, die sich um nichts und wieder nichts in die Haare gerieten, wo man jetzt ganz andere Dinge zu betreiben hatte.

Die Entscheidung, welche Möbel noch in das untere Zimmer paßten, war schneller getroffen, als sie dachte. Tisch und Stühle kamen nicht in Frage, Vaters Kommode genausowenig wie Mutters Schrank. Blieb der kleinere Schrank von Adolf. Den mußte sie ganz ausräumen. Wenn sie den Schrank mit Anna teilen sollte, brauchte sie den kleinen Schrank für die Kindersachen.

Adolfs Anzüge kamen dann in Mutters Schrank und in den größeren Schrank auf der Bühne. Die Betten sowieso. Oder mußte sie die dalassen für die Soldaten? Wahrscheinlich. Und die Vorhänge, sollte sie ihnen die lassen? Auf keinen Fall. Und wenn sie dafür ein paar Schuhe eintauschte, das war allemal besser, als daß sie unter die Soldatenstiefel kamen.

Sie gab den Kindern ihren Brei. Die Große trippelte hinter ihr her, während sie Kartons auf dem Tisch stapelte und beschriftete. Die Kleine schlief.

Sie begann mit Mutters Schrank. Seit ihrem Tod hatte sie nur die Trachten einmal im Sommer ausgebürstet, in die Sonne gehängt zum Auslüften, den Schrank ausgestaubt, das war alles. Das obere Fach hatte sie gelassen, wie es war. Man hatte ja Platz genug. So hatte es die Mutter hinterlassen, so sollte es bleiben. Jetzt hatte man nicht mehr Platz genug, jetzt konnte es so nicht bleiben.

Alles außer den Trachten kam im Karton in das kleine abschließbare Kämmerchen unter dem Dach. Das der Vater im Ersten Weltkrieg hatte bauen lassen für diejenigen Kartoffel- und Kornsäcke, die abzuliefern waren und die von niemand angetastet werden durften.

Als sie ein Kuvert mit Bildern aus dem oberen Fach herausnahm, wurde ihr klar, daß sie nicht einfach alles in den Karton geben konnte. Sie mußte es kurz durchsehen auf Verfängliches hin. Das Auftreten des Ottl war eine Warnung gewesen. Der

Blick des Offiziers auf die hellen Flächen auf der Tapete ebenfalls.

Als erstes fielen ihr Bilder von ihr selbst in die Hand: Sie in Tracht inmitten von Freunden und Bekannten, die gleichfalls Tracht trugen und malerisch auf einer Wiese gruppiert waren. Die Männer hatten Sensen und Dreschflegel und rauchten aus Meerschaumpfeifen. Sie trugen ihre Geräte nicht wie jemand, der aufs Feld geht und der den Rechen oder die Hacke über der Schulter trägt. Sie zeigten dem Betrachter – den sie herausfordernd ansahen, ob er auch ja das Besondere ihres Aufzugs wahrnehmen könne – ihre Geräte vor, indem sie sich auf eine gewisse Art auf sie lehnten, etwa wie Herkules auf seine Keule. Die Frauen hatten die gefältelten schweren Röcke über das Gras gebreitet wie Fächer und streckten kokett ihre weißen Strümpfe und Lackschühchen darunter hervor. Zwei trugen treuherzige Zöpfe, was besonders stilecht wirken sollte. Zur Tracht der Baar mit ihrer enganliegenden Kappe gehörte aber notwendigerweise ein einziger, streng in den Nacken geflochtener Zopf.

Das Ganze sah aus wie ein Picknick von Städtern, die sich ins Landleben aufmachten oder das, was sie darunter verstanden. So hatte der Ernst sie alle fotografiert, als sie als alemannische Trachtengruppe zum Reichsparteitag gefahren waren.

Sie blätterte die Fotos durch wie ein Kartenspiel, voller Mißtrauen. Und richtig waren da zwei Fotos darunter, die besser in den Küchenherd wanderten. Der Adolf und der Ernst standen breitbeinig in SA-Uniform vor einem Gebäude, das aussah wie eine Schule, den Kopf nach links gerichtet, als erwarteten sie jemanden. Offenbar gehörten sie zu einer ganzen Kette von Uniformierten. Fort damit. Sie kannte das Gebäude nicht und auch nicht den Anlaß. Auf der Rückseite stand nichts, auch keine Jahreszahl. Die breitbeinigen Uniformierten mit den Händen auf dem Rücken wirkten bedrohlich genug. Und die finster gespannten, nach links gewandten Gesichter erst recht. Das war nicht der Weihnachtsmann, auf den sie da warteten.

Dann gab es noch zwei Brustbilder in SA-Uniform von Adolf. Wo der doch 35 schon wieder ausgetreten war.

Merkwürdig. Wenn dieser Stapel Bilder jemand in die Hände fiel, mußte der den Adolf für den Obernazi der Familie halten. Die Parteinummer war ja niedrig und wies ihn als alten Kämpfer aus. Dabei war der bei den Nazis, weil sein Freund Ferdl dabei war und alle anderen dagegen waren und sie lächerlich fanden. Bespöttelt hatten die ihn in seinem kackbraunen Hemd wegen seiner Operettenuniform. Als sie dann selber in Partei und Uniform drängelten, war er wieder ausgetreten.

»Die werden schon sehen«, hatte er früher trotzig gesagt über die, die ihn auslachten, »denen wird das Lachen schon noch vergehen. Die kriegen noch eins auf ihr dummes Maul.«

Und als der Lenz Heiner und der Heller Gottlieb nach 33 ihn dann plötzlich herumkommandieren wollten, bloß weil sie mal Unteroffizier gewesen waren und er nicht, da fing er an, von Nazipack zu reden und von Verrat an der Sache. Der Ernst wollte ihn unbedingt daran hindern auszutreten und meinte, der Heiner und der Gottlieb seien halt nun mal, wie sie seien, die Bewegung könne da nicht kleinlich sein, die brauche jeden.

»Aha, jetzt auf einmal braucht ihr jeden. Vor allem solche großmäuligen Streber. Da könnt ihr ja gut und gern auf mich verzichten«, hatte er den Ernst angeschrien.

»Das nun gerade nicht«, meinte der Ernst begütigend. »Du kannst doch denen nicht das Feld überlassen.«

»Entweder die oder ich!« schrie Adolf und knallte die Türe zu. Der Ernst lief hinter ihm her.

Die Mutter schüttelte den Kopf und seufzte. »Was die Mannsbilder jetzt wieder miteinander haben«, sagte sie nur.

Adolf war nicht zu besänftigen. Er beantragte den Austritt aus der SA, und es wurde eine peinliche Angelegenheit. Er ließ sich nicht zu einem Kompromiß oder einer Vertuschung überreden. Er schrieb an seinen Sturmbannführer, er sei nicht damit einverstanden, daß jetzt alle aufgenommen wurden, bloß weil sie sich dazudrängeln und etwas werden wollten. Lange erhielt er keine Antwort. Dann wurde ihm beschieden, daß solche Entscheidungen nicht seine Sache seien und daß er die Entscheidung der Sturmabteilung als Parteisoldat zu akzeptieren habe.

Das ärgerte ihn noch viel mehr, und er erklärte ihnen schriftlich seinen Austritt.

Hohnlachend knallte er dem Ernst den Brief auf den Tisch, in dem ihm in juristischem Amtsdeutsch erklärt wurde, daß er einen ganz neuen Dienstvorgang schaffe, und es sich deshalb noch einmal gut überlegen solle. Es sei bisher zwar vorgekommen, daß die Leute in hellen Scharen in die SA eintreten wollten, es sei aber noch nie vorgekommen, daß einer habe austreten wollen. Wer aus dem aktiven Dienst austreten wolle, der könne weiterhin als passives und zahlendes Mitglied der Sache nützen, das sei ihm doch wohl bekannt. Dies solle er bedenken, widrigenfalls sie ihn vorladen müßten.

»Widrigenfalls«, höhnte der Adolf, »allenfalls widrigenfalls. Kaum sind wir an der Macht, haben die Federfuchser das Sagen, und Typen wie der Lenz Heiner können sich breitmachen. Die sollen mich kennenlernen. Wozu hab ich kommunistische Versammlungen gestürmt, sogar dem Stetter Christl aufgelauert, ihm eins über die Rübe gegeben und mir dabei den Arm auskugeln lassen? Vielleicht daß ein paar bequeme Spießer sich einen ruhigen Posten verschaffen? Mit mir nicht. Da ist mir ja ein Kommunist wie der Stetter Christl noch lieber, der hat wenigstens eine Überzeugung. Aber die – erst sitzen sie auf dem hohen Roß und spotten über jeden, der eine Uniform anzieht und sich dafür einsetzt, daß es anders und besser wird. Und dann, wenn sich der Wind dreht, dann drehen die sich genauso schnell mit, sitzen gleich wieder auf dem hohen Roß und kommandieren dich herum.«

»Wenn du noch einmal schreibst, werden sie dich vorladen und fertigmachen«, antwortete der Ernst sachlich. »Und du weißt, was das heißt.«

Da sah ihn der Adolf an und biß sich auf die Lippen. »Ich geb's ihnen, jetzt erst recht, und zwar schriftlich.«

Der Ernst sah ihn mit sehr besorgter Miene an.

Auf den Brief, den Adolf damals geschrieben hatte, erfolgte keine Antwort mehr.

Erst Jahre später, als Adolf schon längst in Hamburg war, erwähnte Ernst der Mutter gegenüber ganz beiläufig, er habe Adolfs Brief vom Garderobenschrank weg verschwinden lassen und den Mitgliedsbeitrag in seinem Namen pünktlich einbezahlt.

Die Mutter hatte ihn ungläubig angesehen und den Kopf geschüttelt.

»Mit Abtrünnigen und Verrätern machen sie kurzen Prozeß, mußt du wissen«, sagte er langsam.

Niemand fragte nach, worin er denn bestehe, solch ein kurzer Prozeß. Jedenfalls fand er in einem kalten und feuchten Keller statt und hinterließ blutige Striemen. Das hatte Ernst dem Bruder, der ein Verräter war, ersparen wollen. Er hatte die Streber und Juristen einfach ausgetrickst.

Sie hatte sich lange überlegt, ob sie den Adolf darauf ansprechen sollte, wenn er zu Besuch war. Aus Neugier auf seine Reaktion tat sie es schließlich doch, ganz vorsichtig.

»Da kannst du sehen«, sagte er nur, »wer die Nazis wirklich sind. Ich habe den ganzen Schmarren von Führer, Volk und Vaterland geglaubt. Ich habe gedacht, wir sind so was wie eine Volksgemeinschaft. Daß das große Ganze wichtiger ist. Ist es aber gar nicht. Jeder redet vom Vaterland und kocht sein eigenes Süppchen. Und jeder hält jeden in Schach. Der Ernst trickst herum und betrügt. Glaubst du, das wundert mich? In Hamburg laufen noch ganz andere Dinge. Ganz andere Dinge. Lug und Trug und viel Pomp in Uniform. Mehr ist das nicht.«

So altklug seine Reden gewesen waren, so tief stand ihm die Enttäuschung ins Gesicht geschrieben. Obwohl er so getan hatte, als ginge ihn das alles nichts an, hatte man genau gesehen, daß es ihn immer noch sehr viel anging.

Sie sortierte die Bilder mit den Uniformen aus, trug sie in die Küche und legte sie neben den Herd. Jemand, der sie in die Hand nahm und sich nicht auskannte, mußte den Adolf für den Obernazi der Familie halten.

Sie nahm den Wäschekorb, in den sie die Trachtenröcke, Blusen und Schürzen zusammengelegt hatte, und trug sie auf die Bühne. Was gab es sonst noch in dem oberen Fach in Mutters Schrank? Ein Etui, dessen Schloß klemmte. Daneben die Briefe mit dem blauen Samtband. Diese Briefe zumindest waren unverfänglich. Vergilbte Briefe aus dem Ersten Weltkrieg.

> Liebe Mutter, mir geht es gut. Gestern sind wir aus der vorderen Linie zurückverlegt worden. Jetzt haben wir ein paar Tage Ruhe, dann geht es wieder nach vorn. Über die Handschuhe habe ich mich sehr gefreut. Ich kann sie gut brauchen.

Sie brauchte das Samtband nicht aufzumachen. Sie kannte die Briefe immer noch in und auswendig. Auch den letzten, den der Kamerad Felix an die Familie geschrieben hatte.

> Wir standen in einem Granattrichter und es hat geschossen. Als es nach einer Weile nicht mehr geschossen hat, hat der Karl hinausgesehen. Da hat es ihn erwischt, mitten in die Stirn. Wir haben zurückgeschossen und erst überhaupt nichts gemerkt, bis ich ihn angestoßen habe. Wir konnten es einfach nicht fassen. Er stand da und lächelte. Und war doch tot.

Die Briefe, die immer griffbereit in der Tischschublade gelegen hatten, die die Mutter las und vorlas und dann wieder umständlich zusammenfaltete, wann hatte sie die zu einem Päckchen zusammengeschnürt mit einem dunkelblauen Samtband?

Sie klappte das Etui auf: das Mutterkreuz. Der Blechorden auf blauem Samt, als Karnickelorden war er bespöttelt worden.

Zehn Kinder hatte die Mutter geboren, nicht für Führer, Volk und Vaterland, keineswegs. Aber im ersten Kriegsjahr hatte man sich wieder mal auf die Mütter als Heldinnen der Nation besonnen. Und die Frau Fabrikantin Kühn hatte die Mutter vorgeschlagen.

Neben der Mutter hatte die Meyer Karline gesessen, gleichfalls in Tracht. Ausgerechnet die Karline, deren sieben Kinder drei verschiedene Väter hatten. Der Hugo saß zum zweiten Mal im Knast wegen schweren Diebstahls, und die Kätter hatte es auch bereits auf zwei ledige Kindle gebracht.

Sie hatte sich redlich geplagt mit ihrem Stall voll Kindern, die Karline, aber neben ihr hier sitzen mochte die Mutter trotzdem nicht. Volksgemeinschaft hin oder her, mit der Karline wollte die Mutter nichts zu tun haben.

Das war eine lange Geschichte, die schon in der gemeinsamen Schulzeit angefangen hatte und später, als die Mutter taglöhnern gehen mußte, noch lange nicht zu Ende war. Die Karline hatte sie mehr als einmal angeschwärzt. Einmal, als bei der Seiler Marie zwei Tassen abhanden gekommen waren, hatte sie sogar behauptet, sie habe die Christine mit einem prallvollen gestickten Beutel gesehen, einem roten gestickten Beutel, genau einem solchen, wie die Seiler Marie ihn schon seit Wochen vermisse. Und der Beutel sei voll gewesen bis obenhin. Das war eine Aufregung und ein Skandal bis an den Tag, als die Seiler Marie ihre eigenen Tassen auf dem Rottweiler Flohmarkt wiedersah und herausfand, daß der Bruder der Karline sie dort dem Händler angeboten hatte.

Neben der Karline war es der Mutter nicht nach Volksgemeinschaft und Erhaltung ureigensten bäuerlichen Gemeinsinns zumute.

Ihr sei es überhaupt nicht danach, da jetzt hin zu gehen, hatte sie gesagt. Sie habe jetzt andere Sorgen, als sich als deutsche Mutter beklatschen zu lassen, jetzt, wo ihr Hans auf dem Balkan sei und der Adolf in Norwegen. Der Karl und der Christl seien schon gefallen, zwei Söhne, das reiche ihr wirklich.

»Na«, sagte der Ernst, »das kannst du mir aber nicht antun, ich hab in der SA ein Ansehen. Die Frau Kühn hat es sich nun mal in den Kopf gesetzt und außerdem, das ist frauenpolitisch wichtig.«

Was das denn nun wieder sei, frauenpolitisch, verhöhnte ihn die Mutter. Sie habe ihre Kinder durch alle Krankheiten hindurch und groß gebracht, nur den Martin nicht, der habe früh sterben müssen, aber sonst, sonst habe sie alle allein und ohne Politik groß gebracht. Niemand habe sich je darum gekümmert, wie man sich die Nächte mit den kranken kleinen Kindern um die Ohren geschlagen habe, wenn es am andern Tag wieder aufs Feld gegangen sei. Hätten sie keinen Krieg angefangen, dann müßten sie jetzt auch keine Mütterkreuze verteilen.

»Ach, mit euch Weibern ist einfach kein Staat zu machen«, wetterte der Ernst. »Zu mehr als Kochtopf und Kinderwindeln reicht es bei euch einfach nicht. Jetzt, wo Krieg ist, steht was auf dem Spiel. Da kann nicht jeder machen, was ihm paßt.«

»Als ob wir schon jemals machen konnten, was uns paßt«, hatte sie eingeworfen.

Die Mutter lachte bitter. »Hörst du's? Recht hat sie. Wir haben es uns noch nie raussuchen können. Und jetzt bekomm ich ein Blech für das, was eben so ist, wie es ist. Wenn es wenigstens eine Reise oder eine Kur wäre, aber ein Orden, das ist ein bißchen wenig, oder?«

»Reisen?« rief der empört. »Mitten im Krieg? Und eine Kur? Jetzt, wo man alle Häuser für Lazaretts braucht?«

Sie konnte es nicht lassen, den Bruder zu reizen bis aufs Blut.

»Aha, sind wir schon so weit, daß man jedes Kurhaus als Lazarett braucht? Ja, dann. Dann ist es wieder anders.«

Jetzt schäumte er vor Wut, schlug mit der Faust auf den Tisch und schrie: »Eins sag ich euch, ihr könnt was erleben, wenn ihr da nicht hingeht. Das laß ich mir von euch nicht gefallen, von euch nicht!«

Also waren sie gegangen.

Die Frau Kühn holte sie im Auto ab und führte die Mutter unter freundlichem Geplauder in die Turnhalle. Wie sie schlurfte in ihren flachen Schuhen, wie gebeugt sie ging. Das Kopftuch über der Taftkappe fiel ihr tief in die Stirn.

Frau Kühn gab sich heute nicht als Dame in Pelzbesatz. Sie trug Bluse und Rock der Frauenschaftsführerin und hatte die Haare streng nach hinten gekämmt und zu einem Knoten geflochten. So ging sie mit der Mutter am Arm durch den Mittelgang der Turnhalle nach vorn, nachdem sich einige andere Führerinnen mit alten Frauen hinter ihr aufgestellt hatten.

Sie sah sich um. Es blieb ihr nichts anderes übrig, als auf der anderen Seite neben der Mutter zu gehen. Frau Kühn nickte. Es konnte ja sein, daß die Mutter einen Hustenanfall bekam oder einfach nicht so lange auf dem Stuhl sitzen konnte und den Raum verlassen mußte.

Die Turnhalle war bis auf den letzten Platz besetzt. Die hatten den ganzen BDM und die halbe Hitlerjugend antreten lassen. Außer den Familienangehörigen waren fast nur junge Leute da. Alle in Uniform. Noch ging ein Raunen durch den Saal. Als sich der Zug quer durch den Raum in Bewegung setzte, erstarrten alle. Hinter der Rednertribüne hing ein großes Bild von Hitler in Wehrmachtsuniform.

Er beugt sich zu einem kleinen Jungen im Braunhemd herunter. Hinter dem Jungen steht die Mutter, sie hat ihm die Hand auf die Schulter gelegt. Es sieht aus, als schiebe sie ihn auf Hitler zu.

Riesige Hakenkreuzfahnen, eine an der anderen, hängen über die ganze Breite der Bühne verteilt. Rechts und links des Rednerpults ein Lorbeerbäumchen, dann üppige Blumenarrangements. Auf der rechten Seite ein kleines Orchester, ebenfalls Hitlerjugend in Uniform.

Sie setzte sich neben die Mutter, das Orchester spielte etwas aus einem der Brandenburgischen Konzerte von Bach. Sie lehnte sich zurück, versuchte zuzuhören, hörte aber statt dessen immer tiefer in sich hinein.

Endlich war sie schwanger. Der Rottweiler Arzt hatte also recht gehabt. »Sie haben eine Gebärmuttersenkung. Wenn wir da nichts tun, ist alles für die Katz, dann werden sie nie Kinder bekommen. Ohne mich«, hatte er ironisch gesagt, »geht es nun mal nicht. Jedenfalls nicht bei Ihnen.«

»Wie kann man nur so blöd sein und in diesen Zeiten herumdoktern, um Kinder zu kriegen. Andere wären froh, sie müßten keine haben«, sagte der Ernst kopfschüttelnd. »Wie kann man mitten im Krieg Kinder haben wollen, begreif einer die Weiber.«

Auch der Rudolf fand es bedenklich, sehr bedenklich. »Wenn man sie kriegt, ja, mein Gott, dann muß man sie haben, dann geht es eben nicht anders. Aber freiwillig dafür zum Arzt laufen, also, das ist doch ganz schön bescheuert.«

Nichts begreifen sie, nichts, dachte sie. Aber sie sitzen ja auch zu Hause und sind weder Granaten noch Heckenschützen ausgeliefert. Jeden Tag kann ein Brief kommen, jeden Tag. Und dann liegt sein Name begraben in einem schwarzen Karree in einer Reihe anderer schwarzer Karrees. Und jeder Tag bildet ein leeres schwarzes Karree und noch eins und noch eins. Leere Tage im Trauerrand. Das kann doch wohl nicht alles gewesen sein.

Die Hand auf der Schulter des Jungen schob ihn tatsächlich auf die Uniform zu.

Immer hatte sie sich einen Sohn gewünscht, immer. Ein Sohn durfte hinaus ins feindliche Leben, konnte alles lernen, alles machen, alles werden. Friedemann sollte er heißen, nach dem begabtesten der Familie Bach. Und alles sollte er machen und werden können, alles. Nie sollte er all die tausend und eine Zurücksetzung und Demütigung erfahren, die ein Mädchen von Anfang an ausstehen muß. Niedlich sein und sich nicht schmutzig machen, häuslich und nicht vorlaut sein, der Mutter helfen und nicht raufen, nicht Gleiches mit Gleichem vergelten und lieber einstecken. Sich fügen und sich bescheiden, brav und lieb sein und sich unterordnen. Nicht widersprechen, nicht auf einer eigenen Meinung beharren, nicht Rechte haben wollen, nicht auf Rechte pochen. Der mußte man zeigen, wer der Herr im Haus war, was die sich einbildete, der Küchentrampel. Weiberkram, Weiberarbeit, Weibergetue, Weibergezeter. Der gehört mal gezeigt, wo der Bartel den Most holt.

Man mußte sich doch einen Sohn wünschen, wenn man das Beste für sein Kind wollte.

Je länger sie versuchte, auf Bach und nicht auf sich selbst zu hören, desto mehr wünschte sie sich weg von diesem Podium mit diesem Bild. Wie Abraham, der Isaak zum Opfer bringt, dachte sie böse. Ein blumenstraußverziertes Opfer, das der oberste Kriegsherr entgegennimmt. Und wo ist Gott, der das rettende Lamm schickt?

Der Hans ist auf dem Balkan, seit drei Wochen hat man nichts von ihm gehört. Der Adolf ist am Eismeer. Über seinem Spind hängt ein handgeschnitzter Spruch: Christus hat viel gelitten, aber Soldat war er nicht.

Der Karl ist in Rußland.

»Das ist zu viel. Das können wir nicht gewinnen.« Dreimal hatte ihr Mann das gesagt am letzten Abend, bevor er abfuhr. »Das ist der Anfang vom Ende.«

Und wo ist Gott, wenn Sara ihr Kind opfert? Gott ist der oberste Kriegsherr, der oberste Kriegsherr ist Gott, denkt es in ihr, und sie erschrickt bis ins Innerste.

Wenn es ein Mädchen ist, will ich froh sein, denkt sie sofort weiter. Lieber Zurücksetzungen und Demütigungen ertragen als geschlachtet werden als Gottes Opferlamm.

Da stellen die Buben in Uniform ihre Instrumente ab, und ein hagerer HJ-Führer betritt die Bühne. Er wendet sich an die Mütter, die heute von der deutschen Jugend geehrt werden sollen.

»Deutsche Mütter, deren Söhne jetzt draußen stehen im Felde, die die deutsche Fahne auf die Gletscher des Eismeers und in den Sand der Sahara gepflanzt haben, die den Atlantikwall bewachen und für die große, endgültige Entscheidungsschlacht in die Weiten Rußlands gezogen sind. Was wären diese Söhne ohne ihre Mütter?

Denn jede dieser Mütter hat mit jeder Geburt am Rande des Todes gerungen und ihre eigene Schlacht geschlagen für Deutschlands Zukunft. Und das ist die große, die wahre Aufgabe der Frau. Dies ist ihr Feld der Ehre, auf dem sie um Deutschlands Zukunft ringt. Und wie herrlich haben diese Frauen um Deutschlands Zukunft gerungen. Die Härte und Not der Zeit hat sie nicht abgehalten, das ihrige beizutragen zum Werden und Wachsen unseres Volkes. Die Härte und Not hat sie nur stolz und stark gemacht. Und dieser Stolz und diese Stärke hat ihre Söhne geformt und geprägt. Und sie stehen dort, wo sie jetzt stehen, stolz und fest, und werden nicht wanken und weichen. Keinen Schritt.

Und die Gedanken der Mütter sind bei ihnen, wie sie immer bei ihnen waren. Und wo immer ihre Söhne stehen, die Mütter wissen, sie stehen in Gottes Hand. Die Mütter waren die ersten, die sie angehalten haben zu Gehorsam und Pflicht. Und wer auszieht für Führer, Volk und Vaterland, der erfüllt die heiligste aller Pflichten: die Seinen zu schützen und zu verteidigen.

Wer so seine Pflicht erfüllt, der steht, wo immer er steht, in Gottes Hand. Wer so gerüstet ist, der ist gut gerüstet gegen den Feind, den Vasallen der Finsternis. Soll er anrennen, der Feind der Finsternis, sie werden nicht wanken und weichen. Und sie werden ihn niederringen, das ist gewiß.«

Der Redner ließ seine Sätze über den Köpfen der Karline und der Mutter läuten. Sie paßten nicht zu den Unterschlagungen von Karlines Hugo und zu Mutters vergrübelten Sonntagnachmittagen hinterm Nähzeug. Und weil sie nicht dazu paßten, paßten sie auf eine ganz eigenartige Weise besonders gut.

Diese Rede und auch die nächste und die übernächste handelte nicht von einzelnen Personen oder Situationen. Sie erzeugte vielmehr eine feierliche Atmosphäre, aus der eine Art Madonna-Mutterbild aufstieg, ideal, verklärt, fern der Welt.

Madonnen im Rosenhag wechseln keine Windeln. Sie halten den Blick starr auf ihr die Welt segnendes Kind gesenkt. Mehr brauchen sie nicht zu tun. Mehr sollen sie gar nicht tun. Die Madonna-Mutter schwebte im Rosenhag, der unversehens ein Dornenhag werden konnte, aber in eben diesem erfüllte sich ja das Mütterliche in höchster Vollendung. Die Madonna-Mutter schwebte durch den Raum, warf Rosen nach allen Seiten, und die Jugendlichen ließen sich von dem ungewohnten Duft betäuben. Das war doch was anderes als der ewige Spülwassergeruch, den man fast nicht von den Fingern brachte.

Sie weihräuchern uns ganz schön ein, dachte sie, und zugleich sog sie ihn genauso gierig ein, diesen süßlich-giftigen Duft, wie die andern. Überwelke Rosen verstreute die Madonna-Heldenmutter, die schon leicht nach Friedhof und Verwesung rochen. Doch süchtig nach dieser betäubenden Süßlichkeit blähte sie die Nüstern wie die andern auch.

Die Sätze hoben einfach ab. Und es war leicht, mit ihnen abzuheben. Sie überflogen alles, und es war leicht, mit ihnen alles zu überfliegen. Das täglich Bedrückende, die Angst vor den Nachrichten, den Briefen von der Front, man ließ es hinter sich. Es fiel einfach ab, und es tat einem gut, es von sich fallen zu lassen. Es wuchsen einem Flügel unter diesen Sätzen und rissen einen empor zu Höhen, in denen man von wohligen Schwindelgefühlen überwältigt wurde. Das langweilige, von Sorge und Ängsten umstellte Leben in dieser Kleinstadt versank, die Kleinstadt selber versank. Da dehnte sich nur noch die große Fläche des Landes, durch das die Flüsse meanderten, und wo die Wälder den spielzeugkleinen Nestern menschlicher Siedlungen einen grünen Riegel vorschoben.

Hier oben unter den Fittichen der Heldenmutter-Madonna bot sich ein Bild wie von der Kanzel eines Flugzeugs in der Wochenschau. Vom Atlantik bis zum Ural drehte sich das Land unter einem wie im Hexenritt. Dies alles werde ich dir geben, wenn du mir dienst, rauschte es aus dem Madonnenmantel. Weitertaumeln im Höhenrausch war alles, was man jetzt noch wollen konnte. Nur nicht wieder abstürzen in Waschküchenplagen und ängstlich verhetztes Fingern nach amtlichen Briefen.

Aber die da sprachen, verstanden ihr Handwerk. Sie wußten, daß dem Höhenrausch kein Höllensturz ins Alltägliche folgen durfte. Sie steigerten die Erhöhung der Madonna-Heldenmutter und lösten sie gleichzeitig auf in fromme Andacht.

Mit ihren Sätzen bauten sie ihr eine Kathedrale. Und da stand sie nun im aufgehenden Morgenlicht, das unser aller Zukunft aufdämmern ließ, und nahm die andächtige Anbetung der herbeigeströmten Massen gnädig entgegen. Und sie umfluteten sie von allen Seiten, jeder wollte wenigstens den Stein des Sockels berühren. Auch sie drängelte nach vorn, ließ sich da hinschwemmen, wo alle hingeschwemmt werden wollten.

Und jetzt, nachdem sie der Madonna-Heldenmutter ihre Kathedrale errichtet hatten, als es nur noch den Hochaltar und seine Anbeter gab und die Anbetung alle Unterschiede unter den Anbetenden aufhob, jetzt schritten sie zur Ehrung der Mütter. Unter Händeschütteln und gutem Zuspruch überreichte der stellvertretende Kreisleiter die Etuis mit den Orden.

Jetzt war es ganz gleichgültig, wer die Karline war und wer die Mutter war, wie ihr Leben gewesen war und ob das mit dem Orden paßte oder nicht.

Sie sah sich um. Die jungen Gesichter hatten die Lippen noch immer halb geöffnet und die Augen wie in Trance halb geschlossen. In vollkommener Stille verfolgten sie, wie ihre gebrechlichen Großmütter zur Madonna-Mutter hinauf und zur Ehre der Altäre erhoben wurden.

Als sie die erschöpfte Mutter schließlich aus dem Saal führte, warf sie noch einmal einen Blick auf das große Bild zwischen den Hakenkreuzfahnen. Auf die Frau, die ihren kleinen Sohn in Uniform auf diese Uniform zuschob. Sara selbst opferte Isaak. Das war, um was es eigentlich ging, bei diesem sorgsam inszenierten, mit Bach untermalten Höhenrausch. Und obwohl man es begriff, hob man liebend gerne ab und konnte nicht genug bekommen von diesem Schwindelgefühl.

Mädchen in HJ-Uniformen hatten den alten Frauen die Orden auf Blusen und Jacken geheftet. Alle wirkten sie erschöpft und überanstrengt. Die neue Heldenhaftigkeit bestand darin, die lange Veranstaltung zu überstehen und einigermaßen mit Anstand und Würde den Raum zu verlassen.

Es war wieder ein Schaulaufen an den Stuhlreihen entlang, wie es den meisten seit dem hochzeitlichen Kirchgang nicht mehr vergönnt gewesen war. Einigen der alten Frauen erschien es unangemessen und peinlich, die meisten waren damit beschäftigt, den langen Weg mit Anstand hinter sich zu bringen, wie die Mutter. Nur wenige genossen ihren Abgang als Auftritt.

Zu ihnen gehörte die Karline, die während der Reden eine Zeitlang unruhig hin- und hergerutscht und schließlich in sich zusammengesunken war, sich jetzt aber nicht genug tun konnte mit Nicken und Stehenbleiben und Aufmerksamkeit einheimsen.

Sie war froh, als sie die völlig erschöpfte Mutter wieder im Auto untergebracht hatte.

Frau Kühn war ganz begeistert von der schönen Feier, der Disziplin der Jugend, der Dekoration und dem Blumenschmuck. Feierlich, richtig feierlich fand sie das Ganze.

Die Mutter sagte kein Wort. Sie wollte nur ihre Ruhe haben. Sie sagte auch später kein Wort.

Als der Ernst am nächsten Abend kam und gespannt fragte, wie es denn gewesen sei, da sagte sie nur lakonisch: »Wie soll es gewesen sein? Wie solche Sachen halt sind.«

Da war er sehr enttäuscht. Und machte seinem Ärger Luft, als er das blaue Etui in der Küche auf dem Fenstersims stehen sah. Da gehöre es nun wirklich nicht hin. Es gebe doch wahrhaftig in diesem Haus angemessenere Orte der Aufbewahrung.

Dieses Amtsbuchhaltergerede ärgerte sie so, daß sie ihm schnippisch zurückgab, die Mutter sei von dem ganzen Zirkus so erschöpft gewesen, daß sie sie fast nicht mehr die Stufen der Turnhalle heruntergebracht habe. Wenn den Parteioberen nur Zweieinhalbstundenversammlungen für alte Frauen einfielen, dann müßte sie sich eben erst mal um die Mutter kümmern und hätte keine Zeit für die angemessene Aufbewahrung von Orden. Im übrigen werde sich schon noch eine Schrankecke finden.

»Wenn ich bloß wüßte, ob er noch lebt«, hatte die Mutter gesagt, bevor sie eingeschlafen war. »Der Balkan, sagt das Päle, da ist es noch schlimmer als in Rußland. Und es sind schon länger als drei Wochen. Nur daß er lebt, sonst nichts, von mir aus auch aus einem Lazarett, Hauptsache er lebt.« Dabei krallte sie ihre Finger in die Decke, als könnte eine große Willensanstrengung in völliger Erschöpfung die entscheidende Wende zum Guten bewirken.

Sie hatte das blaue Etui auf den Tisch neben die Briefe gelegt, Handschuhe, Schals und Taschentücher in einem der Kartons verschwinden lassen, Rezepte und Quittungen in einem dicken Umschlag durchgefingert und neben die Bilder mit den Uniformen gelegt. Das Mutterkreuz wollte sie unter dem Fliederbaum vergraben, womöglich hielten es die Franzosen für einen hohen Naziorden. Bilder und Quittungen wollte sie verbrennen.

Mutters Brautschuhe, schwarze Lackschuhe, wollte sie in eine Zeitung einschlagen und in den Karton geben. Sie nahm eine von den Zeitungen, die auf dem Boden des Schrankes lagen. Sie hatte die Schuhe schon eingewickelt, als sie vor der querlaufenden Schlagzeile zurückfuhr.

Reichsjugendspiele der Fanfarenzüge in Ulm
Hervorragende Leistungen der Hitlerjugend
Der Führer will die deutsche Jugend hart und kampfbereit

Sie wickelte die Schuhe wieder aus, faltete die Zeitung zusammen, kramte den ganzen Stapel aus dem Schrank, legte Quittungen und Bilder obenauf, ging in die Küche, stopfte das Papier in den Herd, zündete es an, blies in die Flammen und legte die Bilder nach.

Wenn sie so weitermachte, wurde sie nie mit dem Ausräumen fertig. Aber dann, es gab einfach Dinge, die ihnen nicht in die Hände fallen durften. Das mußte auch die Anna begreifen, wenn sie aus der Fabrik kam und fragte: »Und was hast du den ganzen Tag gemacht – nur diese paar Kisten?«

Reichsjugendspiele in Ulm. Aufmarsch der Fanfarenzüge vor dem Münster. Der Schmerzensmann weist vergeblich auf seine Wunde. Sie marschieren an ihm vorbei und bilden ein Karree. Breitbeinig, den einen Arm in die Hüfte gestemmt, jagen sie blechern helle Trompetenstöße über den Platz in herzschlaggenauem Rhythmus.

Während Adolf und Ernst sich seitwärts krümmen in ihren SA-Uniformen und verschmoren, legt sie eine neue Ladung Zeitungen nach. Sie hört das Zischeln im Kamin und zugleich dumpfe Trommelwirbel unter den wehenden Fanfarenstößen.

Zwischen den klatschenden Schaulustigen auf dem Münsterplatz taucht Lottes Gesicht auf, dieses ernste, kluge Gesicht, das deren Bruder Leo oft und oft verwünscht hat.

»Weißt du, es gibt einfach keinen Lehrer, der nicht erwartungsvoll in die Klasse wittert und sagt, ah, du bist also Lottes Bruder – mit einem Gesicht, als hätte er soeben den Kolumbus des 20. Jahrhunderts entdeckt. Und der dann nach nicht allzu langer Zeit enttäuscht die Schultern hängen läßt und zwischen den Zähnen murmelt, und so was will Lottes Bruder sein.«

Da steht sie und klatscht mit den anderen. Erst wenn der letzte Zug aufmarschiert ist und sie ohrenbetäubend grell den großen Zapfenstreich spielen, erst dann löst sie sich aus der immer noch klatschenden und johlenden Menge und geht nach Hause.

Zu dem Haus, das jetzt ihr Zuhause ist, zur Stadtapotheke am Graben. Und während die Jungs ins Stadion marschieren, um sich dort verkünden zu lassen, Großdeutschland erwarte von seiner Jugend, daß sie flink wie Windhunde und hart wie

Kruppstahl sei, verkauft sie Aspirin und Hustentee und spült im Keller Arzneimittelflaschen aus.

Auch am Tag des großen Luftangriffs auf Ulm verkauft sie Hustentee und Aspirin und spült die Arzneimittelflaschen aus.

Beim Aufheulen der Sirenen schnappt sie ihr Köfferchen und rennt in den Keller, wie schon so oft. Jeder kennt seinen Platz und wartet, daß es noch einmal glimpflich abgeht. Ihre stille Angst, ihre Sorge um die kranke Frau im Nebenhaus ist nur ein kleiner grauer Schatten neben vielen grauen Schatten unter einem Fadenkreuz. Noch zittert es über sie hinweg, einmal noch. Denn erst müssen die Leuchtkugeln gesetzt werden über dem Münster. Pyramiden von Leuchtkugeln, die wie Christbäume aussehen. Das Münster wird taghell erleuchtet, es wird geschützt. Niemand ist so barbarisch, ein Kunstwerk von diesem Rang zu zerstören. Der Luftdruck, der Feuersturm, der durch die Straßen der Stadt fegt, wird die unersetzlichen mittelalterlichen Glasfenster zerbrechen, das ist bedauerlich, sehr bedauerlich, aber immerhin, man tut zur Erhaltung des Münsters was man kann.

Der Schmerzensmann zeigt den Leuchtkugelpyramiden vergeblich seine Wunden. Die grauen Schatten werden Planquadrat für Planquadrat in Brand geschossen.

Als Lotte mit vielen anderen unter der eingestürzten Kellerdecke herausgegraben wird, ist sie halbseitig verkohlt. Perlweiß starren die Zähne aus dem verkohlten Kiefer unter dem geronnenen Auge.

Leo, der Lotte verwünscht hat, muß sich jetzt selber verwünschen. Obwohl jedermann sich hütet, ihm zu sagen, wie Lottes Tod genau vor sich gegangen ist oder gar wie sie ausgesehen hat, weiß Leo Bescheid. Er kann es nur ertragen, indem er wahllos Wissen in sich hineinstopft.

»Er wird Lotte immer ähnlicher«, flüstern seine Lehrer hinter seinem Rücken.

»Ja, er ist beinahe so gut wie Lotte, beinahe«, muß auch der Direktor einräumen.

Leo hat seither einen Tick. Wenn etwas anstrengend oder schwierig ist für ihn, legt er instinktiv die Hand auf den Kopf, um sich zu schützen. Wenn Leo Gefahr im Verzug fühlt, kann sie für ihn nur von oben kommen.

Auch ihm zeigt der Schmerzensmann vergeblich seine Wunden. Falls es ihn noch gibt. Das Münster, so sagen sie, steht noch rauch- und rußgeschwärzt über den ausgebrannten Ruinen. Die Glasfenster sind fast vollständig zersprungen. Der Schmerzensmann, warum sollte gerade er verschont geblieben sein, dachte sie und wollte das Feuer wieder aufstochern. Aber es war endgültig ausgegangen. Dabei mußte sie noch drei Zeitungen verschwinden lassen. Ein Parteitag, ein Panzerangriff in Rußland und die geordnete planmäßige Begradigung der Front bei Königsberg mußten noch verheizt werden.

Das Kind quengelte herum, womöglich würde es die Kleine wecken. Wenn nur die Anna schon da wäre. Aber die kam noch lange nicht. Sie brachte das Kind zur Käthe hinunter und machte sich schnell wieder an die Arbeit.

Im Todesfall verbrennen

Als nächstes war Bruder Adolfs Schreibtisch an der Reihe. Das ging schnell. Den hatte sie mit der Anna vor sechs Wochen durchgesehen. Seine lederne Schreibmappe, die Schreibgarnitur, das Briefpapier, das mit seinem Namen bedruckt war, der teure Füller, das alles war gleich verstaut in einem Karton. Die paar Bankunterlagen kamen in den persönlichen Karton mit der Urkundenmappe. Die Briefe mußten alle verbrannt werden. Es hatte Plünderungen gegeben, bei denen die betrunkenen Soldaten alles, aber auch alles aus dem Fenster geschmissen hatten. Es war undenkbar, daß gerade diese Briefe auf der Straße herumlagen.

Er hatte, als er den Stellungsbefehl erhielt, ausdrücklich angeordnet, daß die Schreibtischschublade mit seinen Briefen verschlossen zu bleiben habe. Im Falle seines Todes seien die Briefe ungelesen zu verbrennen.

Zuerst hatten sie das ein wenig lächerlich gefunden. Aber bitte. Adolf war der von den Frauen umschwärmteste Junggeselle weit und breit, der einfach keiner ins Netz gehen wollte, was den weiblichen Ehrgeiz enorm anstachelte. Wahrscheinlich enthielten diese Briefe bloß Albernheiten, für die er sich dann doch genierte. Er konnte es ja auch nicht lassen, jeder den Kopf zu verdrehen und auf alle Frotzeleien einzugehen.

So hatte sie gedacht. Und so hatte auch Anna gedacht bis vor sechs Wochen. Bis sie sich über seinen Schreibtisch hermachten um herauszufinden, ob es doch noch Dokumente aus seiner SA-Zeit oder sonst etwas Verfängliches gab, das man am besten verschwinden ließ, bevor die Franzosen kamen.

Und dann hatten sie feststellen müssen, daß diese in Bündel gepackten Briefe alle von Männern stammten. Beim Lesen vergaßen sie, daß sie von Männern stammten, weil es Liebesbriefe waren.

Erst hatten sie ihren Augen nicht getraut und einander betreten angesehen. Von einem Freund Fritz war da die Rede, einem Schauspieler in Hamburg, dem man den Prozeß gemacht hatte. Und den sie jetzt in den Knast schickten. Ja, der junge Willy habe sich darauf hinausgeredet, er sei verführt worden, dabei wisse doch jeder, daß so ein Schauspielschüler alles, aber auch alles mache, um an ein Staatstheater zu kommen. Und wenn denn schon von Verführung geredet werden müsse, dann sei es höchstens umgekehrt gewesen.

Den Fritz hätten sie jetzt eingelocht, die Nazis, wegen gleichgeschlechtlicher Unzucht. Man könnte vor Wut platzen. Der Fritz sei jetzt ein Volksschädling, während der Intendant am gleichen Hause höchste Protektion der Nazis genieße. Dabei sei der regelmäßig beim Fritz auf dem Fasching gewesen, jedenfalls bevor er Intendant wurde, und wie es da zugegangen sei, das wäre ja bekannt. Und daß mehr als ein SA-ler und SS-ler dabei gewesen sei, wenn der Fritz als Mephisto um Mitternacht noch ein bißchen gezaubert habe, das wisse doch alle Welt. Diese Nazis seien nichts als Heuchler, gottverdammte, den einen steckten sie in den Knast und machten ihn fertig, der andere steige auf zu höchsten Ehren und Ämtern und werde als nationale Ikone gehandelt. Recht sei schon lange kein Recht mehr, aber daß man es so arg verdrehen könne, hätte er denn doch nicht geglaubt. Unter PS hieß es, der Brief werde persönlich überbracht und müsse sofort vernichtet werden.

Anna und sie mußten den Brief zweimal lesen, um ihn in der vollen Tragweite zu verstehen. Ein Schauspieler wurde wegen gleichgeschlechtlicher Unzucht verurteilt. Sein Intendant, der das gleiche auf dem Kerbholz hatte, tafelte zu gleicher Zeit mit den Naziführern. Und diese Leute gehörten zu den Freunden ihres Bruders, des flottesten Junggesellen weit und breit, den alle Frauen anhimmelten und der mit allen flirtete. Und der sich nicht im geringsten für sie interessierte, weil er sich immer schon für Männer interessiert hatte. Was verboten war, als gleichgeschlechtliche Unzucht galt und mit Gefängnis geahndet wurde.

Und was passierte dann, wenn plötzlich irgendein junger Mann kam und mit Fingern auf ihn zeigte und sagte: »Es war aber der und ich, ich bin ganz unschuldig.« Und was passierte, wenn der junge Mann sagte: »Diese schöne silberne Krawattennadel gibst du mir doch, nicht wahr? Überleg es dir gut, ob du sie mir nicht geben willst. Denn wenn du sie mir nicht geben willst, dann werde ich sagen, der war es, der hat mich verführt, ich aber bin ganz unschuldig.«

Sie lasen die Briefe und sahen einander ein ums andere Mal erschrocken an. Es war von Treffen in Bars die Rede und von Kellern, von Maskenfesten und Premierenfeiern.

Sie sprachen nur wenig miteinander. Sie mußten sich erst an den fremden Menschen gewöhnen, der in diesen Briefen angesprochen wurde. Und sie mußten sich immer wieder klar machen, daß dieser fremde Mensch ihr Bruder war, den sie zu kennen glaubten wie sich selbst.

In dieser Nacht hatte sie so gut wie gar nicht geschlafen. Sie verfolgte diesen fremden Menschen, den sie so gut kannte, durch Bars und dunkle Straßen. Und auf einmal war dieser Herr im dunkelblauen Anzug der Bruder und zugleich der Fabrikantensohn aus einem Illustriertenroman. Der spielte im Berlin der 20er Jahre und handelte davon, wie sich ein jüdischer Rauschgifthändler an die Fersen eines an Liebeskummer leidenden Fabrikantensohnes heftete und ihn von einer Bar in die andere lockte, um ihn von Kokain abhängig zu machen.

Schließlich brachte der Fabrikantensohn im Delirium seinen Peiniger um, der ihm immer mehr Geld aus der Tasche gezogen hatte. Dafür wurde er vor Gericht gestellt und zu einer langen Haftstrafe verurteilt. Diese Schande konnte sein Vater nicht verkraften, er starb. Der Vetter des jüdischen Drogenhändlers aber kaufte die Fabrik auf und lachte sich ins Fäustchen.

Sie ärgerte sich, daß ihr immer wieder dieser Kitsch einfiel. So sah sie den Bruder durchs nächtliche Hamburg auf verbotenen Pfaden von Spelunke zu Spelunke ziehen. Und so würde es enden. Entweder verschlang ihn so eine dunkle Gasse auf Nimmerwiedersehen und sie bekamen eines Tages eine Karte vom gerichtsmedizinischen Institut ... Der Adolf ist an der Front, versuchte sie sich zu sagen, wenn wir eine Postkarte bekommen, dann eine, auf der uns sein Heldentod bei der Verteidigung des Vaterlandes gemeldet wird. Und einen toten Helden kann man nicht mehr vor Gericht stellen.

Dann aber mußte sie ihn wieder auf seiner nächtlichen Tour von Kneipe zu Kneipe verfolgen und zu ihrem Entsetzen sogar in eine Bahnhofstoilette. Und dann lag da ein anderer am Boden, und der Bruder rannte, was er konnte, aber es sah aus, als käme er nicht vom Fleck. Und da war er auch schon von SA umzingelt, und sie schlugen mit Knüppeln auf ihn ein. In seiner Verzweiflung hob er das Gesicht, zeigte auf einen, der gerade zum Schlag ausholen wollte und schrie: »Der war auch dabei, den kenn ich, das kann ich beschwören!«

Da gab der ihm eins in die Nieren und verpaßte ihm noch einen Fußtritt in den Bauch und schrie: »Los, Kameraden, das schwule Schwein machen wir vollends fertig!«

Die einen durften mit den Stiefeln treten und konnten sich des Beifalls der Umstehenden sicher sein, die andern wurden unter die Stiefel getreten, ehe sie sich's versahen. Der Stiefel regierte die Welt. Dabei hatte er selber diese Stiefel getragen und getreten nach Herzenslust, und sie bloß aus Trotz an den Nagel gehängt.

Am nächsten Abend hatten sie miteinander gesprochen über den Bruder, beide ratlos, der Situation ganz und gar nicht gewachsen. Die Anna war wie immer besonders wortkarg gewesen. So ist es jetzt halt. Man muß sich damit abfinden. Sehr viel mehr war nicht aus ihr herauszubekommen.

Dann hatten sie die letzten Briefe gelesen. Im vorletzten, einem besonders kitschigen Liebesbrief – aber Liebesbriefe waren für Außenstehende vermutlich immer etwas Kitschiges – war ihr ein Satz aufgefallen, den sie erst nach mehrmaligem Lesen in seiner vollen Tragweite begriff. Lange dachte sie darüber nach. Am andern Tag kramte sie den Brief wieder hervor.

Ach, was bist du für ein süßer Bengel! Kein Wunder, daß schon dein erster Chef, der Fettkloß, so einen Narren an dir gefressen hat. Wenn ich mir vorstelle, du würdest brav hinter einer Schreibmaschine die ganze Zeit nur eine Armlänge weit weg von mir sitzen, es würde mich verrückt machen. Was sage ich, schon die bloße Vorstellung macht mich verrückt. Daß Specknacke da zugegriffen hat, das kann ich ihm noch am ehesten verzeihen. Nein, ich verzeihe es ihm doch nicht. Mir vorzustellen, wie er mit seinen feisten Fingern deine zukkerzarte Pofalte spreizt, macht mich ganz rasend.

Specknacke. Das konnte nur der Herr Direktor persönlich sein. Der hatte früher immer Sekretärinnen gehabt. Und weil er keine in Ruhe ließ, hatte der Familienrat der Fabrikantensippe beschlossen, er dürfe ab sofort nur noch männliche Sekretäre haben. Und so wurde der Adolf Sekretär beim Herrn Direktor.

Damit war aber die Bedeutung jenes Satzes in diesem überkandidelten Liebesbrief noch keineswegs erschöpft. Denn dieser Satz warf ein neues Licht auf eine ganz andere Geschichte, die sie selbst betraf.

Denn irgendwann, da war sie vielleicht neunzehn gewesen, hatte es geheißen, im Vorzimmer des Direktors wird eine Stelle frei für eine Schreibkraft, das wäre doch etwas für die Rosl.

Sie war natürlich Feuer und Flamme gewesen. Morgens statt mit den Viehkübeln in den Stall eine frische Bluse anziehen und ins Büro gehen. Gewiß, auch dort gab es Routinearbeit, das war klar. Aber man traf Leute, hatte eine geregelte Arbeitszeit, bekam Geld und galt etwas. Es war ein anderes Leben als nur im Haus herumzuwirtschaften und sich von allen vorhalten zu lassen, daß sie dem lieben Gott den Tag stehle und keinen Pfennig Geld nach Hause bringe.

Die Mutter war damals schon kränklich gewesen, aber den Haushalt hätte sie schon noch versorgen können. Und abends hätte man ihr ja mit Bügeln, Spülen und Flicken geholfen.

Das komme überhaupt nicht in Frage, hatte der Adolf erklärt, er werde nicht mit dem Herrn Direktor darüber reden. Die Weibsbilder im Büro seien alle bloß faule Luder, die sich auftakelten und zu Hause nicht mehr arbeiten wollten. Die wollten bloß noch die feinen Damen spielen. So etwas komme für seine Schwester nicht in Frage. Im übrigen müsse eine der beiden Schwestern sowieso zu Hause bleiben. Die Mutter solle doch bedenken, wie lange sich ihre Grippe diesmal hingeschleppt habe. Das könne man guten Gewissens gar nicht verantworten, daß sie niemand im Haushalt zur Entlastung habe und schließlich habe man das auch gar nicht nötig. Das könne man sich schon noch leisten, daß die Rosl zu Hause bleibe, soweit sei es noch lange nicht.

Und damit hatte er die Mutter überzeugt, und dabei blieb es. Ob es ihr paßte oder nicht, das interessierte niemand. Genauso wenig wie nach ihrer Konfirmation, als man es nicht einmal für nötig gehalten hatte, darüber zu reden, ob sie nicht doch eine Ausbildung als Kindergärtnerin machen könne.

Sie hatte es dem Adolf lange nachgetragen, daß er sie daran gehindert hatte, ins Büro zu gehen und berufstätig sein zu können.

Jetzt glaubte sie zu verstehen, um was es ihm eigentlich gegangen war. Er wollte nicht eine Türe weiter jemand sitzen haben, der ihm und seinem Chef auf die Schliche kam. Und wer weiß, ob sich der Herr Direktor dann nicht auf sie gestürzt hätte, der Mann war ja bekannt dafür, daß er Abwechslung brauchte. Der liebe Bruder wollte weder eine Aufpasserin noch eine Konkurrentin in seiner Nähe haben. Und so war sie erst gar nicht zu einer Berufstätigkeit gekommen.

Und was wäre gewesen, wenn sie dort gearbeitet und etwas gemerkt hätte? Heute war sie eine Frau von 37 Jahren, aber als junges Mädchen, hätte sie da überhaupt etwas begriffen? Daß der Adolf furchtbar viele Überstunden machen mußte, war ja immer schon aufgefallen, aber das zahlte sich auch in der Lohntüte aus. Und doch hatte die Mutter einmal gesagt, wenn du es nicht wärst, dann könnte man sich ja allerhand denken.

Als sie den Brief zusammenfaltete und wieder in das Kuvert schob, war die alte Verbitterung wieder da. Mit seiner angeblichen Fürsorge hatte der Heuchler die Mutter beschwatzt und sie selber um die letzte Chance geprellt, jemals aus diesem Haus herauszukommen.

Die Kränkung saß tiefer denn je, sie zerbiß sich nachts vor Zorn fast die Lippen. Zur Anna sagte sie nichts darüber. Die hätte nur geantwortet, was willst du, du bist doch verheiratet und hast zwei Kinder. Das ist der Schnee von gestern. Und außerdem ist er an der Front, und wir können froh sein, wenn er noch einmal davonkommt.

Sie hatte ja recht, die Anna, und deshalb wollte sie es auch nicht von ihr hören. Aber auf eine tief empörende Weise hatte sie natürlich ganz und gar nicht recht. Das wußte die Anna auch, aber das wollte sie nicht wissen, denn man regte sich doch nicht über Dinge auf, an denen man sowieso nichts ändern konnte, und schon gar nicht, wenn sie längst vorbei waren. Und für die Anna waren die allermeisten Dinge eben so, wie sie waren, und nicht zu ändern.

Aber das Schreckliche war ja, daß es sehr wohl anders hätte kommen können, und daß sie ganz einfach geprellt worden war. Für nichts und wieder nichts.

Aber sie konnte mit Anna nicht darüber zu räsonieren anfangen, wie selbstherrlich arrogant der Bruder über das Leben der Schwester so mir nichts dir nichts verfügt hatte. Denn dann mußte unweigerlich eine andere Szene auftauchen, in der der Bruder im Handstreich und über den Kopf der Anna hinweg entschieden hatte. Und das durfte sie der Anna einfach nicht antun, wenigstens jetzt nicht.

Statt dessen wandelte sie seither allabendlich in stiller Wut durch die langen Gänge der Fabrik, trippelte von Aktenschrank zu Aktenschrank und blätterte in Ordnern. Ein merkwürdiges Lachen, das eher wie ein Kichern klingt, ist aus dem Nebenzimmer zu hören. Sie ist sich nicht sicher, ob es sich um die Stimme des Bruders handelt oder nicht. Sie weiß, daß nur er in dem Zimmer ist, aber seine Stimme ist es nicht.

Er lächelt die anderen zuweilen geringschätzig an. Er ist der persönliche Sekretär des Chefs und hat eine besondere Position. Gewiß. Aber da ist noch etwas. Sein hämisches Lachen, wenn etwas noch nicht entschieden ist, seine grenzenlose Selbstgewißheit. Die Art, wie er mit lässig übereinandergeschlagenen Beinen gegen den Schreibtisch des Chefs lehnt und die anderen von oben herab wie Bittsteller behandelt, hat etwas so Aufreizendes, daß man es ihm zurückgeben möchte.

Er bleibt höflich und schäkert ein wenig mit den jungen Frauen, und zu den älteren ist er noch höflicher und galant. Trotzdem gibt er mit jeder seiner Bewegungen – und erst recht, wenn er sich hinter den Schreibtisch des Chefs stellt – zu verstehen: Ich habe hier sehr viel mehr zu sagen und bin hier jemand ganz anderes als ihr.

Und er ist jemand ganz anderes, in der Tat. Das fällt ihr auf, als sie einmal wie gewöhnlich die Post bringt. Kaum hat sie den Raum betreten, als sie auch schon das Gefühl hat, sie stört. Der Adolf sitzt an seiner Schreibmaschine, die Ellbogen aufgestützt, den Blick starr auf das Blatt gerichtet. Und dicht über seine Schulter beugt sich der Herr Direktor, den einen Arm auf der Stuhllehne seines Sekretärs.

Der Adolf blickt nur kurz und erschrocken hoch, erleichtert, als er nur die eigene Schwester zum Schreibtisch gehen sieht mit der Post. Der Herr Direktor aber blickt mit einem seltsam blauroten, aufgedunsenen Gesicht auf, so feindselig herrisch, daß sie tief erschrickt.

So hätte es anfangen können. Kleine Merkwürdigkeiten, die sich zusammenballten zu einem Unbehagen, das sich an nichts festmachen ließ. Und eines Tages wäre da der Schatten eines Verdachts gewesen, der immer länger wurde und alles in ein merkwürdiges Zwielicht setzte. Sie hätte einige Zeit gebraucht, derartiges kannte ein Dorfmädchen höchstens vom Hörensagen, und es fand allenfalls woanders statt. Wenn es in der eigenen kleinen Stadt ans Tageslicht kam, konnte der Betreffende nur das Weite suchen.

Davor hatte der Adolf sich wohl gefürchtet, nicht ganz zu unrecht, wie sie einräumen mußte. Und er hatte es deshalb erst gar nicht auf eine Mitwisserin ankommen lassen.

Sie rechnete zurück. Das war in der Zeit gewesen, als er noch mit der SA zu jeder Versammlung der Sozis oder der Kommunisten fuhr und damit prahlte, wie sie es denen gegeben hatten. Damit es endlich anders wurde in diesem Land und nicht jeder einfach tun und lassen konnte, was er wollte. Ordnung würden sie schaffen, das stand fest. Ordnung hatte er geschaffen. Eine, die für ihn paßte. Die ihm die Möglichkeit gab, zu tun und zu lassen, was er wollte.

Er redete dabei viel vom Vaterland. Das Vaterland war eine Fahne. Man ließ sie wie das Mäntelchen flattern im Wind. Sie eignete sich aber auch sonst zu allerhand. Zum Vorhang beispielsweise, den man zuzog, wenn man sein eigenes Süppchen kochte und niemand etwas bemerken sollte. Als Tischtuch, damit man über den Tisch hinweg feierliche Reden halten konnte und keiner merkte, was sich auf Höhe der Beine und Stuhlbeine abspielte. Was machte es, daß das Tischtuch mit Flecken übersät war, Hauptsache, die Weste blieb weiß.

Wut und Enttäuschung drehten ihr den Magen um. Und zugleich die Angst, er könnte schon lang im Schnee in einer blutroten Lache liegen. Und dann immer wieder die Angst, daß er aus einem hellen Raum auf die dunkle Straße hinaustritt, einen Augenblick im Türrahmen steht, ein Schatten, der die niedere Türe fast ausfüllt.

Wie er dann lautlos zusammensackt, und wie sie ihn mit sicheren Handgriffen in ein Tuch schlagen und wegschleifen in Sekundenschnelle.

Und plötzlich hängt das Tuch vor der Tür, das Hakenkreuz starrt wie ein weit aufgerissenes Auge ins Dunkel, und von oben herab tropft es rot und schwer und durchtränkt das Tuch.

Das Vaterland ist nur eine Fahne. Die Haller Bertl hatte noch vor dem Einmarsch der Franzosen die schwarzen Hakenkreuzspinnen herausgetrennt und verbrannt. Und aus dem roten Tuch Kinderschürzen genäht. Fast alle Kinder im Schlechtenfeldweg stopfen ihre Kiesel und Schnurreste in rote Schürzentaschen und wissen nichts mehr von der schwarzen Spinne.

Am Ende ist das Vaterland bloß ein Stück Tuch. Statt daß es die Särge der Gefallenen bedeckt, hilft es die Kiesel, Schnurreste und Holzstückchen der Kleinen zu verstecken.

Das Bündel Briefe lag auf dem Tisch, während sie die Anzüge aus seinem Schrank nahm und die Hemden zusammenfaltete. Wenn der Rudolf und die Anna aus der Fabrik kamen, mußten sie ihr den Schrank nach oben auf die Bühne schaffen, dann wollte sie ihn gleich einräumen. Den Schreibkram wollte sie noch in das Wäschefach packen.

Am liebsten hätte sie den Brief mit dem ominösen Satz über den Chef herausgekramt, aber dafür blieb jetzt keine Zeit. Sie hätte die Briefe sowieso schon längst verbrennen sollen. Man stelle sich vor, die französischen Soldaten kippten die Schubladen einfach zum Fenster hinaus und die Briefe flatterten im Garten und auf der Straße herum. Und die Haller Friedl hob einen auf und fing an zu lesen über den Intendanten des Staatstheaters zu Hamburg und die Faschingsveranstaltungen, die er zu besuchen pflegte und die vor Gericht verantwortet werden mußten, aber nur von manchen Leuten und keineswegs von allen.

Die Briefe des eigenen Mannes, die allenfalls ein paar Bemerkungen über das Leben an der Front und die Stimmung der Soldaten enthielten, hatte sie schon vor vier Wochen alle verbrannt. Wer wußte, was die Franzosen machten, ob sie ihn als Offizier oder als Nazi behandelten. Sie jedenfalls gedachte nicht, ihnen bei der Spurensicherung behilflich zu sein.

Es war eine ganze Schublade voller Briefe gewesen, und sie hatte die Herdringe aufgezogen und jeden Brief einzeln auf den Scheiterhaufen befördert. Beim Verbrennen der Briefe war ein Gefühl der Leere aufgekommen, als sei der Krieg schon vorbei, wo doch noch täglich die Bomber über die Dächer dröhnten.

Sie hätte das alles gerne noch einmal nachgelesen, aus den Antworten ihre eigenen Briefe rekonstruiert und sich an all das erinnert, was wichtig gewesen war. Weil sie auf einmal das Gefühl hatte, daß auf diesem Scheiterhaufen die letzten sechs Jahre verbrannten, diese Kriegsjahre, die jetzt hier verkohlten wie so vieles andere.

Aber die ganze innere Anspannung war schon nicht mehr auf das Vergangene gerichtet, wie sie es eigentlich wollte, das alles schmeckte nur noch nach Ruß und Rauch.

Alles in ihr wartete mit Spannung auf das, was nun kommen würde. Sie fürchtete jeden Tag, an dem sie ihren Mann noch irgendwo unter den Soldaten wußte, sie fürchtete aber auch den Tag, wo er über die Schwelle dieses Hauses trat. Er galt als Naziführer, war Kreisorganisationsleiter gewesen. Sie würden ihn verhaften, da war sie sicher.

Der Berner Oswalt, der bis 33 den Konsum geführt hatte, der verhaftet worden und für ein halbes Jahr ins Lager gekommen war, und der später nur noch einen winzig kleinen Laden in der Hinterweidengasse gehabt hatte, der würde ihn anzeigen.

Den kannte er zwar nicht, dem hatte er auch nichts getan, er war ja auch kein Nazi aus Sontheim, sondern kam von der Kreisleitung in Neustadt, aber es lag in der Natur der Sache.

Und dann der Krüger Egon und der Becker Hans. Beides alte Sozialdemokraten, die bis 33 im Gemeinderat gewesen waren. Und beide dann erst mal in Schutzhaft.

Dem Ernst war es nicht peinlich gewesen und dem Adolf auch nicht, als im März 33 die sozialdemokratischen Gemeinderäte verhaftet wurden.

»Aber wieso auch«, hatte der Ernst gesagt, »die müssen kapieren, wer jetzt das Sagen hat. Die müssen ausgeschaltet werden. Am besten gleich auf den Heuberg mit denen.«

»Wieso auf den Heuberg?« hatte sie gefragt.

»Weil das ein Lager ist, da kapieren sie es am schnellsten.«

»Da wird man ihnen das Sozialdemokratische austreiben, ein für allemal«, warf der Adolf ein.

»Aber sie haben doch gar nichts angestellt, da kann man sie doch nicht einfach einsperren«, hatte sie eingewendet.

»Kann man nicht?« Der Ernst lachte. »Wir, wir können einfach alles. Wenn wir nur wollen. Alles.«

Großmaul, dachte sie. Du bist immer schon ein Großmaul gewesen und nichts dahinter. Sie sah vom Ernst zu Adolf.

»Natürlich«, sagte der Adolf in einem irgendwie beleidigten Ton. »Natürlich kann man die verhaften. Die haben ja auch genug auf dem Kerbholz, oder?«

»Aber sicher«, gab der Ernst jovial zurück.

»Und das wäre? Nur zum Beispiel?« fragte sie verärgert.

»Unterstützung der jüdisch-bolschewistischen Weltverschwörung zum Beispiel!« rief Ernst.

»Verrat des deutschen Arbeiters an die jüdisch-bolschewistische Internationale! Zum Beispiel!« rief Adolf.

»Zersetzung des deutschen Volkstums!« fiel Ernst wieder ein. »Den Dolchstoß in die Wehrkraft des deutschen Volkes, zum Beispiel!«

»Quatsch«, sagte sie langsam, laut und deutlich. Es ärgerte sie, daß sie einander die Schlagworte zuspielten wie Clowns, ohne sich die geringste Mühe zu machen, auf sie einzugehen.

»Wenn die SA nur so Quatschköpfe hat wie euch, dann gute Nacht. Dann seid ihr schnell am Ende mit eurem Latein. Da lob ich mir den Hilzinger Eugen. Der weiß wenigstens, von was er redet.«

Das saß. Die beiden feixenden Clowns bissen sich wütend auf die Lippen. Ernst senkte angriffslustig den Kopf und Adolf setzte eine beleidigte Miene auf wie Rudolph Valentino, wenn seine Angebetete ihm die kalte Schulter zeigte.

Der Hilzinger Eugen hatte die Freunde der beiden angesprochen und wollte sie für die SS gewinnen. »Da nehmen sie nämlich nicht jeden, müßt ihr wissen, das ist nämlich die Elite, die der neue Staat braucht, nicht so eine primitive Schlägertruppe wie die SA. Die ist ja schon ganz nützlich zuweilen, aber für die schwierigen Aufgaben, die vor uns liegen, braucht es eine ganz andere Art von Truppe, die Besten der Besten, die Elite eben. Und wie gesagt, wir nehmen nicht jeden.«

Mit solchen Redensarten zog der Hilzinger Eugen durch die Stadt, und es ärgerte die beiden mächtig, das wußte sie. Es ärgerte sie so sehr, daß ihnen auch jetzt nichts anderes einfiel, als die Nase zu rümpfen.

»Hörst es, das dumme Geschwätz?« sagte der Ernst obenhin und seufzte tief. »Mit Weibern soll man nicht politisieren, lange Haare, kurzer Verstand, hat schon der Großvater immer gesagt.«

»Und warum sollen zwei unbescholtene Gemeinderäte auf den Heuberg? Das habt ihr mir jetzt immer noch nicht erklärt.«

»Darum eben. Weil es uns gerade mal so paßt«, warf der Adolf mit einer eleganten Handbewegung hin.

»Aha, weil es dir so paßt, du Rotznase«, sagte die Mutter ganz ruhig.

»Das verbitt ich mir!« brauste der Adolf auf. »Ich bin 25 und keine Rotznase.«

»So, so«, sagte sie ironisch, »man sollte es nicht meinen, wenn man dich so daherreden hört. Und wer wie eine Rotznase daherredet, den muß man auch so nennen.«

»Und warum ereifert ihr euch so für zwei Sozis? Habt ihr sonst nichts Besseres zu tun?« fiel ihr der Ernst ins Wort.

»Seit wann wird man in den Knast gesteckt, bloß weil man Gemeinderat ist und eine eigene Meinung hat?« fragte die Mutter und betonte jedes Wort.

Als die beiden sie ein wenig ratlos und betreten ansahen, sagte sie schneidend kalt: »Dann könnt ihr euren eigenen Vater auch gleich einlochen, der hat mehr als einmal mit den Sozis gestimmt, wenn es hat sein müssen.«

Da wurden die Herren Söhne auf einmal ganz lebhaft. Aber so sei es doch gar nicht, und darum ginge es ja auch gar nicht. Sie sei doch auch dafür, daß das Gezänke aufhöre und eine Ordnung wäre und das Land zu Ruhe und Wohlstand komme. Und wer dem im Wege stehe, der müsse eben zur Raison gebracht und für eine Weile aus dem Verkehr gezogen werden. In ein paar Wochen seien die wieder zu Hause, was sei das schon, und wenn die dann sehen würden, was die Partei inzwischen alles auf die Beine gestellt habe, zum Beispiel am ersten Mai. Ja, am ersten Mai, da würden die Leute nur so staunen, was die Partei da alles auf die Beine stellen werde, ganz ohne die Sozialdemokraten. Da würden sie begreifen müssen, daß jetzt eine Zeit gekommen wäre, wo es nichts mehr sei mit dem internationalen Gesindel, und dann müßten sie sich entscheiden, ob sie mitmachen wollten bei der nationalen Sache oder zu den wenigen gehören wollten, die beiseite stünden und schmollten.

»Aha, so ist das also«, sagte die Mutter schließlich, und es war offensichtlich, daß sie mehr über ihre Söhne als über die nationale Sache nachdenken mußte.

Der Krüger Egon und der Berner Oswalt würden dafür sorgen, daß die Nazis jetzt ihrerseits hinter Schloß und Riegel kamen. Ihr Mann hatte mit ihrer Verhaftung rein gar nichts zu tun, aber das spielte sicher keine Rolle mehr. Außer dem Fabrikanten Kühn gab es keinen ranghohen Nazi im Ort. Wer in der SA und der SS Karriere gemacht hatte, war längst woanders oder untergetaucht. Es lag in der Natur der Sache, daß sie sich auf den Karl stürzen mußten. Er war immerhin einer von der Kreisleitung.

Sie hatte Angst, daß sie ihn vom Fleck weg verhaften würden, sobald er hier auftauchte. Die Franzosen, die deutsche Hilfspolizei, gleichviel.

Adolfs Schreibtisch war schnell geräumt. Sie war froh, daß sie das mit den seltsamen Briefen hinter sich hatte. Bei jedem Brief, der in Flammen aufging, hatte sie das Gefühl gehabt, sich die Finger zu verbrennen. Ganz anders waren seine Briefe an die Schwestern, vor allem die letzten aus Ostpreußen.

> Wie immer es bei euch aussieht, ich beschwöre euch, verlaßt um keinen Preis der Welt das Haus. Das Elend der Flüchtlinge auf den Straßen ist ganz und gar unbeschreiblich. Tote Soldaten im Straßengraben sind schrecklich, tote Kinder sind noch viel schrecklicher. Es sind verhungerte Säuglinge dabei.

In jedem Brief die Beschwörungen, sich um keinen Preis der Welt der Landstraße auszusetzen, komme, was da wolle.

Je mehr von dem dicht beschriebenen Papier in den Herd wanderte, desto mehr mischte sich in die Angst vor dem Kommenden ein Unbehagen. Was hier verkohlte, waren die Ängste und Nöte, der Zorn und die Hoffnungen, die Liebe und der Schmerz in der Zeit der langen Trennung gewesen. Dieses knisternde, sich kräuselnde und zu Asche verfliegende Papier war das einzige gewesen, das sie über die Jahre hin mit den Männern verbunden hatte.

Sie standen im Felde, wie es offiziell hieß, sie waren an der Front, im Krieg, hatten Feindberührung, etwas ganz und gar Unvorstellbares, Berührung und Feind konnten einfach nicht zusammenpassen.

Mit den Briefen zerstörte sie diese persönliche Verbindung, und es blieben nur noch die leeren Formeln der Zeitungssätze.

Wann immer sie einen Brief geöffnet, gelesen oder wiedergelesen hatte, waren der Mann und die Brüder selber zu Wort gekommen, hatte sie ihnen Rede und Antwort gestanden. Manchmal hatte sie lange zwischen den Zeilen nach besonderen

Hinweisen gesucht und sie auch gefunden. Dies alles zerstörte sie jetzt aus Furcht mit eigener Hand. Und null und nichtig wurden die ängstlich durchwachten Nächte, die Angstträume, die Hoffnung auf das nächste Wiedersehen oder wenigstens den nächsten Brief.

Einmal hatte sie sich in ihrer Gedankenverlorenheit wirklich die Finger verbrannt. Vielleicht ist alle Zerstörung, die man anrichtet, ein Stück Selbstzerstörung, hatte sie gedacht, als sie die Finger unter das kalte Wasser hielt.

In der untersten Schublade von Adolfs Schreibtisch lag das Feldpostpäckchen mit den merkwürdigen Bildern.

Eine verschneite Hochgebirgslandschaft an einem See. Das mußte wohl bei Murmansk sein. Dann eine von Felsbrocken zerklüftete Landschaft, nichts als Steine und Felsen bis zum Horizont.

Auf dem nächsten Bild bewegte sich eine lange Reihe von Soldaten in diese Landschaft hinein. Eine vielgliedrige Schlange, an deren Ende sich noch Tornister und Stahlhelme ausfindig machen ließen, wurde im Mittelfeld dieser Landschaft von ihr verschluckt. Weit, leer und vollkommen gleichgültig spannte sich der Horizont über den Hügel, in dem der winzige Kopf der Menschenschlange bereits verschwunden war.

Das nächste Bild zeigte Wasser- und Schneelachen zwischen den flachen Hügeln. Im Vordergrund, klein und undeutlich, eine Truppe Soldaten, die eine Bahre trugen, auf der sich einer zusammenkrümmte. Die Männer gingen nach vorne gebeugt, mit hängenden Köpfen.

Dann ein Bild mit Soldaten in Regenumhängen über dem Tornister, von Pferden gefolgt. Eines war mit einem Geschütz bepackt, ein anderes hatte eine Metallschiene und ein großes hölzernes Wagenrad aufgeschnallt. Männer und Pferde sanken tief im Schlamm des Weges ein. Sie stapften aus dem Bild auf einen breit hingelagerten steinigen Höhenzug zu.

Da dröhnten keine Propeller wie in der Wochenschau. Keine

alles unter sich zermalmenden Panzerketten, keine unter dem Rückschlag zitternden feuerspeienden Kanonen füllten eine überlebensgroße Leinwand. Da stapften nur erschöpfte Männer im Morast und zogen ihre Pferde hinter sich her. Und immer noch war es wichtig, ein hölzernes Wagenrad mitzuschleppen wie beim Kampf um Rom.

Auf dem nächsten Bild sah man eine Reihe schnell zusammengezimmerter Holzbaracken vor der schneeverfleckten Hügelkette stehen. Vor den Baracken lag ein weites steiniges Feld. Zwei helle Erdhügel ragten aus dem dunklen Gelände, als hätte man zwei Särge abgestellt. Auf den zweiten Blick sah man, daß es die frisch aufgeworfene Erde zweier Gräber war. Das Kreuz aus einem Birkenstämmchen mit einem Schild sah man nur, wenn man das Bild sehr genau betrachtete. Auch die Birkenzweige vor dem Kreuz konnte man nur als Flecke im dunklen Gelände wahrnehmen. Der auf dem Kreuz baumelnde Stahlhelm hätte auf dem kleinen Bild auch der aufgespießte Kopf einer Vogelscheuche sein können.

Die Birkenstämmchen sind längst umgefallen, die frische Erde ist verweht, der Stahlhelm davongerollt. Die Baracken sind heruntergebrannt oder dienen als Viehställe. Wozu sind sie durch den Schlamm gestapft, wozu haben sie wie auf dem nächsten Bild in unendlich mühevoller Arbeit ein Stück steinernen Weg über ein Schlammloch gebaut, wo sich die Schlammlöcher doch hinziehen bis zum Horizont?

So hatte sie den Krieg nie gesehen. Als eine Knochenarbeit auf verschlammten Wegen, die bis zum Horizont reichten. Wie klein sie in dieser weiten Ebene herumstanden mit ihren Hakken und Schaufeln. Was für eine sinnlose Vergeudung von Kraft, Planung und Organisation. Bauen, um besser und schneller zerstören zu können. Und der Sand der Gräber am Rande des Weges war schon verweht.

Auf dem letzten Bild waren die Soldaten nah und groß. Das gedämpfte Winterlicht malte die Falten ihrer Mützen und die Schulterpolster ihrer schweren Mäntel nach. Wieder stapften sie schwer durch den Schlamm, und sie stapften schon lange. Man sah es an den hängenden Schultern, den gesenkten Köpfen. Und plötzlich begriff sie, daß das Russen waren, die als Gefangene abgeführt wurden.

Sie hatten keine Schulterstücke, keine Rangabzeichen. Nur diese Militärmäntel. Es wäre ihr nicht aufgefallen an den Gesichtern, auch nicht an den kurzgeschorenen Haaren. Alle Soldaten hatten kurzgeschorene Haare und müde Gesichter. Aber nicht alle Soldaten hatten einfache Wollmützen. Sie hatten keine Waffen. Der sie anführte und fast schon aus dem Bild gelaufen war, hatte ein Gewehr mit aufgepflanztem Bajonett.

Das also war der Feind. Im Schlamm stapfende, übermüdete Soldaten. Man brauchte einige Zeit, bis man merkte, das also ist er, der Feind.

Auch diese Bilder wanderten in den Herd. Blieb die Frage, warum er sie in dieser Feldpostschachtel aufbewahrt und im Schreibtisch versteckt hatte. Warum er sie seinen Schwestern nie gezeigt hatte.

Während sie die Flamme anblies und noch ein wenig Zeitungspapier zwischen die Fotos stopfte, weil Fotos nie richtig verbrennen wollen, dachte sie bitter, vielleicht war das schon Wehrkraftzersetzung, wenn man zeigte, daß der Krieg nicht ein technisches Ingenieurkunststück, sondern ein endloser Marsch durch halbgefrorenen Schlamm war, bei dem einen der Berg zuletzt auf Nimmerwiedersehen verschluckte.

Und der Feind, was war mit dem Feind? Der hier war ein gewöhnlicher, erschöpfter, geschundener Soldat.

»Ihr kennt den Russen nicht«, sagte der Karl, wenn man ihn fragte, und verweigerte jede weitere Auskunft. Und wenn die Frau Obermüller und ihre Tochter, die beim Seitz Ottl einquartiert waren, von den Russen anfingen, dann wollte man sich am liebsten die Ohren zuhalten. Und so sahen sie also aus. Jedenfalls wenn sie in Gefangenschaft gingen. Die Russen. Sie sahen aus wie jeder aussehen würde, wenn er in Gefangenschaft ging. Das war irgendwie beruhigend. Und dann auch wieder tief beunruhigend.

Bisher waren die Russen so etwas wie der neue Mongolensturm gewesen, vor dem man nicht in die Knie brechen durfte. Die jüdisch-bolschewistische Weltverschwörung. Der slawische Untermensch.

»Laß mich in Ruhe damit«, hatte der Karl nur immer wieder gesagt. »Du kannst dir das alles gar nicht vorstellen. Ihr hier, ihr kennt die Russen nicht.«

Wenn es Bilder von den Russen in der Zeitung oder in der Wochenschau gab, dann waren es zerlumpte, verdreckte Gestalten mit lauernden Gesichtern. Es waren keine Soldaten, die man für die eigenen hätte halten können.

Sie konnte die Bilder also vergessen. Sie hatte schon die leere Feldpostschachtel in der Hand, um sie gleichfalls zu verbrennen. Das postkartengroße Deckblatt war nicht beschrieben. Sie fuhr die leeren Linien mit dem Finger entlang. Dienstgrad, Vor- und Zuname und Feldpostnummer standen auf dem Vordruck. Die Linie für den Absender war quergedruckt.

Für Knöpfe oder Nähseide war das Ding allemal noch zu gebrauchen. Sie hielt es unschlüssig in der Hand. Und wenn schon die Briefe und die Fotos dran glauben mußten, dann blieb doch noch die leere Hülle. Aus einer unbeschrifteten Feldpostschachtel konnte ihr ja wohl niemand einen Strick drehen. Wenigstens diese leere kleine Schachtel konnte man dann und wann in die Hand nehmen. Und später den Kindern zeigen. Postkartengroß war die kleine Schachtel und nicht einmal zwei Zentimeter hoch, die man mit sogenannten Liebesgaben an die Front schikken konnte. Aber was gab man den Kindern denn, wenn man bloß noch eine leere kleine Schachtel aus braunem Pappkarton hatte.

Der Herr Schwarz

Als sie die Schubladen in Adolfs Schreibtisch noch einmal durchging, fand sich in der mittleren Schublade neben der Brieftasche und dem Schmucketui, das sie vorerst hier zurückgelegt hatte, noch sein altes, ledergebundenes Fotoalbum, das sie abends mit der Anna durchsehen wollte. Sie blätterte es nach Uniformen durch. Ein Auto im Schlechtenfeldweg, um das die Kinder herumsprangen, freudig begrüßt von einem älteren Herrn. Das war gänzlich unverdächtig. Dann die Bilder von Maiumzügen, Alleen von Hakenkreuzfahnen. Sie klappte das Album zu. Man mußte Bild für Bild durchgehen heute abend.

Sie nahm Schmucketui und Brieftasche aus der mittleren Schublade und legte beides in den Schuhkarton, den sie in den eigenen Schrank im Schlafzimmer hinter die Mäntel stellen wollte. Man konnte ja nie wissen, ob sie nicht doch auf der Bühne herumsuchten und alles aus Kisten und Kasten herauszerrten. Soldaten sind Soldaten.

Während sie die Schreibtischschubladen herausnahm, ausstaubte und gegen die Wand lehnte, versuchte sie, sich an den Herrn mit dem Auto im Schlechtenfeldweg zu erinnern.

Es gab nur wenige Autos in Sontheim. Und die gehörten den Leuten, die sich einen Chauffeur leisten konnten und die nie auf die Idee gekommen wären, im Schlechtenfeldweg zu halten und auszusteigen, geschweige denn, sich freundlich zu den Kindern hinunterzubeugen, die vergnügt um so ein seltenes Ereignis wie ein lackschuhschwarz glänzendes Auto herumsprangen.

Die Haller Friedl hatte sie erkannt, den Ernst, der noch ganz dünn war und in zu großen kurzen Hosen steckte. Und den Rudolf, der einen Schulranzen trug. Sie alle lachten und freuten sich, und der elegante Herr beugte sich zu ihnen herab und lachte und freute sich mit ihnen. Wer konnte das bloß sein?

Als sie die letzte Schublade in der Hand hatte, wußte sie, wer es war. Es konnte ja niemand anders sein. Auf wen sollten sich die Kinder denn sonst freuen. Es kam ja niemand sonst zur Freude der Kinder in einem lackschuhschwarzen Auto den Schlechtenfeldweg heruntergefahren, hielt an und lachte mit ihnen. Niemand außer Herrn Schwarz.

Wenn der Herr Schwarz kam, das war immer ein besonderer Tag. Meist hatte schon jemand morgens das Auto im Dorf gesehen und erzählte am Essen, daß der Herr Schwarz wieder da sei. Nach dem Essen wurde dann in Windeseile abgespült, sogar die Tischdecke wurde aus der Schublade hervorgekramt.

Denn wenn der Herr Schwarz kam, das konnte dauern. Da wurden nicht einfach ein paar Musterkoffer mit Besteck oder einige Kopfkissen und Tischtücher aus Damast ausgebreitet. Wenn der Herr Schwarz kam, dann kam ein Hauch der großen weiten Welt in die Stube mit der abgewetzten Bank und dem brüchig gewordenen Plüsch auf dem einzigen Sessel.

Der Herr Schwarz pflegte erst mal den Hut schwungvoll auf die Garderobe zu befördern und dann mit übergeschlagenen Beinen auf einem der Stühle Platz zu nehmen, so unnachahmlich lässig, daß man sich in ein Wiener Caféhaus versetzt fühlte, sich Kristalleuchter, dienernde Kellner und die Schleier an den Hüten der Damen mühelos vorstellen konnte, noch bevor er erzählte, was man heuer in Berlin für Schuhe trug und welche Art von Kunstblumen am Busen der letzte Schrei seien.

Auf solche Geschichten wartete man mit Spannung und blätterte schon mal den ersten Katalog durch, in dem die neuesten Blusen, Schuhe und Abendkleider zu sehen waren. Und während er sich nach dem Befinden der Mutter erkundigte und auf ihre Klagen über den steifen Rücken bedeutungsvoll nickte und von der Konsulin Enderlein erzählte, die sich mit dem Korsettschnüren den Rücken verdorben habe, da ließ man den Finger über hauchzarte cremefarbige Strümpfe und fast knöchellange veilchenfarbige Plisseeröcke gleiten.

Und der Herr Schwarz erzählte. Von den Badekuren an der

Riviera und Kristallkuppeln über dem Schwimmbecken und von den Tanztees, die ein baltischer Graf in der Tübingerstraße in Stuttgart gab, bei denen die Damen darin wetteiferten, mit dem originellsten Kopfputz zu erscheinen.

Wenn der Herr Schwarz kam, schwirrte einem der Kopf von Geschichten über Opernsängerinnen, melancholische Prinzen und halbseidene Damen, die in den teuersten Seidenkostümen über die Boulevards flanierten. Und man fand es schon nichts Besonderes mehr, daß es mitten unter der Woche am hellichten Nachmittag Kaffee gab und das gute Porzellan und die Silberlöffel hervorgekramt wurden.

Wenn die Haller Friedl anderen Tags spitzig bemerkte: »Ja, ja, die Juden, denen geht es auch in schlechten Zeiten gut«, dann zuckte man die Achseln und ließ sie reden. Sie war nur neidisch, weil ihr Vater nichts für ihre Aussteuer einkaufte, obwohl es denen viel besser ging und nur einer in der Familie arbeitslos war und keiner Kurzarbeit machen mußte.

Was wußte die schon. Der Mensch lebt nicht vom Brot allein, und wenn man morgens das Vieh füttert, mittags auf dem Acker steht und abends die Wäsche einweicht, braucht man auch mal ein bißchen Glanz.

Und der Glanz aus den Geschichten des Herrn Schwarz kostete nichts, den gab es umsonst, und das Besteck und die Tischtücher waren bei ihm keineswegs teurer als in den Geschäften in Neustadt, wo man zum Einkaufen erst hinfahren mußte. Und also mehr Geld und auch noch Zeit dazu brauchte, was man auf dem Land sowieso nicht hat. Und die Verkäuferinnen dort waren hochnäsig und sahen auf einen herab, für die war man doch nur eine hausbackene Landpomeranze.

Der Herr Schwarz dagegen, das war ganz etwas anderes. Der verstand etwas vom Leben und von den Frauen, die tagein tagaus auf dem Acker stehen mußten. Der wußte, daß der Mensch eben auch ein bißchen Glanz und Flitter braucht und ein paar saftige Klatschgeschichten. Und wenn er schließlich seine Musterkoffer aufmachte, blinkten einen die Silberlöffel auf blauem

Samt so festlich an wie die Tafel beim Tanztee des baltischen Grafen. Man konnte sie in die Hand nehmen und mit Ihnen herumtänzeln und ein blasiert melancholisches Gesicht schneiden wie eine königliche Hoheit.

So war es, wenn der Herr Schwarz kam, und es war immer etwas Besonderes. Bis eines Tages alles ganz anders war.

Das war, als der Herr Schwarz bei seinem Besuch an der Garderobe mit dem Ernst zusammentraf. Da hielt er seinen Hut ganz vorsichtig fest und machte keine Bewegung, bis der Ernst in seiner neuen SA-Uniform an ihm vorbei war. Der Ernst grüßte ihn wie immer, aber steif und verlegen, als sei er ihm nie entgegengestürmt, um sich das erste Begrüßungsbonbon zu ergattern.

Der Herr Schwarz war gar nicht gut gelaunt wie sonst, er lächelte zwar, aber es war eher ein trauriges Lächeln.

Die Mutter saß in der Stube in ihrem Sessel. Es lag kein Tischtuch auf dem Tisch. Der Herr Schwarz begrüßte die Mutter, sie nickte nur, er fragte nach ihrem Befinden. »Schlecht«, sagte sie nur, »schlecht«.

Der Herr Schwarz begann zu plaudern. Nachdem die Mutter ihm immer noch keinen Stuhl angeboten hatte, zog er sich schließlich ganz behutsam einen Stuhl unter dem Tisch hervor und setzte sich. Er saß nicht lässig zurückgelehnt, wie man im Caféhaus sitzt, er saß auf der Stuhlkante wie jemand, der keine Zeit hat und gleich wieder gehen muß. Den Hut hatte er vor sich auf den Knien liegen und hielt ihn fest. Abwechselnd sah er in das verschlossene Gesicht der Mutter und auf den Tisch.

Je länger er versuchte, mit ihr ins Gespräch zu kommen, desto länger wurden die Pausen, in denen er auf den Tisch sah und die Flecken auf dem Holz zu studieren schien. Die Mutter sah ihn nur an, wenn er auf den Tisch starrte. Hob er den Kopf und nahm einen neuen Anlauf zu einer neuen Geschichte, so fing sie an, auf den Tisch zu starren, als gäbe es dort Wunder was zu sehen.

Der Herr Schwarz saß immer noch auf der Stuhlkante, seine Hände zogen die Hutkrempe nach unten und zerbeulten den Hut, ohne daß er es zu merken schien.

Schließlich holte die Mutter tief Luft und sagte ungewöhnlich laut und langsam: »Es ist eine andere Zeit, Herr Schwarz. Wir kaufen nichts mehr bei Ihnen.« Dabei hob sie den Blick nicht von der Tischplatte.

Der Herr Schwarz sagte lange nichts. Er blieb auf der Stuhlkante sitzen und senkte den Kopf noch tiefer.

Schließlich stand er auf, stellte sich hinter die Stuhllehne und sagte mit schwerer Zunge: »Eine andere Zeit. Ja, das ist es. Eine andere Zeit.«

Seine rechte Hand umklammerte einen Augenblick die Lehne des Stuhls. Mit der anderen Hand hielt er seinen zerbeulten Hut. Die Hand mit dem Hut fing plötzlich zu zittern an. Er verbarg sie hinter seinem Rücken.

Er machte eine kleine steife Verbeugung. »Ich wünsche Ihnen alles Gute. Alles Gute«, sagte er fast tonlos.

Da hob die Mutter endlich den Kopf und sagte verlegen: »Auf Wiedersehen, Herr Schwarz.«

Und der Herr Schwarz schloß die Haustüre und ging den Gartenweg entlang, auf dem ihm die Kinder so oft erwartungsvoll entgegengesprungen waren.

Die gleichen Kinder, die jetzt eine Uniform trugen und bei der SA Dienst machten, wie sie das nannten.

Das ist der letzte Besuch des Herrn Schwarz gewesen, und man hat ihn ganz schnell vergessen.

Er ist immer im Herbst gekommen, einmal im Jahr. Jetzt kam er nicht mehr. Man kaufte nicht mehr bei Juden. Wieso hätte er also noch kommen sollen. Wieso hätte man also nach ihm fragen sollen. Und wieso hätte es irgend jemand interessieren sollen, was aus ihm geworden ist.

Den freundlichen Herrn vor dem lackschwarzen Auto würden sie überblättern, die Soldaten. Ganz und gar ahnungslos. Sie sagte nichts zu dem Bild, als sie der Anna nach dem Abendessen das Album auf den Tisch legte.

Die Anna blätterte wortlos weiter. Bei den Bildern zum ersten Mai waren sie sich einig. Raus und weg.

Alles neu macht der Mai

Der erste Mai 1933. Seit dem Januar hatte der Ernst angekündigt: »Jetzt wird alles anders. Ihr werdet sehen, spätestens am ersten Mai werden euch die Augen übergehen.«

Was der Ernst so alles sagte. Er war ja doch nur ein Angeber. Dann kam der erste Mai mit dem angekündigten Umzug und der Kundgebung. Am ersten Mai hatte es immer eine Kundgebung gegeben, also ging man eben hin. Schon aus Neugier, weil die Nazis behauptet hatten, es werde ein Fest der Einigkeit und des Friedens, ein Fest der ganzen Volksgemeinschaft. Da konnte man gespannt sein.

Man kam aus dem Staunen nicht heraus. Da redete nicht ein Arbeiterführer von dem mit roten Fahnen behängten Balkon des Gewerkschaftshauses herunter. Da war die Straße von der Fabrik bis zum Marktplatz herab beflaggt mit Hakenkreuzfahnen. Hohe, weiße Fahnenmasten waren ins Pflaster eingelassen, und durch diese Allee von roten Fahnen mit dem Hakenkreuz auf weißem Grund kam der Umzug herabgezogen.

Voraus zog der neu eingekleidete städtische Musikzug in schokoladebraunen Uniformen, goldbetreßt. Goldene Kordeln zogen sich um die Schirmmützen und von den Knopflöchern zu den Schultern. Hinter ihnen kamen die schwarzen Uniformen der SS mit dem Totenkopf an der Mütze. Hinter dem strengen kalten Schwarz zogen die Braunhemden der SA auf, dann kamen die politischen Leiter in schmucklosen, gleichfalls braunen Uniformen, aber farblich vom SA-Braun deutlich abgesetzt. Als nächstes marschierte die Hitlerjugend in Braunhemd und kurzer brauner Hose vorbei, und als letzte Gruppe kamen die BDM-Mädchen im schwarzen Rock mit weißer Bluse.

Die roten Fahnen blähten sich, die Marschmusik donnerte durch die Reihen und zwang sie in Reih und Glied und strammen Schritt. Die Trommel hämmerte, die Goldschnüre glitzerten, die Stiefel glänzten, die straffen Zöpfe der Mädchen wippten im Takt. Die Zuschauer johlten und klatschten wie im Zirkus, bis sich das Gejohle vor dem Rathaus in ein donnerndes »Heil Hitler« über Hunderten von hochgereckten Armen entlud.

Soviel Glanz blendete. Soviel Rhythmus beschwingte. Soviel Gleichschritt hob alle Ungleichheit auf.

Der Umzug war ein Fackelzug von Farben, prächtiger als je am Sedanstag. Und das war erst der Anfang. Nach den Uniformen traten die Handwerker, zu Zünften geordnet, auf. Die Bäkker in blütenweißen Kitteln und Hauben, die Zimmerleute mit Schlapphut, Wams und Schlaghosen. Die Metzger trugen gestärkte Schürzen und weißblau gestreifte Hemden.

Es kamen die Maler, die Maurer, die Gärtner, selbst die Fabrikler hatten sich verwandelt und marschierten im Sportanzug der Betriebsgruppe vorbei. Junge Arbeiterinnen in weißen Rökken und kurzärmeligen Blusen, das Hakenkreuz in einem schwarzen Zahnrad auf der Brust, schwangen anmutig ihre weißen Reifen und warben für ihre Betriebssportgruppe. Natürlich durfte auch die Trachtengruppe nicht fehlen. Akkurat saßen die schwarzen Taftkappen wie mit dem Lineal gezogen über der Stirn, die weiten weißen Ärmel blähten sich über den schweren schwarzen Röcken, unter denen die roten Unterröcke und die roten Strümpfe beim Gehen ab und an hervorblitzten.

Und dann standen sie alle unter dem Balkon des Rathauses, die schneeweißen Bäcker, die rabenschwarzen SS-ler, die schokoladenbraunen Hitlerjungen, die streng bezopften BDM-Mädchen, die Zimmerleute, deren schwarze Hüte über die Köpfe ragten und die nacktarmigen Betriebssportmädchen. Die Pfadfinder, die Sportjugend und der Gesangverein mischten sich dazwischen, Trachten und Uniformen aller Art liefen durcheinander, jeder sprach mit jedem, man kannte sich ja. Schließlich wandten sich alle Köpfe erwartungsvoll zum Balkon des Rathauses.

Der Ortsgruppenleiter begann mit dem Satz, der in großen schwarzen Lettern auf einer weißen Leinwand über dem Balkon hing: »Ein Volk, ein Reich, ein Führer!« Schon donnerte der Applaus mit Heil-Rufen über die Köpfe hinweg.

War er denn nicht sichtbar und augenscheinlich, der Aufbruch eines ganzen Volkes ins neue, ins tausendjährige Reich? Nach all dem Parteienhader und Zank war jetzt die Zeit von Frieden und Versöhnung. Und gab der neue, der junge und starke Staat nicht jedem seinen Platz und seine Würde? Dem Bäcker und dem Metzger, dem Arbeiter und dem Kaufmann? Nahm er nicht jeden Betriebsführer ebenso in die Pflicht wie jeden Lehrling? Arbeitete denn nicht jeder auf seine Art und an seinem Platz für die eine heilige gemeinsame Sache?

Und noch einmal und immer wieder donnerte es über den Platz: »Ein Volk, ein Reich, ein Führer!«

Sie stand eingekeilt zwischen einem baumlangen SS-ler, zwei BDM-Mädchen, die an ihm hinaufkicherten, drei Bläsern aus der Stadtkapelle und der alten Strohm Bäuerin in Tracht, die vor Anstrengung schwitzte.

Also hatte der Ernst, das Großmaul, doch recht gehabt. Da werdet ihr staunen, am ersten Mai. Und sie staunten. Woher kam das Geld für diesen Prunk? Für die Fahnen auf ihren nagelneuen Masten, für die neuen Uniformen der Stadtkapelle, für die Sportanzüge der Betriebsgruppen, für all das adrette Uniformtuch in Schwarz und Schokoladenbraun, für die akkurat gleichen weißen Blusen der Mädchen und für den Prunkwagen der Maikönigin?

Die Tochter des Bürgermeisters hatte sie auf hohem, blumengeschmücktem Throne, umgeben von Girlanden, flatternden bunten Bändern und Ehrenjungfrauen darzustellen als blumenbekränzte Braut in wehendem weißen Schleier. Auf der Längsseite des Wagens stand in gotischen Lettern: Das deutsche Kind ist der ewige Mai des deutschen Volkes.

Sie war an die großen gotischen Druckbuchstaben noch nicht gewöhnt und las zuerst ›Rind‹!

Anna ging in die Küche und machte einen Tee. Sie lehnte sich in ihrem Stuhl zurück. Den ganzen Tag hatte sie keine zehn Minuten auf einem Stuhl gesessen, ohne etwas zu sortieren, zu studieren oder neu einzuordnen, um es dann in der entsprechenden Kiste zu verstauen.

Sie griff nach den zwei Bildern, die bereits aussortiert waren. Der goldbetreßte Musikzug, dahinter die schwarze Kolonne der SS, wie sie aus der Allee der Hakenkreuzfahnen auf den Marktplatz bogen. Ein Fall für den Küchenherd.

Das nächste Bild zeigte einen Bäcker, einen Zimmermann und eine junge Frau in Sontheimer Tracht, die ein Kind, ebenfalls in Tracht, mit einem Blumenkörbchen an der Hand hielt. Ein Arbeiter im Betriebssportanzug kam dazu, einzig der SA-Mann störte ein wenig, und deshalb würde das Bild wohl auch im Küchenherd landen. Erst auf den zweiten Blick sah sie, daß sie alle kannte, und war erstaunt, wie auffallend jung sie alle waren.

Der SA-Mann war Bruder Hans, der mit dem Bäcker Fritz und seiner Lore redete. Und der Zimmermann war sein Freund Heiner, der eigentlich auch ein Maurer und ein SA-Mann war, wie der Hans, aber den hatten sie in eine Zimmermannskluft gesteckt zur Feier des Tages. Wahrscheinlich hatte es genug Uniformen und zu wenig Zimmerleute gegeben.

Erst gestern hatte sie den Heiner getroffen, und er hatte den Kopf geschüttelt und gesagt: »Die Kameraden machen sich jetzt in die Hosen wegen der Franzosen. Sie fürchten, daß es eine böse Abrechnung gibt. Aber was soll schon sein? Mir kann sowieso nichts passieren. Die Zeit in der SA war meine schönste Zeit. Ich hab halt meinen Dienst gemacht und gesoffen. Ich jedenfalls hab mir nichts vorzuwerfen. Ich schlaf so gut wie in Abrahams Schoß, kann ich dir sagen.«

Sie sah sich ihn an, wie er da mit den anderen vor dem Rathaus stand. Sie hatten zu ihm gesagt: »Zieh die Kluft an und marschier durch die Stadt.«

»Aber ich bin doch gar kein Zimmermann«, hat er gesagt, »und das wissen doch alle.«

»Das macht nichts«, haben sie ihm geantwortet, »du bist sowieso bloß, was wir aus dir machen. Dienst ist Dienst. Und wir brauchen dich. So genau sehen die Leute nicht hin. Es kommt auf das Ganze an und auf seine Wirkung. Man muß die Leute mitreißen. Und sie wollen sich mitreißen lassen. Wer in der Kluft steckt ist nebensächlich. Der Führer hat nicht umsonst gesagt, du bist nichts, dein Volk ist alles. In dieser Kluft bist du das Volk. Ebenso wie in der Uniform. Was heißt hier, es kommt darauf an, wer du wirklich bist. In Wirklichkeit bist du ein Niemand. Ist doch klar. Und erst in der Kluft wirst du vor dem Volk ein Repräsentant des Volkes. Du wirst sehen, es funktioniert. Und wenn dich einer blöd anquatscht, dann ist der nichts als ein Abweichler, ein verkappter Sozi. Den merkst du dir gleich. Den werden wir uns vornehmen.«

»Was soll denn das nun wieder heißen?« hatte sie später den Ernst gefragt. »Man wird sich doch wohl noch darüber wundern dürfen, wieso der Heiner im Umzug nicht als der Mann, der er ist, und auch nicht als der Maurer, der er ja schließlich ist, sondern als Zimmermann, der er überhaupt nicht ist, herumläuft. Merkt ihr denn gar nicht, daß ihr euch lächerlich macht? Das könnt ihr euch vielleicht in Berlin oder Hamburg leisten, aber doch nicht in einem Flecken, wo jeder jeden kennt.«

Ernst senkte wütend seinen bulligen Kopf und funkelte sie böse an. »Halt die Klappe. Halt du bloß die Klappe in solchen Angelegenheiten. Die Zeiten haben sich geändert. Wir werden uns alle vornehmen, die herumstänkern und gegen uns sind. Alle!« schrie er. »Nimm dich in acht!«

Sie drehte ihm verächtlich den Rücken zu. Seit seine Nazis das Heft in der Hand hatten, war dieses Großmaul einfach übergeschnappt.

Ernst setzte sich an den Tisch. Er sah ihr beim Zusammenräumen des Geschirrs zu und zündete sich mit betont langsamen Bewegungen eine Zigarette an. Er stand auf und holte sich den Aschenbecher von Vaters Stehpult, nahm wieder am Tisch

Platz, stellte den Aschenbecher vor sich auf den Tisch, streifte die Asche ab, machte einen tiefen Lungenzug. Sie konnte sich nicht daran erinnern, daß er hier in der Stube je geraucht hatte. Und schon gar nicht so. Er sah sie an. Sie stand und er saß. Er sah sie trotzdem von oben herab an.

»Wir werden sie uns vornehmen. Jeden ohne Ansehen der Person.« Wie einen Hammer schlug er die Zigarette in den Aschenbecher und drehte sie, als wolle er sie durch das Glas in den Tisch bohren. Dann gab er dem Aschenbecher einen Stoß, daß er gegen ihr Tablett knallte. »Räum ab«, sagte er leise und kalt. »Und überlaß uns das Aufräumen.«

Sie verzieh es sich nicht, daß ihr erst einfiel, den Aschenbecher hinter ihm herzuschmeißen, als er die Türe bereits hinter sich zugeknallt hatte.

Tief beeindruckt war sie nach Hause gekommen an diesem ersten Mai. Sie redete der Mutter, die zu Hause geblieben war, die Ohren voll von goldenen Tressen, Uniformen und Fahnen, Braunhemden, Maimaiden, polierten Stiefeln, Bäkkermützen, Zimmermannshüten und schokoladenbraunen Hitlerjungen. Sie vergaß das Zahnrad um das Hakenkreuz auf dem Busen genauso wenig wie den Totenkopf auf den schwarzen Mützen.

»Jetzt mach's halblang«, sagte die Mutter gleichmütig, »und fang mit den Kartoffeln für das Nachtessen an.«

Dieser Ton ärgerte sie. Er ärgerte sie über die Maßen, weil es der Ton war, mit dem die Mutter alles, was sie überschwenglich nannte, auf den Boden der Tatsachen beförderte. Womit sie ihr den Ausflug des Gesangvereins, der schließlich nur einmal im Jahr stattfand, ebenso vergällte wie die Theateraufführung des Liederkranzes.

»Da fängt etwas ganz Neues an, und du redest von den Kartoffeln fürs Abendessen«, sagte sie schnippisch.

»Das mag sein, daß auf dem Marktplatz was Neues anfängt«, sagte die Mutter ungerührt, »deswegen fängt aber hier drin noch lange nichts Neues an. Und überhaupt, durch prunkvolle Aufmärsche kommt kein einziges Huhn in den Suppentopf. Arbeit muß her statt Fahnen und Uniformen.«

»Und was glaubst du, woher die Fahnen und Uniformen kommen? Die hat man weben und nähen müssen, Fahnenmasten sind aufgestellt worden, Stiefel mußten hergestellt werden, Hunderte von Stiefeln, davon hat der Leitner hier am Ort auch sein Teil abgekriegt.«

»Ja, ja«, sagte die Mutter müde, »das alte Dsching-Derassa-Bum. Und wer zahlt am Schluß die Zeche?«

»Aber ich sage dir doch gerade ...« Sie gab es auf. Sie ging in die Küche. Ganz freiwillig. Und machte sich über die Kartoffeln her.

Sie verstand die Mutter nicht. Nur ein ganz kleines bißchen hatte sie über die Brüder gemeckert, wenn sie zur SA gingen und Dienst machten, wie sie ihre Überfälle auf sozialdemokratische Lokale in der Umgebung nannten. Halb gestorben war sie vor Angst und hing schlaflos röchelnd in ihren Kissen, verfluchte die verdammte Politik, die Streit und Saalschlachten ins hinterletzte Dorf brachte, und zählte die Schwerverletzten auf, die es schon gekostet hatte.

Und sie mußte der Mutter Tee kochen und ihr die Brust einreiben und sich anhören, daß sie ins Schwitzen komme, wo und wann immer sie die Metzger Lina treffe, weil die ihr aus dem Weg gehe und sie nicht mehr grüße, seit der Ernst ihrem Gustl das Nasenbein eingeschlagen habe. Die waren bei den Sozis, aber war das ein Grund, jemand das Nasenbein einzuschlagen, so daß man sich im Flecken nicht mehr sehen lassen konnte vor den andern?

Und hatten die Herren Brüder dann geruht, wieder erst in der Morgendämmerung zu erscheinen, dann ließ sie sich die Hand tätscheln und lachte, wenn sie erzählten, wie sie den Mesner Willi erst verprügelt und dann mit Hauruck gemeinsam auf die Miste befördert hatten. Und sie spielten es ihr vor und machten schwitzend und schnaubend Hauruck und äfften das ängstliche

Quieken des Willi nach und das Gurgeln, mit dem sein Kopf in der Jauche versank.

Sie lachte mit ihnen und drohte ihnen nur anstandshalber ein bißchen mit dem Finger. Und wenn der Ernst sagte: »Entweder die oder wir, aber das ist bald ausgestanden«, dann seufzte sie.

»Das walte Gott, so kann es nicht weitergehen,« meinte sie dann, »daß jeder jeden nur niederschreit und einem die Wäsche von der Leine geklaut wird am hellichten Tag, weil keiner eine Arbeit hat und die Kinder nichts mehr zu nagen und zu beißen haben. Es gibt ja nicht einmal mehr eine Obrigkeit, die für Recht und Ordnung sorgen kann.«

Jetzt, wo Gott doch ganz in ihrem Sinne gewaltet hatte, war es auch wieder nicht recht. Jetzt redete sie schon wie das Post Päle, das immer nur sagte: »Hitler bedeutet Krieg, und wer zahlt dann die ganze Zeche?«

Aber das sagte sie nur, weil sie ihr auch die kleinste Freude vergällen wollte. So war es immer schon gewesen. Diesen Tag unter einem strahlend blauen Maihimmel, der einen Fackelzug von Farben entfaltet hatte, den ließ sie sich nicht vergällen. Rauschende Märsche hatten die Stadtkapelle, die SS-ler, die Metzger, die Betriebssportmädchen, die Zimmerleute und die SA-ler im Gleichschritt gleichgemacht. Ein Volk, ein Reich, ein Führer. So hatte es kommen müssen, wenn das ewige Streiten ein Ende haben sollte. Es war so gekommen, weil es nur so hatte kommen können.

Der Ortsgruppenführer hatte mit einem Schiller-Zitat geendet. Er forderte damit alle auf, die noch zögerten und zagten, sich der neuen Bewegung fürs Vaterland anzuschließen. Denn es gehe nicht länger um Klassenkampf und Klassenhaß, es gehe um aller Deutschen Vaterland.

»Und so schließe ich mit den Worten unseres großen Schiller:

> Ans Vaterland, ans teure, schließ dich an,
> das halte fest mit deinem ganzen Herzen.
> Hier sind die starken Wurzeln deiner Kraft,
> dort in der fremden Welt stehst du allein,
> ein schwankes Rohr, das jeder Sturm zerknickt.«

Das war der erste Mai gewesen nach der Machtergreifung. Sie schenkte sich eine Tasse Tee ein und riß die Stadtkapelle von der SS weg und auch den Bäcker Fritz und seine Lore trennte sie mit einem kurzen Ruck. Als sie den zuoberst liegenden Bildfetzen neben der Teetasse noch einmal ansah, fiel ihr das Kind in Tracht mit seiner Rotkäppchen-Mütze ins Auge.

Der ›Verein von Züchtern edler Hunderassen‹ hatte sich mit diesem unter einem Triumphbogen aus Tannenreis sitzenden Rotkäppchen im Festzug präsentiert. Man applaudierte diesem Rotkäppchen mit seinem Schäferhund voller Begeisterung, an dessen Wägelchen die Hakenkreuzwimpel flatterten.

Sie hatte der Mutter erzählen wollen, daß es die ›Hundler‹ doch arg übertrieben mit der nationalen Beflaggung des Rotkäppchens. Wenn das so weiter ginge, dann müßte man sich demnächst auf die Hakenkreuzfähnchen schwenkenden sieben Zwerge gefaßt machen. Aber für nichts ist die Mutter zu haben gewesen, weder für den Fackelzug der Farben, noch für das verhakenkreuzte Rotkäppchen.

Hochzeitsbilder

Das Hochzeitsbild von Rudolf kann ja wohl bleiben, da gibt es keine Uniformen«, sagte die Anna, als sie das Album noch einmal von vorne durchblätterte.

Sie nickte. Das war ja erst 29. Da waren die Brüder zwar schon lange in der SA, aber es wäre damals natürlich noch undenkbar gewesen, in der braunen Uniform zu einer Hochzeit oder gar in die Kirche zu gehen. Das hat sich dann merkwürdig schnell geändert. Da stand man vor der Kirche in Uniform Spalier für das Brautpaar und ließ den Brautzug unter dem Spitzbogen steil zum Führergruß gereckter Arme wie unter einem Baldachin hindurchgehen.

Als die Strohm Herta den SS-Hundertschaftler Bilger heiratete, das war so ein Aufmarsch. Je fünfzig Mann in schwarzen Uniformen in pfeilgerader Linie rechts und links der Kirchentüre. Schulter an Schulter, die Augen starr geradeaus gerichtet standen sie wort- und bewegungslos eine geschlagene Viertelstunde. Dann ging die Kirchentüre auf. Aber es wurden nicht wie erwartet beide Türflügel aufgemacht, so daß aus dem Dunkel des Portals das Brautpaar auf die Schwelle vortreten konnte.

Es öffnete sich vielmehr nur ein schmaler Spalt, langsam und kraftlos, und aus dem Spalt schob sich schwerfällig ein Trachtenrock und mit ihm die alte Strohm Bäuerin. Zur Feier des Tages hatte sie ihren Stock zu Hause gelassen und tappte deshalb vorsichtig weit vorgebeugt die Stufen hinunter.

Ungerührt starrten die schwarzen Uniformen geradeaus und aneinander vorbei, keine Hand rührte sich, kein Kiesel wagte unter den polierten Stiefeln zu knirschen, während die Strohm Bäuerin mühsam voran watschelte und mit angestrengter Würde die Mitte zwischen dem ewig langen Laufgitter der schwarzen Uniformen zu halten versuchte.

Ihr schwarzes wollenes Kopftuch saß weich und tief über der schwarzen Taftkappe, die ihr über die Stirn reichte, es bedeckte noch Schultern und Mieder. Gebrechlich und gebeugt ging sie an dem Zaun von Schulterriemen und Koppelschlössern entlang, den Blick auf die Kieselsteine gesenkt. Langsam und schwer atmend ging sie Schritt für Schritt, unsicher und ein wenig schwankend.

Niemand von den Umstehenden traute sich, in das schwarze Gitter hinein- und ihr entgegen zu gehen.

Jetzt blieb die alte Frau stehen, holte tief Atem, hustete, legte die Hand auf die Brust, richtete sich langsam auf, blinzelte zu einer der Mützen hoch, aber nichts rührte sich unter dem Totenkopf.

Zwei schwankende Schritte lang hielt sie noch die Hand auf der Brust, dann faßte sie das Ende der Gestiefelten ins Auge, verlor etwas die Würde der Mitte aus dem Blick und erreichte schließlich das Ende des Spaliers, wo sie in die offenen Arme der Wartenden sank, die sie umringten und stützten und zum nächsten Auto schoben.

Und noch immer sahen die schwarzen Uniformen regungslos aneinander vorbei, die Reihen dicht geschlossen.

Das Hochzeitsbild von Bruder Rudolf. Es könnte ein Bild von einer Tanzveranstaltung sein auf den ersten Blick. Lauter junge Leute, keine Eltern, Großeltern und alte Tanten und Onkel in der strengen Ordnung der Familienhierarchie um das Brautpaar postiert wie sonst üblich.

Ein Halbkreis junger Damen sitzt da in hellen Kleidern mit breiten weißen Kragen unterm frisch ondulierten Bubikopf, weit schwingen die Röcke über den Stöckelschuhen, von denen jeder ein feines Bändchen über dem Knöchel aufweisen kann.

Dazwischen sitzt die Braut, nur ein wenig heller als die anderen jungen Damen durch den Schleier, der wie eine Haube anliegt. Hinter den im Halbkreis sitzenden jungen Frauen stehen die Männer in ihren schwarzen Anzügen, aus denen die weißen

Hemden und allerhand Stecktücher und Myrtenschmuck mit weißen Schleifen leuchten. Alte Tanten und Onkel scheint niemand zu vermissen.

Fast ein zwanziger Jahre Tanztee-Bild, denkt sie verwundert, wo es doch ganz anders war. Einerseits war man froh und glücklich, daß der Rudolf und die Käthe eine Werkswohnung von Lohner bekommen hatten, sonst wäre es gleich gar nichts geworden mit der Hochzeit.

Andererseits wollte keine richtige Stimmung aufkommen an diesem Abend. Schließlich stachelten sich dann doch alle gegenseitig zu einer gewollten Fröhlichkeit an. Der eine oder andere mußte sich zu diesem Zweck erst einmal kräftig einen antrinken.

Aber wie konnte es auch anders sein an diesem Tag, nachdem Weinmann endgültig pleite war und die Arbeitsplätze dort weg waren. Lohner hatte Weinmann übernommen, aber Hunderte von Arbeitsplätzen gingen verloren. Wer wurde übernommen und wer nicht? Und für wie lange? Wochen hatte es gedauert, bis es endgültig heraus war.

Wie oft waren Mutters Schwestern, die Kätterbas und die Urschel, vorbeigekommen. »Der Mine ihr Mann soll dabei sein und mein eigener«, hatte die Kätterbas eines Abends gesagt. Man war natürlich furchtbar erschrocken darüber, hatte es sich aber gar nicht anmerken lassen.

»Jetzt wart's halt ab, geredet wird viel, und wieso soll es grad deinen Mann treffen, wo der doch schon fast 30 Jahre bei Weinmann ist? Wo die doch die neuen Maschinen angeschafft haben, da werden ein paar gehen müssen bei der schlechten Geschäftslage, aber den Johannes wird es doch nicht gleich treffen, den doch nicht, wo er fast der einzige ist, der mit den neuen Maschinen umgehen kann«, versuchte die Mutter zu trösten und abzulenken.

So hatten sie zuerst geredet. Daß er krank war, schon länger, davon redete niemand. Daran durfte man nicht rühren.

Eine fast neue Fabrik, jedenfalls, was die Fertigung anbetraf, wie sollte die zumachen, welchen Sinn sollte das haben? Da nickten alle, da war man sich einig. Man hing vom Export ab, und mit dem ging es schlecht, aber das war doch nur vorübergehend, das konnte nur vorübergehend sein. Es war doch sonst immer gut gegangen bei der Firma Weinmann, das war bekannt.

Und dann gab es die ersten Entlassungen, und der Johannes war dabei. Man klammerte sich an die Hoffnung, daß auch er von Lohner übernommen werde, und war zuerst sehr erleichtert, daß das auch der Fall war. Aber er konnte dort nur noch drei Tage arbeiten, und dann doch plötzlich gar nicht mehr, da war die Aufregung groß.

Es erinnerte sie damals an die Zeit des ersten Krieges, als aus jedem Haus einer nach dem anderen gehen mußte und man sich damit beruhigte, wenn der Wilhelm schon fort sei, dann könne es nicht mehr schlimmer kommen.

Aber dann mußte nicht nur der Christl, sondern auch noch der Karl dran glauben, und keiner von beiden war zurückgekommen.

Es waren nun auch bei den Entlassungen so beklemmende Mitteilungen, auf die ein langes bedrücktes Schweigen folgte. Jetzt ist der Johannes dran, hieß es, und gemeint war das Schreckliche. Im Krieg war das Schreckliche der Verlust des Mannes oder des Bruders gewesen, sein Tod. Jetzt war es der Verlust seines Arbeitsplatzes, der Lebensgrundlage für die Familie. Das Schreckliche war jetzt nicht der Tod, sondern das Leben, von dem man nicht mehr wußte, wie man es bewältigen konnte, wo die Kinder dringend neue Schuhe für den Winter brauchten und die letzte Rechnung des Arztes für die Großmutter auch noch nicht bezahlt war.

Jetzt war der Johannes dran. Jetzt saß er zu Hause und hustete und spuckte. Manchmal hackte er Holz oder grub den Garten um, aber er hatte keine Kraft mehr, und es stand ihm sofort der kalte Schweiß auf der Stirn. Und es reichte gerade für Milch und Brot und Margarine. Ob es für Seife und Waschpulver noch reichte, war fraglich.

»Aber du verdienst doch noch und die Adelheid auch und die Martha«, sagte sie ins Gejammer der Kätter hinein, »da müßtet ihr doch notdürftig über die Runden kommen.«

»Was redest du da daher«, sagte die Kätter böse. »Die Adelheid darf noch vier Wochen lang einen Tag arbeiten und ich – jawohl, mich hat man bei Lohner übernommen, aber im Akkord. Hast du dir mal überlegt, Fräulein Siebengescheit, wie das ist, wenn man mit vierundfünfzig Akkord arbeiten muß? Bei Weinmann hab ich nicht mal als ganz junge Frau Akkord gearbeitet, und jetzt, glaubst du, kann ich mit vierundfünfzig so mir nichts, dir nichts gutes Geld verdienen im Akkord? Weißt du überhaupt, was das ist, Akkordarbeit? Du mußt unglaublich fingerfertig sein, ganz mechanisch jeden Handgriff machen und das gleiche Tempo halten über Stunden – den Rohling einlegen, die Maschine schließen, pressen, die Maschine aufmachen, das gepreßte Etui herausnehmen, kontrollieren, ablegen, einlegen – und das zehn Stunden am Tag. Wenn du das gleichmäßige Tempo nicht hältst, wenn der Takt stolpert, dann fällst du zurück, kannst nicht mehr aufholen, fällst wieder und immer wieder heraus. Das hältst du durch, wenn du jung bist, aber mit vierundfünfzig, da tun dir die Arme schon nach einer Viertelstunde weh von der immer gleichen Bewegung, und du weißt, daß du noch mehr als neun Stunden vor dir hast.«

Sie selbst hatte sich immer geweigert, in die Fabrik zu gehen. Man hatte sie nichts lernen lassen und für den Haushalt zu Hause behalten. Seit von den Brüdern einer nach dem anderen heiratete und aus dem Haus ging, fiel auch das Kostgeld weg. Der Wilhelm war in Berlin, der Ernst wollte heiraten, als nächster würde der Rudolf heiraten.

Da gab es immer wieder die Überlegung, ob sie bei dem immer kleiner werdenden Haushalt nicht auch noch in die Fabrik gehen könnte. Mit Hohngelächter reagierte sie auf die Vorschläge der Brüder. Ob sie vom mageren Fabriklohn dann vielleicht eine Pflegerin für die Mutter bezahlen sollte?

Sie sah die Kätterbas an. Sie war nie so gepflegt und so elegant gewesen wie die Urschelbäs. Aber immer proper, wie der Adolf zu sagen pflegte. Jetzt hing ihr eine fettige Haarsträhne ins Gesicht. Den dunkelblauen Fabrikschurz mit den weißen Pünktchen zog sie erst gar nicht mehr aus.

Die Akkordarbeit, der kranke, arbeitslose Mann zu Hause, die Adelheid, die nur noch ein winziges bißchen Arbeit hatte. Sie sah ihre Hände an, die sie im Schoß gefaltet hatte, die kurzgeschnittenen, von der Pappmachémasse vergilbten Fingernägel, die rissige Haut am Daumen, das Geschlinge der Adern über dem Handrücken, die darüber gesprenkelten braunen Altersflecke auf der Haut. Und dann das Gesicht. Die Falten um die Augen, die eingesunkenen Wangen, und das schon fast eckig heraustretende Kinn. Ein müdes, von Arbeit und Sorge ausgemergeltes Gesicht.

Eine Woche später war die Martha arbeitslos. Wieder saß die Kätterbas ihr gegenüber in der Stube am Tisch, wieder saß die Mutter dabei und kramte nach Tröstungen, während der Vater verständnislos mit dem Kopf wackelte. Wieder sah sie auf die knotigen Handgelenke im Schoß über der dunkelblauen Schürze mit den weißen Punkten, wenn sie aufstand und ihr eine Tasse Tee einschenkte. Das Gesicht der Kätterbas war zu einer finsteren Maske erstarrt, die nur manchmal aussah, als höre sie auf ein fernes Geräusch. Die Hände aber kneteten ununterbrochen etwas im Schoß.

Man habe auch die Martha entlassen, weil sie jung und ledig und aus einer Familie sei, wo es noch einen Verdienst gebe, habe man ihr gesagt. Jetzt müsse es also von dem bißchen Akkordlohn für vier reichen, wo es seither schon nicht für zwei gereicht habe.

»Und wenn die Adelheid an deiner Stelle – ich meine, den Vorschlag könntest du der Geschäftsleitung doch machen, du hast doch mit Haus und Garten genug zu tun und überhaupt ...«

Die Kätter lachte böse. »Die Geschäftsleitung. Grad die. Die interessiert das doch einen Dreck. Selbst wenn sie es machen würden – die schreiben die Adelheid auf eine Liste und dahinter 22, ledig. Und streichen sie bei der nächsten besten Gelegenheit wieder raus. Und dann haben wir gar nichts mehr. Die wollen doch mit nichts behelligt werden. Die meinen doch, weil sie mich genommen und auf Akkord gesetzt haben, ich müßte jeden Tag vor Dankbarkeit auf dem Bauch gekrochen kommen und ihnen die Füße küssen. Und wenn ich auch nur einen Pieps sage, dann krieg ich zu hören, daß es ein Dutzend andere gibt, die geschleckt froh wären, an meiner Stelle und an meinem Platz Akkord arbeiten zu dürfen. So ist das. Aber die Herren der Geschäftsleitung fahren noch immer im Mercedes, und die Damen sind gerade von Stuttgart zurückgekommen und haben sich mit der neuesten Herbstmode ausstaffiert. Und solang die einen alles und die anderen nichts haben, solang ändert sich auch nichts für unsereins.«

»Na, jetzt übertreib nicht so«, fuhr ihr die Mutter dazwischen, »und erzähl uns nicht wieder was von der Weltrevolution. Man kann den Lohners manches nachsagen, aber nicht, daß sie besonders großkotzig sind. Die wirtschaftliche Lage ist nun mal schlecht, da können die auch nichts dafür.«

»Was betrifft es die«, maulte die Kätter, »wenn für die weniger Geld in die Kasse kommt, ist es immer noch genug. Und wir, was haben wir? Gar nichts. Wir können sehen, wo wir bleiben.«

»Und wer ist schuld, daß die wirtschaftliche Lage so schlecht ist? Doch bloß die Sozis, die alles so heruntergewirtschaftet haben«, warf die Mutter ein.

»Haben die den Krieg angefangen? Haben die ihn verloren? Haben die etwa die Inflation gemacht?« schnaubte die Kätter zurück. Es tat ihr gut, der Mutter ihre Wut ins Gesicht zu schleudern.

»Die hat das internationale Judentum gemacht«, antwortete die Mutter kühl.

»Jawohl, das Kapitalistenpack. Akkurat. Was ich sag. Und die Lohners, die sind auch nicht grad bei der Heilsarmee, oder?«

»Wenn du's wörtlich nimmst, schon«, hatte sie zu schlichten versucht, »bei der Heilsarmee sind sie auf jeden Fall.«

»Almosen! Typisch!« Jetzt kam die Kätter erst recht in Fahrt. Ihre Hände hatten mit dem Kneten aufgehört. »Almosen, die man nach Lust und Laune verteilt, damit das Volk eine Ruh gibt und den Gürtel enger schnallt.«

»Was sollte denn das Volk sonst tun deiner Meinung nach?« fragte sie die Kätter gespannt.

»Die Fabrik stürmen, besetzen, das ganze Pack enteignen.«

»Und wer«, sagte die Mutter ganz langsam, »wer sollte dann die Leitung in der Fabrik übernehmen? Wer die Entscheidungen treffen über die Produktion und wie man den Export wieder ankurbeln kann?«

»Da gibt es Leute genug«, antwortete die Kätter wegwerfend.

»Dann sag mir mal welche«, beharrte die Mutter ironisch. »Der Burgbacher Walter oder vielleicht der Hauser Jakob oder am Ende gar der Klaiber Ottl?«

Die aufgezählten Kommunisten brachten die Kätter in einige Verlegenheit. Der Burgbacher Walter war Betriebsschlosser, der vom Bürokram keinen blassen Schimmer hatte. Der Hauser Jakob war zwar sehr belesen, aber in der Packerei als Vorarbeiter hängengeblieben. Vom Klaiber Otto wußte man nur, daß er im Suff ständig die Weltrevolution beschwor.

Die Kätter kniff verbittert die Lippen zusammen. »Da gibt es noch andere, ganz andere gibt es da, die kommen von auswärts und schaffen Ordnung ... »

»Und wie geht das, bitt schön«, höhnte die Mutter, »die kommen dann von auswärts und wissen ganz genau Bescheid, wie es in der Exportabteilung beim Lohner aussieht und was man da machen muß, bloß weil sie den Karl Marx von der ersten bis zur letzten Zeile gelesen haben, daß ich nicht lache.«

»Wer zuletzt lacht, lacht am besten«, sagte die Kätter hochmütig.

Dann sagten die beiden Frauen nichts mehr, musterten einander noch eine zeitlang kampfbereit, bis eine Art Ernüchterung eintrat. Schließlich fragte die Mutter, ob es dem Johannes immer noch so schlecht gehe und was der Doktor gesagt habe.

Die Kätter zog die Schulter hoch. Der sage schon lange nichts mehr, der rede von schlechter Ernährung und Kreislaufbeschwerden, von einer harten Leber und überreizten Magenschleimhaut. Dabei habe er ständig Schmerzen und Durchfall und werde immer weniger.

Auf der Hochzeit von Bruder Rudolf saßen die Urschelbäs und die Kätterbas nebeneinander am Tisch und sahen sich selbst nicht mehr ähnlich. Unwirsch lehnten sie es ab, von Fotografen irgendwohin kommandiert zu werden, jetzt, wo der Johannes nicht habe mitkommen können.

Auch die Mutter winkte ab. Sie fühle sich gar nicht gut und Hochzeitsfotos seien etwas für die Jüngeren. Da saßen die drei Schwestern und sahen mit bedenklichen Gesichtern den andern beim Tanzen zu. Man sah ihnen nur allzu deutlich an, daß sie die ganze Zeit mit ihren eigenen Angelegenheiten beschäftigt waren.

Am meisten hatte sich die Urschelbäs verändert. Sie hatte nicht einmal ihren fünfzigsten Geburtstag gefeiert und erklärte, da sie an diesem Tag krank gewesen sei, lohne sich das Feiern nun auch nicht mehr. Erst hielt man das für eine Ausrede und für knickerig, bis man merkte, daß die Urschelbäs nicht mehr war wie früher, als sie noch in der Firma Weinmann Vorarbeiterin gewesen war.

Da hatte eine ganze Abteilung auf sie hören müssen, und wer meinte, er könne sich etwas herausnehmen oder sie gar eine alte Jungfer nennen, der wurde rasch eines Besseren belehrt. Der wurde so herumgeschuhriegelt, daß ihm Hören und Sehen verging. Und der hatte alle Hände voll zu tun, einwandfreie Arbeit zu liefern im schnellstmöglichen Tempo. Und wenn er dann kapiert hatte, wie der Hase lief und entsprechend spurte, dann konnte die Urschel die Liebenswürdigkeit in Person und ganz anders sein. Dann konnte man sogar mit ihr reden, ob man nicht am Freitag eine Viertelstunde früher Schluß machen und zum Bahnhof gehen durfte, weil da die Hilde aus Konstanz zu ihrer

Verlobung nach Hause kam und man sie wegen des schweren Koffers abholen wolle, eventuell und ausnahmsweise.

Dann dachte die Urschel darüber nach, ob es sich eventuell und ausnahmsweise machen ließ, und fand nach längerem Nachdenken heraus, wenn die Line ein bißchen länger bleiben und beim Aufräumen helfen würde, daß es sich dann eventuell schon machen ließe. Und man ließ an jeder Maschine Grüße ausrichten für die Hilde, und auch die Urschel ließ gnädig grüßen.

Immer hatte sie statt der Ärmelschürze eine Schürze mit Rüschen und eine Bluse an. Und sonntags ging sie nie ohne Hut und Sonnenschirm aus.

An Rudolfs Hochzeit hatte sie keinen Hut auf, eine Akkordarbeiterin brauchte keinen Hut. Sie war in stumpfes Schwarz gekleidet wie ihre Schwestern. Sie hatte den alten Rock, der nicht zu der Jacke paßte, nicht einmal aufgebügelt. Ihre Haare waren glatt gescheitelt, zwei Strähnen hingen ihr in die Stirn. Ihr Gesicht ähnelte auf einmal dem der Kätterbas, nur daß es einen mürrisch-trotzigen Ausdruck hatte.

Da verstand sie plötzlich, warum der fünfzigste Geburtstag ausgefallen war. Nicht aus Sparangst oder gar Geiz. Sie war jemand gewesen, man hatte sie zum Niemand gemacht. Ein Niemand braucht niemand. Schon gar nicht zum Feiern, wenn es gar nichts zu feiern gibt.

Sie sah über die Schulter des Bilger Ferdl zu den drei Frauen hinüber. Der Ferdl erzählte ihr gerade einen Witz über zwei Neger am Nordpol, und sie lachte pflichtschuldig.

Dort drüben saßen drei müde alte Frauen, die nicht mehr aus und ein wußten. Sie sprachen kein Wort miteinander. Sie sahen den Tanzenden scheinbar zu. Aber eigentlich sahen sie in den nächsten vor ihnen liegenden Tag, vor dem es kein Entrinnen gab.

Während sie in Gedanken mit den drei alten Frauen beschäftigt war, die auf dem Hochzeitsbild von Bruder Rudolf gar nicht zu sehen waren, hatte ihr die Anna ein von Goebbels signiertes Bild zugeschoben.

Goebbels stand hinter einem Rednerpult mit hochgerecktem Kinn, den stechenden Blick auf den Betrachter gerichtet. Freiburg, 23. 11. 28 stand unter der Unterschrift. Sie zerriß es mechanisch in kleine Stücke. Auch ein übertrieben von rechts beleuchteter Hitlerkopf mit Unterschrift wurde dergestalt bearbeitet, während sie noch immer die Reihe der jungen Frauen auf Bruder Rudolfs Hochzeitsbild musterte.

Die Martha mit ihren langen schwarzen Zöpfen trug eine ganz und gar unpassende Perlenkette. Sie hatte die Cousine nie besonders gemocht, weil sie sie für einen dummen pummeligen Backfisch gehalten hatte. So sah sie hier aber gar nicht mehr aus. Außerdem war eine gewisse Familienähnlichkeit mit ihr selbst unverkennbar. Dasselbe weiche Kinn, derselbe rundliche Schnitt des Gesichts.

Marthas Schwester Adelheid dagegen hatte die breiten Backenknochen von Onkel Johannes. Martha blickte gelangweilt in die Kamera, Adelheid versuchte ein gewinnendes Lächeln. Wie selbstsicher sie neben der jüngeren Schwester wirkte. Und wie wenig hatte ihr die freundliche Selbstsicherheit genützt, als sie den Arbeitsplatz verlor und dann auch noch sagen mußte, daß sie schwanger war, ausgerechnet vom Kämmerer Otto, den ihre Eltern für einen Taugenichts hielten. Wo sie doch gedacht hatten, sie hätten ihr den endgültig ausgeredet. Man wußte schließlich, daß sein Vater soff und er selbst die Lehre geschmissen hatte und als einer der ersten gekündigt worden war, weil er ständig gefehlt hatte.

Das hatte die Kätter jetzt also auch noch am Hals. Eine arbeitslose, schwangere Tochter und keinen passenden Mann für sie. Nein, er paßte ihr überhaupt nicht, auch wenn er gesagt hatte, dann wird eben geheiratet. Und die Adelheid hatte darauf bestanden, wo sie jetzt doch schwanger war. Aber dann war sie es eines Tages auf einmal nicht mehr, und alle taten so, als sei sie es nie gewesen.

Die Adelheid aber sagte kein Wort. Sie sprach mit niemandem mehr und kam nicht mehr in den Schlechtenfeldweg, schon gar nicht mit ihrer Mutter. Und wenn man die Kätter fragte, warum denn die Adelheid so bockig und verbiestert sei, dann sagte sie nur, so wird man halt, wenn man als junger Mensch keine Arbeit und keine Aufgabe hat.

Und hier saß sie und lächelte für Bruder Rudolfs Hochzeitsphoto das freundlichste Lächeln der Welt. Dabei ist es an seiner Hochzeit gerade erst drei Wochen her gewesen.

Sie sah, daß die Anna sich schon über das zweite Album hergemacht hatte. Sie blätterte es rasch durch. Es schien rein privat zu sein und in keiner Weise anstößig. Sie beugte sich über den Tisch. Männer in eleganten Anzügen, Männer vor gewichtigen Schreibtischen, Männer in Marineuniformen, zwei Männer in einem Kanu, sechs junge Männer auf drei Motorrädern gruppiert in lässiger Lederkluft, allerhand sportliche Mützen oder eng am Kopf liegende Kappen und Schutzbrillen herzeigend. Dann ein heiteres Gruppenbild der Sportsfreunde, man steht dicht beisammen, legt den Arm auf die Schulter der anderen.

Dazwischen Seiten mit einem Herrn in Wanderkluft, dem selben Herrn in dunklem Anzug mit kecker quergestreifter Krawatte, ein verstecktes Lächeln frontal auf den Betrachter gerichtet. Dann der gleiche Herr geschäftlich aus einem thronartigen Stuhl ragend, in würdig aufrechter Haltung, ein wappenverziertes Portfolio in den Händen.

Darunter ein Familienbild. Als sie das Familienbild sah, wußte sie, was es mit diesem Album für eine Bewandtnis hatte. Es war ein gewöhnliches Familienbild und zeigte einen Mann und eine Frau auf zwei ungleich hohen Stühlen, die ein Kind zwischen sich hielten. Bei näherem Hinsehen sah man aber, daß das Kind auf dem schräg gestellten rechten Knie der Frau saß, und daß sie das Kind hielt, während der Mann nur so tat, als würde auch er das Kind halten.

In Wirklichkeit war er nur sehr nah an das Kind herangerückt und hielt seinen Arm hinter ihm auf der Stuhllehne. Die Täuschung war fast perfekt.

Es war wohl nicht die einzige Täuschung, dachte sie, als sie die Frau genauer ansah. Sie wirkte sehr jung, sehr naiv, mit ihren aus der Stirn gekämmten Haaren, was die breiten Backenknochen noch betonte. Ihre Lippen waren zu einem schüchternen Lächeln geöffnet. Das Lächeln des Mannes war ganz anders als das der Frau. Überlegen ironisch und seiner Sache sehr sicher.

Ihr Häkelkleid machte sie ein wenig pummelig, auch das Kind hatte ein gehäkeltes Kleidchen mit Mützchen. Es gab lange Abende für die junge Frau zu verhäkeln. Männer hatten viel Arbeit, viel außer Haus zu tun, mußten geschäftliche Verbindungen pflegen. Dort, wo sie herkam, hatte man keine langen Vorhänge, keine hochlehnigen schweren Stühle und keine Dienstmädchen.

Sie hatte eine wunderbare Wohnung, ein wunderbares Kind und einen wunderbaren Mann, der ihr jeden Wunsch erfüllte. Nur Zeit hatte er viel zu wenig. Aber man konnte ja nicht alles haben. Dafür konnte sie den besten Arzt für ihren Vater bezahlen und einen teuren Kuraufenthalt.

Seit sie die Liebesbriefe an ihren Bruder Adolf gelesen hatte, wußte sie, was es zu bedeuten hatte, wenn er in dieses Album keinen einzigen Namen und keine Jahreszahl schrieb. Er, der sonst alle Bilder mit Akribie beschriftete.

Vielleicht war dieser Herr hier der Franz, der von dem unvergeßlichen Wochenende in Altona schwärmte. Oder Oscar, der es nicht lassen konnte, gebrauchte Unterhosen zu beschnüffeln. Oscar hätte es gut gewesen sein können. Oscar traute sie eine Häkelkleiderfamilie zu.

Gerade als sie weiterblättern wollte, fiel ihr Blick auf Theo Bühler. Was machte der hier unter den Hamburger Schönlingen? Sie hielt den Atem an. Aber die Anna blätterte weiter, als handle es sich um Theo Müller Meyer und nicht um Theo Bühler. Sie war erleichtert.

Als sie über den Flur ging, dachte sie, wenigstens kann sie jetzt weiterblättern, die Anna. Aber man konnte es ja nicht wissen, wieviel es ihr ausmachte, weil sie nie darüber redete.

Der Familienrat, zunächst bestehend aus Mutter und Bruder Adolf, hatte die Anna ins Verhör genommen. Man bekam nicht einfach ein Kind in einer anständigen Familie. Ein Kind brauchte einen Vater.

Sie lehnte sich einen Augenblick aus dem Fenster im Flur.

»Das sage ich nicht«, hatte die Anna immer nur gesagt, »das geht nur mich etwas an.«

Sie machte das Fenster energisch zu. Sie hatte keine Zeit, in alten Geschichten zu kramen, die längst ausgestanden waren. Waren sie ausgestanden? Wenn sie der Anna zusah, wie sie mit der Kleinen spielte, sie anlächelte, dann war sie da manchmal nicht so sicher.

Als sie in die Stube zurückkam, hatte die Anna zwei SA-ler, einen SS-ler und drei Mundharmonika spielende Pimpfe aussortiert. »Für alle Fälle«, sagte sie, »auch wenn es vielleicht übertrieben ist, man kann ja nie wissen«. Theo Bühler blieb unerwähnt. Die SA-ler, der SS-ler und die Pimpfe kamen auf den Scheiterhaufen zu Goebbels und Hitler.

»Ah«, sagte Anna erleichtert, »jetzt kommt die Wehrmacht, das Eismeer. Das können wir lassen. Aber geschwind durchschauen sollten wir es doch, wer weiß, ob die nicht mit den SSlern in einem Biwak hocken irgendwo.«

Sie setzte sich wieder, blätterte weiter und über Rudolfs Hochzeit hinaus.

Kabarett

Dann kam eines der Trachtenstimmungsbilder. Da saß der Adolf als Jungbauer in Kniebundhosen und weißen Strümpfen, mit Samtweste und weit geschnittenen weißen Hemdsärmeln. Die gestrickte Zipfelmütze auf dem Kopf saß hoch genug, um wie ein Hut zu wirken. Links und rechts hatte er je eine junge Frau neben sich sitzen. Beide bauschten Ärmel und Röcke um sich herum, die eine, die einen altmodischen Korb mit Doppelhenkel hielt, versuchte, sich durch ein Kopftuch über der Taftkappe älter zu machen.

Die andere lächelte unter der runden Kappe und nestelte dabei an ihrem Strickzeug im Schoß. Allen dreien leuchtete ein boshaftes Vergnügen aus den Gesichtern. Schließlich saßen sie nicht nur da, um die Ortstracht herzuzeigen, die sonst nur noch die alten Frauen trugen. Sie waren eine seit Jahren aufeinander eingespielte Truppe, und keine Hochzeit, kein Fest des Turn- oder Gesangvereins konnte ohne ihr »Klatsch-und-Tratsch-Dorf-Kabarett« auskommen.

Vom Bürgermeister bis zum Büttel, von der Frau Bankdirektor bis zur Gänseliesel wurden alle durchgehechelt. Jeder hatte Anlaß, mit Herzklopfen darauf zu warten, ob er diesmal auch drankäme und was für Bosheiten ihnen eingefallen waren. Und jeder lachte erleichtert mit, wenn er glimpflich davongekommen war.

Eines Abends machte sich der Adolf über den Briefträger Weissinger lustig. Der Weissinger Ottl gehörte zu den sogenannten Märzgefallenen. So wurden die genannt, die im März 33 schlagartig erkannt hatten, daß ihnen nichts so sehr fehlte wie ein Parteiabzeichen. Und weil der Adolf sich geärgert hatte, daß die, die ihn immer mit seiner braunen Uniform bespöttelt hatten, jetzt auf einmal in die Partei drängelten, weil es da Posten, Pöstchen, Aufträge und Dienstränge gab, man andere herumkommandieren und dabei wunderbar Geschäfte machen konnte, hatte er mit seinen zwei Bäuerinnen einen nach dem anderen durchgehechelt.

So hatten unvermeidlicherweise der Weissinger Ottl und sein Bruder Willi dran kommen müssen. Und die Nummer »Ha wieso bischd etzt au du end Partei« erfreute sich großer Beliebtheit beim Publikum und wurde mehr als einmal als Zugabe gewünscht.

Die Nummer vom Ottl und vom Willi ging aber folgendermaßen:

Kommt die Lina korbschwenkend auf die Bühne und fragt den Adolf: »Sag emol Ottl, wieso bischd etzt du end Partei?«

Adolf: »Weil der Willi au nei ischd.«

»Und wieso ischd de Willi nei?«

»Weil de Aldinger Guschdl au nei ischd. Und der ischd au en Schreiner. Also müsset mir au nei. Sonsch kriegt der älle Ufträg alloi. Und der Willi koin gotzige.«

»So isch des«, sagt die Lina nachdenklich.

»Des mit de Uffträg macht de Willi. Der isch jo au Onderoffizier gwä ond verschtoht des mit em kommandiere.«

»Aha«, sagt die Lina. »Des macht der en de Partei. Ond du, was machsch du? Du bischd jo koin Schreiner, du bischd en Briefträger.«

»I?« fragt der Ottl, wobei der Adolf an die Rampe tritt und ratlos ins Publikum starrt. »I? I mach halt des, was älle do machet. I mach mein Dienschd und no gange mit zom Bier.«

Fröhlich wieherndes Gelächter des Publikums kontert er todernst. »Wieso lachet ihr so bled? Machet ihr vielleicht äbbes anders? Ihr machet doch au bloß, was de andere machet, Hauptsach, nochher wird gsoffe. Ganget mer doch eweg, do drehe doch d' Hand ed om. I mach halt, was de Willi macht. Ond seither ischd äbbes Geld en dr Kass. Das neue Deutschland zahlt sich aus, sag ich euch. Jawoll. Ond de Willi sagt des au. Wir arbeiten für das Gemeinwohl.« Dabei nimmt der Adolf das Bierglas feierlich in die rechte Hand, streckt sie vor und brüllt: »Zum Wohl!«

Das Publikum hält sich die Bäuche vor Lachen.

Eines Abends stellte ihn der Weissinger Ottl hinter der Bühne. »Du tust die Partei verunglimpfen, das lassen wir uns nicht gefallen«, zischte er den Adolf an.

»Ach herrje«, sagte der angewidert und knüpfte sich in aller Ruhe die Weste auf. »Seit wann bist denn du die Partei?«

»Wer ein Parteimitglied beleidigt, beleidigt ... »

»Halt die Klappe, du besoffener Uhu, und überleg dir, ob du dich vor der ganzen Stadt blamieren willst. Im übrigen, ich bin nicht erst im März 1933 eingetreten, als es nur noch die Unterschrift gekostet hat. Ich bin zufällig ein sehr alter Kämpfer mit einer sehr niederen Parteinummer. Und da schau her ... » Er streifte den weiten weißen Ärmel hoch und wies auf die Narbe am Unterarm. »Das war das Messer eines Schwenninger Kommunisten, wenn dir das was sagt. Und jetzt hau ab, ich hab' die Nase voll von Typen, die sich auf einmal für den Adjutanten des Führers halten und glauben, sie könnten deshalb jedermann herumschikanieren. Hau ab, sag ich dir, und halt die Klappe oder ich werde sie dir stopfen!«

Der Ottl war sprachlos. Schließlich zischte er: »Das wird sich weisen, wer hier wem das Maul stopft, verlass dich drauf.«

Der Adolf hatte die Geschichte so gut wie vergessen, als er einige Wochen später das Gartentor hörte und sich neugierig aus dem Klofenster beugte. Es war der Weissinger Ottl, der den Gartenweg herunterkam und mißtrauisch das Haus musterte. Als er den Adolf sah, blieb er wie angewurzelt stehen.

Adolf überlegte sich, ob er nicht das Fenster einfach zuknallen sollte, aber dann ärgerte ihn das hochtrabende Getue des Weissinger Ottl, der tat, als ob er dieses Haus zu inspizieren habe, derart, daß er sagte: »Und was gibt es jetzt wieder auszusetzen?«

Das war das Stichwort für den Ottl. Er stellte sich mitten auf dem Weg in Pose und schüttelte bedenklich den Kopf. »Also weißt«, sagte er bedächtig, »so ein Haus wie eures, und an Führers Geburtstag hängt keine einzige Fahne draußen.«

»Hier wird geflaggt, wenn es mir paßt.«

»Es ist Führers Geburtstag!« kreischte der Ottl. »Da kannst du ganz und gar nicht machen, was dir paßt! Da hast du gefälligst deine Fahne herauszuhängen wie alle anderen.«

»Eins mußt du dir merken, ich mach grundsätzlich nur, was mir paßt, und basta!«

Und dann packte ihn eine Wut, die nicht nur mit dem Weissinger Ottl zu tun hatte, die von weit her kam, aus den kalten Nächten, in denen er anderen aufgelauert und sie zusammengeschlagen hatte, aus dunklen Hinterhöfen, in denen er gewartet hatte als einer im Rudel, finster überzeugt, daß dem Elend auf keine andere als auf diese Weise beizukommen sei und diese Drecksarbeit gemacht werden müßte, wenn es eine Ruhe und eine Ordnung und warme Stuben und Arbeitsplätze und ein Huhn im Suppentopf geben sollte.

Und jetzt drängelten sich die Schieber und Schleimer, die Absahner und Leisetreter, die auf einmal ein großes Maul hatten, um den Suppentopf mit dem Huhn, wußten alles besser und hatten es immer schon gewußt.

Und er dachte an den Bogner Bruno, dem sie einen Tritt in die Nieren verpaßt hatten bei einer Saalschlacht und der an den Folgen elendig gestorben war. Und da stand dieser Leisetreter immer noch breitbeinig auf dem Gartenweg und fing ein Lamento an wegen einem Stück Stoff.

Als sie den Bruno zertrampelt haben, da hat er sein Maul gehalten, dachte Adolf, da hielt er sich raus, damit er in nichts reinkam, der charakterlose Lump. Da sah er mit einem kalten Lächeln auf das kreischende, rotangelaufene Männlein herab und sagte: »Wegen dem Krischmehlkotzer häng ich noch lang keine Fahne auf, damit du's weißt.« Und knallte das Fenster zu.

Der Satz war wohltuend, geradezu erlösend, er konnte den Bruno nicht mehr lebendig machen, aber er machte ein für allemal klar, daß ein Stück Stoff ein Stück Stoff und ein Mensch ein Mensch war. Und deshalb konnte er sich jetzt auch in aller Ruhe an den Tisch und ans Essen setzen.

Was es denn für ein Geschrei vor dem Haus gegeben habe, wollten die anderen wissen.

»Nichts Besonderes«, antwortete Adolf gleichmütig. Der Weissinger Ottl hätte sich sein dummes Maul zerrissen, weil sie zu Führers Geburtstag nicht geflaggt hatten, da habe er eben zu ihm gesagt, wegen dem Krischmehlkotzer hänge er noch lange keine Fahne heraus.

Alle legten wie auf Kommando die Löffel nieder.

»Wie bitte?« fragte der Hans fast tonlos, »willst du sagen, du hast den Führer dem Ottl gegenüber einen Krischmehlkotzer genannt?«

Der Adolf zuckte mit den Schultern und aß seelenruhig weiter. »Na und?« sagte er schließlich in die verstörten Gesichter hinein.

»Krischmehl heißt ja wohl Kleie, was ich dir hoffentlich nicht zu erklären brauche«, zischte der Hans, »und du glaubst, man läßt es dir einfach so durchgehen, wenn du vom Führer behauptest, er ernährt sich am Schweinetrog?!«

In das fassungslose Schweigen sagte der Adolf gleichgültig, ohne auch nur einen Augenblick mit dem Essen aufzuhören: »Wer ist man? Und wer ist der Weissinger Ottl? Wurscht ist mir der, ganz und gar wurscht.«

»Er wird dir nicht mehr wurscht sein«, sagte der Hans aufgeregt, »wenn er dich anzeigt. Das gibt ein Parteiordnungsverfahren – und wie willst du dich dann rausreden? Bilde dir ja nicht ein, daß du die mit deinen Schwenninger Heldentaten beeindrucken kannst. Es sind andere Zeiten jetzt, da kann nicht jeder rumkrakeelen und machen, was er will. Disziplin ist angesagt und nochmals Disziplin.«

»Ja, ja«, antwortete Adolf gelangweilt. »Das Ideal der Unteroffiziere. Da können sie jeden herumkommandieren. Da muß gekuscht werden.«

»Dienst ist Dienst«, konterte Hans.

»Und Schnaps ist Schnaps«, echote Adolf.

»Wenn das der Ernst erfährt...«, sagte der Hans nach einer Weile.

Er erfuhr es sehr schnell und tobte. Endlose Streitigkeiten wurden ausgefochten um den Krischmehlkotzer.

In der Zwischenzeit handelte die Mutter. Sie sprach vor bei der Frau Fabrikant Kühn. Schließlich war deren Mann der Parteioberste am Ort und hatte letztendlich das Sagen, noch lang vor dem Ortsgruppenleiter.

Die Frau Kühn seufzte. So was. Und das in einer solchen Familie, die doch eigentlich über jeden Zweifel erhaben war. Und warum bloß führte sich der Adolf auf wie ein kleiner Junge, wo er doch schon in Schwenningen immer dabeigewesen ist. Und wenn sie nur an die Verletzung damals denke und überhaupt. Es sei nicht zu fassen. Sie werde mit ihrem Mann sprechen, und vertuschen müsse man das auf jeden Fall irgendwie. Denn wenn schon in so einer Familie kein Halt mehr sei in der nationalen Sache, wo komme man denn da hin.

Und dann kam der Tag, an dem er vorreiten mußte. Er erschien in seinem elegantesten Anzug im Parteilokal, und sie ärgerten sich sehr. Er nahm ihnen schon von vornherein das Gerede von der beschmutzten Uniform aus dem Mund und verblüffte sie erst einmal. Und als sie ihn anherrschten, warum er in Zivil käme, da tat er ganz verschämt und sagte, er wisse ja nicht, ob sie damit einverstanden seien, daß er weiterhin die Uniform trage.

Das gab dann Anlaß von Seiten des Herrn Kühn begütigend auf die Tage der Kampfzeit abzuheben und auf seine Verdienste.

Zur Anklage, er habe den Führer einen Krischmehlkotzer genannt, hob der Adolf erstaunt die Augenbrauen. Also das sei nun wirklich die Höhe, er habe natürlich nie im Leben den Führer einen Krischmehlkotzer genannt. Wie käme er auch dazu. Und wenn man ihm jetzt die Aussage des Herrn Weissinger entgegenhalte, dann müsse er die Aussage, die ihm unterstellt werde, dahingehend korrigieren, daß er natürlich nicht gesagt habe ›wegen dem Krischmehlkotzer‹, was sich ja dann in der Tat auf den Führer beziehen würde. Aber wie käme er, der schon in Schwenningen dabeigewesen sei – was ja hier durchaus nicht jeder von sich sagen könne –, und dabei blickte er spöttisch in die Runde, wie also solle er zu so einer Aussage kommen? Er habe vielmehr in nicht ganz unberechtigtem Zorn auf den anmaßenden Ton des Weissinger Ottl gesagt ›wegen dir Krischmehlkotzer‹. Das sei nun gewiß nicht höflich, andererseits wäre er aber auch entsprechend von ihm angegangen worden, ein Wort habe das andere ergeben.

Sichtliche Erleichterung machte sich breit unter den Versammelten. Man nickte mit einem gewissen Verständnis und wollte dem störrischen Briefträger, der weiterhin behauptete, so und nicht anders sei es gesagt worden, einen Irrtum in diensteifriger Pflichterfüllung zubilligen. Der Herr Kühn hielt eine kleine Schlußrede, in der der Geist guter Kameradschaft zur Festigung des Kampfgeistes für das gemeinsame Ziel beschworen wurde.

Und doch, so erzählte der Adolf später lachend, seien sie sehr mißtrauisch geblieben ihm gegenüber, die meisten jedenfalls. Denn konnte die SA einen Menschen ernst nehmen, der in Zivil vor dem Parteigericht erschien und die ganze Zeit die Hand nicht aus der Hosentasche nahm? War das nicht verdächtig genug, auch wenn er schon in Schwenningen dabeigewesen war?

Die Mutter aber beschloß, nachdem die Geschichte mit dem Krischmehlkotzer eine so glimpfliche Wendung genommen hatte, nicht nur eine Fahne anzuschaffen, sondern gleich noch einen Fahnenmast dafür im Garten aufzustellen, damit in Zukunft kein Zweifel mehr an der politischen Gesinnung des Hauses Schlechtenfeldweg Nr. 6 aufkommen konnte.

Und von da an war nie mehr vom Bauernkabarett, bei dem das ganze Dorf samt seinen Parteigenossen verhechelt wurde, die Rede. Es hatte sich so ergeben, daß auch beim Sport- und Gesangverein nur noch feierliche Reden zur ernsten Lage der Nation gehalten wurden. Es gab nichts mehr zu lachen.

Die neue Frau im neuen Staat

Das nächste Gruppenbild vor einem langgestreckten weißen Gebäude konnte sie nicht gleich einordnen. Dreißig junge Frauen standen wie zu einem Klassenfoto auf den Stufen des Gebäudes aufgereiht. Sie fand sich in der dritten Reihe rechts. Jetzt fiel es ihr wieder ein. Schulungskurs in Coburg.

Sie nahm das Bild sofort heraus, zerriß es in kleine Fetzen und schichtete sie auf dem Scheiterhaufen auf. Sie tat es ganz mechanisch, ohne auch nur einen Gedanken an die meterlangen Hakenkreuzfahnen rechts und links der Treppe zu verschwenden. Sie hätte das Bild zerrissen, auch wenn kein einziges Naziemblem darauf zu sehen gewesen wäre.

Als sie das neue Häufchen Papierschnipsel sorgfältig über Goebbels, Hitler, den Pimpfen, den SA-lern und SS-lern glattstrich, war es ihr schleierhaft, wieso sie dieses alberne Bild überhaupt ins Album geklebt hatte. Wahrscheinlich einfach, um sich beim Durchblättern ihres Albums immer wieder zu versichern, daß sie nicht nur tagtäglich durch dieses Haus ging, um zu kochen und zu waschen, um aufzuräumen und zu putzen. Daß sie wirklich und wahrhaftig einmal allein eine Reise quer durch Deutschland gemacht hatte, bis nach Coburg. Daß sie wirklich dort gewesen war. Jetzt war es ganz gleichgültig, ob sie jemals dort gewesen war. Jetzt wollte sie sich überhaupt nicht mehr daran erinnern. Weder an die Erwartungen, die sie in diese Reise gesetzt hatte, noch an die Enttäuschungen.

Die beiden Frauen rechts und links neben ihr würdigte sie auf dem Bild keines Blickes. Weder die kleine Pummelige noch die große Dürre. Sie hatte mit ihnen vierzehn Tage lang das Zimmer geteilt, das war genug gewesen, ein für alle Mal.

Der geregelte Tagesablauf, der mit Gymnastik vor dem Frühstück begann und mit dem abendlichen Appell und Einholen der Fahne endete, hatte sie fast überfordert. Ständig war man mit anderen zusammen. Im Waschraum, beim Essen, bei den Vorträgen. Und wenn man sich ins eigene Zimmer flüchtete, da quasselten sie einem erst recht die Ohren voll. Sie konnte sie nicht ausstehen, von Anfang an. Mechthild und Gisela redeten ununterbrochen.

Giselas liebstes Wort hieß Arthur. Sie war hier, weil Arthur das so wollte. Schließlich war er gerade erst Sturmbannführer geworden und erwartete das von seiner zukünftigen Frau. Ja, Arthur war dabei, etwas zu werden. Das war natürlich schön, aber einfach war es nicht. Ganz und gar nicht. Weil Arthur sagte, das sei erst der Anfang und noch lange nicht das Ende. Und sobald Krieg sei, werde er sich sofort in den Osten melden, nach dem Motto, wer zuerst kommt, mahlt zuerst. Und da müsse sie unbedingt mitkommen. Und es grause ihr davor.

Sie wandte sich zu der Schlüpfer und Blusen ausbreitenden Gisela, die redete und in ihrem Koffer herumkramte, und sagte in scharfem Ton: »Was soll das heißen, sobald Krieg ist?«

Giselas Hände kramten ruhig weiter, während sie ihr kurz den Kopf zuwandte in unverhohlenem Mißtrauen. »Aber das ist doch sonnenklar, daß es Krieg geben wird, Arthur sagt ...«

»Was Arthur sagt, zählt wohl nicht so viel, wie was der Führer sagt, und der hat auf dem letzten Reichsparteitag gesagt, daß er als Soldat, der den Krieg im Schützengraben mitgemacht hat, niemals einen Krieg beginnen wird, und daß nie jemand Anlaß haben wird, am deutschen Friedenswillen zu zweifeln.«

»Tja«, sagte Gisela ein wenig ratlos und setzte sich neben ihren Koffer, »das stimmt schon. Aber Arthur sagt, das sagt er nur, weil wir noch nicht genug gerüstet sind. Aber wenn wir genug gerüstet sind, so in zwei drei Jahren, dann werden wir den Osten erobern.«

Als sie sah, welches Entsetzen sich im Gesicht ihres Gegenübers breitmachte, sagte Gisela: »Na ja, mir wäre es ja auch lieber irgendwo im Reich, am Müritzsee oder so, wo es angenehmer ist, zu leben, als unter lauter polnischen Untermenschen, die sollen ja alle Läuse haben. Aber Arthur sagt, da gibt es keine

Würsteln. Er geht auf jeden Fall in den Osten. Und dort bekommt er über kurz oder lang eine Dienstvilla und ein Rittergut. Und das müsse bewirtschaftet und ordentlich geführt werden. Und dazu brauche er eine Frau, die das könne. Und ich solle mich mal anstrengen und lernen, wie das geht. Damit mir die Dienstboten nicht auf der Nase herumtanzen und sich die adeligen Fräulein nicht über mich lustig machen.«

»Und warum nimmt er sich nicht gleich ein adeliges Fräulein, wenn ihm das so wichtig ist?« sagte sie schnippisch.

Da sah Gisela sie so hilflos und kläglich an, daß sie ihr schon wieder fast leid tat.

»Ich sag dir ja, daß ich viel lieber ganz woanders wäre, aber Arthur sagt, ich brauche mich vor den adeligen Fräulein nicht zu fürchten, das seien bloß sitzengebliebene neidische alte Jungfern. Und der neue, nationalsozialistische Staat werde mit diesem dekadenten Junkertum sowieso Schluß machen. Die seien doch bloß die Alten, Abgelebten und wir die neuen Herrenmenschen, deren Stunde jetzt gekommen sei. Und außerdem komme es darauf an, daß wir den Osten bevölkern mit einer neuen, gesunden germanischen Bauernrasse, und da kann ich bei Gott mit den adeligen Fräulein mithalten.«

Jetzt saß Gisela schon wieder so auf dem hohen Roß, daß es sie reizte, sie herunterzuholen. »Stammst du denn aus einer alten Bauernfamilie?« fragte sie mit gespielter Unschuld.

»Das nun nicht gerade«, gab die Gisela kleinlaut zu, »mein Vater ist Schuster. Aber er hat einen eigenen Laden. Und seit die Juden aus der Stadt sind, hat er sogar einen Laden am Marktplatz.« Gisela dachte angestrengt nach. »Meine Mutter, die kommt vom Land, mußt du wissen, die hat als ... die hat in der Milchwirtschaft gearbeitet.«

»Ah so, in der Milchwirtschaft«, echote sie erstaunt. Die dumme Gans meinte wohl im Ernst, sie habe ihr weismachen können, daß ihre Mutter etwas besseres als Stallmagd und Melkerin gewesen sei. »Und Arthur? Kommt er aus einer Bauernfamilie?«

»Nun ja, auch nicht gerade«, gab Gisela zu. »Sein Vater war der Flaschner in unserer Straße. Der hatte aber keinen Laden wie wir, der hat heute noch keinen. Aber dafür ist Arthur aufs Gymnasium gegangen. Jawohl. Bis zur Mittleren Reife. Dann hat das Geld nicht mehr gereicht, und er mußte zugreifen, als er städtischer Angestellter werden konnte. Arthur sagt, daß das heute keine Rolle mehr spielt, daß ihm heute keiner mehr einen Stein in den Weg legen kann. Du mußt wissen, er ist ein alter Kämpfer und war in einen Fememord verwickelt«, sagte sie stolz.

Plötzlich war die kindliche Ängstlichkeit wieder für einen Moment in ihrem Gesicht zu sehen. »Gräßlich war das, ganz gräßlich. Ich dachte, ich sterbe, als ich ihn im Gefängnis besucht habe. Da haben sie die vergitterten Türen vor mir auf und hinter mir wieder abgeschlossen. Kannst du dir das vorstellen? Und wenn meine Eltern mich nicht jeden Tag bedrängt hätten, mich von Arthur zu trennen und mich statt dessen mit dem pensionsberechtigten Witwer im zweiten Stock zu befassen, der war ja noch nicht alt – erst zweiundvierzig –, wenn die mir nicht immer solche Vorhaltungen gemacht hätten, dann hätte ich das mit den vergitterten Türen wahrscheinlich kein zweites Mal über mich gebracht. Aber Arthurs Kameraden haben mich natürlich als zweite Krimhild gefeiert, und da konnte ich ja nicht so sein. Und jetzt ist natürlich alles anders. Aber leicht ist es auch nicht.«

Gisela runzelte die Stirn. »Nächstes Frühjahr wird geheiratet, und bis dahin muß ich mich eine ganze Menge fortbilden. Überall schickt mich Arthur hin. Den Tanz- und Benimmkurs habe ich schon hinter mir. Ich weiß jetzt schon, wo das Fischbesteck hingehört und daß man sich den Mund immer mit der Serviette abwischen muß, bevor man zum Glas greift. Albern so was«, seufzte sie, »aber sonst gehört man nicht zu den feinen Leuten, sagt Arthur. Und zu denen will er jetzt einfach gehören. Na ja, dann muß ich mich eben anstrengen.«

Gisela gab sich einen Ruck. »Herrje, wie sieht das denn hier aus. In einer Viertelstunde ist Abendessen.« Mit zwei Handgriffen hatte sie ihr Zeug im Schrank verstaut und rannte in den Waschraum.

Sie ging zum Fenster, machte es auf und sah in den weitläufigen Garten des Hauses hinab. Einen Moment lang packte sie die Wut. Diese plappernde dumme Person, die außer ›Arthur sagt, Arthur meint‹ nichts im Hirn hatte, redete über den Krieg wie über einen fahrplanmäßigen Zug, der sich leider etwas verspätet hatte. Krieg war für die Villa und Rittergut mit Dienstmädchen und Arthur.

Der Krieg hatte gerade erst stattgefunden. Er hatte zwei Brüder der Mutter und ihre eigenen Brüder Karl und Christl verschlungen und Hunger, Not und Inflation gebracht. Und so eine unbedarfte Gans saß seelenruhig auf der Bettkante und erklärte altklug, noch müsse der Führer sagen, daß er den Frieden wolle, weil wir noch nicht genug gerüstet seien für einen Krieg. Wo war sie hier gelandet?

Über den Bäumen des Gartens stieg ein Schwarm Vögel auf. Fünf davon lösten sich aus dem Schwarm, drei flogen in weitem Bogen wieder hinter dem Schwarm her, schlossen sich ihm an. Sie verfolgte die zwei mit erinnerungssüchtigem Blick. So war es gewesen. So könnte es immer noch sein. So wurde es nie wieder.

Die Blicke ineinander verhakt, die Gedanken aufsteigen lassen, weite Kreise ziehen im Auf- und Abschwung, die anderen weit hinter sich lassend. Die eigene Bahn ziehen und gemeinsam eine neue Höhe erreichen. Frei und zu zweit und man selbst sein.

Kein Schimmer, keine Ahnung davon hatte diese Gisela je gestreift. Es genügte noch immer, wenn Arthur dachte und sagte. Wie hoch war sie selber geflogen, wie tief war der Sturz gewesen. Wie geduckt lebte es sich mit gebrochenem Flügel.

Heute kann Arthur keiner mehr einen Stein in den Weg legen, hat sie gesagt. Der Stein im Weg. Für das richtige Pfarrhaus brauchte man immer noch die richtige Frau. Am Richtigsten war sie, wenn sie selber aus einem richtigen Pfarrhaus stammte. Ganz und gar nicht richtig war sie, wenn sie nur aus einer Handwerkerfamilie stammte, in einem uralten Bauernhaus mit niedrigen Stuben wohnte und jedermanns Dienstmagd war.

Das spielte jetzt keine Rolle mehr, sagte Arthur. Mal sehen, ob er recht hat, der Arthur, dachte sie. Sie kannte zwar diesen Arthur nicht, aber er kam ihr doch sehr bekannt vor. Vielleicht lag es irgendwie an der Uniform, daß alle, die sie trugen, so auswechselbar gleich daherredeten. Hätten sie keine an, müßten sie sich selber etwas ausdenken. So aber redeten sie, wie man mit einem Sturmriemen, einem Koppel und einer Hakenkreuzbinde eben redet.

Dann erschien Mechthild im gemeinsamen Zimmer und begrüßte sie steif. Sie sei spät dran, sagte sie sachlich, aber es habe sich nicht anders machen lassen. Pflichtübung beim Roten Kreuz. Da sie nicht zum Medizinstudium zugelassen worden sei, wäre sie jetzt eben beim Roten Kreuz und arbeite sich da nach oben. Das andere Standbein sei der Sport.

Die große, dürre Frau räumte ihre Sachen bedächtig in den Schrank, strich die Kanten der Schlüpfer glatt und legte sie akkurat übereinander. Die Blusen ließen sich stapeln wie Hemden und ihre Kantenlänge stimmte millimetergenau.

Das sei ohnehin ihr letzter Lehrgang dieser Art, wo sie das Zimmer noch mit anderen teilen müsse. Sie sei zum Führerinnenlehrgang vorgeschlagen und sozusagen hier schon in der Funktion einer Führerin tätig. Am Freitag sei sie mit einem Vortrag dran über die deutsche Frau und den Sport. Es gebe ja schon eine ganze Zeit sportlich aktive Frauen, aber im nationalsozialistischen Staat habe der Sport für die Frau natürlich einen ganz anderen Stellenwert.

Mit Schwung beförderte Mechthild ihren Koffer auf den Schrank. Aber das werde sie ja am Freitag dann zu hören bekommen.

Das Essen war gut, und sie hatte sich mit einem Mädchen unterhalten, das aus dem Fichtelgebirge kam und gottfroh war, dem elterlichen Bauernhof für vierzehn Tage entkommen zu sein. Sie habe nicht vor, das hier allzu ernst zu nehmen, schon den Frühsport fand sie albern und die Vorträge müsse man halt über sich ergehen lassen, wenn man ein wenig in Stadt und Land herumkommen wollte.

Hilde war kein Kind von Traurigkeit, und sie gefiel ihr, obwohl sie ihre Gleichgültigkeit den Vorträgen gegenüber nicht verstehen konnte. Aber Hilde war jung, noch keine zwanzig, da kam sie sich mit ihren siebenundzwanzig Jahren schon wie eine weise alte Frau vor. Und das mit dem Frühsport war ihr auch zuwider.

»Weißt«, sagte Hilde, »die hocken den ganzen Morgen gemütlich auf dem Hintern in einer warmen Stube, die brauchen das. Wenn du aber zum Viehfüttern raus mußt, dann hast du deinen Frühsport.« Sie lachten beide.

Sie war ganz vergnügt vom Gespräch mit Hilde die Treppe heraufgekommen, doch als sie das Zimmer betrat, konnte sie die angespannte Atmosphäre fast körperlich wahrnehmen. Gisela hatte Mechthild offenbar mit ›Arthur sagt, Arthur meint‹ bereits ziemlich genervt.

Jedenfalls stand Mechthild mitten im Zimmer, die Hände auf dem Rücken verschränkt, und sprach in herablassendem Ton zu der auf ihrer Bettkante sitzenden Gisela: »Sicher ist es die einzig natürliche Aufgabe der Frau, die Mutter erbgesunder Kinder zu werden. Aber, meine Liebe, dieser Gedanke muß noch viel tiefer in den deutschen Frauen verankert werden, denn jahrelang waren unsere Geburtenraten im Sinken begriffen. Und wer, bitte sehr, soll in der deutschen Frau diesen Gedanken wach halten, wer soll ihre Haltung als Frau und Mutter stärken, wenn nicht die Führerinnen des BDM?«

»Es wäre gescheiter, du würdet selbst Kinder bekommen und nicht bloß davon reden«, antwortete Gisela trotzig.

»Sagt das dein Arthur auch?« fragte Mechthild ironisch.

Gisela sah verunsichert zu ihr auf. Wenn es um Arthur ging,

war äußerste Vorsicht geboten. Ihm durfte sie mit einer unbedachten Bemerkung auf keinen Fall schaden.

»Na ja, der Führer mag die gescheiten Frauen, die bloß reden, nicht«, versuchte Gisela einen diplomatischen Ausweg.

»Und wer soll dann mit ihm den nationalsozialistischen Staat aufbauen, in dem schließlich auch die Frauen den ihnen angemessenen Platz finden? Die SS vielleicht? Was verstehen die von den Aufgaben der Frauen?« höhnte Mechthild und wippte vom Absatz auf die Zehen. »Man muß die deutsche Frau zum Kind hin erziehen, so ist das!« rief sie triumphierend. »Und du? Hast du überhaupt schon eine Erbgesundheitsbescheinigung? Ja? Und Arthur, der auch?«

Das saß. Gisela standen die Tränen in den Augen vor Wut. »Das hat Arthur gar nicht nötig!« rief sie und erzählte wieder die alte Kämpfer- und Fememordgeschichte.

Mechthild wippte mit kaltem Blick weiterhin von den Fersen auf die Zehen und zurück. »Im Angesicht der Verantwortung vor Volk und Staat, im Namen des ewigen Bestandes unseres Volkes hat das gar nichts zu sagen. Gar nichts. Vor dem Erbgesundheitsgesetz sind alle gleich. Alle, ohne Ausnahme. Und vergiß nicht, dein Arthur kann sein wer er will, er ist noch lange nicht die Elite. Die SA ist noch lange nicht die Elite. Und schon gar nicht für den Osten. In der SA gibt es noch so manche, die jüdisch versippt sind und meinen, sie könnten sich um das Erbgesundheitsgesetz herumdrücken.«

»Arthur hat sich nie um etwas gedrückt! Wenn der Krieg im Osten beginnt ...«

Mechthild fiel ihr ins Wort. »Wenn der Krieg im Osten beginnt, wird man Arthur sagen, wo sein Platz ist – und damit der deine.«

»Das weiß Arthur besser als du!« Gisela warf den Kopf zurück. »Was weiß eine Frau wie du und ich vom Krieg. Arthur sagt, es gibt ein ausdrückliches Verbot, mit Frauen über den Krieg zu reden. Gar nichts weißt du, weil du gar nichts wissen kannst!«

»Und du meinst, bloß weil Krieg ist, ist es egal, ob man jüdisch versippt ist?«

Wieder sah sie die Wut und die Tränen in Giselas Augen. Aber es war da noch etwas anderes, etwas wie Furcht, wie ein Zurückweichen vor der kalten Herablassung der Rotkreuzlerin.

»Euer Streit ist für die Katz, um Kaisers Bart, wie man bei uns im Alemannischen sagt«, warf sie schließlich zwischen die beiden Biester. »Der Führer will gar keinen Krieg, das hat er oft genug gesagt.«

Mechthild wandte sich ihr mit einer geschmeidigen Bewegung und einem strahlenden Lächeln zu. »Wie recht du hast, Rosa«, sagte sie mit schneidender Freundlichkeit. »Wir streiten uns – wie hast du gesagt? – um des Kaisers Bart. Der Führer hat ja längst anders entschieden. Nicht wahr, Gisela? Erst müssen wir ein großes Volk sein, ganz ohne Raum. Dann werden wir uns den nötigen Lebensraum erkämpfen. Wenn es der Führer befiehlt. Vielleicht werden deine Söhne dabei sein dürfen – zu Arthurs und deiner großen Freude.« Sie rauschte aus dem Zimmer.

Das war vielleicht ein Biest. Hätte man sie doch Medizin studieren lassen.

»Die weiß es auch schon«, schluchzte Gisela. »Arthurs Großmutter ist ein uneheliches Kind. Den Vater kennt niemand, den hat seine Urgroßmutter nie angegeben. Und jetzt haben sie schon in der SA gestichelt, der Vater sei eine Jude gewesen, weil Arthurs Urgroßmutter im Dienst war in verschiedenen Familien, unter anderem bei einem jüdischen Textilfabrikanten. So ein Quatsch. Die sind bloß neidisch, weil Arthur so schnell Sturmbannführer geworden ist und jetzt auch noch zur SS will. Und überhaupt, er kann ja gar keine jüdische Großmutter haben, und im allerschlimmsten Fall war sie höchstens Halbjüdin! Höchstens! Und was ist das schon!«

»Nichts, sozusagen«, antwortete sie halb ironisch und dachte, in welches Irrenhaus bin ich denn hier geraten? Eine höchstens halbjüdische Großmutter ... Eine jüdische Großmutter wäre das Ende der Karriere.

Gisela fühlte sich durch diese Bemerkung irgendwie getröstet.

»Wieso seid ihr denn so aneinandergeraten?« wollte sie schließlich von Gisela wissen.

»Na ja, wir saßen dem Tisch der Führerinnen gegenüber, und da sagte ich, die sehen fast alle aus wie alte Jungfern. Und da hat sie zu mir gesagt, so was zu sagen wäre nicht erlaubt und ich hätte ja keine Ahnung. Das kann ja sein«, sagte Gisela mit entwaffnender Offenheit, »daß ich nicht viel Ahnung habe, aber daß die keine Kinder haben und keine Familie und sich da auch drum rumdrücken, weil ihnen das Herumkommandieren mehr Spaß macht als das Windelwaschen, das ist doch wahr, oder? Die reden davon, daß die Frau die Hilfe des Mannes sein soll, und dann brausen sie mit ihrem Chauffeur davon. Arthur meint, daß ich mich von solchen gar nicht schikanieren zu lassen brauche. Und wenn man genau hinguckt«, sagte Gisela und nahm allen Mut zusammen, »dann wollen die gar keinen Mann.«

Sie hatte etwas anderes sagen wollen, es sich dann aber doch nicht getraut.

Sie war müde. Sie wollte nichts mehr sehen und nichts mehr hören von dem Gekeife um die Rangordnung der wahren deutschen Frau in der neuen Zeit. Obwohl sie todmüde war, wälzte sie sich im Bett von einer Seite zur anderen.

Wie die vom Krieg geredet haben, wie von einem Zug, der sich verspätet hat. Sie sah den Zug. Sah ihn über die Gleise kommen. Er hatte keine Fensterscheiben mehr. Die blutigen Kopfverbände sah sie als erstes. Die überklebten Augen. Dann hielt der Zug. Vor ihr beugte sich ein Soldat aus dem Abteilfenster. Der hatte nur einen Arm, der war dick bandagiert. Die Mütze hatte er so dicht über das Gesicht gezogen, daß man nur Nase, Mund und Kinn sehen konnte. Sie spürte aber, wie er sie ansah. Schließlich wandte er den Kopf von ihr ab. Dann sah sie, daß sein linkes Ohr zu einem blutigen Wulst zusammengeschmolzen war. Sie wollte sich abwenden, aber da hob er den rechten

Arm und schlug ihn in die Glasscherben, die im Fensterrahmen staken, wieder und immer wieder, bis sich der Verband rot einfärbte und ihm das Blut über die Hand lief und vor ihr auf den Bahnsteig heruntertropfte.

Sie starrte auf den Ringfinger der Hand. Es war der flache Ring, der ein wenig breiter war als sonst üblich. Es war der Ring, den die Selma dem Christl bei der Verlobung an den Finger gesteckt hatte, der Ring, den sie genau kannte und über den alle gestaunt hatten, weil es nicht der übliche Ring war, den alle hatten.

Und da fuhr er auch schon an, der Zug, der sich verspätet hatte, und immer noch fuhr der Arm auf und nieder in die Scherben, und es gab eine Blutspur den Bahnsteig entlang, und sie rannte mit dem Zug, der immer schneller wurde, bis ihr der Atem stehen blieb.

Ganz unglaublich wollte es ihr erscheinen, das Geschwätz der Gisela über Krieg und Sieg, Villa und Rittergut im Osten. Dann wieder beunruhigte es sie, daß Gisela behaupten konnte, das müsse der Führer sagen, weil wir noch nicht so stark genug gerüstet seien. Wenn etwas daran sein sollte, wenn es sich bis zu Arthur herumgesprochen haben sollte, wenn es wirklich Krieg geben sollte – schon der bloße Gedanke lag ihr wie ein Stein auf der Brust.

Dann beschloß sie, daß sie das ehrenkäsige Gekeife dieser zwei Weibsbilder nicht das Geringste anging. Sie hatte so lange um diese zwei Tagungswochen gekämpft, daß sie sich diese zwei Wochen von niemandem und nichts vergällen lassen wollte. Sie beschloß es und wartete auf den Schlaf.

Statt dessen machte sie die Reise zurück bis ganz an den Anfang, als Frau Kühn auf die Idee gekommen war, sie brauche sie in der Frauenschaft.

Die Frauenschaft. Sie ging hin, weil es sich gehörte. Und weil es eine Abwechslung war. Weil man etwas anderes zu hören bekam als die ewigen Geschichten von Nierenkoliken und Herzanfällen im eigenen Haus und in der Nachbarschaft, allenfalls garniert mit einem saftigen Erbschaftsstreit.

Aber dann war es auch immer das Gleiche. Auch hier drehte sich das Leben der Frau nur um Heim und Herd, Mann und Kind, es ging allenfalls um Glaube und Treue und liebendes sich Unterordnen unter des Mannes Führung. Und aus Langeweile strickte man oder stichelte Blümchen dazu.

Da verbrachte sie lieber den einen Abend, den es ihr hin und wieder gelang, rechtzeitig aus dem Haus zu kommen, ohne Wärmflaschen nachfüllen und Tee oder Suppen kochen zu müssen, einen solchen kostbaren freien Abend verbrachte sie lieber bei der Schwester Emilie.

Sie war die Fürsorgerin des Ortes, eine liebenswürdige und zugleich von allerhand Problemfamilien, die sie zu betreuen hatte, im nüchternen Denken und praktischen Handeln geübte Frau. Schwester Emilie maß die Leute mit ihrem eigenen Maßstab, und der bestand darin, genau hinzusehen und hinzuhören.

Beschönigende Redensarten, gehässige Bemerkungen, überhaupt alle Künste, die man so brauchte, um sich ins rechte Licht und die anderen herabzusetzen, waren ihre Sache nicht. Sie durchschaute sie ganz einfach, und ihrem Gesicht war anzusehen, daß ihr dies außerordentlich peinlich war. Und so konnte es ihrem Gegenüber irgendwann schließlich auch nur peinlich sein. Viele konnten sie deshalb nicht leiden, manche haßten sie sogar. Den Parteioberen war sie nicht geheuer.

Sie ging lieber zur Schwester Emilie als in die Frauenschaft. Dort traf man sich zwanglos und redete über das, was einen interessierte. Und dort trafen sich Frauen mit ganz unterschiedlichen Interessen. Da kam die Frau Hillinger, die mit einem Lehrer verheiratet war und immer irgendwelche Gedichtbände mitbrachte. Und neuerdings kam auch die Frau Gebhardt, deren Mann ein Abteilungsleiter in der Firma Kühn war, und die Scherenschnitte machte. Manche waren ein wenig kitschig, andere, vor allem die Porträts, waren witzig und schon fast wie Karikaturen.

Das Klärle war natürlich auch dabei, aber immer seltener, sie mußte oft Überstunden machen im Büro. Das Fräulein Gundermann, hauptberuflich Apothekenhelferin, nebenberuflich Schauspielerin in allen Theatergruppen, vom Kirchenchor bis zu ›Glaube und Schönheit‹, spielte von der Hexe bis zum Gretchen einfach alles. Sonst sei so eine Apotheke mit ihrem Chloroformgeruch und ihrem Mottenpulver einfach nicht auszuhalten.

So besonders war es auch nicht bei der Schwester Emilie, aber es war nicht so steif und so langweilig wie in der Frauenschaft. Niemand redete auf einen herab in diesem belehrenden Ton, aus dem ständig Führer, Volk und Vaterland wie Milch und Honig troff.

Man redete hier, wie einem der Schnabel gewachsen war, und vor allem über ganz anderes als zu Hause. Es gab auch Abende, an denen man den neuesten Dorfklatsch durchhechelte, aber die wurden immer seltener. Das hing wieder mit Schwester Emilie zusammen. Sie hörte eine Weile mit freundlicher Aufmerksamkeit zu, machte die eine oder andere Bemerkung, dann aber ließ ihre Aufmerksamkeit merklich nach. Und so langsam merkte man in der Runde, daß man an einem Punkt angekommen war, der wirklich nicht mehr der Rede wert war. Und wenn dann Schwester Emilie den einen oder anderen Zeitungsartikel hervorzog, ließ man sich gern vom Dorfklatsch abbringen und wandte sich dem geplanten neuen Schwarzwaldmuseum oder einer neugebauten Arbeitersiedlung in Neustadt zu.

Schwester Emilie hielt sich selber keineswegs für eine gebildete Person, ein Ehrentitel, auf den die Damen der Gesellschaft mit ihren Kaffeekränzchen großen Wert legten. Sie war lediglich überzeugt davon, daß man als Fürsorgerin nicht nur für den Wäscheschrank und den Mehlvorrat in kinderreichen Familien zuständig sei, sondern sich dabei um die Menschen kümmern müsse. Und das hieß für sie, nicht nur darüber zu wachen, daß der Familienvater Mehl und Wäsche nicht zu Geld machte, das er versaufen konnte, sondern daß sie sich mit der Sauferei als

Wurzel des Übels befassen mußte. Das hieß für sie, nicht nur in der Fabrik vorstellig zu werden und einen Teil des Lohns für die Familie einzufordern, sondern auch dem Meister klar zu machen, daß er nicht bloß wegsehen könne. Und es hieß auch, mit der Mutter des Trunkenbolds zu reden, die Familienverhältnisse zu erforschen, sich über Aufsätze zum Thema Sucht zu beugen und sich ärztlichen Rat zu holen, sich um die Betreuung der Kinder zu kümmern und der Familie eine neue größere Wohnung zu beschaffen. Da mußte man sich mit sozialem Wohnungsbau, mit Familienplanung, mit Hygiene, Schulproblemen, der Lehrstellensituation, kurz, mit tausend Dingen beschäftigen. Da es nicht nur diese eine Familie gab, war Schwester Emilie voll und ganz eingearbeitet in modernen Wohnungsbau und in alle möglichen Aspekte der Kindererziehung bis in sämtliche Pubertätskrisen und in Familienberatung.

Darüber hinaus war ihr das Schöngeistige ein Bedürfnis. Sie las in ihrer knappen Freizeit Raabe und Fontane, Fallada und Gottfried Keller. Wenn es ums pralle Dorfleben ging, war sie in ihrem Element. Gedichte mochte sie nicht mehr besonders, seit es nur noch Nazireden im Rundfunk gab. So sagte sie das freilich nicht. Sie sagte höchstens: »Ach, der Hölderlin ist mir ganz vergällt, seit jeder Ortsgruppenleiter sich ins Lyrische steigert und ihn dauernd zitiert.«

Das rief natürlich unweigerlich die Frau Hillinger auf den Plan, die dann ein Wiechert- oder Carossagedicht parat hatte. Gerne lieh sie einem ihre Bücher aus, und so las man sich durch Keller, Raabe und Fontane im Laufe der Zeit.

Bei der Frauenschaft gab es viel zu hören, wenig zu reden, immer mehr oder weniger das Gleiche zu lesen und nichts zu lachen. Bei Schwester Emilie gab es was zu reden, zu lesen und zu lachen.

Wie hatte Schlosser Hugo der Schwester Emilie seine große Kinderschar zu erklären versucht : »Wisset se, Schwester, i hätt ja gar net so viel, wenn i se net älle im Suff gmacht hätt. Nichtern bin i net so«.

Dem Apothekerfräulein war das ein Anlaß, den Hugo akkurat zu spielen in seinem Konflikt zwischen Suff und Nüchternheit. Und schon stolperte er hinter seiner Marie her, um sie sich zu greifen. Die Frau Gebhardt schnitt sein wabbeliges Doppelkinn samt seiner Hakennase flugs aus einem Löschblatt, das zufällig auf dem Tisch lag. Und das Fräulein Gundermann legte eine Szene hin, in der der torkelnde Hugo seinem Konterfei begegnete und in hamletsche Selbstzweifel verfiel, aus denen ihn nur ein weiteres Glas retten konnte.

Dann redeten sie wieder über den grünen Heinrich und die neueste Ausstellung eines bekannten Ulmer Künstlers, der sich auf Plastiken von Sportlern spezialisiert hatte. So war es bei der Schwester Emilie.

Dann kam eines Tages die Frau Kühn, besuchte angeblich die Mutter, was durch eine Flasche Sanddornsaft bekräftigt werden sollte, und erklärte, sie brauche dringend aktive junge Frauen für die Frauenschaft, und dabei habe sie besonders an die Rosl gedacht.

Sie wußte nicht so recht, ob sie geschmeichelt oder verärgert sein sollte. Immerhin bemühte sich Frau Fabrikant Kühn höchstselbst mit Chauffeur ihretwegen in den Schlechtenfeldweg.

Frau Kühn hatte sie an einem todlangweiligen Heimabend über die Gudrunsage schon einmal angesprochen. Ob ihr denn die Sage von Gudrun nicht besonders gefalle, hatte sie angefangen. Sie hatte sich in der Tat nicht viel Mühe gegeben, ihr Gähnen zu verbergen.

Nein, die Sage gefalle ihr nicht besonders. Sie habe das Gefühl, da solle den Frauen wieder einmal das Wäschewaschen schmackhaft gemacht werden.

Aber es sei ja doch ganz anders – mit dem Wäschewaschen leiste die Gudrun doch unglaublichen Widerstand und halte auch ihrem Verlobten unter den schlimmsten Bedingungen beim Wäschewaschen am Meer die Treue ...

Es hatte sie geärgert, wie diese Fabrikantin mit ihrer Perlenkette über dem Kaschmirpullover vom Wäschewaschen redete. Wahrscheinlich hatte die seit dreißig Jahren nicht mehr die Finger in die Einweichlauge gebracht. Nur um ihr eins auszuwischen, sagte sie schnippisch: »Und wieso ist sie nicht mit dem nächstbesten Küchenmesser auf ihre Peinigerin los? So hätte das schließlich jeder Mann gemacht. Germanisch-heroisch.«

Als sie sah, wie sich die Frau Kühn überrascht auf die Lippen biß, setzte sie noch eins drauf: »Siegen oder untergehen – wieso nicht. Aber jahrelang Wäsche waschen, bis der Herr Vater samt dem Herrn Verlobten schließlich Zeit findet, einen zu befreien – nein danke.«

Mit hämischer Freude sah sie, daß Frau Kühn unter ihrer eigenen Parole, die sie so unermüdlich wiederholte, zusammenzuckte. »Ich weiß nicht, Rosl, ob das so auch für Frauen stehen kann, siegen oder untergehen«, antwortete sie nach einer Pause. »Unsere Kämpfe sind andere Kämpfe, und unsere Siege sind andere Siege.«

»Freilich«, antwortete sie ihr gespielt bescheiden. »Unsere Siege werden am Waschzuber erfochten. Wer wüßte das besser als ich.«

Frau Kühn seufzte tief und schien sich zu erinnern, daß die Rosl bei nicht wenigen ob ihres Mundwerks gefürchtet war. »Ja, es ist Zeit, daß du mal was anderes machst und in der Partei aktiv wirst«, gab sie sich einen aufmunternden Ruck. »Ich find auch nicht gerade jeden Heimabend gelungen. Es muß da ein bißchen was Neues rein, vor allem für die Jüngeren.«

Sie lächelte die Frau Kühn auf das Liebenswürdigste an und seufzte ihrerseits. »Ich fürchte, da läßt sich leider gar nichts machen. Sie wissen ja, da ist meine alte Mutter ... Meine Mutter muß rund um die Uhr versorgt werden.«

»Das wird sich finden«, sagte die Frau Kühn hochtrabend, »im nationalsozialistischen Staat hat jeder den Anspruch auf den ihm angemessenen Platz.« Aha, dachte sie, da bin ich aber gespannt. »Zunächst einmal müssen wir dich dafür fortbilden. Was würdest du denn zu zwei Wochen Coburg sagen?«

Das saß. Das saß fest wie ein Angelhaken. Eine Reise durch halb Deutschland. Zwei Wochen von zu Hause fort. Kein Kochen-Waschen-Putzen-Pflegen-Kreislauf rund um die Uhr. Zeit zum Zuhören, Nachdenken, Lesen. Zeit, um durch eine fremde Stadt zu gehen. Zeit für ganz andere Leute aus ganz anderen Städten und Dörfern. Zeit.

Sie hörte sich in ihr Herzklopfen hinein sagen: »Es geht nicht. Ich kann nicht weggehen. Wenn ich weggehen würde für einen halben Monat, dann müßte die Anna zu Hause bleiben. Wir sind aber auf ihren Verdienst in der Fabrik angewiesen.«

Frau Kühn winkte lässig ab. »Das laß mal meine Sorge sein.«

Eine Fahrt quer durch das ganze Land. Zwei Wochen Vorträge, Gespräche, Bücher. Sie hatte immer noch Herzklopfen. Vielleicht ist es auch nur wie ein einziger langweiliger Heimabend bei der Frauenschaft, versuchte sie sich abzulenken. Das Herzklopfen wollte nicht nachlassen.

Zu Hause sagte sie nichts. Sie wußte ja, warum die Mutter es rundweg ablehnen würde. Sie arbeitete vierzehn Stunden am Tag in diesem Haus ohne einen Pfennig Geld. Sie bekam nicht einmal das, was man ein Taschengeld nannte. Sie mußte für jedes Paar Strümpfe, geschweige denn für Schuhe oder einen Mantel, bei der Mutter vorstellig werden und sich stundenlang rechtfertigen. Die Mutter führte sich auf, unberechenbar, wie Jehova persönlich. Richtend und rächend – wofür eigentlich? – oder ausnahmsweise einmal gnädig.

Sie haßte diese Auftritte. Jedesmal mußte sie sich vorhalten lassen, daß sie ja nichts verdiene und sich zu schade sei für die Fabrik. Sie hatten sie nichts lernen lassen. Nicht einmal aufs Büro, wo sie eine Stelle hätte haben können, hatten sie sie gelassen. Die Fabrik war gut genug für sie. Für eine Frau war das genug. Alles andere war Geldverschwendung. Sie hätte ja heiraten können, aber es war ihr ja keiner gut genug. So war es. Es war ihr keiner gut genug. Jetzt erst recht nicht. Der, den sie gewollt hatte, war ein aufmüpfiger Vikar gewesen, dem dann aber ganz schnell die Courage verging, als es um Amt und Würden ging. Da gab er klein bei und verlobte sich mit der von ihm vielbespöttelten Pfarrerstochter.

In der Familie war sie sowieso nie etwas wert gewesen. Kindergärtnerin werden? Lächerlich. Das kostet nur unnötig. Und woher in der Inflationszeit das Geld nehmen? Die Ausbildung der Söhne war teuer genug. Und schließlich, auch der Rudolf hat in die Fabrik müssen, weil kein Geld mehr da war. Die Frau Kühn hatte gut abwinken. Was hatte die mit ihren Pelzmänteln für eine Ahnung, wie es war, wenn man jeden Pfennig umdrehen mußte.

Zu Hause sagte sie nichts. Sie verbot sich, auch nur an eine Reise nach Coburg zu denken. Sie dachte deshalb ununterbrochen an diese Reise.

Es dauerte genau zwei Wochen bis zum Besuch der Frau Kühn, bei dem die Mutter gnadenlos zu feilschen anfing. Erst behauptete sie, daß es überhaupt nicht ginge. Dann war sie schließlich bereit, sie gehen zu lassen, aber nur, wenn die Anna in dieser Zeit zu Hause bliebe und der fehlende Lohn für sie bezahlt würde. Das Lamento der Mutter, die Versicherung, keinen einzigen Tag lang könne sie die Rosl als Pflegerin entbehren, denn sie sei schließlich ein schwerer Pflegefall, den nicht jede beliebige ungeübte Person versorgen könne, widerte sie an.

Der Frau Kühn war die Feilscherei offenbar nicht im mindesten peinlich, sie schien das ganz in Ordnung zu finden. Sie selber fand es eine Zumutung.

Manchmal bezweifelte sie, ob die Mutter wirklich so wenig Geld hatte, wie sie tat. Sie bekam nur eine winzige Rente, das stimmte, aber sie bekam Annas ganzen Zahltag, und Anna war eine der besten Akkordarbeiterinnen. Und der Adolf schickte auch dies und das aus Hamburg, was über die Arztrechnungen hinausging. Der Rudolf bewirtschaftete einige Felder neben der

Fabrik her. Er hatte noch Kühe im Stall. Auch da fielen Milch und Eier und Mehl ab. Die übrigen Felder waren verpachtet. Sie konnte zwei und zwei zusammenzählen, aber wenn sie nachfragte, bekam sie nur Gejammer zu hören und nie eine Antwort auf ihr Frage. Jemand, der kein Geld ins Haus brachte, brauchte auch keine Fragen zu stellen.

Als es hieß, sie solle am Donnerstag um fünf Uhr in die Villa Kühn kommen, um die Anmeldung zu unterschreiben, sagte die Mutter nur: »Daß eines klar ist, es darf keinen Pfennig kosten. Für die Anna den Lohnausfall und für dich die ganzen Unkosten. Und vergiß nicht zu erwähnen, daß wir im Mai, wenn du hier weg bist, mit dem Umbau anfangen. Das ist eine zusätzliche Belastung, bei der du dringend nötig wärst.«

Vor der Villa mußte sie sich erst von einem Schäferhund anbellen und, als das Dienstmädchen die Tür öffnete, auch noch ausgiebig beschnüffeln lassen. Dann wurde ihr bedeutet, in der Eingangshalle zu warten. Sie wartete lange.

Sie hatte genügend Zeit, den Barockschrank und die Gemälde zu studieren. Das eine zeigte eine junge Dame auf einer Gartenbank. Lässig hielt sie Reitgerte und Handschuhe im Schoß. Hochnäsig gelangweilt sah sie unter ihrem breitkrempigen Strohhut auf den Betrachter herab. Der Herr daneben blickte links am Betrachter vorbei, dorthin, wo sich für ihn überaus wichtige Ereignisse abspielen mußten. Er reckte das faltig verschwimmende Kinn hoch über den Kragen des mit Orden behängten Braunhemdes. Alle Orden bis auf das eiserne Kreuz wiesen ein Hakenkreuz auf.

Bei ihrem letzten Besuch in der Villa, zusammen mit der Mutter, war sie vierzehn Jahre alt gewesen. Da hing neben dem Barockschrank noch ein Herr in Nadelstreifenanzug, der hinter einem Schreibtisch saß. Und die Dame daneben war wohl seine Mutter. Sie saß trotz ihres hohen Alters mit ihrem altmodischen hellblauen Spitzenhäubchen sehr gerade in ihrem Lehnstuhl und blickte den Betrachter mit müden wasserblauen Augen an.

Dann war es soweit, und sie durfte ins Allerheiligste eintreten. Ein großes Zimmer, in dem alles sehr rosa war. Die Tapeten mit ihren kleinen Blumenbuketts, die schweren Samtvorhänge, der plüschige Teppich, die Kissen auf den Stühlchen mit den Dackelbeinen, die Kunstblumen auf dem runden Tischchen.

An einem großen Sekretär saß Frau Kühn und kritzelte weiter etwas auf einen Briefumschlag, gerade so, als ob niemand den Raum betreten hätte. Es war nachmittags um fünf, sie trug einen wallenden rotrosa Morgenmantel aus gesteppter Seide und ein dünnes blaßrosa Tüchlein über den auf dem Kopf festgesteckten Lockenwicklern.

Eine fette Made in einer rosafarbenen Bonbonschachtel, dachte sie böse, während sie an der Türe ausharren mußte, bis die Tochter des Bärenwirts sie zu bemerken geruhte.

»Ah, du bist es.« Sie zeigte auf den Schemel neben dem Sekretär. »Setz dich. Also, wie sieht es aus?« Sie zupfte an ihrem rosa Kopftüchlein, das wie eine durchlöcherte Badekappe über den Lockenwicklern saß, und senkte das Doppelkinn tief ins Dekolleté.

Auf dem Schemel saß man so tief, daß man die Beine zusammenklemmen und zu ihr aufsehen mußte. Und während die hohe Frau ungeduldig mit einem der rosa Pantöffelchen zu wippen anfing, antwortete sie: »Die Mutter erlaubt es mir nur, wenn es nichts kostet.«

Frau Kühn nickte und alle Lockenwickler nickten mit. »Das mit der Anna geht klar, das versteht sich.«

Jetzt war die Reihe an ihr, zu nicken. »Ja, davon geht die Mutter aus. Aber sie hat mir ausdrücklich aufgetragen, daß es nur dann geht...« Sie schluckte und schaute an der Frau Kühn vorbei. »... wenn die Reise nichts kostet.«

Frau Kühn runzelte die Stirn. »Ah ja«, sagte sie verärgert, »noch eine Bedingung. So, so.« Aber dann schien sie sich zu besinnen.

»Natürlich«, meinte sie nach einem Augenblick des Überlegens. »Das lassen wir über Stuttgart laufen. Du bekommst von mir zehn Mark, und das Übrige holst du dir auf dem Gau in Stuttgart ab.« Sie kritzelte wieder einen Zettel voll. »Hier ist die Adresse. Da meldest du dich. Ich erledige das für dich. Die geben dir dann das Geld. Und hier sind die zehn Mark.«

Frau Kühn fischte einen kleinen Schlüssel aus der untersten Schublade über der Schreibfläche. Dann zog sie die oberste Schublade des Sekretärs auf, nahm eine Kassette heraus, öffnete sie, blätterte ein Bündel Geldscheine nach einem Zehnmarkschein durch, legte das übrige Geld zurück, verschloß die Kassette, stellte sie wieder in die Schublade und schob die Lade zu. Dann strich sie den Zehnmarkschein glatt und legte ihn in ein weißes Kuvert aus feinem Büttenpapier.

Sie stand auf. »Damit kommst du bis Stuttgart, dann sieht man weiter.« Sie händigte ihr feierlich das Kuvert aus. Die Audienz war beendet.

»Ich freue mich, daß du dich zur Führerin ausbilden läßt«, sagte sie förmlich und schüttelte ihr die Hand.

Sie nickte flüchtig und sagte nur noch: »Danke«

Auf dem Heimweg wurde ihr plötzlich klar, daß sie mit vierzig Pfennig in der Tasche nach Stuttgart fahren würde. Den Rest mußte sie für die Fahrkarte hinblättern. Die Mutter würde ihr Versprechen halten: »Von mir bekommst du keinen Pfennig.«

Dort, wo die Parkmauer der Villa Kühn im rechten Winkel den Hang hinunterführte und die Felder vom Bier Märtl anfingen, blieb sie unwillkürlich stehen. Warum hatte sie das einfach hingenommen, daß man sie mit zehn Mark auf eine Reise quer durch Deutschland schickte? Weil sie immer auf jeden Pfennig warten mußte bis zur Zermürbung. Und warum hatte sie nicht wenigstens eingewandt, da müsse sie ja viel früher fahren und habe einen halben Tag lang Aufenthalt in Stuttgart? Warum hatte sie die Adresse einfach genommen und ja gesagt? Weil sie immer Jasagen und alles in Kauf nehmen mußte, wenn sie ein paar Mark für sich ergattern wollte.

Am liebsten hätte sie aufgestampft vor Wut. Die wußten doch

genau, mit wem sie es machen konnten. Was hieß da, die neue Frau im neuen Staat. Auch dem neuen Staat war man gerade mal vierzig Pfennig wert. Und diese bonbonrosa Walküre klapperte mit dem Schlüssel, als gälte es den Raub am Schatz der Nibelungen. Sich zur Führerin ausbilden lassen. Die wußte doch genau, daß das nichts wurde. Das einzige, was sie zu führen hatte, war ein Haushaltsbuch, waren Wäscheschränke, Einmachgläser, Nachttöpfe und Medizinflaschen.

Sie wandte sich um. Von der Villa war nichts mehr zu sehen. Hohe Bäume schirmten sie von den Blicken der Fußgänger, die die Straße entlang gingen, ab. Die Mauer des Parks war mannshoch, man konnte sie nicht überblicken. Sie hatte einen mit Dachziegeln belegten First, der Verputz war noch nicht lange erneuert oder zumindest frisch gestrichen worden. Sie sah lange der weißen Mauer nach, die sich fast einen Kilometer lang in das Tal hinunterzog.

Man hatte wieder einmal über sie befunden. Und man hatte befunden, vierzig Pfennig seien genug.

Jetzt erst recht. An dieser Mauerecke beschloß sie endgültig, daß nichts und niemand, auch keine rosafarbene Fabrikantengattin mit Lockenwickelbadehaube sie an dieser Reise nach Coburg hindern würde. Sie glaubte es sich selber aber erst, als sie die Fahrkarte in ihrem Geldbeutel hatte und immer wieder hervorziehen konnte.

Dann fing sie an, sich bei ihren mechanischen Arbeitsgängen durchs Haus, beim Treppen- und Fensterputzen zu überlegen, welche Blusen und Schuhe sie mitnehmen wollte, was sie wirklich brauchte und was für den kleinen Handkoffer des Christl zu sperrig war. Und wenn die Mutter hinter ihr herrief und ungeduldig wurde, antwortete sie nur »ja, ja« und packte in ihren Gedanken den Koffer unzählige Male aus und ein.

Schließlich war es dann soweit. Sie saß im Zug und fuhr das Tal hinunter nach Rottweil. Und es war so, wie sie es sich oft und oft vorgestellt hatte. Nur daß es ein grauer verregneter Maimorgen war und alles andere als ein strahlender Tag. Das machte ihr aber nicht das Geringste aus. Erst in Stuttgart, als sie die Calwerstraße suchte und es zu nieseln anfing, wurde es ihr lästig, mit aufgespanntem Schirm durch die Straßen zu gehen und sich den Weg zwischen den anderen Schirmen hindurch bahnen zu müssen.

Als sie dann vor dem gesuchten Haus stand, kam es ihr vor wie das heimische Rathaus mit seinen Jugendstilfenstern und ausladenden Erkern. Es herrschte reges Kommen und Gehen in der Eingangshalle, und fast alle trugen irgendeine Art Uniform, auch die wenigen Frauen.

Bevor sie sich richtig umsehen konnte, baute sich so eine Uniform vor ihr auf und fragte barsch, was sie hier wolle. Da nahm sie ihre Augen von den herumwimmelnden Leuten, sah sich das Gesicht der Uniform an und sagte, sie komme von einer Frau Kühn aus Sontheim wegen einer Fortbildung in Coburg.

»Aha«, sagte die Uniform, »dann kommen Sie mal mit.«

Als nächstes stand sie vor einer Art Pförtnerloge. Eine weitere Uniform sah sie mißtrauisch an, blätterte in einer Liste, murmelte: »Fortbildung, haben wir gleich, Zimmer 211, eine Treppe hoch und rechts.«

Ihre Personalien wurden in eine Liste eingetragen, dann konnte sie gehen. Wie auf der Post oder beim Arbeitsamt, dachte sie. Dann schlenderte sie durch die Halle und sah sich die Leute an, unter denen ein Herr im Nadelstreifenanzug neben einer Dame im eleganten Kostüm und einem schrägen, sehr koketten Hütchen auffiel. Eine ordenbestückte Uniform leistete sich einen weißen Mantel, der eher wie ein Umhang aussah, und da ihr Träger es eilig hatte, quer durch die Halle zu kommen, flatterte der Mantel hinter ihm her, als handle es sich um den Helden einer Operette. Die Fledermaus aus der Rundfunkzeitung fiel ihr ein.

Dann stand sie auch schon vor dem Zimmer 211, klopfte, und es wurde ihr bedeutet, draußen zu warten. Schließlich sagte sie dem Herrn hinter dem Schreibtisch von 211 ihr Sprüchlein auf, und der antwortete gelangweilt, dafür sei er nicht zuständig, nur für Fortbildungsveranstaltungen in Württemberg selber. An wen sie sich dann wenden solle, fragte sie ihn. Die Frage schien ihn nachdenklich zu machen. »Probieren sie es in 345«, riet er ihr schließlich. Die sind zuständig für Sonderfälle.

Das klang ihr irgendwie verdächtig. Wieso war sie ein Sonderfall, wo doch die Frau Kühn, die Leiterin der Frauenschaft, alles für sie geregelt hatte?

Als sie auf dem Stuhl vor dem Schreibtisch in 345 Platz nahm, begriff sie, daß sie ein Sonderfall war. Schließlich fuhr kein Mensch, der bei Verstand war, mit vierzig Pfennig in der Tasche quer durch Deutschland. Und kein Mensch von Verstand ließ sich so losschicken.

Der Herr hinter dem Schreibtisch verzog sauertöpfisch das Gesicht. »Jetzt noch mal von vorn«, sagte er düster. »Eine hier gänzlich unbekannte Frau Kühn schickt sie. Und Sie wollen Geld. Wer ist diese Frau Kühn?«

Dieser Kahlkopf fragte sie allen Ernstes, wer die Frau Kühn sei. Sie war ihm gänzlich unbekannt. Die Fürstin von Sontheim, die als Tochter des Bärenwirtes geboren war, deren Hochzeitsreise dereinst nach Ägypten geführt hatte, jene sagenhafte Reise, von der sie später sagte, sie erinnere sich nicht an alle die Tempel und Statuen, sie habe nur den Himmel und den Mann gesehen.

Die Frau Kühn, die mit dem schnell wachsenden Reichtum ihres Mannes als Fabrikant von Verpackungsmaterialien aller Art zur Fürstin von Sontheim, zur Leiterin der Frauenschaft, zur Wohltäterin der armen Parteigenossen aufgestiegen war. Auf deren Sekretär über dem Fach mit der Geldkassette ein Bild des noch jugendlichen Führers mit einer kurzen persönlichen Widmung und daneben eines von Baldur von Schirach mit einer doppelt so langen stand. Schließlich war er der hochgeschätzte persönliche Freund des Hauses und war nicht selten beim Treffen des Wirtschaftskreises Himmler dabei. Und hatte nicht Heinrich Himmler höchstselbst einem solchen Treffen die Ehre seiner Anwesenheit erwiesen, auch wenn das staunende Sontheim aus Sicherheitsgründen, wie es hieß, erst viel später davon erfuhr? Und war man deshalb nicht tief gekränkt gewesen, wo man doch fürs Leben gern Spalier gestanden wäre und Fähnchen geschwenkt hätte.

Diese überaus wichtige Frau Kühn, die Herrscherin von Sontheim, die überall unumschränkt das Sagen hatte, ohne die Sontheim nicht Sontheim wäre, es auch gar nicht sein könnte, von dieser Frau Kühn wollte der Kahlkopf, der seine Hängelippe zu einem ungnädigen dünnen Strich zusammenzog, noch nie gehört haben.

Gab es etwas auf dieser Welt, das fester gegründet war, als die Villa Kühn mit ihrem Tennisplatz und ihren vier Garagen inmitten ihres ausladenden Parks voll exotischer Nadelhölzer? Und war sie nicht von einer mit Dachziegeln bewehrten hohen Mauer beschützt und beschirmt? Und war des Bärenwirts Tochter mit ihrem dahergelaufenen Mann nicht aufgestiegen zu sitzen neben den alteingesessenen Fabrikantengattinnen in Sammet und Seide und geschmückt mit Perlen und Edelsteinen, wie weiland die Königin von Saba?

Nun fragte der Glatzkopf: »Was ist, geben Sie mir wenigstens die Adresse und die Telefonnummer?« Letztere wußte sie nicht. Er wählte mißmutig eine andere Dienststelle, ließ sich zuerst von ihr den Namen Kühn buchstabieren, verlangte Auskunft über diese Person. Als er den Hörer auflegte, brummte er, was sie denn wolle, wer kein Geld habe, der müsse eben zu Hause bleiben.

Sie sah ihn an und biß sich auf die Lippen. Nur jetzt nicht losheulen, gab sie sich das Kommando. Da sagte sie schließlich, sie habe gedacht, auf die Partei sei Verlaß. Sie habe geglaubt, wenn die Leiterin der Frauenschaft sie auf den Gau schicke, dann könne man auf deren Zusage vertrauen.

»Auf den Gau«, höhnte der Glatzkopf. »Gauleitung heißt das, wenn ich bitten darf.«

Jetzt stieg die Wut in ihr auf. »Auf die Gauleitung ist offenbar eben kein Verlaß, so werde ich das bei der Frauenschaft zu berichten haben«, sagte sie scharf. Er zog die linke Augenbraue hoch. »Ich habe kein Geld für die Rückfahrt von der Frauenschaft erhalten, weil man sich blind auf die Gauleitung verlassen hat, auf die eben kein Verlaß ist, wie ich schon sagte.«

Das rot anlaufende Gesicht des Glatzkopfs hatte ihr Mut gemacht. Jetzt war es an ihm, vor Wut zu platzen. »So eine Unverschämtheit!« kreischte er los. »Erpressung ist das, schlankweg. Keinen Pfennig werde ich herausrücken wegen dieser Frau ... Wie soll die heißen? Kühn?«

»In der Tat«, sagte eine schneidende Stimme hinter ihr. Noch eine Uniform. Aber eine, vor der der Kahlkopf sich duckte. »Kühn ist einer unserer wichtigen Wirtschaftsführer, persönlicher Stab Reichsführer SS, alles klar?«

»Alles klar«, stammelte der Glatzkopf. Der andere ging.

»Kühn, nie gehört«, knurrte er beleidigt und kramte in der Schreibtischschublade. »Nie gehört.«

Sie sah ihm beim Kramen zu. Nie würde sie bis Coburg kommen. Nie die Krone der Veste über der Stadt sehen. Nie durch den Schloßgarten gehen. Niemals die lange Galerie der Ahnenbildnisse absuchen nach dem Bild des jungen englischen Prinzgemahls. Nie würde sie ihn mit seinem Vetter, dem König von Bulgarien, vergleichen können. Also konnte sie sich auch nie sicher sein, ob sie die beiden auf Anhieb erkannte oder nicht doch verwechselt hätte.

Aus der Traum von silbernen Tafelaufsätzen und Meißner Schäferpärchen, von rosenwangigen Prinzen, von knarrenden Holzstiegen, von Kassettendecken und Brokatsesseln.

All dies hatte die rosagesteppte Schleppe der Fürstin von Sontheim beim Abgang von der großen Bühne weggefegt. Sie, deren Prinzgemahl Kontakte in alle Welt hatte, war gänzlich unbekannt im Zimmer 345 der Gauleitung zu Stuttgart.

Es war, als hätte sie doch über die hohe weiße Mauer der Villa in den Park hineinsehen und feststellen können, daß es sich nur um den Biergarten des Bären handelte, in dem die Tochter des

Bärenwirts Bier ausschenkte an die Bauernburschen im Braunhemd.

Was blieb ihr da anderes übrig als so schnell wie möglich wieder nach Hause zu fahren und nachzusehen, ob wenigstens die Mauer und der Park noch standen.

Da war der Glatzkopf mit seinem Gekrame zu Ende gekommen, knallte ihr sechzig Mark auf den Tisch mit den Worten: »Wenn wir lauter solche Leute wie Sie hätten, dann wären wir bald arm.«

Sie rührte keinen Finger. Er füllte ein Quittungsformular aus und schob es ihr unter die Nase. Sie sah es eine Weile an, dann unterschrieb sie. Sie blieb sitzen. Sie wartete, bis er ihr das Geld zuschob. Sie nahm es in die Hand, stand auf und verließ Zimmer 345 ohne ein Wort.

Erst als jemand, der auf dem Flur an ihr vorbeiging, sich nach ihr umdrehte, steckte sie das Geld in die Handtasche.

Sie war völlig in Gedanken versunken zum Bahnhof getrabt und kaufte sich die Fahrkarte nach Coburg und zurück. Sie mußte dem Mann am Schalter erst lang und breit erklären, warum sie nicht nur Stuttgart Coburg und zurück wollte. Er schüttelte genervt den Kopf und mußte den Preis noch einmal neu durchrechnen. Schon wieder war sie ein Sonderfall.

Erst im Zug, als sie den Koffer verstaut hatte und es die Schlaufen des Neckars und die Weinberge entlang ging, kam sie wieder zu sich. Jetzt wehrte sie sich nicht mehr gegen die Wut und die aufsteigenden Tränen. Sie sah an der Bäuerin mit ihrem Korb auf den Knien, die ihr gegenübersaß, vorbei und heulte still vor sich hin. Hier ging sie niemand etwas an, keiner kannte sie, keiner würde sich etwas zu sagen trauen, wenn sie sich verstohlen die Augen wischte.

Schließlich beugte sich die Bäuerin über ihren Korb und flüsterte: »Glauben Sie mir, er ist es gar nicht wert. Wenn er es wert wäre, würde er Sie ganz anders behandeln.«

Sie sah die Frau erschrocken an. Dann nickte sie nur, die gute

Frau konnte ja vom Glatzkopf auf dem Gau, den vierzig Pfennig, den sechzig Mark, von denen über vierzig bereits ausgegeben worden waren, von der Fürstin von Sontheim, die eigentlich doch keine war, und von den rosenwangigen Prinzen auf Schloß Coburg nichts wissen. Und also lächelte sie die Bäuerin tapfer an und ließ sie in dem Glauben, daß sie um den treulosen Liebsten, der ein ganz und gar nichtswürdiges Mannsbild war, Tränen vergossen hatte, nicht aber um vierzig Pfennige und den Preis einer Fahrkarte.

Die Bäuerin lächelte zufrieden zurück, kramte in ihrem Korb und schenkte ihr einen Apfel und eine kleine rote Wurst. Und sie verspeiste beides mit Genuß vor den Augen der Bäuerin zu einem Stück Brot aus ihrem Rucksack. Und es war ihnen beiden eine tiefe Befriedigung. Der Bäuerin, weil eine verlassene weibliche Seele, die in eine rote Wurst biß und auch einen anständigen Boskop nicht verschmähte, auf dem besten Wege war, Kummer und Mannsbild hinter sich zu lassen. Sie selber aber war wirklich hungrig und rechnete sich aus, wie viele Kilometer sie sich während ihres Vespers aus dem Herrschaftsbereich des Glatzkopfs und der rotrosaseidenversteppten Großfürstin zu Sontheim entfernte.

Keinen Gedanken wollte sie verschwenden an das Bauernhaus mit dem tief herabgezogenen Dach, an den alten buckligen Schopf mit seinen verstaubten Leitern und Baugerüsten, seinen Gipssäcken und halb leeren Teerfässern. Das Federvieh um Ententeich und Misthaufen ließ sie mit Genuß im Stich, für die Schlammspuren auf der Treppe war sie ebenso wenig zuständig wie für die Kartoffelreste in der Pfanne auf dem Herd.

Dann mäanderte sie die Flüsse entlang, ließ sich wieder durch die Städte rollen, sah die Marienfestung hoch über Würzburg liegen, kramte beim Anblick der Türme des Bamberger Doms nach dem Bild des Reiters, wäre am liebsten ausgestiegen und hinaufgelaufen zum Dom, um sich zu Füßen von Hosea und Jonas zu setzen.

Wochenlang hatte sie in der Bücherei alle Bildbände ausgeliehen und alle Städte nachgeschlagen, durch die die Reise führte. Jetzt gingen die Bilder in ihrem Kopf herum, wie sie gerade wollten, und leicht war es, sich ihrem Reigen anzuschließen: am alten Rathaus vorbeizugehen, einen langen Blick auf Klein-Venedig zu werfen und dann zum Dom hinaufzusteigen, wo Kaiser Heinrich ernst in der Fülle seiner Lockenpracht der Ewigkeit ins Auge schaut und Zepter und Reichsapfel präsentiert. Neben ihm neigt Kaiserin Kunigunde lieblich traurig das Haupt, als ginge sie noch immer barfuß über das heiße Eisen.

Und wenn sie jeden Pfennig vierteilen mußte, nichts wollte sie sich nehmen lassen von dieser Reise, und schon gar nicht von einem Glatzkopf im Braunhemd.

Nicht einen schmerbäuchigen Barockengel, weder eine goldumrandete Tasse mit einer fürstlichen Uniform im Medaillon, noch eine Brokatschleife am bodenlangen Vorhang, geschweige denn einen rosenwangigen Coburger Prinzen. Nichts, aber auch gar nichts würde sie sich nehmen lassen.

Der Wecker rasselte wie immer in den tiefsten Schlaf hinein, und einen Augenblick lang dachte sie, es ist unmöglich, man kann nicht aufstehen mit diesem Blei in den Gliedern und auf den Augenlidern. Da aber rumorte es gewaltig neben ihr, mit einem Satz wurde da aufgesprungen und auch noch markig gerufen: »Auf, ihr Faulpelze, raus zum Frühsport!«

Mechthilds Stimme knallte einem wie ein nasser Lappen ins Gesicht. Gisela rappelte sich auf der Bettkante zusammen, schien sich aber noch nicht ganz im klaren zu sein, wo sie sich befand. Berta, die als letzte gekommen war, drehte sich ungeniert um, seufzte tief und schlief sofort wieder ein.

Mechthild stand bereits im Trainingsanzug an der Tür, noch ehe die anderen so recht zu sich gekommen waren. Im Vorbeigehen hatte sie Berta einfach die Bettdecke weggezogen, wofür sie einen Schwall Beschimpfungen erntete.

Maria, die Berlinerin, die schon durch zwei halb unterdrückte Flüche beim Ausziehen im Halbdunkel als solche aufgefallen war, schob sich an der Rückenlehne ihres Bettes hoch, zog die Beine an und verschränkte die Arme hinter dem Kopf. Sie sah Mechthild herausfordernd an und sagte: »Det kannste och nur mit die Kleenen machen. Ick tät dir verdreschen.«

»Abwarten und Tee trinken«, meinte Mechthild gelassen.

Maria grinste. »Rochen is hier wohl och nich, wa?« wandte sie sich noch einmal an Mechthild und brachte sie damit sichtlich aus der Fassung. Dann sang sie mit der rauchigen Stimme einer vom Leben gebeutelten Bardame: »Die Fingernägel rot und blau gehören nicht zur deutschen Frau, bleib lieber brav und bleib gesund, und küsse nicht mit buntem Mund!«

Berta, die vor dem offenen Fenster in ihrem dünnen Nachthemd bibberte, blieb der Mund vor Staunen offen. So verrucht glitzerten Marias Fingernägel, geradezu vampirrot, und ihr bunter Mund verwandelte sich unversehens in einen abgründig schimmernden Regenbogen.

»In fünf Minuten ist Appell!« rief Mechthild mit schriller Stimme und verschwand.

Man tappte nach Schuhen und Trainingsanzug durchs Zimmer, brummelte, daß es gestern ein anstrengender Tag gewesen sei, gähnte und wollte sich überhaupt nicht beeilen.

Nur Gisela ordnete ihre Sachen auf dem Bett mit der Akribie eines Buchhalters, der sich dienstlichen Aufgaben widmet. Gisela bildete sich hier zur ostelbischen Grundbesitzerin, und da war Ordnung alles im Kampf gegen die adeligen Fräulein. Dann kam doch noch so etwas wie Hektik auf, und alle drängten pünktlich nach draußen, Berta am eifrigsten und ängstlichsten.

Hinter dem Haus befand sich ein großer Rasenplatz, alle versammelten sich um die Fahne, wo Mechthild neben einer der Führerinnen Aufstellung bezogen hatte. Die Hände auf dem Rücken verschränkt, musterte sie die herbeiströmenden Frauen.

Zuerst sprach die Führerin. Es war eine Begrüßung, die dann in eine Art Preislied auf die Sonne als Lebensspenderin überging. Sonne, Wonne, Leben, geben, pflanzt und tanzt klingelten ihr noch als Reime im Ohr, als es hieß, man solle der Größe nach antreten. Das gab ein Gerenne und Geschiebe, ein Gefrage und Gelächter.

Da ließ Mechthild einen Pfiff aus ihrer Pfeife los, kommandierte »in einer Reihe« und »stillgestanden!« Dann ging sie die Reihe entlang, rief »raustreten!« und scheuchte mit einer Handbewegung die Herausgetretenen an den richtigen Platz. Dann wurden die fünfzig Frauen in Zehnerriegen eingeteilt, und je eine Riegenführerin wurde bestimmt.

Mit Staunen stellte sie fest, daß sie sich in Bertas Riege befand. Mechthild hatte die Jüngste zur Riegenführerin gemacht. Erst dachte sie, lächerlich. Als sie aber sah, wie Berta sich vom verspielten, herumalbernden Küken in eine devot ausführende Riegenführerin verwandelte, die am Mund ihrer Führerin hing, um nur ja alles richtig zu machen, die bereitwillig vorturnte und die entsprechenden Kommandos gab, da begriff sie, daß genau das beabsichtigt war.

Gisela war denn auch sofort eifersüchtig und neidisch, denn sie war stillschweigend davon ausgegangen, daß man sie als Riegenführerin nehmen müsse, daß sie um Arthurs Willen einen Anspruch darauf habe. Da waren die beiden Frauen in einträchtigem Geplauder unter der Fahne nebeneinander gestanden und ein halber Satz von Mechthild genügte, um sie in einander spinnefeindliche Rivalinnen zu verwandeln.

Das heißt, Berta schien überhaupt nichts von dieser Verwandlung zu bemerken. Sie war von einem Augenblick zum anderen nicht mehr sie selbst, sondern nur noch die eifrige Riegenführerin, der Sache und Mechthild ergeben.

Wie sie da mit ihrer Riege kommandogemäß in die andere Ecke des Platzes lief, auf ein gleichmäßiges Lauftempo achtete, um eine korrekte Aufstellung ihrer Riege ebenso besorgt war wie um den gemeinsamen Takt mit den andern. Welcher Sache eigentlich war sie da ergeben, die siebzehnjährige Berta, dachte sie, als sie zur nächsten Ecke des Platzes trabten.

Morgens um sieben auf nüchternen Magen herumzurennen und sich in gymnastischen Übungen zu verrenken, hatte etwas durchaus Albernes, vor allem, weil alle so todernst bei der Sache waren. Und während sie sich nach Bertas Kommandos beugte und streckte, dachte sie, sie sind alle so todernst, weil man sich nicht einfach nur beugt und streckt nach Lust und Laune, sondern weil das Ganze unbedingt im gleichen Takt stattfinden muß. So schwer es war, fünfzig herumzappelnde Frauen in Reih und Glied zu zwingen, so schwer war es, sie im gleichen Takt über den Platz zu bewegen oder zu bewerkstelligen, daß auf ein Kommando auch wirklich alle Fingerspitzen himmel- und fahnenmastwärts zeigten. Auch die einfachste Bewegung erforderte vollständige Konzentration, wenn sie im gleichen Takt mit der gleichen Bewegung der anderen erfolgen sollte. Man war auf das sich Einordnen und sich Unterordnen konzentriert.

Schon nach fünf Minuten ging es ihr auf die Nerven. War sie deshalb hunderte von Kilometern durch Deutschland gefahren in der Absicht, der Tretmühle von Kochen, Abspülen, Aufräumen und Putzen zu entkommen, um auf Beine und Arme einer Siebzehnjährigen zu starren, damit sie mit ihren Beinen und Armen morgens um sieben nicht aus dem Takt dieser Bewegungen herausfiel?

Während sie versuchte, mit ihren Fingerspitzen ihre Zehen zu erreichen, dachte sie, morgen werde ich behaupten, ich hätte mir den Fuß übertreten, und werde vom Platz humpeln. Dieser Gedanke verschaffte ihr Erleichterung.

Dann sah sie zu Mechthild unter dem Fahnenmast hinüber. Sie gab nicht nur laut und deutlich die Kommandos, sie turnte jede der Bewegungen vor. Dabei mußte sie sich keinen Augenblick auf die Bewegungen und ihre Abfolge konzentrieren, sie bewegte sich mit der Leichtigkeit einer Ballettänzerin. Während sie ihre Kommandos gab, konzentrierte sie sich einzig und allein auf deren Wirkung.

Während die meisten sich nur mühsam im Bewegungsablauf

zurechtfanden und Gesichter und Muskeln anspannten, steigerte sie unmerklich das Tempo der Abfolge, beobachtete jede Gruppe aus den Augenwinkeln, verteilte aufmunterndes Nikken oder leichtes Stirnrunzeln.

Berta bewegte sich im akkurat gleichen Rhythmus, den Mechthild vorgab, nur daß ihr dieses tänzerische Fließen von einer Bewegung in die andere fehlte. Sie bewegte sich ruckartig, vergeudete dabei Kraft und Energie und schien sich mit jeder neuen Bewegung ihrer Führerin entgegenstürzen zu wollen.

Nicht Mechthild, mit der sie das Zimmer teilte, stand für sie da vorne, sondern eine kraftvoll kommandierende Ballerina, die sie mit hineinriß in das Tempo ihres Tanzes. Und Mechthild steigerte das Tempo noch einmal, die meisten schnauften und seufzten bereits, trauten sich aber nicht aufzuhören.

Auch ihr machte die ungewohnte Gymnastik und das Tempo zu schaffen, aber dann faszinierte es sie zu beobachten, wie Berta immer mehr zum eckigen Abbild der kommandierenden Ballerina geriet, bis sich ihr Blick unter den Kommandos verschleierte. Und wie genau die Ballerina aus ihren Augenwinkeln heraus ihre Wirkung auf die Siebzehnjährige beobachtete und genoß. »Und Schluß!« gab sie schließlich das letzte Kommando.

Schnaufend und japsend kamen die Frauen über den Platz und schubsten und schoben sich zu einer schiefen Linie zusammen, die Mechthild mit zweimaligem energischem Winken gerade ausrichtete.

Man sang, nachdem man noch einmal tief Luft geholt hatte, »Im Frühtau zu Berge« und trabte noch einmal drei Runden um den Platz. Mechthild vorne weg, dicht hinter ihr Berta, die nun unwillkürlich Mechthilds angewinkelte Armhaltung imitierte.

Als sie vor dem Waschraum warten mußte, bis ein Waschbecken frei war, beobachtete sie Mechthild und Berta. Schon wieder standen sie nebeneinander, sie konnte die beiden Gesichter von der Tür aus im Spiegel sehen. Berta prustete beim Zähneputzen und schnitt Grimassen, beim Waschen bewegte sie sich wie eine

Katze, die sich putzt. Mechthilds Blick dagegen war auch beim Zähneputzen durch den Spiegel noch immer auf den Raum gerichtet. Nichts entging ihr. Nach einer Minute winkte sie zur Tür, rechts hinten war ein Waschbecken freigeworden.

Als sie sich die Zähne putzte, sah sie nicht in den Spiegel. Mechthild war ihr nicht sympathisch. Schon wie sie Gisela gestern abend abgekanzelt hatte, gefiel ihr ganz und gar nicht. Und wie sie hier selbst noch mit von Zahnpasta verschmiertem Mund den Waschraum keinen Augenblick aus ihrem alles kontrollierenden Blick ließ, war ihr ausgesprochen zuwider.

Aber dann imponierte sie ihr auch wieder. Sie wußte, was sie wollte. Sie hatte Ärztin werden wollen und war zum Studium nicht zugelassen worden. Wie hatte sie gesagt? Über das Rote Kreuz und den Sport würde das schon gehen. Sie hatte heute morgen im Mittelpunkt gestanden. Das war der Platz, wo sie hinwollte. Und den sie ausfüllte, das mußte man ihr lassen. Glasklare Kommandos und jede Bewegung saß. Solche Frauen, solche jungen Frauen kannte sie nicht. Die sich zutrauten, eine Rolle in der Öffentlichkeit zu spielen, und die auch dazu fähig waren.

Aber dann, wie sie mit den anderen Frauen umging. Herablassend oder im Kommandoton. Wie ein Mann eben. Sie signalisierte, ich bin da vorne und ganz etwas anderes als ihr. Ich kann anordnen. Ihr müßt folgen. Das imponierte ihr auf der einen Seite, und gleichzeitig war es ihr auch irgendwie zuwider.

Vor allem, wie sie Berta in ihren Bann zog, gefiel ihr nicht. Mit ihr hatte sie leichtes Spiel. Sie war ja erst siebzehn. Als sie ihren Waschbeutel zusammenpackte, fiel ihr auf, daß sie mit ihren siebenundzwanzig Jahren zu den wenigen älteren gehörte. Mechthild hatte das Kommandieren genossen. Und Berta hatte es genossen, sich ganz der vorgegebenen Bewegung zu überlassen und ganz und gar in dieser Bewegung aufzugehen.

Sie klemmte den Waschbeutel unter den Arm und ging. Zwanzig Minuten Frühsport waren eine Sache, ein Tag voller Vorträge war eine andere. Erst als sie Maria im Zimmer antraf, fiel ihr auf, daß sie sie beim Frühsport gar nicht gesehen hatte. Die wandte ängstlich den Kopf, als sie sie danach fragte.

»Verpetz mich nich«, sagte sie leise, »die hat mich eh schon uf em Kieker. Ich kann nun mal das Militärische nich ab. Wenn de vom Wedding kommst, weißte ... Ich hätt meine Klappe halten sollen, na ja. Aber weeßte, det is det Schlimmste. Immer Ja und Amen.«

Sie lachten beide. Sie verstanden einander auf Anhieb.

»Morgen wirst du mitmachen müssen«, sagte sie sachlich zu Maria.

»Nee, ick denk nich dran. Morgen hab ich Bauchweh, notfalls bin ich schwanger.« Sie lachten wieder beide.

»So schlimm ist es auch wieder nicht«, wandte sie ein.

»Isses«, sagte Maria. »Damit fängt es an, dat de überall mitlofst.«

Sie hatte gerade fragen wollen, was damit anfange, da stand Gisela in der Tür.

»Morgens is mir enfach sterbensschlecht«, seufzte Maria vernehmlich.

Gisela sah sie neugierig an. Als Mechthild auftauchte, war man im schönsten Gespräch über Rezepte gegen Morgenübelkeit bei Schwangerschaft. Mechthilds Blick war durchbohrend und mißtrauisch.

»Mal sehen«, sagte Maria wehleidig, »vielleicht war es die lange Reise und morgen ist alles paletti.«

Den ersten Vortrag hielt eine vollbusige Blondine, Mutter von vier Kindern, wie sie stolz verkündete, über Kirche und Staat. Das kannte sie schon bis zum Überdruß aus der Frauenschaft. Das Christentum als die Religion der Schwachen und der Schwächlinge. Sicher fing die auch wieder bei den alten Germanen an. Und so war es auch. Na ja, dachte sie, das ist jetzt nur ein Vortrag. Da gibt es sicher noch andere. Den muß man eben absitzen.

Erst schilderte sie die Christianisierung der alten Germanen.

Wie diese stolzen, freien Menschen noch nicht einmal das Wort Demut kannten, weil sie selber so etwas gar nicht wollen oder denken konnten. Sie waren freie Menschen, die freiwillig ihrem Führer folgten, also dem, den sie für den Besten hielten. Die Mönche zerbrachen sich den Kopf, wie sie das lateinische Wort humilitas ins Gotische oder Althochdeutsche übersetzen konnten. Schließlich arbeiteten sie mit einem Trick: die Germanen leisteten ihrem Führer Gefolgschaft, sie dienten ihm. Also sagten sie, diesen Dienstmut, diese Gefolgschaftstreue müßten sie auch ihrem neuen Gott entgegenbringen.

Das verstanden die Germanen. Christus wurde der neue Führer ihrer Schar, ihm dienten sie. Das hatte aber nicht das Geringste mit Unterwerfung, Kriecherei oder Demütigung zu tun. Ganz im Gegenteil, das war eine freiwillige Gefolgschaft, die jederzeit aufgekündigt werden konnte. Wie aber sollte man den Germanen schmackhaft machen, daß ihr neuer Führer schmählich die römische Todesstrafe erlitten hatte? Das war besonders schwierig!

Man zeigte den Germanen zwar Christus am Kreuz, aber keineswegs als geschundenen Leichnam, sondern als gekrönten Herrscher, der mit ausgebreiteten Armen auf dem Sockel des Kreuzes stand und seinem Volk die Arme entgegenbreitete. Nur so waren die Germanen bereit, ihn als Herrn und Führer zu akzeptieren. Und bevor wir nicht an diesen Ausgangspunkt unserer Geschichte zurückkehren, werden wir auch nicht zu den Quellen unserer Kraft und unseres Volkstums zurückkehren können.

Sie sah sich um. Das kannte sie schon zu Genüge. Die anderen kannten es sicher auch. Maria hatte den Kopf in die Hand gestützt, als sei er ihr zu schwer, Gisela saß da mit dem gottergebenen Gesichtsausdruck eines mümmelnden Kaninchens. Mechthild fehlte. Sie würde sich dumm stellen und ihr mitteilen, sie habe sie vermißt. Mal sehen, was sie dann sagte.

Berta träumte zum Fenster hinaus. Die Hilde aus dem Fichtelgebirge saß da mit verschränkten Armen wie eine Bäuerin auf dem Markt vor ihren Kartoffeln. Am Hals hatte sie ein kleines silbernes Kreuz baumeln. Man durfte gespannt sein, wie sie es anstellen würden, um es ihr zu vergällen.

Inzwischen war die dralle Blondine bei der Frage angelangt, was gut und böse sei. Ihren Ausführungen zufolge war gut, was den Menschen stark macht und dem Volke nützt, und schlecht war, was die Starken schwächt und dem Volke schadet. Demzufolge brauchte man kein Mitleid zu haben mit den Schwachen. Wer sich nicht behaupten kann, der geht zu recht unter, befand sie.

Berta unterdrückte ein Gähnen, Maria kaute an ihren Fingernägeln, Hilde verließ sich in unerschütterlichem Gleichmut auf ihre Arme. Dafür saß sie hier in einem Saal unter großen Fenstern mit neunundvierzig anderen Frauen, während draußen der Flieder blühte und sich ein leuchtendes Himmelblau durch den morgendlichen Dunst arbeitete.

Und was sollte das heißen, das ist schlecht, was den Starken schwächt? Noch so ein Satz, und ich schmeiß den Krempel hin. Bin ich denn nicht viel zu stark, um Nachttöpfe zu leeren und Treppen zu schrubben? Und schwächt es mich denn nicht aufs Unerträglichste? Und was wird dann aus der gebrechlichen alten Frau, die meine Mutter ist? Die sich in ihrer Schwäche stark macht mit Nörgeln, Jammern und Herumkommandieren?

Und was soll aus dem Hans und der Bertl ihrem kleinen Mädchen werden? Dem Idiotle, wie alle sagen, dem kleinen Mädchen mit dem stumpfen Blick, das nicht sprechen und nur lallen kann?

Wie sollte es sich behaupten können, das Annele, in einer Welt, die es nicht verstehen konnte? Und doch hatte das Kind, das keinen Verstand hatte, ein Gefühl und ein Gespür. Was meinte die Vollbusige, wenn sie sagte, wer nicht bestehen kann, soll untergehen? Wie sollte Anneles Untergang aussehen?

Sie hatte der Hanna und ihren Freundinnen, die im Garten spielten, Bonbons ausgeteilt und dem Annele, das ebenfalls im

Garten spielte, auch eins gegeben. Sie hatte ihnen noch nicht einmal richtig den Rücken gekehrt, als das Annele laut aufkreischte. Hannas beste Freundin Lore, ein wohlerzogenes kleines Mädchen, hatte ihr das Bonbon sofort aus der Hand gerissen.

Die Kinder sahen sie befremdet an, als sie die Lore sofort zur Rede stellte. Sie hatte den Verdacht, daß es nicht das erste Mal war, daß sie das hilflose Kind ausplünderten.

»Aber die kapiert doch gar nicht, daß es ein Bonbon ist«, verteidigte sich die Lore schmollend. Sie hätte diesem reizenden Kind mit den guten Manieren am liebsten eine heruntergehauen.

»Außerdem kann sie ja das Bonbon gar nicht essen«, kam ihr die Hanna kaltblütig zur Hilfe. »Sie ißt es ja mit dem Papier und hustet dann bloß wie verrückt.«

»Dann könntet ihr herzlosen Biester es ja für sie auswickeln, statt es ihr wegzunehmen und vor ihren Augen zu essen.«

»Aber wieso denn«, sagte die Lore im sanftesten Ton der Welt, »sie kapiert doch das alles gar nicht.«

»Sofort gibst du ihr das Bonbon zurück, auf der Stelle!« herrschte sie die Lore an.

»Oh bitte sehr«, sagte die im hochnäsigsten Ton und streckte dem verängstigten Kind mit spitzen Fingern das Bonbon entgegen.

Das Annele ergriff das Bonbon, umschloß es mit beiden Händen, sah zu seiner Wohltäterin auf und lächelte glücklich. Dann öffnete es die Faust, ließ das Bonbon fallen, breitete beide Arme aus und umarmte ihre Knie. Sie kniete sich zu dem Kind, hob unter den triumphierenden Blicken der Mädchen das Bonbon auf, wickelte es aus und steckte es dem Kind in den Mund. Das Kind lächelte und patschte glücklich mit den Händen gegen den Mund.

Sie stand auf. »Herzlose Biester seid ihr«, sagte sie kalt. »Alle habt ihr mehr als genug und dann nehmt ihr dem armen Kind das Bonbon weg, habt ihr das nötig?«

Sie sah in trotzige, selbstgerechte Gesichter, die vielsagende

Blicke tauschten. Sie wollte die Mutter der wohlerzogenen Lore darauf ansprechen. Aber dann tat sie es doch nicht. Es fiel ihr ein, daß die Frau Ingenieur Hinderer schon einmal angewidert die Achsel gezuckt und gesagt hatte, was ihr immer für ein Aufhebens macht um das Idiotle. Dabei sind alle froh, daß es nicht hier wohnt und nur ab und zu auf Besuch kommt.

Sie sah der Vollbusigen zu, wie sie an die Tafel schrieb:

In der Herrenmoral ist
– das Gute:
das Aktive, Starke, Edle, Vitale, Gesunde und Mannhafte
– das Schlechte:
das Schwache, Unfähige, Gemeine, Kranke, Niedrige, Weibische.

Sie sah sich um, keine der Frauen verzog eine Miene. Und wenn man euch Hundefutter vorsetzt, ihr freßt auch das, dachte sie böse. Wie kann eine Frau, eine Mutter von vier Kindern, so einen Schmarren an die Tafel schreiben? Das Gute ist das Mannhafte, das Schlechte ist das Weibische.

Frauen kamen hier überhaupt nur als Karikatur, als das entartete Männliche vor. Verweichlichte Männer waren weibisch.

Und die reizenden, gut erzogenen Mädchen, die eigentlich grausame Biester waren, durften sich auf ihre Biestigkeit auch noch was einbilden. Wann war die Vollbusige das letzte Mal über einen Schulhof gegangen? Hatte die je auf dem Acker oder in der Fabrik arbeiten müssen, je die Hackordnung eines Betriebes den lieben langen Tag im Nacken sitzen gehabt?

Wenn man wenigstens hier mitreden könnte. Auch bloß Fragen stellen dürfte, aber man wurde ja nur belehrt. Sie sah, daß Maria etwas unter der Bank las. Es sah verdächtig nach Courths-Mahler aus.

Noch ließ sie sich nicht entmutigen. Dies war erst der erste Vortrag. Es konnten noch ganz andere folgen.

Der nächste Vortrag befaßte sich mit dem Thema »Volk ohne Raum«. Der Redner stellte sich vor als Professor aus Göttingen. Der Herr Professor war dünn, um nicht zu sagen dürr, und die SA-Uniform gab ihm ein sportliches Aussehen.

Er hängte eine große Karte von Europa an den Kartenständer. Dann hagelte es Zahlen von Rohstoffen und Produktivität, Bevölkerungsdichte und Bevölkerungswachstum. Von Arbeitsplätzen und ihrer strukturellen Veränderung war die Rede. Neue Industriegebiete und die dafür notwendigen Siedlungen und deren verkehrstechnische Anbindung kamen zur Sprache. Das war erfrischend, jedenfalls für sie. Was sie als Siedlungsbau in Sontheim erlebte, waren zwei sumpfige Äcker gewesen, die sich nach und nach in schlammige Baugruben verwandelten, bis sich allmählich eine Reihe von Rohbauten als Einfamilienhäuser erkennen ließen. Sie fand es interessant, welcher Planung so etwas im Vorfeld bedurfte, welche Zusammenhänge mit der wirtschaftlichen und verkehrstechnischen Entwicklung man beachten mußte.

Auch der Bau der viel gepriesenen Autobahnen war nur ein Aspekt eines Gesamtkonzepts, wie der Professor betonte. Zum einen handelte es sich um eine gigantische Arbeitsbeschaffungsmaßnahme quer durch das Deutsche Reich, zum anderen um eine neue Strategie im Bereich der militärischen Logistik: Jeder wichtige Ort des Reiches war von jedem anderen wichtigen Ort des Reiches innerhalb von allerhöchstens dreißig Stunden mit Sack und Pack erreichbar.

Das bedeutete natürlich nicht, daß Eisenbahntransporte überflüssig waren, aber es bedeutete, daß Prioritäten gesetzt werden konnten, zum Beispiel konnten Panzer in unglaublichem Tempo und in nie dagewesener Stärke an die Grenzen befördert werden. Der Herr Professor im Braunhemd liebte es, mit Fremdwörtern um sich zu werfen. Die strategischen Prioritäten und die Flexibilität der neuen Logistik rauschten nur so über die Köpfe der Zuhörerinnen hinweg.

Maria schielte weiterhin in ihren Courths-Mahler-Roman,

Hilde lehnte mit versteinertem Gesicht auf ihren Armen, nur Gisela zeigte Anzeichen einer gewissen Befriedigung. Der hier redete wahrscheinlich wie Arthur, wenn auch viel hochgestochener, und Gisela hatte sicher das Gefühl, spätestens als vom Raum im Osten die Rede war, daß auch sie mit dieser Rede gemeint war und und darin vorkam.

Doch für sie selbst bekam das Ganze schon bei den Ausführungen zur Autobahn einen unangenehmen Beigeschmack. Es war zwar von der Verteidigung der Grenzen des Reiches die Rede, aber die Planung war nach den Ausführungen des Herrn Professors so ausgeklügelt, daß der Vorstoß über die Grenzen ganz selbstverständlich mit eingeplant war. Und als dann vom dünnbesiedelten Raum im Osten die Rede war, dessen Ressourcen, vor allem an Bodenschätzen, noch auf ihre Entdecker warteten, da ergab sich von selbst ein Zusammenhang von Aufmarsch und Vormarsch. Die Landkarte neben der Tafel machte unausgesprochen klar, daß das zumindest die Eroberung Polens bedeutete. Es war dann des Weiteren von der ukrainischen Kornkammer und dem kaukasischen Öl die Rede.

Mit gänzlich undramatischer Stimme und ohne alle Redensarten von nationaler Sendung und Aufgabe überschüttete der Herr Professor die gelangweilten Frauen mit einem neuerlichen Schwall von Zahlen.

Erst am Schluß sprach er von der Notwendigkeit einer zweiten Kolonisation des Ostens als kultureller Leistung zur Sicherung lebenswichtiger Rohstoffquellen und damit zur Sicherung der Unabhängigkeit des Deutschen Reiches.

Die ganze Zeit starrte sie der europäischen Landkarte ins Gesicht, diesem großen blauen Fleck namens Polen, den bunten Klecksen der baltischen Staaten und dem nicht enden wollenden dunklen Grün, über dem mit einem vom Schwarzen Meer bis hoch ans Eismeer quergedruckten Balken ›Rußland‹ stand.

Rückständig, unterentwickelt, hatte der Herr Professor diese Länder genannt, und gänzlich außer Stande, ihre Ressourcen selbst zu entwickeln. Ohne deutsches Kapital und ohne deutsche Technik würde das alles brachliegen. Die deutsche Kolonisation sei geradezu ein Segen für diese Länder. Und die vernünftig und verantwortlich denkenden Leute in diesen Ländern wüßten das auch, ebenso wie es die mittelalterlichen polnischen Könige gewußt hätten, die deutsche Kolonisten ins Land holten zur Gründung ihrer Städte, da müsse man nur Krakau als Beispiel nehmen.

Sie starrte auf den blauen Fleck, der Polen hieß. Es gab Verträge mit Frankreich und England. Was hieß Kolonisation? Was waren die Autobahnen wirklich? Das roch doch nach Krieg. Gisela, die dumme Gans, hatte das Kind in ihrer Einfalt beim Namen genannt und behauptet, noch sind wir nicht genug gerüstet.

Nach diesem Vortrag von einer halben Stunde hätten alle eine Pause verdient. Sie brauchte nichts so dringend wie eine Portion frische Luft und einen klaren Kopf, um über diese neue Kolonisation mit ihren militärisch notwendigen Aufmarschstraßen nachzudenken.

Doch ehe sie noch einen klaren Gedanken fassen konnte in dieser Angelegenheit, trat eine Führerin auf und begann, sich über die Rolle der Frau im Zeitalter der Kolonisation des Ostens auszulassen. Gisela war sofort die Aufmerksamkeit selbst mit aufgerissenen Augen und halb geöffnetem Mund, um ja nichts zu verpassen.

Es ging los mit den Pionierfrauen des amerikanischen Westens, die sich und ihren Familien in allen Lebenslagen zu helfen gewußt hatten. Immer treu an der Seite ihrer Männer und treu und fest im Glauben. Sie waren das Vorbild.

Die Führerin, die das erzählte, trug keinen Ring am Finger. Dafür sprach sie flüssig und gekonnt, ging auf einige Gesichter im Publikum direkt zu, schilderte die nächtlichen Ängste in der Wagenburg und spielte sie vor. Sie verstand ihr Publikum zu fesseln. Keine verhinderte Ärztin, eher eine arbeitslose Schauspielerin, dachte sie nach der ersten Viertelstunde.

Das mit der Treue im Glauben, was sie daraus wohl machte? Glaubenstreue war ebenfalls wichtig. Es ging dabei allerdings nicht um den christlichen Glauben, der eher eine Sache für die Zukurzgekommenen war. Nein, die neue Kolonisation brauchte neue Pioniere in einem neuen Geist, galt es doch die große Sache des ganzen Volkes im Kampf um Lebensraum für das Wachsen und Gedeihen zukünftiger Generationen. Nein, es galten nicht länger die überlebten Ideale der Nächstenliebe. Es galt der Glaube an Deutschland und seine Sendung, der Glaube an Adolf Hitler als seinen gottgewollten Führer. Und es galt, das Recht der Stärkeren und der Auserwählten zu wahren, vor allem im Osten.

Für Frauen bedeutete das, siedeln und ein Hauswesen gründen im Verband eines Wehrdorfes oder auf einsamem Vorposten. Das bedeutete aber auch, sich seines Wertes bewußt bleiben, sich nicht auf die gleiche Stufe stellen mit slawischem Dienstvolk. Das hieß, immer und überall Abstand zu wahren, und zum Beispiel darauf zu bestehen, daß in ihrer Anwesenheit grundsätzlich nur deutsch gesprochen würde. Das hieß aber auch, die Rechte des Mannes und Hausherrn immer und unbedingt zu wahren.

Was Gisela sich darunter wohl vorstellte? Daß sie notfalls die Dienstmädchen verprügeln mußte, denn die waren das ja gewohnt und erwarteten das geradezu. So wie die Pionierfrau im Westen auf der Hut sein mußte vor jedem Indianer, ob er nicht kam, ihren Hof und wie man ihn am besten in Flammen aufgehen lassen konnte, auszukundschaften, so mußte jede deutsche Frau im Osten auf der Hut sein, um sich und die ihren vor slawischer Heimtücke zu schützen.

Dann und nur dann könne sich der Kampf zwischen arischen Herrenmenschen und slawischen Untermenschen so entscheiden, wie es in Amerika zwischen Weißen und Indianern geschehen sei: Mit der Erweiterung des Lebensraums für die Herrenrasse und dem Untergang der Minderwertigen. Die Männer könnten zwar den Sieg auf den Schlachtfeldern erringen, den

Kampf um das Überleben der eigenen Kultur und die Erziehung der nächsten Generation zur kampffähigen und kampfwilligen Herrenrasse, deren Recht, die anderen zu beherrschen unbestreitbar sei, der läge in den Händen der Frauen.

Diese Rede hatte eine ungleich andere Wirkung auf das Publikum als die staubtrockenen Zahlen des Herrn Professors. Die Schauspielerin hatte jeder der anwesenden Frauen die Rolle der Jeanne d'Arc am Küchenherd zugeteilt, und sie griffen geradezu gierig nach dieser Überhöhung ihres Heim- und Herddaseins. Da sah man sich in schimmernder Wehr mit wallender Fahne und wehendem Haar die Pferdekoppel und den Gemüsegarten wider den slawischen Untermenschen verteidigen, eine germanisch-heroische Jeanne d'Arc.

Niemand schien begreifen zu wollen, daß man ihnen ganz etwas anderes schmackhaft machen wollte: Das jahrelange Alleinsein, die alleinige Führung von Haus und Hof und Landwirtschaft, wovon sie keine Ahnung hatten, denn das war ja immer Männersache gewesen und wäre es immer geblieben, wenn da nicht die Einberufungsbefehle gekommen wären.

Das alles hatte es doch schon mal gegeben, und es waren noch keine zwanzig Jahre her.

Der Mensch braucht Träume, dachte sie, besonders aber der weibliche Mensch, der ewig ans Bein des Küchentischs gefesselt bleibt. Leicht kann man eine Stallmagd zur Heiligen und eine Kriegerwitwe zur Germania verklären. Das wirkt bei dir nur deshalb nicht, weil du über die siebenundzwanzig hinaus und zu alt bist für Sporengeklirre im Gemüsegarten.

Aber sie wollen an die ganz Jungen damit heran, denen das Sporengeklirre im Gemüsegarten gefällt. Doch wer erst einmal im Gemüsegarten steht, ist mit Hacken und Jäten beschäftigt, bis er todmüde umfällt.

Es genügt ihnen, wenn die ganz Jungen darauf hereinfallen. Sie geben sich ja tausend Jahre Zeit. Die siebzehnjährige Berta, was weiß die vom Krieg? Das sind die immer gleichen Geschichten der Älteren, bei denen man schon lange nicht mehr zuhört. So schnell geht das. Dabei müßten wir unsere Phantasie nicht auf die fernen Gutsherrschaften in Ostpolen, sondern auf das Naheliegende richten: auf den Krieg.

Jede Frau sollte ihrem Mann eine so gute Hilfe und Stütze sein, daß sie notfalls einen Hof auch alleine weiterführen könne. Arbeitskräfte würde es genug geben. Sie müsse aber im Stande sein, diese Arbeitskräfte anzuweisen, hatte es geheißen.

Nachdem die Schauspielerin einen Treck mit Planwagen auf verschlammten Wegen durch das weite Grasland der aufgehenden Sonne entgegenziehen ließ und ihm schmerzvoll sehnsüchtig gewinkt hatte, war endlich Pause.

Im Frühstücksraum gab es Tee und Butterbrote. Maria aß, wie sie schon lange niemand mehr hatte essen sehen, mit dem Appetit und Tempo derer, die nicht genug zu essen hatten zu Hause. Erst nach dem vierten Butterbrot konnte sie ihr Tempo auf ein gewöhnliches Maß zügeln.

Gisela führte ihr Butterbrot mit abgespreiztem kleinen Finger zum Mund, als säße sie in vornehmer Runde. Hilde aß behäbig kauend mit dem Respekt derjenigen Leute vor dem Essen, die wissen, wieviel Arbeit es kostet, bis Brot und Butter auf dem Tisch stehen. Mechthild kam dazu und nahm sich nur eine Tasse Tee.

»Wir haben dich vermißt«, konnte sie sich nicht verkneifen zu sagen.

Mechthild lächelte nachsichtig. »Ich habe ein Referat zu halten am Freitag, habe ich das nicht schon gesagt? Und eines zur Publikation fertig zu machen. Vielleicht schaffe ich es morgen.«

Sie glaubte Mechthild kein Wort. Sie sparte sich diese oft gehörten Reden. Sie kannte sie in- und auswendig. Auch sie selbst wollte nur eine Tasse Tee und ihre Ruhe. Sie ging nach draußen. Auch hier standen schon einige Frauen, aber wenigstens solche, die sie nicht kannte.

Sie war enttäuscht. Was hatte sie erwartet? Anregungen, Bildung, etwas, das sie interessierte. Etwas über Literatur, Architektur, Kunst, Geschichte. Noch nicht einmal über Coburg sagten sie etwas. Vorträge dieser Art kannte sie zur Genüge, da hätte sie zu Hause bleiben können. Da wäre zwar kein Professor aus Göttingen angereist, sondern bloß ein Funktionär aus der Neustädter Kreisleitung, und er hätte mit weniger Zahlen und Fremdwörtern um sich geworfen, aber es wäre auf das Gleiche hinausgelaufen.

Merkwürdigerweise konnte sie sich so deutlich nur an den ersten Morgen erinnern. Nicht an das Abendessen und die Begrüßung, auch nicht an das Programm der folgenden Tage.

Da war ein Vortrag von einer Ärztin gewesen, die in dramatischen Worten vor dem Geschlechtsverkehr mit Juden gewarnt hatte, weil dann ein für alle Mal der Mutterboden rassisch verseucht sei.

Was sie damit sagen wollte, blieb ihr unklar, obwohl sie dem Übel der Rassenschande eine geschlagene halbe Stunde widmete. Am Schluß unterstrich sie ihre Warnung mit der Feststellung, auch die Folgen eines einmaligen Beischlafs seien in so einem Falle nicht ohne weiteres wieder rückgängig zu machen. Es war deprimierend, daß es nicht einmal die Andeutung eines Lächelns oder eines Grinsens unter den zuhörenden Frauen gab.

Dann tauchte irgendwann Mechthild mit ihrem Sportvortrag auf. Auch das hatte sie schon so gehört. Gesunder Geist im gesunden Körper. Die deutsche Frau als Trägerin – ja was denn sonst. Trägerin, Helferin, Hüterin, Bewahrerin, da hätte sie ja gleich am Krankenbett bleiben können.

Sie stopfte die Papierschnitzel, die einmal Bilder gewesen waren, in den Herd, sah ihnen zu, wie sie sich aufbäumten und krümmten, wie sie aufloderten und als glimmende Asche in sich zusammenfielen. Während sie zusah, wie die übereinandergestapelten Gesichter unter den Hakenkreuzfahnen wegschmolzen, hätte sie plötzlich gerne gewußt, wo sie jetzt waren.

War Gisela auf Arthurs Anweisung mit ihrem in den Pelzmantel eingenähten Schmuck irgendwie im Treck nach Westen gekommen? Oder hatte er sie zum Durchhalten genötigt und lag sie jetzt irgendwo unter den verkohlten Balken einer Scheune.

Und Mechthild verteilte vielleicht Sirup als Rotkreuz-Schwester in der Turnhalle einer Provinzstadt und erzählte jedem, der es hören wollte, die Nazis hätten sie daran gehindert, Medizin zu studieren.

Sie setzte sich auf den Küchenstuhl, stocherte in der Asche herum, damit aller Papierkram gut ausbrannte, und wunderte sich, daß ihr nur noch der Anfang des Schulungskurses eingefallen war, sie sich aber an fast nichts anderes mehr von der Tagung erinnern konnte.

Es fielen ihr nur noch unzusammenhängende, dafür aber von ständigen Befürchtungen grell eingefärbte Augenblicke ein. Wie sie auf einem Felsen steht, von dem es steil hinuntergeht ins Saaletal, wie sie das Geschnatter der anderen auf dem schmalen Felsbuckel los sein und nichts als hier stehen bleiben und hinuntersehen möchte auf die glitzernde Schlaufe des Flusses, die sich an den Felsen heranschiebt und ihn dann in weitem Bogen hinter sich läßt.

Wie hell und fast durchsichtig das junge Eichenlaub gegen das Sonnenlicht leuchtet, wie rötlich flaumig die Pappeln sich unten am Fluß mit Blättern beleben. Und die ganze Zeit quetscht sie zwei Münzen in der Tasche ihrer Jacke zusammen und rechnet ängstlich noch mal und immer wieder die Tagesausgaben zusammen, die winzig sind und zugleich viel zu groß.

Den Ausflug nach Schloß Ahorn am Freitagmittag wird sie sich auf keinen Fall mehr leisten können. Umsonst ist sie also bei einer bloßen Tasse Kaffee auf der Schloßterrasse sitzen geblieben, während alle bis auf Maria sich genüßlich mit Kuchen vollschaufeln konnten. Sie widmete sich derweil dem Flieder, dem seidenblauen Himmel und den Spatzen, die sich ihr Teil zu holen versuchten.

Warum um alles in der Welt sie denn nicht nach Ahorn mitkommen wolle bei dem prächtigen Wetter? Sie schützte Kopfschmerzen vor, von Fahrgeld, Eintritt und Einkehrkosten wollte sie nicht anfangen. Es vergällte ihr alles, das ewige Rechnen und Pfennige überschlagen. Die klebrigen Pfennige in der Tasche klebten an allem und jedem. Sie klebten an den putzigen Schäferinnen aus Meißner Porzellan mit ihren zierlichen Halsbändchen, die kokett das Füßchen ins Gras setzten, als seien sie auf dem Tanzboden.

Sie klebten am matten Silber des dreimastigen Schiffes, das mitten auf der Tafel Anker geworfen hatte, ebenso wie an den Ordensbändern der Prinzen, die es so außergewöhnlich gut verstanden, sich ganze Königreiche zu erheiraten.

Sie klebten an den Flügeln der ausgestellten Kolibris und Papageien und beschwerten selbst den raschen Flügelschlag der Schwalben.

Was gab es nicht alles zu sehen und zu beplappern von morgens früh bis abends spät, bis endlich Nachtruhe war. Immer war sie in dieser Wolke von Menschen, die sich nur für kurze Zeit öffnete, um einen dann immer noch fester in den Schwall ihres Geplappers einzuschließen und zu betäuben. Sie hätte nie gedacht, daß es ihr ganz und gar unerträglich war, wenn sie keinen Augenblick für sich allein sein konnte. Zu Hause hatte sie lange Jahre das Zimmer mit ihrer Schwester Anna geteilt, doch das war nie schwierig gewesen. Die Anna war ein verschlossener, schweigsamer Mensch. Zum ersten Mal empfand sie das, so weit weg von zu Hause, nicht mehr als Mangel, sondern als großen Vorzug.

Du hättest mitkommen sollen, das Schloß liegt an einem reizenden Flüßchen, eine herrliche Landschaft, aber wieder ganz anders als das Saaletal. Zauberhaft, einfach zauberhaft.

Einmal träumte sie nachts davon, daß sie aus lauter Pfennigen einen Turm bauen müsse. Sie saß wie früher als Kind am Tisch in der Küche mit dem Gesicht zur Wand und baute einen Turm aus Bauklötzchen. Als sie den Schlußstein oben aufsetzte, sah sie, daß es ein wackliger Turm aus Pfennigen war, der gleich einstürzen würde. Sie verhielt sich ganz still, damit der Turm nicht einstürzen konnte. Da öffnete jemand lautlos die Wand, wie man eine Flügeltüre öffnet, und das gedämpfte Sprechen und Lachen des Schloßcafés war zu hören. Auf den Tischen dampfte Kaffee und Schokolade, man schob sich die üppig mit Torten und Kuchen beladenen Teller zu, ließ einander davon kosten und wog die Genüsse gegeneinander ab.

Da ging ein Kellner vorbei mit einem Tablett, auf dem sich Teller und Sahnekuchen drängelten bis über den Rand hinaus. Als er an ihr vorbeiging, wandte er ihr das Gesicht zu und erschrak. Er erschrak so sehr, daß er mit dem Tablett am Küchentisch aneckte und es ihm aus der Hand glitt. Krachend zersprangen die Teller auf dem Boden und begruben Schokolade- und Nußtorte, Käsekuchen und Kirschkuchen unter ihren Scherben, während der Kellner sie noch immer erschrocken ansah.

An den Tischen des Cafés herrschte eisiges Schweigen. Alle wandten ihr die Köpfe zu und musterten sie feindselig. Der Kellner aber hob das Tablett vor sein Gesicht, als ob er sich vor ihr schützen müsse, und rannte davon. Er hatte die Fensterreihe noch nicht ganz erreicht, da wurden die Türflügel vor ihrem Tisch geschlossen, und dahinter erhob sich empörtes Gemurmel.

Vor ihr auf dem Tisch lagen die Trümmer ihres Turmes. Eine Handvoll abgewetzter Pfennige. Sie zählte die Pfennige wieder und wieder. Es waren zu wenige, es reichte nicht für die Heimfahrt. Sie wußte es schon seit drei Tagen.

Seit drei Tagen saß sie Nacht für Nacht in einer Gondel und wartete mit Herzklopfen, daß sie am Seil hinausgezogen wurde und über das Tal hinweg zu schaukeln begann.

Sie konnte den Augenblick, wenn sich die Gondel in Bewegung setzte, kaum erwarten, aber als es dann schließlich so weit war, fürchtete sie sich vor den Baumwipfeln, über denen sie plötzlich schwebte, und die in eine schwindelerregende Tiefe stürzten, bis an den Fluß hinab, dessen Rauschen sich in einem fernen dünnen Ton verlor.

Das Seil mit der Gondel hing gefährlich weit durch. Der tiefste Punkt mußte gleich überwunden sein, und das Seil würde mit einem kräftigen Ruck die Gondel auf die andere Seite des Tales hinaufziehen. Da stand plötzlich alles still, Seil und Gondel bewegten sich nicht mehr, und der Wind griff von der Seite an und brachte Seil und Gondel zum Schwingen.

Der Fluß floß talabwärts und plötzlich wieder zurück, dann schwankten die Berge so sehr, daß nicht einmal mehr die Richtung des Flusses auszumachen war. In ihrer Angst riß sie die Türe der Gondel auf und sprang hinunter.

Es war nicht das Silberband des Flusses, das ihr entgegenstürzte, es war vielmehr ein wolkiges Blau, in das sie fiel und fiel, so daß sie alle Orientierung verlor und sich mit schwimmenden Bewegungen zu retten versuchte. Und sie strampelte und paddelte durch das wolkige Blau, bis Arme und Beine schmerzten und ihr jeder Atemzug schmerzhaft in die Seite stach. So lange, bis es sich ins Tintenblaue verlor und sie in die Ränder des Nachtschwarzen eintauchte.

Nach drei weiteren Tagen schrieb sie nach Hause, daß das Geld wahrscheinlich nicht ganz reiche, und man solle ihr doch etwas schicken.

Sie erhielt umgehend zwanzig Mark mit der Auflage, sie möglichst wieder nach Hause zu bringen. Das Geld sei nur für alle Fälle und keineswegs dazu da, um unterwegs ausgegeben zu werden. Eine kurze und bündige Mitteilung der Anna im Auftrag der Mutter.

Sie las den Zettel zweimal, als ob sie zwischen den Zeilen noch etwas finden könnte, das sie beim ersten Mal überlesen hatte. Der Brief bestand aber wirklich nur aus dieser kurzen Mitteilung und einem Gruß.

Jetzt hatte sie erst recht den Ehrgeiz, mit den restlichen Pfennigen auszukommen. Damit waren ihr auch die letzten Tage noch gründlich vergällt.

Wenigstens regnete es jetzt. Jeden Morgen stellte sie mit stiller Befriedigung fest: Sudelwetter. Also mußte sie sich keine Ausflugspläne oder Schilderungen der Abendstimmung in ländlichen Biergärten mehr anhören, und wie es gewesen war, beim Mondschein das Tal heraufzuwandern.

Zu Hause galt die erste Frage der Mutter nicht der Reise oder dem Lehrgang, sondern dem Geld. Sie legte den Umschlag mit den zwanzig Mark auf den Tisch und ging aus der Stube ohne ein Wort.

Von sich aus erzählte sie nichts. Die Mutter fragte am anderen Tag kurz einmal nach, und ebenso kurz war die Antwort, bei der die Mutter schon nicht mehr hinhörte.

Die Anna fragte wie immer nichts. Was also hätte sie erzählen sollen? Wenn der Anna etwas wichtig war, dann nur, wie launisch und schwierig die Mutter die ganze Zeit gewesen sei, und daß sie ihr nichts habe recht machen können. Sie sei richtig froh, wenn sie wieder in die Fabrik könne.

Nach zwei Tagen beschlich sie schon der Zweifel, ob sie überhaupt jemals weg gewesen war, so selbstverständlich war ihr schon wieder jeder Handgriff, so mechanisch folgte einer auf den anderen. Dann hieß es, sie solle in die Villa kommen. Die Frau Fabrikant Kühn wolle Näheres über den Lehrgang erfahren.

Nach dem üblichen Öffnungszeremoniell wurde sie auf die Terrasse geführt. Hier saß die Frau Fabrikant im kurzen Tennisröckchen beim Tee. Ein etwas längerer Rock hätte dem verquollenem Fleisch ihrer Schenkel und Knie gut getan.

Die Dame neben ihr, schlank und braungebrannt, war erheblich jünger. Die Beine übereinandergeschlagen, zog sie affektiert an einer langen silbernen Zigarettenspitze. Das Tennisröckchen war noch erheblich kürzer als das der Frau Fabrikant. Wie gut es ihr stand, schien ihr sehr bewußt zu sein.

»Ah, die Rosa, ja, jetzt bin ich aber gespannt«, fing die Frau Fabrikant an. Man fand es nicht der Mühe wert, sie mit der anderen Dame bekannt zu machen oder ihr einen Stuhl anzubieten.

»Na ja«, sagte sie. »Ich habe ein bißchen etwas anderes erwartet.« Die Damen sahen einander vielsagend an.

»Was denn?!« fragte die Frau Kühn ein wenig lauernd.

»Etwas über Literatur, Architektur, Geschichte – Bildung eben.«

»Und? Gab es das nicht? Die Geschichte der Partei zum Beispiel?«

»Ja schon, die Geschichte der Partei. Alles war eben bloß weltanschaulich.«

Die schlanke Dame kaute mit mißbilligendem Blick an ihrer Zigarettenspitze, dann legte sie sie behutsam auf dem Rand des Aschenbechers ab. »Aber, meine Liebe, das Weltanschauliche, das ist doch das Allerwichtigste, nicht wahr? Ohne eine weltanschauliche Grundlage läßt sich nun mal kein Staat machen, und das ist ja der Unterschied zwischen dem Parteiengezänk in einer parlamentarischen Demokratie und uns. Wir zersplittern unsere Kräfte nicht. Wir bündeln sie. Wir wissen, was wir wollen und was wir nicht wollen. Wir wollen den starken Staat. Den müssen alle wollen. Bis hinab zum letzten Dienstmädchen.«

So war das also. Bis hinab zum letzten Dienstmädchen. Und das war wohl die Rolle, die man ihr hier zugedacht hatte, damit man sich beim Tennis mit der Gattin des Gauleiters rühmen konnte, daß man selbst die Dienstmädchen weltanschaulich schule, auf daß der rechte Geist das ganze Volk durchdringe.

Die Dame hatte sich so heftig in ihren gepolsterten Gartenstuhl zurückfallen lassen, daß der Tennisschläger, der gegen den Stuhl gelehnt war, krachend zu Boden fiel. Sie stand noch immer da, während die Frau Fabrikant Tee nachschenkte und die schlanke Dame offenbar erwartete, daß sie ihr den Tennisschläger aufhob.

Sie übersah die auffordernden Blicke. Sie war das Dienstmädchen, aber nicht hier.

»Weltanschauliches ist wichtig, gewiß«, sagte sie langsam und feierlich in das Gesicht der Dame hinein, in dem sich die Augenbrauen bedenklich zusammenzogen. »Aber das, was ich in Coburg zu hören bekam, das habe ich so oder so ähnlich ja schon oft genug zu hören bekommen. Und bei diesem Aufwand hätte ich einfach ein bißchen mehr erwartet.«

Die Dame wurde sichtlich ungeduldig. »Das Wesentliche und Wichtige kann man nicht oft genug gesagt bekommen. Außerdem kommt es nicht nur darauf an, was gesagt wird, sondern wie es gesagt wird. Das Heroische muß endlich jeden beflügeln, das Weichliche, Unterwürfige, Schwächliche muß endlich überwunden werden.«

Während die schlanke Dame sich vom Heroischen beflügeln ließ, kam der Schneider Bertl mit Hacke und Gießkanne um den linken Flügel des Hauses und ging im gebührenden Abstand zur Terrasse über den Rasen zu den Rosenrabatten hinüber, nicht ohne auf halbem Weg mit einem Diener zur Terrasse hinüber zu grüßen.

Es war ihr peinlich, die linkische und viel zu tiefe Verbeugung des Bertl, der sonst in der Wirtschaft das große Wort führte und es den Leisetretern und Duckmäusern zeigen wollte, mitansehen zu müssen. Sie wußte, daß er sie deswegen, weil sie hier gestanden und ihn so gesehen hatte, eine dieser überflüssigen alten Jungfern nennen würde, die zu faul waren, um Mann und Kinder zu versorgen, und die man im nationalen Interesse dazu bringen müsse, dem Führer ein Kind zu schenken.

Während er zur Rosenrabatte ging, wußte sie auch schon, was sie zu ihm sagen würde: »Wenn du mir kostenlos eine Krankenschwester für meine Mutter zur Verfügung stellst, soll es mir recht sein. Nach zwölf Jahren Altenpflege wäre mir ein kreischender Säugling entschieden lieber.«

Während die schlanke Dame sie über die rechte, nämlich erhebende Darstellung der Weltanschauung belehrte, dachte sie,

sie wollen predigen wie der Pfarrer, aber sie können es nicht. Da griff die Frau Fabrikant in hochfahrendem Ton in das Gespräch ein und herrschte sie an: »Und wo sind die zwanzig Mark, die ich dir gegeben habe?«

Darauf war sie ganz und gar nicht gefaßt, und selbst die schlanke Dame war einigermaßen überrascht. Sie nahm sich zusammen und antwortete: »Sie haben mir keine zwanzig Mark gegeben, sie haben mir zehn Mark gegeben, und die wird Ihnen meine Mutter zurückgeben.«

»Aha«, sagte die Frau Fabrikant. »Was soll das heißen? Daß ich die Unwahrheit sage?«

»Es heißt, was es heißt«, sagte sie trotzig. »Sie haben mir zehn Mark gegeben. Nicht mehr und nicht weniger.«

»Das werden wir sehen. Lina,« kreischte sie, »das Buch!«

In der Türe erschien die Hauser Lina. Die arbeitete jetzt auch hier als Dienstmädchen. Schau an. Wo die doch aus einer erzkommunistischen Familie war. Wo doch ihr Vater gleich 33 in Schutzhaft kam nach Dachau und krank zurückgekommen ist. Mit niemandem hatte er auch nur ein Wort gesprochen und hinkte nur noch in der Stube herum.

»Geradezu unheimlich ist das, wie der Mensch sich verändert hat«, sagte das Klärle damals über ihren Nachbarn. Und ihr Freund, der Gaiser Gustl, ist auch ein Kommunist gewesen, bevor er in die SA ging. Einer der März-Gefallenen, wie der Adolf spöttelte. Einer von den vielen, die im März 33 auf einmal entdeckten, daß sie dringend in die richtige Partei eintreten mußten.

Und da war nun die Hauser Lina Dienstmädchen bei Kühns, während ihr Vater sich zu Hause vom Sessel am Ofen zum Stuhl am Tisch schleppte, nicht mehr richtig laufen konnte und von seiner Nierenquetschung und seinem ständigen Husten geplagt wurde.

Und sie bediente die Leute, die im Namen der neuen Ordnung im neuen Staat ihren Vater nach Dachau gebracht hatten. Aber ein Arbeitsplatz ist ein Arbeitsplatz, und war es letztendlich nicht am besten so? Für die Familie und das große Ganze? Wer wollte denn dem alten Hauser zusehen, wie er vom Ofen zum Tisch und zurück schlurfte? Wer wollte es denn wirklich wissen?

Was waren zehn oder zwanzig Mark für die Frau Kühn? Konnte sich die Großfürstin von Sontheim an solche Beträge überhaupt erinnern? Warum echauffierte sie sich jetzt so? Mußte sie Tatkraft und Willensstärke vor der schlanken Dame, deren Schenkel weitaus straffer waren, beweisen? Ärgerte es die Großfürstin, daß sie nicht lobhudelte, sich fünfmal für die Gnade, die keine war, bedankte?

Warum konnte sie ihr nicht einfach zwanzig Mark auf den Tisch knallen mit den Worten: »Wie Sie meinen, ich bin es ohnehin nicht gewohnt, Almosen zu bekommen.«

Sie war es aber gewohnt, nichts oder allenfalls Almosen zu bekommen. Und während sie der Frau Kühn zusah, wie sie immer nervöser in dem Buch herumblätterte, das die Lina ihr gebracht hatte, wuchs die ohnmächtige Wut in ihr. Sie sah sofort, daß hier nicht nach Soll und Haben sortiert, sondern wild durcheinandergekritzelt worden war, und die Frau Fabrikant ihre Notizen noch nicht einmal mit einem Datum zu schmükken pflegte.

Der schlanken Dame war das mit dem Buch sichtlich peinlich. »Ich kann Sie schon verstehen«, räumte sie gnädig ein, »und leider haben wir Führerinnen, die einfach noch nicht gut genug geschult sind. Ja, das ist es. Wir müssen uns da noch einiges einfallen lassen. Welcher Vortrag hat Ihnen denn am besten gefallen?«

»Der über Siedlungsformen in den deutschen Landschaften«, antwortete sie ohne zu zögern.

»Ah so«, sagte die Dame erstaunt.

»Ja«, gab sie zurück, »er war anschaulich und informativ. Man begreift, daß man in den Alpen andere Häuser und Dörfer baut als an der Ostsee. Andere Landschaften bringen unterschiedliche Anforderungen ans Wirtschaften, an das ganze Leben.«

»Ich kann es jetzt nicht finden!« rief die Frau Fabrikant ärgerlich und sprang auf. »Aber ich weiß es natürlich genau. Komm jetzt, wir müssen uns fertig machen, sonst kommen wir zu spät, nicht war, Carola?«

Die Frau Kühn faßte sie am Arm und schob sie zur Terrassentür. »Ich besuch deine Mutter übermorgen, dann wird sich das klären.«

Als sie bereits im Flur und außer Hörweite von der Terrasse waren, flüsterte sie ihr zu: »Das ist halb so eilig, ich wollte dir sowieso zehn Mark für die Reise schenken.« Als die Frau Fabrikant merkte, wie sie stocksteif stehenblieb, faßte sie sie noch einmal begütigend am Arm. »Aber weißt du, ich hab mich doch gefreut, daß du da hin bist, wir brauchen dich doch in der Frauenschaft.«

Sie riß die Türe auf und stürmte hinaus, ohne sich noch einmal umzudrehen. Sie wollte um keinen Preis der Welt, daß die Fürstin von Sontheim die Tränen der Wut, die ihr in den Augen standen, zu sehen bekam.

Als sie an der Parkmauer entlang ging, hörte sie plötzlich dicht hinter sich Schritte. Sie wandte sich nicht um.

»Nun renn doch nicht so«, sagte der Schneider Bertl und holte sie ein. Sie reagierte nicht und ging weiter. Ihr Geheule ging niemand etwas an und ihn schon gar nicht.

»Was hast denn, was haben sie denn von dir wollen?« versuchte er es freundlich.

»Nichts, was irgend jemand außer mir was angeht«, sagte sie kurzangebunden und ging noch schneller als zuvor.

»Eingebildete Schneegans!« rief er hinter ihr her. »Glaubst du vielleicht, ich erfahr es nicht, warum sie dich herzitiert haben? Wer glaubst du denn, daß du bist? Dich rührt doch sowieso keiner mehr auch nur mit der Kneifzange an!«

Was er sonst noch hinter ihr her rief, verstand sie nicht mehr, sie war bereits um die Ecke der Talstraße. Jetzt konnte sie wenigstens einen Augenblick stehenbleiben und sich die Nase putzen. Es gab auch hier genug Neugierige, die sich gerne einmischten. Sie lief schnell, um möglichst ungeschoren nach Hause zu kommen.

Sie erzählte es niemandem. In die Frauenschaft ging sie aber auch nicht mehr. Das eine Mal schützte sie Kopfweh vor, das andere Mal war es die kranke Mutter. Schließlich sprach die Frau Lehrer Hennemann, die das meiste in der Frauenschaft machte, während die anderen bloß Reden hielten, sie auf der Straße an. Sie war freundlich und vorsichtig. Sie merke doch, daß da was nicht stimme und daß es ihr offenbar gar nicht mehr in der Frauenschaft gefalle.

Daß da was dran sei, mußte sie einräumen. Schließlich erzählte sie ihr die ganze Geschichte und sagte, es sei ihr klar, daß niemand ihr glauben würde.

»Doch«, sagte die Frau Hennemann, »ich glaube Ihnen das aufs Wort. Diese Sorte Leute kenne ich. Denen traue ich alles zu. Wirklich alles. Aber Sie haben recht, es hat keinen Wert, es an die große Glocke zu hängen. Ich jedenfalls würde mich freuen, wenn Sie wieder kommen würden. Für die Damen im Tenniskostüm mache ich die Frauenschaft nämlich nicht, wissen Sie. Das ist sowieso die Sorte Leute, die immer absahnt und oben schwimmt.«

Dieses Gespräch tröstete sie ein wenig. Aber in die Frauenschaft ging sie erst wieder nach weiteren vier Wochen. Die Frau Hennemann begrüßte sie herzlich und setzte sich zu ihr. Sie freute sich offenbar wirklich, daß sie gekommen war. Die Frau Fabrikant Kühn war nicht da. Sie war in Stuttgart zum Einkaufen. Das war es dann für einige Zeit. Sie ging für lange Wochen nicht mehr in die Frauenschaft.

Statt dessen ging sie zur Schwester Emilie. Dort traf sie die anderen in einem lebhaften Gespräch über den Veit-Harlan-Film *Die goldene Stadt* vor. Was, den habe sie nicht gesehen, fragte das Fräulein Gundermann. Da habe sie aber etwas verpaßt. Das seien tolle Bilder aus Prag gewesen. Die Geschichte, na ja.

Dorfmädchen träumt von der großen Stadt und fällt auf den ersten besten Filou herein.

»Aber so dumm sind sie halt mal, die Dorfmädchen«, gab die Frau Hillinger zu bedenken. Das ärgerte sie. Aber das letzte Mal hatte die Frau Hillinger erzählt, daß ihr Mann jetzt eine 14jährige und eine 15jährige Schülerin habe, die beide schwanger seien und von der Schule müßten. Also war klar, wen sie mit den dummen Dorfmädchen meinte.

Die Frau Gebhardt fand, trotz der schönen Landschaftsbilder und der fantastischen Aufnahmen aus Prag habe von Anfang an der Zeigefinger hinter der Kamera gewinkt. Auf dem Land sind die Menschen gut, in der Stadt sind sie schlecht, das sei die Botschaft gewesen. »Und wenn eine es nicht glaubt, der ergeht es wie der Christina Söderbaum. Die wird schwanger und muß nach Hause zurück. Und weil der eigene Vater sie bereits verstoßen hat, hat er auch flugs wieder geheiratet und man muß ins Wasser.«

»Rührei«, sagte sie ungerührt.

»Das kommt davon, weil die Väter, wenn es schwierig wird, nur fluchen und toben und ihnen sonst nichts Besseres einfällt«, sagte die Schwester Emilie. »Und dann soll es tragisch sein.«

»Und moralisch!« rief Fräulein Gebhardt triumphierend und reckte den Zeigefinger. »Und abschreckend! Und große Kunst! Und bekommt das Reichskulturritterkreuz!«

»Wofür?« fragte die Frau Hillinger lachend. »Doch nicht für die Aufnordung des deutschen Volkes? Schließlich ist sie doch ins Wasser!«

»Nicht?« tat Fräulein Gebhardt erstaunt. »Ja, wofür denn dann?«

Die Frauen lachten. Dann verstummten plötzlich alle und sahen sie an. Ein wenig mißtrauisch und ein wenig erwartungsvoll.

Schließlich räusperte sich die Frau Hillinger und sagte: »Spaß beiseite, damit haben Sie sich jetzt doch im Ernst beschäftigt auf Ihrer Tagung.« Alle sahen sie weiter erwartungsvoll an.

»Ja«, sagte sie, »davon war auch wieder mal die Rede, aber was das heißen soll, habe ich immer noch nicht begriffen. Nur daß die Schauspielerin, denn das muß sie gewesen sein, die das erzählt hat, ihre Haare blond gefärbt hatte, das war nicht zu übersehen.«

Auch darüber mußten wieder alle furchtbar lachen. Dann lehnte sich Frau Gebhardt mit verschränkten Armen zurück und fragte, wie es denn sonst noch so auf der Tagung gewesen sei.

»Na ja«, sagte sie nachdenklich, »mehr oder weniger wie in der Frauenschaft. Volk ohne Raum, die Pionierfrau im Osten, die christliche Religion als eine Religion der Schwächlinge, Juden raus. Das Übliche eben.«

Sie sahen einander verstohlen an und schienen sehr erleichtert. »Hach«, sagte Fräulein Gundermann pathetisch und faltete die Hände madonnenhaft-katholisch, »da haben wir Sie also ganz für die Katz beneidet – quer durch Deutschland! Nach Coburg! Der höheren Bildung entgegen!«

Sie dachte an den Glatzkopf auf dem Gau, den dürren knochentrockenen Professor, an Giselas ewiges ›Arthur sagt, Arthur meint‹, an Mechthild, wie sie sich die junge Berta gefügig machte. Nein, es gab keinen Grund, sie zu beneiden.

Fräulein Gundermann steigerte sich in ihre Rolle zum Amüsement der anderen voll hinein. »Aber, aber, Rosa ... kein einziges flottes Leutnäntchen mit dem man Torte naschen ging? Kein Studentlein am Wegesrand, das stammelte: Mein schönes Fräulein, darf ich wagen? – Meine Damen, bitte schön, wie soll man als Frau die Rasse reinhalten, wenn es weit und breit kein Leutnäntchen und nicht einmal ein Studentlein gibt? Da läßt sich gut rein halten und sauber bleiben. Aber erst wenn man mit glutäugigen Blicken verfolgt und belästigt wird, belästigt, meine Damen,« – sie ließ das Wort so von der Zunge schnalzen, daß es sich unversehens in eine ganz und gar süße Last verwandelte – »erst dann, was sage ich, erst im heldenhaften Kampfe gegen die Versuchung erweist sich die Tapferkeit der reinen Arterhaltung.« Plötzlich streckte sie den Arm weit ab und gähnte. »So ungefähr sagt das der Pfarrer auch.« Dann fuhr sie sich gedankenverloren über die Stirn. »Nein doch«, rief sie mit beschwörender Geste, »der redet vom bösen Trieb, und alles was mich zu ihm trieb – zum Zwecke der Arterhaltung, versteht sich – war ach, so gut, war ach, so lieb.«

Die Seufzer des Fräulein Gundermann waren nebst Trieb und Arterhaltung im allgemeinen Gelächter untergegangen. Wie erfrischend war ihre überkandidelte Schauspielerei, vor der nichts Bierernstes bestehen konnte, nach all den endlosen Predigten und Litaneien.

Erst auf dem Heimweg fiel es ihr richtig auf, daß sie sie zunächst ganz vorsichtig behandelt hatten wie ein rohes Ei. Hatten sie etwa erwartet, sie fange jetzt auch mit den Litaneien und den Belehrungspredigten zur neuen Religion an?

Nach dem Vortrag zum Weihnachtsfest hatten sie sie besonders befragt. Sie machten auf einmal alle ernste Gesichter, als davon die Rede war, daß die Christen den Germanen ihr altes Lichtfest gestohlen und für sich in Anspruch genommen hätten. Statt »Es kommt ein Schiff beladen« oder »Es ist ein Ros entsprungen« sollte man mit Kindern »Hohe Nacht der klaren Sterne« singen. Was sie selber denn davon halte, fragte die Schwester Emilie.

»Nun ja«, sagte sie, »wir laufen nicht mehr im Bärenfell herum und hausen auch nicht mehr in fensterlosen Hütten, warum sollen wir dann unterm Christbaum Lieder singen, die den alten Germanen gefallen hätten. Erhalten sind die alten Lieder ja nicht, und wenn, dann gäbe es sie ja nur in einer Sprache, die wir nicht verstehen würden.«

Nach diesem Satz war die Spannung endgültig weg. Erst jetzt fing sie an zu begreifen, daß sie sich nicht sicher gewesen waren, ob sie von der Schulung als die alte, nüchtern argumentierende Rosa zurückkommen würde.

Wenn die wüßten, was sich wirklich abgespielt hatte. Einen Augenblick war sie in Versuchung, es ihnen zu erzählen, aber dann verbot sie es sich sofort. Nicht einmal die Glatze vom Gau hätte sie als Clownsnummer von Fräulein Gundermann ertragen können, obwohl der nun wirklich nichts Besseres verdient hatte. Das tat alles noch viel zu weh, und dann, wer wußte denn, ob sie es ihr nicht doch heimlich gönnten. Zu oft hatte sie es schon zu hören gekriegt, es geschähe ihr recht, sie bilde sich ja immer ein, etwas Besseres zu sein als die anderen.

Aber dann hatten sie auch wieder gedacht, sie werde als Stütze und Stab der Frauenschaftsleiterin zurückkommen. Es war merkwürdig, daß sie ihr das ohne weiteres zutrauten, obwohl sie sie doch kannten. Es war nicht weniger merkwürdig, daß sie ihnen ohne weiteres eine Portion Mißgunst zutraute, obwohl sie ihr bisher nicht den geringsten Anlaß dazu gegeben hatten.

Reichsparteitag

Und dann war da wieder das Trachtenbild mit Freunden und Bekannten, alle malerisch auf einer Wiese gruppiert. Die Männer zeigten ihre Sensen und Dreschflegel vor, lehnten sich in anmutiger Pose auf die ihnen jeweils zugeteilten Geräte und belächelten die Frauen, die unter ihren über das Gras ausgebreiteten Röcken die Zehen in ihren Lackschühchen spielen ließen. Sie sah sich neben der Friedl kauern, den Arm um ihre Schulter gelegt. Der Ernst hatte sie alle auf Nordfeld fotografiert, bevor sie 34 zum Reichsparteitag gefahren waren.

Sie hatte sich viel davon versprochen, wenn sie sich auch nicht mehr genau daran erinnern konnte, was es denn nun eigentlich gewesen war. Eine Art Abenteuer jedenfalls. Hauptsache fort, das war wie immer das Wichtigste gewesen. Und als Mitglied einer Trachtengruppe galt es natürlich bei Aufführungen mitzumachen in Lokalen und auf öffentlichen Plätzen.

Schon als sie auf dem Bahnsteig in Rottweil standen, war sie beeindruckt. Außer den Sontheimern standen noch zwei Gruppen aus dem Schwarzwald auf dem Bahnsteig. Die Männer hatten breitkrempige Hüte und ein enggeschnittenes Wams. Die Frauen trugen geblümte Taftröcke und ebenfalls ein enges Wams über dem Mieder. Die Hauben mit den langen Bändern gefielen ihr besonders. Die vielen durcheinanderwimmelnden Trachten ließen den Bahnhof wie ein biedermeierliches Rathaus vor einem Marktplatz erscheinen.

Dann aber donnerte der Zug über das Gleis, aus allen Fenstern winkten Bauersfrauen in adretten, spitzenverbrämten Hauben neben ihren hüteschwenkenden Männern. Unter Lachen und Hallo ließ man sich von einem Arbeitsdienstler das richtige Abteil zuweisen.

Sah der Bahnhof wie ein fahnengeschmücktes Rathaus aus, so wirkte der Zug mit den dicht an dicht herausdrängenden behaubten und behüteten Köpfen wie eine aus den Fugen geratene Postkutschenversammlung.

Bis allein die Sensen und Dreschflegel verstaut und von einem Kordon Tragkörbe abgesichert waren, das brauchte seine Zeit. Und in jedem Abteil ging dann zur Gaudi der ganzen Gruppe das Wort vom wachhabenden Sensenmann um. Und Handkoffer und Proviantaschen gab es immer noch zu verstauen, als der Zug schon lange den Windungen des Neckars entlang fuhr.

Eng nebeneinander saß man in der Hitze. Hemd und Blusenkragen waren schon auf der Höhe von Horb durchschwitzt, was aber der allgemeinen Heiterkeit keinen Abbruch tat. Schließlich fuhr man einem Ereignis entgegen, das man nur aus dem Kino kannte, und die Erregung darüber, höchstselbst daran teilzunehmen, war groß.

Die Bäcker Christl wünschte sich nichts sehnlicher, als in der ersten Reihe sitzen zu können, zu Füßen des Podiums. Vielleicht wurde ihr Gesicht dann auch im Kino vier Meter auf vier Meter eingeblendet, wie es die Augen aufhob zu dem Redner, von welchem Hilfe kam.

Letztes Jahr war eine sehr blonde Ostpreußin mit andächtig erhobenem Blick gezeigt worden, und immer näher war die Kamera auf ihr Gesicht herabgestoßen, bis ihre fromm verschleierten Augen die ganze Breite der Leinwand füllten. Ja, so wollte sie auch in jedem Kino auf der Leinwand erscheinen, von Kiel bis Konstanz, von Köln bis Königsberg.

»Stell dir vor Rosl«, sagte die Bäcker Christl, »wir kommen auch so nach vorne wie diese Ostpreußin mit ihrem Kinnschleifchen. Und stell dir vor, wir kommen ins Kino, in jedes Kino, auch in Neustadt...« Schon erröteten die Wänglein der Bäcker Christl, und ihr Blick fing an, sich zu verschleiern, während der Wanger Hugo sich bitter beklagte, daß er diesen Trachtenzirkus mitmachen müsse, statt mit den Kameraden von der SA in geschlossener militärischer Formation auf dem Parteitagsgelände einzumarschieren und Spalier zu stehen, wie es sich für einen alten Kämpfer gehöre. Aber man habe ihm bedeutet, es gäbe mehr als genug SA-Leute und zuwenig Männer in der Trachtengruppe und sein Platz sei da, wo die Partei ihn brauche und man erwarte ein wenig mehr Disziplin, gerade von einem alten Kämpfer. Hätte ihm die Partei die Tracht nicht bezahlt, er hätte sicher noch weitere Ausflüchte versucht. So stapfte er mit sich und der Welt in tiefem Zerwürfnis durch das Programm, verflocht sich mehrfach beim Bändertanz in die falsche Richtung und stampfte nicht nur einmal an der falschen Stelle auf, was ihm scharfe Rüffel von Seiten des Kreiswarts für Volkstanz einbrachte.

Hier im Zug achtete niemand auf den Griesgram. Man war viel mehr damit beschäftigt, sich auszumalen, was das für Lokale waren, in denen man auftrat. Biergärten natürlich, aber vielleicht war auch ein richtiges Tanzcafé dabei mit einem richtigen Orchester. Das wäre ja mal etwas anderes. Und überhaupt die Stadt Nürnberg, mit der alten Kaiserburg und dem sagenhaft tiefen Brunnen. Die Männer konnten sich nicht genug darüber auslassen, daß es da einen anderen Brunnen gäbe, mit nackten drallen Weibsbildern, denen das Wasser in kräftigem Strahl aus den Brüsten springe. Und wie das wäre, wenn man gerade bei diesem Brunnen einen Auftritt hätte. Die einen Weibsbilder im züchtigen Mieder, und die anderen …

»Igitt«, sagte die Friedl, »wie ihr wieder daherredet.«

Die einen hatten vor Aufregung schon vor Stuttgart ihren ganzen Proviant vertilgt, die anderen brachten aus dem gleichen Grund keinen Bissen hinunter.

Der Lang Heiner, der Führer der Gruppe, sprach von Nürnberg als dem Paradeplatz der Partei und der Perle des Mittelalters. Die Burgbacher Mine wollte unbedingt ihre Tante besuchen, die in einem feinen Wäschegeschäft arbeitete, und hoffte auf ein Schnäppchen, möglichst aus Seide. Man bedenke, ihre Tante verkaufte Hemden und Schlüpfer aus reiner Seide, cremefarben und rosa. Sie hatte ihr eine Garnitur versprochen, wenn sie sie besuchte. Manchmal ließ sich etwas mit kleinen Fehlern billiger abzweigen. Man bedenke, cremefarbene Seide! Aber wenn es nicht anders ging, war sie auch mit rosé zufrieden. »Rosé«, sagte sie, »ist ja auch nicht übel.«

Bei der zweiten Erwähnung dieses ganz und gar ausländischen und dekadenten Wortes kam der Lang Heiner ins Nachdenken, ob er aus nationalen Gründen nicht zu einer Bemerkung verpflichtet sei. Er ließ es aber dann bleiben, denn cremefarbene oder rosé Schlüpfer waren ihm dann doch ein ungewohnt schlüpfriges Gelände. So ließ es der Lang Heiner bei einem leicht mißbilligenden Gesichtsausdruck bewenden, der alles und alle meinte, vor allem aber diese Weibsbilder, die wieder nichts als ihre eigenen sieben Sachen im Kopf hatten.

Sein Gesichtsausdruck hellte sich erst hinter Ansbach auf, als man sich auszumalen begann, ob man auch Ihm zu Füßen sitzen würde, ob man auch Ihn reden hören würde, ob man sogar auf einem der vorderen Plätze Ihm ein wenig näher kommen würde, ob man vielleicht so nahe an die Absperrung kommen würde, daß man Ihn vorbeifahren sehen würde und grüßen könnte – so nah als möglich, fast zum Anfassen nahe.

Das wollte sie nicht. Sie fürchtete sich vor zu großer Nähe, vor dem Geschiebe und Gedränge, den Ellbogen und Püffen, dem Eingeklemmt- und Geschobenwerden zwischen den vielen anderen. Aber reden hören wollte sie Ihn um jeden Preis. Und Ihn so nah sehen, daß sie Ihn beim Reden beobachten konnte.

Und sehen, ob Er frei sprach oder vom Papier las, wie Er hinter dem Rednerpult stand und ob Er in vollem Scheinwerferlicht sprach, wo die Film- und Rundfunkleute standen und wer sich in Seiner unmittelbaren Umgebung befand.

Aber wahrscheinlich saßen sie unter den Tausenden ganz weit hinten. Wenn sie die Trachtengruppen nach dem Alphabet sortierten, sowieso. Dann war Sontheim weit abgeschlagen. Wahrscheinlich sah man dann nur ein Podium voll riesiger Fahnen und kleiner Uniformen und man hörte, fast wie am Radio, nur

Seine Stimme. Und nachher im Kino, wenn Er von den Scheinwerfern ins rechte Licht gesetzt wurde und Sein Gesicht unter den Hakenkreuzfahnen näher und näher kam, bis Sein Blick und Seine Stimme einen in Seine Rede hineinbannte, war alles viel eindrucksvoller.

Auf dem Bahnhof von Nürnberg herrschte ein unglaubliches Gewimmel. Zum ersten Mal an diesem Tag war sie froh über ihre Tracht, deren schwerer schwarzer Wollrock sie so sehr ins Schwitzen gebracht hatte. Jetzt half das ungewöhnliche Gewand einem dabei, sich in diesem Menschengewimmel zurechtzufinden und den Seinen auf der Spur zu bleiben.

Sie mußte alle Kraft zusammennehmen, um sich gegen den Strom der auf sie Zukommenden zur Wehr zu setzen. Sie preßte Tasche und Köfferchen an sich und versuchte, dicht hinter der Friedl zu bleiben. Schließlich erreichten sie den Zug nach Fürth. Hier war nichts mehr reserviert, aber sie drängelten in den Zug und stellten sich in den Mittelgang. Hauptsache, sie blieben zusammen.

Schließlich landete sie mit der Friedl in einer Dachkammer bei einem alten Ehepaar. Nach dem Abendessen in der nahegelegenen Turnhalle, wo sie einander alle wieder trafen, blieben sie noch länger sitzen, als sei es so verabredet worden. Man sang mit den anderen Trachtengruppen um die Wette und führte den einen oder anderen Tanz vor, um für den großen Tag in guter Form zu sein.

Sie konnten vor innerer Anspannung beide nicht schlafen. Sie sahen in das Gärtchen im Hinterhof hinunter und auf die im Mondlicht mattglänzenden Dächer, unter denen nur noch wenige Fenster beleuchtet waren. Die zwei schiefen Holzschuppen neben dem spillerigen Fliederbaum kamen ihnen ganz außerordentlich ehrwürdig und mittelalterlich vor und stärkten in ihnen das Gefühl, daß der morgige Tag ein ganz außerordentlicher und der Erinnerung bis ins hohe Alter wert sein müsse.

Sie marschierten bei sengender Sonne in einen der Vororte von Nürnberg. Der Gruppenführer hatte einen Plan von der Straße, in der sie sich aufstellen mußten. Sie fanden auch ihren Platz zwischen einer Trachtengruppe aus dem Schwarzwald und einer aus Meersburg. Sie lachten und schwatzten und lehnten sich an die Gartenzäune, um unter den Büschen und Bäumen etwas Schatten zu finden. Eine Stunde standen sie da und warteten, daß der Zug sich endlich zu bewegen anfing, und noch eine Stunde standen sie da. Gnadenlos knallte die Sonne auf ihre Köpfe und heizte ihre Wollröcke auf. Statt freudiger Erwartung herrschte allmählich Mißmut und Langeweile, aber jeder war bemüht, es sich nicht anmerken zu lassen.

Sie standen vor einer alten Villa mit hohen Erkerfenstern. In weißen Lilien auf blauem Grund schwammen Schwäne rings um die Fenster und blickten hochmütig auf die Rosenrabatten hinab. Der Rasen war makellos gleichmäßig, seine Kanten zu den Kieswegen hin messerscharf geradegezogen.

Freundin Friedl war die erste. Sie war immer die erste – da war nichts zu machen. »Du, ich muß mal, ganz dringend«, flüsterte sie ihr mit hochrotem Gesicht zu. Es half ihr natürlich nichts, die Augen gen Himmel zu verdrehen und zu seufzen.

Also ging sie mit Friedl, öffnete die Gartentür und klingelte an der Tür der Villa, die nicht nur blankgeputzte Messingscharniere, sondern ebenfalls Glasfenster aufwies, mangels Platz drehten aber hier nicht Schwäne die Runde, es rankten sich vielmehr langstielige Tulpen zwischen den hölzernen Verstrebungen hoch.

Eine Dame öffnete, lächelte freundlich und führte die schlotternde Friedl durch eine düstere Halle zur Toilette. Sie wartete vor der Haustüre und plauderte derweil mit der netten Dame über ihr Dorf, ihre Trachtengruppe und die seidenen Bänder an ihrer Kappe. Als sie ihr gerade zeigte, wie schwer der gefältelte Rock war, kam die Friedl zurück und bedankte sich artig.

Kaum hatten die anderen erfahren, wo sie gewesen waren und zu welchem Zweck, da schlich sich einer nach dem anderen in den Garten, bis schließlich ein ganzes Dutzend Leute Schlange stand vor den gläsernen Tulpen.

Da aber erschien die Dame in der Türe, ließ den schön polierten Türgriff nicht mehr aus der Hand und schrie außer sich, daß sie keine öffentliche Bedürfnisanstalt habe, daß man ihre Freundlichkeit ausnutze und sie sich das nicht gefallen lasse. Und dann knallte sie die Türe zu, daß die roten Tulpen zitterten, und drehte den Schlüssel zweimal im Schloß.

Einige gingen betreten schweigend, andere zuckten die Achseln, wieder andere murmelten etwas von einer eingebildeten Ziege, aber alle verließen den Garten des Hauses.

Dann aber schlich einer nach dem anderen vorsichtig um sich spähend wieder zu dem Tor zurück, schlüpfte, wenn er sich unbeobachtet glaubte, hinein und verschwand zwischen den Fliederbäumen, um sich anschließend breitbeinig und sichtlich erleichtert wieder an seinem Platz in Reih und Glied aufzupflanzen.

Als nach mehr als drei Stunden die Sonne immer noch gnadenlos herabknallte und die Hitze vor den Augen allmählich zu flimmern begann, da blieb auch ihr nichts anderes übrig, als sich in den Garten zu schleichen. Es war ihr schon eine ziemliche Weile flau im Magen, aber der Anblick des Gartens gab ihr den Rest. Die Kacke quoll unter den Fliederbäumen hervor, Fetzen von Parteiprogrammen, Lagepläne und Marschrouten staken darin fest wie Fähnchen. Nicht einmal der Rasen in der Mitte war verschont geblieben. Maulwurfshügeln gleich verunzierte die Kacke auch hier das frisch gestutzte Grün und Urinbächlein schlängelten sich durch den Kies.

Immer wieder hatte es geheißen, daß erst die militärischen Formationen auf das Reichsparteitagsgelände durchmüßten, dann erst könnten die Trachtengruppen aufmarschieren. Es war auch immer wieder Bewegung in die Gruppen gekommen, man hatte sich aufgestellt, nur um festzustellen, daß es da vorne doch nicht weiterging.

So stand man auch jetzt wieder einigermaßen lustlos in Reih und Glied in der prallen Sonne, als sich der Zug dann doch ganz langsam in Bewegung setzte. Es ging wahrhaftig die Straße hinunter, man hielt gebührend Abstand und marschierte im Gleichschritt. Als sie um die Kurve bogen, standen bereits die Leute am Straßenrand und winkten ihnen zu. Erleichtert winkten sie zurück.

Da wandte sich auf einmal die Frau Kühn nach den Frauen um und rief: »Da vorne ist der Führer! Im offenen Wagen!«

Da gab es kein Halten mehr. Alle rannten los. Die Meersburger und Sontheimer mit Sensen und Sicheln. Die Schwarzwälderinnen setzten im Gedränge die Körbe auf ihren Kopf, und die Kinder, die an der Straße standen, wurden zwischen Sensenmännern und schwarzen Wollröcken eingeklemmt. Mehr als ein Winzling schrie auf, während von hinten die Welle der Heil-Hitler-Rufe über die Köpfe hinwegdonnerte.

Es geschah genau das, wovor sie sich gefürchtet hatte. Innerhalb kürzester Zeit war sie in eine Menschenmenge, die sie nach vorn schob und drängte, eingeschlossen, und hatte sich abwechselnd der stoßenden Ellenbogen und der drängenden Schultern zu erwehren. Sie versuchte, sich hinter der um einiges breiteren und größeren Friedl zu halten. Einmal konnte sie sich nur durch einen Griff nach Friedls Schürzenschleife retten, was allerdings zu einem Handgemenge führte, weil es die Friedl ohne Vorwarnung nach hinten riß. Während ihr Hören und Sehen fast verging, schwappten die Heilrufe in gleichmäßigem Rhythmus über sie hinweg und schwemmten alle und alles auf die Kreuzung zu.

Dort prallten sie auf den Gegenzug. Einen Augenblick verkeilten sich die Menschenmassen, bis die Kommandos der Ordner ertönten und eine Gasse über die Kreuzung frei wurde. Langsam, während die Heilrufe schon über die nächste und übernächste Kreuzung hinweggedonnert waren, lösten sich die ineinander verknäulten Menschen voneinander. Die Menge trat auf die Bürgersteige zurück, und die Trachtenleute sammelten sich auf der Straße, stellten sich aufs Neue auf, jeder kannte seinen Platz.

Frau Kühn verkündete, sie habe dem Führer im offenen Wagen zugewinkt, und er habe nach rechts und links leutselig mit dem Kopf genickt. Der Lang Heiner hatte ihn mit hochgerecktem rechten Arm gesehen und gleichfalls mit dem Hitlergruß geantwortet. Die Friedl wollte ihm gar ins Gesicht gesehen haben. Sie mußte wieder und wieder versichern, daß Er ihr voll ins Gesicht geschaut habe. Sie habe den Führer gesehen von Angesicht zu Angesicht, beteuerte sie mit andächtig in katholischer Manier gefalteten Händen.

Sie war immer dicht hinter der Friedl gewesen, und als sie sich in geordnetem Zug und Marschschritt in Bewegung setzten, dachte sie, das wird sie jetzt alles zu Hause ein Jahr lang erzählen, daß sie den Führer gesehen hat von Angesicht zu Angesicht. Und schon jetzt glaubt sie, daß es wirklich so gewesen ist.

Sie gingen nicht lange durch die geraden Vorortstraßen, bis die Villen und Einfamilienhäuser zurücktraten und sie auf das freie Feld hinauskamen. Das offene Gelände mit seiner Tribüne, seinen Säulen, Statuen und Fahnenwäldern war atemberaubend.

Doch die Halle, in die sie geführt wurden, war es nicht minder. Auch hier befand sich das Podium des Redners hoch über dem Publikum auf einer weiten Bühne, noch einmal erhöht über die oben Versammelten. Säulen, lange Fahnen und Standarten formten einen Halbkreis um eben jenen Mittelpunkt des Rednerpults. Die Hakenkreuze bildeten ein halbrundes Band von Sternen im Hintergrund.

Als sie hereingeführt wurden, war die Halle noch halb leer, auf dem Podium des Redners war niemand zu sehen. Sie wurden, weil sie eine Trachtengruppe waren, nach vorne geführt, denn in den ersten fünf Reihen sollten nur Frauen in Trachten aus allen Gauen des Reiches sitzen. Das mache sich gut, vor allem bei Filmaufnahmen, meinte der Ordner.

Die Friedl war so elektrisiert von der Vorstellung, so nah vor die Filmkamera zu rücken, daß sie vor Aufregung anfing, an den Nägeln zu kauen.

In wenigen Minuten füllte sich die Halle mit hunderten, vielleicht tausenden von Frauen. Das Getrappel und Gelärme war ohrenbetäubend, sie war froh, als sie in der dritten Reihe fast in der Mitte ihren Platz hatte. Unaufhörlich strömten Frauen in Tracht, in Uniform, im Dirndl oder Sommerkleid durch fünf Eingänge in die riesige Halle herein. Unglaublich schnell verteilten sie sich auf die einzelnen Bereiche: Rechts und links des Mittelgangs saßen die Trachtengruppen, die Seitenflügel wurden von Frauenschaftsführerinnen in Uniform besetzt, dahinter kamen die Jungmädel und der BDM. Aber auch Betriebssportgruppen in ihren Trainingsanzügen, Krankenschwestern, eine Gruppe von Sportlerinnen mit Emblemen, die sie noch nie gesehen hatte, und Arbeitsdienstmaiden waren auszumachen. Die Frauen in den Sommerkleidern waren entschieden in der Minderheit.

Die Halle war innerhalb einer Viertelstunde voll besetzt, und die vielen Uniformen gaben ein buntes und zugleich sehr geordnetes Bild. Man saß ja nicht irgendwie durcheinander, sondern hielt sich an seine Gruppe, und das war gut so. Sie hätte um nichts in der Welt zwischen einer schlesischen Rotkreuz-Schwester und einer friesischen Arbeitsmaid sitzen mögen. Man fühlte sich so schon fast verloren zwischen den vielen fremden Menschen. So viele Menschen in einem Raum, das war großartig und beklemmend.

Als die ersten Fanfarenstöße ertönten, verebbten das Getrappel und der Lärm sofort. Jetzt zogen BDM-Führerinnen in einer Zweierreihe auf die Bühne, schwenkten ihre Fahnen im Halbkreis nach links und rechts und nahmen an der Wand entlang Aufstellung. Hinter ihnen gab es einen Aufmarsch an Uniformen und Orden, den man im einzelnen gar nicht verfolgen konnte, so blendend präzise war der Auftritt.

Dann stand plötzlich ein kleiner Mann in einem eleganten Anzug auf dem Podium und begann, die Anwesenden zu begrüßen.

Goebbels sprach frei, aber er vergaß keine der vielen Gruppierungen. Den Rotkreuz-Schwestern wünschte er einen schönen Tag in Nürnberg, den sie nach ihrem anstrengenden Dienst besonders verdient hätten, die BDM-Mädchen begrüßte er als die treue Gefolgschaft des Führers, die Betriebsgruppen sprach er an als das unverzichtbare Rückgrat der Arbeiterschaft, die den neuen Geist des neuen Staates in die Betriebe draußen im Land hineintrugen. So ging es fort bis zu den Trachtengruppen, die die völkischen Traditionen pflegten und die nationalsozialistische Revolution in ihren Heimatboden pflanzten. Alle bedachte er, keinen vergaß er ins rechte Licht zu setzen und über sich selbst hinauszuheben.

Sie konnte den Redner auf seinem Podium gut sehen. Er schien nicht sehr mit seiner Rede beschäftigt zu sein, vielmehr sein Publikum genau zu beobachten. Er wußte, wer in welchem Teil der Halle saß, er sprach gezielt in diese Richtung, beobachtete Gesichter und Handbewegungen.

Ihr Blick suchte nach den Filmleuten und ihren Kameras. Die Bühne war durch Scheinwerfer so hell beleuchtet, daß die Kameras unter Fahnen und Uniformen beinahe versteckt blieben. Man konnte sie erst auf den zweiten Blick ausfindig machen.

Und dann kam Er. Langsam und mit einem kleinen Lächeln, in der Uniform eines einfachen SA-Mannes. Sein Gesicht war bleich, bleicher als im Kino oder auf den Bildern in der Zeitung, aber vielleicht waren das die grellen Scheinwerfer.

Er komme hier und heute zu den Frauen nicht als der Führer des Reiches, sondern so, wie er am liebsten zu den Frauen spreche, als Parteisoldat, als der er sich in erster Linie verstehe, so wie ihre Männer und Brüder.

Und als solcher wolle er den Frauen der Bewegung das sagen, was die Väter, Männer und Brüder allzu oft leider nicht sagten, weil sie glaubten, das sei doch ganz selbstverständlich. Er aber meine, es sei Zeit, es einmal zu sagen. Es stimme schon, die Männer müßten hinaus ins feindliche Leben, wie schon Schiller gesagt habe, aber da könne man sie unmöglich allein lassen.

Jede noch so gut geführte Kaserne zeige, wie leicht Männer, hineingestellt in harte Auseinandersetzungen, zur Verwilderung und Verwahrlosung neigten. Wenn eben die liebevoll ordnende Hand fehle, die vom Vorhang bis zum Blumentopf für gepflegtes Wohlbehagen sorge. Und neigten sie nicht zum Streiten und Raufen, wenn ihnen das weibliche Gegengewicht fehle, das gelassene und vernünftige Bedenken, die ruhige Überlegung? Ja, er wisse es wohl, wie hitzig und unbesonnen sie sein könnten, seine Männer. Kampflust sei eine gute Sache, aber eben zur rechten Zeit am rechten Ort.

Und wem die rechte Frau als guter Kamerad fehle, der ihm den Rücken freihalte, aber auch zur rechten Zeit in ruhiger Überlegung und Besonnenheit rate, der tue sich schwer mit dem Aufstieg in der neuen Bewegung. Gerade an die Seite des Mannes, der mit großen nationalen Aufgaben betraut werde, gehöre die Kameradin, die ihn fordert und fördert.

Wenn der Mann im öffentlichen Leben stehe, dann bliebe eben sehr viel mehr Erziehungsarbeit in der Hand der Frauen. Da heiße es Strenge und Disziplin aufzubringen, zu der man nicht immer unbedingt Neigung verspüre, da käme es dann darauf an, manchen Sprung über den eigenen Schatten zu tun. Und manche Frau, die ihre Kinder habe fast allein erziehen müssen, müsse sich damit trösten, daß sie dafür dereinst ihre Enkel nach Herzenslust verwöhnen dürfe.

Er wisse sehr wohl, daß die Frauen manches, was ihnen lieb und teuer sei, zurückstellen müßten, aber dafür würden sie auch unendlich viel gewinnen im neuen Reich. Die Anerkennung als Frau und Mutter, die ihnen bisher versagt geblieben sei. Der neue Staat achte sehr genau darauf, daß junge Mütter, vor allem solche mit mehreren Kindern, tatkräftige Unterstützung bekämen. Deshalb sei auch der Arbeitsdienst für junge Frauen von unschätzbarem Wert, um einerseits junge Familien zu unterstützen und Mütter zu entlasten, um andererseits aber auch unter der Anleitung einer erfahrenen Frau und Mutter alles Wichtige für Haushalt und Familie zu lernen. Denn Hausarbeit sei in ihrer vollen volkswirtschaftlichen Bedeutung bisher weder erkannt noch anerkannt worden, obwohl sie einen ganz entscheidenden wirtschaftlichen Faktor darstelle. Und eine Frau, die nicht wirtschaften könne, sei mit Sicherheit der Ruin ihres Mannes, während eine, die es könne, die ganze Familie und nicht nur ihren Mann voranbringen könne. Seit dem frühen Mittelalter seien Großfamilien von Frauen geführt und ernährt worden.

Katharina Luther sei ein besonders leuchtendes Beispiel. Sie sei für die Theologiestudenten und die halbe Universität Wittenberg die Kost- und Logiermutter gewesen, heute würde man in so einem Fall nicht von einem Haushalt, sondern von einem Unternehmen sprechen. Nicht nur, daß sie ihren Reformator durchgefüttert habe, sie habe ihm und ihren Kindern auch ein stattliches Vermögen erwirtschaftet und die halbe Stadt noch dazu mit ihren Arzneien versorgt.

Sie traute ihren Ohren nicht. Derselbe Mann, der von der jüdisch-bolschewistischen Weltherrschaft im Radio wetterte und den Verlust des deutschen Lebensraumes im Osten anprangerte, stand auf einer mit Standarten und Fahnen geschmückten Bühne und plauderte über Luthers gnädigen Herrn Käth, wie der sie einmal genannt hatte.

Aber Er plauderte ja gar nicht. Er sprach laut und deutlich, gestikulierte ins Publikum, und unter den Scheinwerfern trieb es Ihm den Schweiß aus Stirn und Hals, das konnte sie von ihrer dritten Reihe aus genau sehen. Und doch klang es, als plaudere Er mit den Frauen über dies und das, von dem er genau wußte, daß es sie interessierte. Es klang, als seien die jüdisch-bolschewistische Weltverschwörung und alle großen nationalen Anstrengungen zu deren Überwindung auf einmal nicht mehr ganz oben auf der Tagesordnung. Als wäre das Zusammenleben der Menschen im Alltag für das Überleben des deutschen Volkes von allergrößter Bedeutung.

Das hatte sie nicht erwartet. Sie hatte etwas von Dienen und Dulden, von Mütterlichkeit und Reinhaltung der Rasse erwartet. Und eine scharfe Attacke gegen die, die sich dem entziehen wollten. Der Ton war aber ein ganz anderer als in den Reden, die sie bisher gehört hatte. Er war sehr viel persönlicher, es ging nicht um das große Ganze in irgendeiner Art, sondern um den Alltag, der bewältigt werden mußte.

Sie war beeindruckt von seiner Rede, aber auch, weil sie etwas sah, was man auch bei der Großaufnahme im Kino so nicht sah: Welche Konzentration und Kraftanstrengung so eine Rede erforderte. Es hieß immer, er könne mühelos einen Saal voller Leute in seinen Bann ziehen. Sie sah, daß das nur die halbe Wahrheit war. Er zog das Publikum in dieser Halle eine geschlagene Dreiviertelstunde in seinen Bann, ein weibliches Publikum, das nicht allzu interessiert war an politischen Einzelheiten. Er verstand es, so zu reden, daß man eine Stecknadel hätte fallen hören. Aber er schaffte das keineswegs mühelos.

Ab Reihe zehn mochte das mühelos aussehen, aber in der dritten Reihe sah man die Konzentration im Blick, den Schweiß auf der Stirn, die Anspannung der Nackenmuskeln. Um so ruhiger und gelassener wirkten die Gebärden der Hände, mit denen er seine Rede ausmalte und die wichtigen Stellen hervorhob. Das, was er sagte, sprach sie an. Wie er es sagte, nötigte ihr Bewunderung ab.

Sie mochte seine Stimme am Radio eigentlich nicht besonders. Sie klang zu hart und zu heiser. Aber hier, in der großen Halle, war es ganz anders. Hier waren Stimme, Person und Gestik aus einem Guß. Hier sprach nicht nur eine körperlose Stimme in ein Mikrofon. Hier stand der Eine vor Tausenden und überwältigte sie mit nichts anderem als wohlüberlegten Worten, in die er die volle Kraft seiner ganzen Person hineinwarf.

Hinter den Kulissen würde er tief durchatmen müssen und sehr erschöpft sein. Und sich den Schweiß von Stirne und Kragen wischen. Es war merkwürdig, aber genau das konnte sie sich nicht vorstellen: Er auf einem Stuhl sitzend, erschöpft, während Ihm einer Seiner Paladine ein Glas Wasser reichte.

Sie konnte sich nur vorstellen, wie die Scheinwerfer ausgeknipst wurden, die Dunkelheit ihn vom Rednerpult nahm, und wie Er, wenn das Licht über der Bühne erneut aufflammte, wieder am Rednerpult stand, aufmerksam ins Publikum sah und von neuem zu reden begann.

Das ist wahrscheinlich der Grund, warum sie alle eine Uniform tragen, dachte sie dann, damit man sie sich gar nicht mehr als gewöhnliche Menschen vorstellen kann. Aber dann, Er war ja auch kein gewöhnlicher Mensch.

Nach den Reden traten sie in einem Biergarten in Fürth auf und auf dem Vorplatz der Burg. Als sie dann schließlich wieder in ihrer Turnhalle beim Abendessen saßen mit den drei anderen Gruppen, gab es trotz aller Müdigkeit ein lebhaftes Hin und Her zwischen den Tischen.

Der Lang Heiner schnitt den ganzen Abend über ein beleidigtes Gesicht, weil es ihm nicht vergönnt gewesen war, zu des Führers Füßen zu sitzen. Nein, diesen albernen Weibsbildern gönnte er es nicht, denen fehlte sowieso der nötige Ernst für die nationale Sache. Sein Verdruß darüber war grenzenlos. Wenn er seine Truppe antreten ließ, zwecks Abmarsch zum Auftritt, dann ließ er seine Stimme mit einem so zornigen Bellen los, daß alle augenblicklich verstummten. Und dann raunzte er etwas von einem undisziplinierten Sauhaufen, mit dem man sich vor Parteiführern und Parteivolk sowieso nur blamieren werde. Nicht einmal der Wanger Hugo traute sich daraufhin, eine seiner abfälligen Bemerkungen zu machen oder sich gar beim Bändertanz in die falsche Richtung zu bewegen.

Ganz und gar unerträglich war es dem Lang Heiner aber, wenn die Friedl zum wiederholten Male mit ihrer Geschichte anfing, daß Er sie und nur sie allein ganz direkt angeschaut habe. Zerspringen wollte er vor Zorn wie weiland Rumpelstilzchen, weil dieses Weibsbild einem der Trompeter der bayrischen Blaskapelle erzählte, sie sei direkt vor dem Führer gesessen und Er habe ihr sehr lange und sehr ernst in die Augen geschaut. Dabei setzte sie sich in Positur, die Hände über der Brust gekreuzt und den Blick auf die oberste Sprosse der Leiter an der Turnhallenwand gerichtet. Der Trompeter nahm den Aufblick persönlich und strich sich genüßlich den Bart, während er sich immer näher an die Friedl heranschob. Heiners Gesicht verfärbte sich ins Gelbliche, während die Friedl immer mehr den Gesichtsausdruck der heiligen Theresa annahm.

Es amüsierte sie nicht wenig, wie der grinsende Trompeter sich an der verklärten Friedl zu schaffen machte, so daß diese jäh ihrer Verzückung ein Ende bereiten und ihm eins auf die Finger geben mußte. Man kam sich dann auch unverzückt in allen Ehren näher.

Der letzte Verzückungsanfall der Friedl war das aber bei weitem nicht. Am selben Abend mußten noch eine dicke Hessin in Tracht, einer der Ordner und der Dirigent der bayrischen Blaskapelle dran glauben. Letzterer war aber schon so tief im Bierglas versunken, daß ihn wohl nicht einmal das persönliche Erscheinen der heiligen Theresa selbst aus der Ruhe gebracht hätte.

Erst im Zug Richtung Stuttgart konnte man es mit der Friedl wieder aushalten. Alle kannten jetzt ihre Szene namens »Der Führer und ich«, und sie versank im Zug in eine wohlige Erschöpfung von all den überwältigenden Eindrücken der letzten beiden Tage. Der Lang Heiner aber saß noch immer da mit umflorter Miene, als sei Deutschland bereits am Abgrund des Untergangs.

Und über was palaverten sie nicht alles. Über Lebkuchen und die tollen Burschen vom Fanfarenzug auf der Burg, über den dicken kleinen Gauleiter vor dem Dürerhaus, der den Zweimetermännern von der Leibstandarte die Hand schütteln mußte, über das unverständliche Kauderwelsch der Oberschlesier, die ganz bestimmt bloß Wasserpolacken gewesen seien.

Und natürlich über den Führer, wie Er die Haare aus der Stirn gestrichen habe und wie Er immer wieder nachdenklich den Kopf gesenkt, dann aber wieder sehr genau auf einzelne Personen im Publikum geschaut habe. Wie Er überhaupt manchmal eine lange Pause gemacht habe, so daß man ganz gespannt gewesen sei, wie Er ganz ruhig , manchmal sogar beinahe lässig dagestanden sei, so, wie man ihn aus der Wochenschau eigentlich gar nicht kenne, und wie er auch kein einziges Mal die Stimme drohend erhoben habe oder gar angriffslustig oder zornig geworden sei.

Da könne man sehen, hat die Frau Kühn gesagt, wie der Führer eigentlich sei, wenn er nicht um das Recht der deutschen Sache kämpfen müsse. Eigentlich sei er ein eher zurückhaltender und nachdenklicher Mensch, der im kleinen Kreis faszinierende Gedanken entwickeln und alle damit fesseln könne. Und ein ausgesprochen höflicher und zuvorkommender Mensch. Sie und ihr Mann seien einmal in den engeren Kreis des Führers eingeladen gewesen, noch in der Kampfzeit, als er noch in München gewesen wäre. Wenn sie ganz ehrlich sei, dann vermisse sie seinen Charme am Radio, aber das sei ja auch etwas anderes, wenn man im kleinen Kreis seine eigenen, ganz und gar ungewöhnlichen Gedanken entwickle oder im Interesse der ganzen Nation zum deutschen Volk rede. Aber es sei doch sehr schön, daß Er in der Rede an die Frauen der Bewegung diese ganz andere, menschlich so liebenswürdige Seite gezeigt habe.

Sie redeten über seinen Haarschnitt, seine Uniform, die einerseits eine gewöhnliche SA-Uniform, andererseits aber etwas ganz Besonderes sei, weil eben Er sie trug mit dieser ganz und gar unnachahmlichen Bescheidenheit, während auf dem Rest der Bühne mit Orden, Säbeln und Lametta geprunkt werde. Sie redeten davon, wie bleich sein Gesicht unter den Scheinwerfern gewirkt habe, aber wie belebt und belebend es gleichzeitig gewesen sei.

Die letzte Bemerkung stammte von der Frau Apotheker Niederhofer, die bis zu diesem Reichsparteitag als eher christlich angehaucht galt und wahrscheinlich bloß wegen der Volkstanzauftritte mitgefahren war.

Sie redeten über alles und jedes, über das man nur reden konnte. Nur nicht über das, was Er gesagt hatte.

Weiße Flecken

Oben schmissen die Soldaten irgend etwas gegen die Tür. Vielleicht übten sie wieder Bajonettwerfen in die Türfüllung. Es krachte und polterte. Dann hörte sie ordinäres Lachen.

Die Kinder in ihren Bettchen waren ruhig. Die Anna schlief den Schlaf der Gerechten, sie hatte den ganzen Nachmittag den Garten umgegraben. Ihr Atem ging schwer und regelmäßig. Sie selber hatte Wäsche gewaschen und zwei Körbe Holz gespalten. Sie hatte sich ihren Schlaf genauso redlich verdient wie die Anna.

Aber dann war die Menger Frieda gekommen. Und jetzt war an Schlaf nicht mehr zu denken. Sie hatte sie nie leiden können, die Menger Frieda, aber wenn sie jemand glauben mußte, dann gerade ihr, weil sie es nicht glauben wollte.

Die Frieda war semmelblond und blauäugig, von der unausstehlichen blauäugigen Sorte, die sich nichts, aber auch gar nichts anderes vorstellen konnte, als daß man eben so groß und blond und blauäugig war, wie es sich der kleine, dunkelhaarige Herr Goebbels nur wünschen konnte. Und selbstverständlich hatte sie die parteilicherseits erwünschten vier semmelblonden blauäugigen Kinder vorzuweisen. Das war so, weil es einfach nicht anders sein konnte. Und hätte die Partei deren sechs oder zwei gewünscht, so hätte sie eben sechs oder zwei vorzuweisen gehabt.

Bei der ersten Rotkreuzübung auf freiem Feld, da hatten sie nicht einfach irgendwelche Verletzten versorgen müssen, da ging es um Schuß- und Brandwunden und Vorbereitung zur Amputation.

»Aber das ist ja wie im Krieg«, hatte sie erschrocken zur Frieda gesagt. »Wieso üben die mitten im Frieden den Krieg?«

»Was denn«, hatte die Frieda seelenruhig geantwortet, »der Führer will den Frieden, das hat er doch ausdrücklich gesagt. Er will das deutsche Volk so geschlossen und stark, daß niemand es angreifen kann.«

»Los Mädels, packt mit an, der da hat einen durchschossenen Oberschenkel, was kommt da als erstes, na?« Der Bremer Gustl baute sich wichtigtuerisch vor ihnen auf.

»Spielen wir jetzt hier Krieg oder was?« fuhr sie ihn schnippisch an.

»Was denn sonst, Mädchen, also mach schon, als erstes muß die Hose weg, der Stoff, mein ich, von der Wunde weggeschnitten werden. Na nun trau dich, los und dann abbinden, ja wird's bald, so ist's recht. Na ja, fürs erste kann man es lassen, da muß aber ein anderes Tempo her, da kommt schon der nächste. Na Mädels, was dem jetzt wohl fehlt?«

»Na die Blonde da, was sonst«, knurrte der Bilger Hugo.

»Halt die Klappe«, schrie der Gustl erbost, »du bist im Feldlazarett und nicht im Puff!«

»So, so«, sagte sie und legte das Verbandszeug auf die Blechkiste. »Ich dachte, wir üben Erste Hilfe bei Unfällen.«

»Stimmt!« rief der Gustl. »Ein Schuß ins Schulterblatt ist ganz sicher ein Unfall, oder?«

»Wenn ihr Krieg spielen wollt, dann ohne mich!«, sagte sie wütend.

»Das will ich nicht gehört haben, Mädchen, sonst kriegst du enorme Schwierigkeiten. Mach deinen Verband fertig und halt den Mund dabei, wie's sich gehört.«

Sie sah ihn an, den Bremer Gustl. Unterschlagung sagte man ihm nach, aber man konnte es ihm nicht beweisen. In der Fabrik war er ein kleines Licht, und jeder mißtraute ihm. Erst war er ein Sozi gewesen, und dann war er plötzlich zu den Nazis gegangen. Hier spielte er sich als der große Häuptling auf, dabei wußte jeder, daß er an die Kasse des Roten Kreuzes nicht mehr herankam.

»Aufgeblasener Affe«, zischte sie voller Wut hinter ihm her.

Da hob die Frieda ihre blauen Augen von ihrem Verband und sagte mit leiser Stimme, während der Bilger Hugo sie noch immer erwartungsvoll anblinzelte: »Ich glaub aber nicht dem Bremer Gustl. Ich glaub dem Führer. Und der hat gesagt, daß Deutschland stark sein und rüsten muß, damit es nie wieder Krieg gibt.«

»Und du glaubst, daß die Leitung des Roten Kreuzes aus lauter Lust und Tollerei Krieg spielt?« fragte sie irritiert.

»Wenn der Führer wüßte, was die da machen, würde er es ihnen verbieten«, antwortete die Frieda mit steifer Würde.

Da vergaß der Hugo, daß er einen Schuß in die Schulter darzustellen hatte und kugelte vor Lachen fast von der Bahre herunter.

Semmelblond und unausstehlich blauäugig war sie, die Frieda, und sonst gar nichts. Und gerade deswegen mußte sie es ihr glauben, ob sie wollte oder nicht.

Dem französischen Offizier hatte sie nicht geglaubt, kein Wort. Wie hätte sie ihm auch glauben sollen? Der kam und nahm ihre Wohnung in Beschlag. Setzte ihr fünfzehn Soldaten ins Haus. Die verfeuerten ihr Holz, schmissen mit ihren Bajonetten nach der Türe, zerschlugen im Suff die Glasscheiben im Flur und stiegen einem in Küche und Schuppen nach. Sie kochten in riesigen Kesseln im Hof und kippten das, was zuviel war, auf den Misthaufen, während die Flüchtlingskinder ringsum nichts zu essen hatten. So jemand wie dieser Offizier hatte ihr doch keine Belehrungen zu erteilen, jemand, der sie nicht einmal ansah und wie seine Dienstmagd behandelte.

Manchmal brachte er einen Freund mit, wenn er zur Inspektion des Hauses kam, der sprach gut deutsch. Der sah nicht an ihr vorbei. Im Gegenteil, er schien nur ihretwegen zu kommen. Sie ließ sich nicht anmerken, daß sie das merkte. Er brachte Kaffee mit. Bohnenkaffee. Stark geröstet. Er brachte ihn in die Küche, bat sie, für die Herren Kaffee zu machen. Den Rest könne sie behalten. Er kam regelmäßig. Immer brachte er Kaffee.

»Mein Freund Maurice ist nicht sehr freundlich zu Ihnen«, sagte er beim zweiten Mal. »Sie können das wohl nicht verstehen. Er hat die Lager gesehen, wissen Sie, das kann er nicht vergessen. Jedenfalls nicht so schnell.«

Sie drehte die Kaffeemühle. Vorsichtshalber drehte sie sie im Arm und nicht zwischen den Knien. Bei diesen Männern konnte man nie wissen. Aber im Arm klemmte sie manchmal. So wie jetzt.

»Was für Lager meinen sie?« fragte sie beiläufig. Eigentlich interessierte es sie nicht. Dieser Herr Maurice war von Anfang an hochnäsig gewesen.

»Die Konzentrationslager der Nazis.«

»Hat er auch das zerbombte Freiburg gesehen oder Pforzheim? Oder Ulm?« fragte sie zurück.

»Ja«, sagte Jacques, »er hat Freiburg gesehen. Es hat ihm nicht gefallen. Aber ein KZ, das ist noch einmal etwas anderes, wie Sie wissen.«

»Was soll das anderes sein, das ist bloß ein Knast, aus dem man wieder rauskommt. Aus einem Luftschutzbunker gibt es kein Entrinnen. Das ist der Unterschied.«

Der Mann sah sie mit aufgerissenen Augen an. Sie kippte das Kaffeepulver in die Kanne. Frisch gemahlener Kaffee hat ein betäubendes Aroma, dachte sie gierig.

»Aber Sie wollen doch nicht behaupten, daß ein KZ ein normales Gefängnis war«, sagte er entsetzt.

»Normal vielleicht nicht gerade«, sagte sie ruhig. »Aber eben ein Gefängnis, aus dem man wieder entlassen wurde. Ich kenne zwei, die im KZ waren, einer wegen total asozialem Verhalten, und einer, weil er illegal Flugblätter verteilt hat. Die waren aber nach einem halben Jahr wieder da.«

»Und Sie wollen behaupten, Sie wissen nicht, daß man im KZ Menschen umgebracht hat? Nicht nur Dutzende, sondern Hunderte, was sage ich, Tausende?«

Noch einmal zog sie den Kaffeegeruch gierig ein. Er würde seine Tüte mitnehmen, wenn sie jetzt nicht den Mund hielt. Sollte er doch. Sie konnte den Mund einfach nicht halten.

»Klar«, sagte sie ruhig. »Sie haben den Krieg gewonnen. Sie können alles behaupten, was Sie wollen. Und wir, wir haben keine andere Wahl, wir müssen es uns gefallen lassen.« Sie griff zu dem Topf mit kochendem Wasser und stellte das Gas ab. Sie sah ihn an.

Er hielt die Hände krampfhaft hinter sich auf dem Rücken, wippte nervös auf den Zehen hin und her und kniff verbissen die Lippen zusammen. »Alle Deutschen, mit denen man spricht, sind vollkommen ahnungslos«, sagte er gepreßt. »Keiner hat etwas gesehen, keiner hat etwas gehört, keiner hat etwas gefragt, geschweige denn etwas gewußt. Aber Sie, Sie habe ich für zu intelligent gehalten, um sich derart dumm zu stellen.«

Er drehte sich um und ging ohne ein weiteres Wort aus der Küche. Das saß. Darüber konnte sie auch die halbvolle Kaffeetüte nicht hinüberretten, die auf dem Küchentisch stehen geblieben war.

Sie stand eine Weile ratlos vor der dampfenden Kaffeekanne, setzte ihr schließlich den Deckel auf und stellte sie auf das Servierbrett zu den Tassen. Sie mußte alles zusammen in die Stube hinübertragen, es blieb ihr nichts anderes übrig.

Colonel Maurice las und unterschrieb noch einige Papiere, schließlich sah er auf. Er nickte kurz, sah von Capitaine Jacques zu ihr und wieder zu Jacques. Plötzlich lächelte er sie an. Sie klemmte schnell das Servierbrett unter den Arm und tat so, als habe sie nichts bemerkt.

Ausgerechnet nach diesem Gespräch, nachdem sie von Capitaine Jacques keines weiteren Blickes gewürdigt wurde, lächelte der Colonel sie an. Merkwürdig, hatte sie gedacht und es sofort wieder vergessen, bis vorgestern die Menger Frieda gekommen war.

Sie war spät abends gekommen, im Dunkeln, wo keiner mehr auf der Straße war, weil niemand Lust hatte, besoffenen Soldaten in die Arme zu laufen.

Sie war erstaunt, als sie die Anna mit der Frieda im Hausflur reden hörte. »Sie will zu dir«, sagte die Anna müde und vollkommen gleichgültig. »Sie sagt, sie muß dringend mit dir sprechen.«

Die hatte doch keine Franzosen im Haus, und ihren Mann hatten sie nur kurz verhört und dann wieder laufen lassen. Was konnte das schon Dringendes sein. Aber irgend etwas war es. So wie sie auf dem Stuhl saß, die Hände im Schoß knetete und sich immer wieder nervös die strähnigen Haare aus dem Gesicht strich. Die semmelblonde Frieda und strähniges Haar. Nie hätte sie das für möglich gehalten. Auch als sie vom Untergang Ostpreußens sprach, hatte sie frische Dauerwellen gehabt, wie es sich gehörte.

»Hör zu«, stieß Frieda hervor. »Es ist wahr und ganz schrecklich. Ich habe es selbst gesehen.«

»Was hast du gesehen? Von was redest du überhaupt?«

»Vom KZ Schömberg. Sie haben uns da hingefahren, ich mußte mit, ich war ja die Kassiererin der Frauenschaft. Ein Massengrab haben sie geöffnet, furchtbar, alle einfach nackt übereinander geschmissen. Und das Schlimmste war, sie waren alle unglaublich mager. Ich habe nicht gewußt, daß man so abmagern kann. Man hat sie richtig verhungern lassen. Und dann die Baracken. Dutzende von Menschen in einem Raum auf Pritschen. Das ist jetzt alles leer. Aber es stinkt immer noch. Das ist so ein besonderer Geruch. Menschengeruch, Leichengestank und Desinfektionsmittel. Es wird dir schlecht, wenn du bloß durchgehst. Ich kann nicht mehr schlafen seither. Immer seh ich diese kahlrasierten, zähnebleckenden Schädel. Sie haben dort eine Krankenstation, da sehen die Leute fast genauso aus wie die Toten.« Frieda schob sich eine fettige Strähne aus dem Gesicht.

»Ich kann es nicht glauben«, sagte sie kalt. »Harte Verhöre, die waren nicht zimperlich. Aber so etwas.«

»Hör zu«, sagte die Frieda sachlich. »Es gibt nicht nur Baracken und Massengräber. Es gibt Regale voller Aktenordner, da steht alles drin. Es gibt von den Bauzeichnungen bis zu den Todeslisten genaue Unterlagen. Und auf allen, auf allen ist das Hakenkreuz. Der Adler mit dem Hakenkreuz.«

Sie sah sie an, die Menger Frieda, die sie ob ihrer Blauäugigkeit nie hatte leiden können. Dem, was die Menger Frieda gesehen hatte, traute sie nicht ganz. Die Akten, die sie gelesen hatte, gegen die, das wußte sie, half kein Einspruch. Es hatte sie immer genervt, wie akribisch alles zu Papier gebracht werden mußte, auch wenn es nur um eine Sammlung für die Winterhilfe ging.

Dann sagte die Frieda: »Im Osten sollen sie die Juden umgebracht haben. Es sollen Millionen gewesen sein.«

Da hob sie abwehrend die Hand. Das war wieder so ein kommunistisches Greuelmärchen. Wie bitte sollte man Millionen Menschen umbringen?

Tagsüber, wenn sie im Haus herumwirtschaftete, war sie sich sicher, daß das ganz und gar unmöglich war. Aber nachts ließ es ihr keine Ruhe. Sie waren schnell gewesen mit dem Hinrichten. Zwei polnische Fremdarbeiter hatten sie wegen eines gestohlenen Huhns aufgehängt. Die Burschen hatten bloß Hunger gehabt.

Die Juden waren verschwunden. Nach Osten hieß es. Mehr hatte man nicht erfahren. Mehr hatte man nicht erfahren wollen.

Nachts kam die Angst. Wenn das wahr war, dann würden sie mit den Nazifunktionären abrechnen. Da konnte man lange sagen, als Organisationsleiter einer Provinzstadt hatte er damit nichts zu tun. Mit Juden schon gar nicht.

Wie hatte die Frieda gesagt? Auf allen Akten ist das Hakenkreuz. Der Adler mit dem Hakenkreuz. Wenigstens hatte sie alles Verdächtige mit dem Hakenkreuz verbrannt. Wenn er zurückkam, würden sie ihn sofort verhaften, das stand fest.

Etwas hatte sich geändert im Haus. Vielleicht wurde es auch nur zum Alltag, die Franzosen im Haus zu haben und den Offizieren Kaffee zu kochen. Man gewöhnte sich aneinander. Man wußte, was man von einander zu halten hatte. Colonel Maurice war nicht mehr so hochnäsig. Jacques brachte den Kindern Süßigkeiten. Was sollte man dagegen haben?

Einmal sagte er: »Maurice möchte wissen, was für Bilder hier bis vor kurzem an der Wand hingen.«

»Die Bilder meines Mannes und meiner Brüder«, log sie.

Die beiden Herren sahen aneinander an. »Und warum haben sie sie nicht hängen lassen?«

»Der Uniform wegen«, sagte sie kalt.

»SA? SS?« fragte Colonel Maurice.

»Wehrmacht«, sagte sie schnippisch. »Rußland, Eismeer, Balkan. Es ist noch keiner nach Hause gekommen.«

Beide Herren sahen sie sehr aufmerksam an. »Sie hätten die Bilder ruhig hängenlassen können. Wir haben nichts gegen Soldaten.«

»Wie hätte ich das wissen sollen?« fragte sie unfreundlich. »Schließlich gibt es auch auf Wehrmachtsuniformen jede Menge Hakenkreuze.«

Monsieur Maurice lächelte wieder sein seltsames Lächeln.

»Da haben sie recht«, sagte Jacques. »Auch die Armee stand unter dem Hakenkreuz.«

Was wußten denn die. Was ging es die an, was für Bilder über den weißen Flecken gehangen hatten. Sie stellte die Tassen auf das Servierbrett und ging in die Küche.

Etwas war durch diese Gespräche anders geworden. Seit die Menger Frieda hier gewesen war, konnte sie jedenfalls nicht mehr so selbstsicher und von oben herab antworten.

Sie hat mit niemand über das gesprochen, was die Menger Frieda erzählt hatte, außer mit Anna. »Kannst du das glauben?« hat sie die Anna gefragt.

Die hat nur müde den Kopf in die Hand gestützt und auf die Tischplatte gestarrt. »Wenn es die Friedl sagt, ja dann«, sagte die

Anna schließlich lahm. »Wundern würde es mich nicht. Auch wenn ich es mir nicht vorstellen kann, wundern würde es mich nicht. Zuzutrauen ist es denen.«

Sie sagte der Anna nicht, was sie hätte sagen wollen: Was heißt hier denen? Wir waren schließlich auch in der Partei.

Aber zum ersten Mal war sie froh, daß er immer an der Front gewesen war und nicht irgendwo, wo es so sicher war, daß man in aller Ruhe Menschen umbringen konnte. Jahrelang hatte sie alle Frauen beneidet, deren Männer irgendwo weit weg von der Front eingesetzt waren.

»Wundern würde es mich nicht. Zuzutrauen ist es denen.« Das sagte die eigene Schwester. Und wenn sie an solche Typen wie den Bremer Gustl und den Schmidt Christl dachte, dann konnte sie auch nur das Gleiche sagen. So einfach war das auf einmal.

Dann wieder wollte sie nichts davon wissen, verwünschte die Menger Frieda, daß sie überhaupt gekommen war. Was ging denn sie das an, wo alle Männer an der Front und verschollen waren? Die wollten bloß von den fünfzigtausend Toten im Feuersturm von Hamburg ablenken. Von Dresden ganz zu schweigen.

Sie wollte das so schnell wie möglich vergessen. Aber es nagte an ihr. Und es gab Leute, denen sie das einfach zutraute. Von denen man wußte, die wären bei jeder Schweinerei dabei.

Sie war vorsichtiger im Umgang mit den französischen Offizieren geworden. Zurückhaltender. Die aber fingen an, ihr Komplimente zu machen. Zu ihren hübschen Kindern. Zu ihrer Frisur, was sie nicht wenig in Verlegenheit brachte. Ganz unerwartet tat sich Monsieur Maurice damit hervor. Gespannt wartete er auf ihre Reaktion, während Capitaine Jacques seine Komplimente übersetzte.

Sie wurde tatsächlich rot bis an die Ohren. Was den Herren sehr gefiel. Dabei bemerkte sie jetzt erst, was für einen alten Rock sie anhatte, er hatte sogar ein Loch am Bund. Es war ja auch nur der für den Garten, gut genug, wenn sie die Dienstmagd machen mußte. Und doch war er ihr plötzlich nicht mehr gut genug.

Seit sie den beiden am Sonntagnachmittag vor der Kirche begegnet war, seither hatte sie ihn nicht mehr angezogen. Sie trugen ihre Ausgehuniformen und Handschuhe. Monsieur Maurice sah sehr elegant aus in seinem blauen Tuch mit den weißen Handschuhen.

Monsieur Jacques aber war auf eine unnachahmliche Art lässig in seiner Eleganz. Schon die Mütze saß ein wenig zu schräg. Die eine Hand hatte er in der Hosentasche, in der anderen hielt er eine Zigarette. So standen sie vor einem Plakat und studierten die Aufschrift. Es war eine alte Bohnerwachsreklame. Sie sah sie sofort, als sie am Brunnen bei der Kirche um die Ecke bog. Wahrscheinlich hielten sie die aufgereihten Stiefel für etwas Militärisches.

Dann drehten sie sich um und lachten. Monsieur Jacques hatte seine weißen Handschuhe in die Brusttasche gesteckt. Da hingen sie wie ein Stecktuch, als trüge er einen Anzug und keine Uniform. Wie lässig er sich umwandte. Deutsche Uniformen trug man korrekt und steif.

Da sahen sie sie voll neugieriger Erwartung an, erkannten sie aber ganz offensichtlich nicht. Sie kannten eine Frau im dunkelblauen Allzweckkleid für Haus und Garten. Jetzt sahen sie eine Dame im hellen Sommerkleid mit roten Mohnblumen, die den Schleier ihres weißen Strohhuts halb über das Gesicht gezogen hatte. Sie lächelte über ihre erwartungsvolle Neugier.

Als Monsieur Jacques die halb gerauchte Zigarette in den Rinnstein schmiß, erkannte er sie. »Ah, Madame!« rief er freudestrahlend und wollte auf sie zugehen. Da wurde er energisch am Arm gepackt. Unwirsch wandte er sich um und fauchte Monsieur Maurice an. Monsieur Maurice fauchte zurück, da blieb er wie angewurzelt stehen und hob den freien Arm mit einer bedauernden Gebärde.

Sie lächelte noch immer. Monsieur Maurice zog ein süßsaures Gesicht, zog bedauernd die Schultern hoch, ließ aber Monsieur Jacques keinen Augenblick los. Sie sahen nicht sehr militärisch aus, die beiden Herren, und auch die lässige Eleganz war dahin.

Ja, man durfte nicht fraternisieren mit dem Feind, will heißen, auf dem Marktplatz mit ihm herumstehen, auch wenn der Feind ein Kleid mit Mohnblumen und einen weißen Strohhut mit einem hübschen kleinen Schleier trug. Befehl ist Befehl, und das Bedauern darüber stand ihnen ins Gesicht geschrieben.

Glaubten sie denn, sie wäre vor den Augen der ganzen Stadt auf dem Marktplatz stehen geblieben und hätte mit ihnen geplaudert, als sei man auf der Kurpromenade?

Wie sie da völlig verwirrt weiterstaksten, war gerade so zum Lachen. Aber das Lachen verging ihr, als die Kleine plötzlich kehrt machte und freudestrahlend »Aack!« rief. Das war ihre Kurzversion von Jacques, und offenbar war sie entschlossen, ohne ein Bonbon nicht von der Stelle zu weichen. Da blieb er wieder stehen, wandte sich um und hob die Hände wie der heilige Stephanus kurz vor der Steinigung. Monsieur Maurice mußte noch einmal kräftig zupacken, und auch sie mußte das Kind an die Hand nehmen.

Fraternisieren war verboten, was aber in der Stube beim Kaffee gesprochen wurde, ging niemand etwas an. Und da konnte sie sich vor Komplimenten über Mohnblumen und Schleierhut nicht retten.

Längst hatte sie es aufgegeben, sie mit ihren militärischen Titeln anzureden, und sie waren es zufrieden. Und wenn sie in der Küche Kaffee kochte, blieb Monsieur Jacques da und plauderte. Und wenn sie am Herd stand und Wasser aufgoß, wußte sie, er stand dicht hinter ihr. Es blieb ihr nichts anderes übrig, als so zu tun, als stünde er weit entfernt am Küchenschrank. Auf seinen schäkernden Ton durfte sie nicht eingehen, sie mußte freundlich bestimmt bleiben, sich als Matrone geben.

Manchmal zitterten ihr die Hände beim Aufgießen, wenn sie

sich vorstellte, was zu tun war, wenn er jetzt einfach die Hände auf ihre Hüften legte. Und manchmal ertappte sie sich dabei, daß sie sich nichts sehnlicher wünschte, und verbot es sich sofort. Aber das Verbotene kam wieder und wieder, wenn sie nachts im Bett gegen die Wand gelehnt saß und dem ruhigen Atem der anderen zuhörte.

Da fröstelte sie um die Schultern, und zugleich war es ihr heiß. Immer wieder hob er mit dieser zauberhaften Gebärde des Bedauerns die Hand, und dann schoß es ihr bis in die kalte Schulter.

Im selben Augenblick, in dem er das Abenteuer, nach dem er ausgezogen war und auf Boulevards und Dorfstraßen gesucht hatte, im selben Augenblick, als er dieses Abenteuer fand, hatte er es auch schon verloren. Und in dieser Gebärde lag der Ausdruck des Begehrens und das Bedauern über den unersetzlichen Verlust. Und es war sie, auf die sich das Begehren richtete, weil es sich in Mohnblumen und das halb Verschleierte stürzen mußte.

Aschenputtel war vor dem Plakat mit Bohnerwachs erschienen, und der Prinz konnte nur in die Mohnblumen stürzen wollen. Die waren rot wie Blut, und Aschenputtels Haare waren schwarz wie Ebenholz. Aschenputtel hatte das alles vergessen, aber jetzt sah sich Aschenputtel zum ersten Mal seit sehr langer Zeit im Spiegel und sah, daß sie schön und begehrenswert war, denn Aschenputtel hatte sich in den Augen des Prinzen gesehen.

Aber Aschenputtel wußte, mit dem Feind darf man nicht fraternisieren. Und dann, mein Herr, die Mohnblumen in des Erbfeinds Garten soll man nicht pflücken, man bekommt nur Kopfweh davon. Und außerdem, mein Herr, ist man sich selber etwas schuldig. Nicht umsonst sind da die weißen Flecke an der Wand. Nicht umsonst.

Und man macht sich nicht zum Flittchen, bloß weil ein Prinz daherkommt. Dazu geben sich genug andere her, man selber aber nicht.

Man selber aber nicht. Man mußte es sich vorsagen und immer wieder vorsagen, wie eine fromme Litanei. Aber sie half nichts, die Litanei, gar nichts, gegen das Begehren, das einen anfunkelte aus nachdenklichen braunen Augen.

Da sitzt sie und knetet den Zipfel ihrer Bettdecke. Es ist wieder wie in den Nächten, als sie wochenlang keine Nachricht hatte und nicht wußte, wo er war.

Wo man sitzt und wartet. Wo man meint, es herbeiwarten zu können. Wo man im letzten Gespräch kramt, das man zusammen geführt hat, und im ersten. Wo man alle die Wege noch einmal geht, die man zusammen gegangen ist. Sich vergewissert, wie er von der Brücke in den Bach hinuntergesehen und was er über die ersten Schlüsselblumen gesagt hat. Daß er sogar mit ihr zum Einkaufen gegangen ist, auch wenn er ihr die Milchkanne nicht tragen durfte.

»Wie würde denn das aussehen, stell es dir doch mal vor!« Ein deutscher Offizier mit Milchkanne. Lächerlich. Ja, eine Milchkanne war unter der Würde eines Offiziers in Uniform. Sie war es natürlich nicht für seine Frau.

Und doch war er mitgegangen. Einfach, weil er die wenige Zeit, die er da war, möglichst ganz mit ihr verbringen wollte. Wenn sie abspülte, saß er einfach in der Küche. Ob ihn das nicht langweile, fragte sie ihn ein paar Mal.

»Nein, gar nicht«, sagte er. Nach dem Dreck und Gestank der Front, nach Ratten und Läusen könne man die einfachen Dinge wieder sehr genießen. Ein frisches Leintuch im Bett, einen Strauß Blumen auf dem Tisch, ein frisches Hemd. Es hatte sie sehr erstaunt. Er sprach sonst allenfalls herablassend von solchen Dingen, bezeichnete Hausarbeit nicht selten als bloßen Weiberkram.

Wenn er ihr beim Spülen zusah und dabei in eigene und ihr fremde Gedanken versank, dachte sie manchmal, sie sei eigentlich mit zwei Männern verheiratet. Der eine war der, den sie vor dem Krieg gekannt hatte. Der sich wenig um die eigenen Angelegenheiten kümmerte. Den seine Schule, seine mathematischen Formeln, neue Formen des anschaulichen Lernens interessierten. Der andere Bücher gelangweilt zuklappte und sagte: »Ja, ja, das ist nur ein Roman.« Das war zwar ein großer stattlicher Mann, der aber nicht den geringsten Wert auf irgendwelche Äußerlichkeiten legte. Der manchmal sogar vergaß, sich zu rasieren.

Es war der Mann, mit dem sie ein Jahr gelebt hatte, als er noch vor Kriegsbeginn in die Kaserne mußte. Der sie so sehr vergötterte, daß es ihr vor seiner Mutter, einer sehr sanften Frau, mit der sie die Wohnung teilten, peinlich war. Wenn sie es genau bedachte, hatte er ihr nie richtig zugehört, sich nur selten die Mühe gemacht, ihr zu widersprechen.

Sie war da, sie versorgte ihn, und das genoß er. Und sie, die man schon als alte Jungfer beschrien hatte, genoß es, daß sie für ihn die junge Frau blieb, die er mit Zärtlichkeiten überschüttete, für die er sich Zeit nahm. Er mußte weder sich noch ihr irgend etwas beweisen. Man beneidete ihn um seine hübsche junge Frau, und er ließ durchblicken, wieviel Grund man hatte, ihn zu beneiden.

Manchmal, wenn sie am Frühstück saß mit der Zeitung und er schon lange gegangen war, dachte sie, daß es eigentlich ganz unglaublich war, wie man so selbstverständlich miteinander leben konnte, ohne daß eine ständige Spannung hin und her ging. Nie hätte sie geglaubt, daß es soviel Nähe und Wärme im Zusammenleben geben könnte zwischen einem Mann und einer Frau. Sie kannte nur Auseinandersetzungen bis zu harter Feindseligkeit und rechthaberische Rangordnungskämpfe, in denen sich die Spannungen entluden und sofort wieder aufbauten.

Manchmal setzte sie sich für kurze Augenblicke nach dem Frühstück auf die Kante des zerwühlten Bettes und ließ sich noch einmal in das Kissen fallen.

Zu Hause war dieser Mann oft still und verschlossen. Sobald jemand da war, belebte ihn das ungeheuer. Er sprühte vor

Unterhaltungslust. Stundenlang konnte er Witze und Anekdoten erzählen, je größer die Runde war, desto größer wurde auch sein Ehrgeiz, alle zu fesseln. Man schätzte das sehr. Irgendwann merkte sie, daß sich die Geschichten und die Witze zu wiederholen begannen, aber da war dieses eine gemeinsame Jahr auch schon wieder um.

Er sah gut aus und hatte Charme, das mußte selbst der Adolf einräumen, der ganz und gar gegen diese Heirat gewesen war. Geld hatte er keines, aber das war kein großes Problem. Sie hatte immer mit äußerst wenig haushalten müssen, sie war es gewohnt.

Wenn sie nach Sontheim fuhr, um nach der Mutter zu sehen, und sie fuhr oft hin, dann hatte er keine Einwände. Es müsse die alte Frau ja hart ankommen, von heute auf morgen ihre Pflegerin zu verlieren, und er habe ihr versprochen, daß die Tochter jederzeit kommen könne, und er sei der Mann, der seine Versprechungen halte. Das brachte die letzten Lästermäuler in der Familie zum Schweigen, die sich darüber das Maul zerrissen hatten, daß es die Rosl offenbar nötig habe, einen Geschiedenen zu nehmen, weil sie einen anderen wohl nicht mehr bekäme.

Und selbstverständlich hatte man ihr haarklein erzählt, wer wann zu wem was gesagt hatte. Jetzt wollte keiner mehr etwas gesagt haben, jetzt konnten sie es kaum erwarten, bis der Karl kam und mit den alten Weibern schäkerte.

Er war geschieden, schon lange, hatte Schulden von seinem Scheidungsprozeß und mußte seiner ersten Frau Unterhalt bezahlen. Es gab keine Reichtümer zu verteilen. Aber sie war knappe Kassen gewöhnt, sie würde das Geld zusammenhalten.

Auch an diesem Mann, dem Vorkriegsmann, dem Zivilisten, der so anders war, hatte es Dinge gegeben, die ihr nicht gefielen. Die Herablassung und die Härte, mit der er seine Mutter behandelte. Er bestimmte, wann und wie lange sie zu ihrer Tochter nach

Freudenstadt zu gehen habe. Die Fahrkarte solle gefälligst die Emmi zahlen, die habe mehr Geld als er. Sie erschrak über den harten Ton und die Kälte, mit der er die alte Frau, die fast keine Rente hatte, bloßstellte und demütigte.

Die Emmi schickte die Fahrkarte. Er war nicht bereit, seiner Mutter Geld für unterwegs zu geben. Das war eine ihrer ersten Auseinandersetzungen gewesen. Sie gab der alten Frau heimlich Geld. Das wollte sie sich nicht nachsagen lassen, man habe sie weggeschickt ohne einen Pfennig in der Tasche.

Männer, dachte sie wütend, sie erzählen dir dauernd, wie schwach du bist und wie sie dich beschützen müssen, und dann das. Fünf Kinder hat die Frau allein großgezogen, das älteste war sieben, als der Vater starb. Das ist der Dank. Fünf Kinder großgezogen ohne eigenes Einkommen, ohne finanzielle Unterstützung, es gab nur die Miete aus dem Haus. Und dann sind ein paar Mark für eine Reise in den Schwarzwald zuviel, wenn man alt und auf die Kinder angewiesen ist.

Er konnte hart und kaltherzig sein, das stand fest. Auch wenn er es zu ihr noch nie gewesen war.

Was sie außerdem nervte, waren die Reden über seine Kollegen. Frauen in der Schule konnte man sowieso vergessen. Das waren alles alte Jungfern, die besser eigene Kinder großgezogen hätten. Bei den Männern gab es einen Haufen Nichtskönner oder in den Himmel gelobte gute Kameraden. Wobei das Wort Kamerad Kriegskamerad, in einem weiten Sinn Parteigenosse oder einfach guter Freund bedeuten konnte. Alle Leute hatten Stärken und Schwächen, und niemand war immer im Recht. Aber bevor sie sich mit dieser merkwürdigen Art, wie ihr Mann alle Leute in Freund und Feind sortierte, weiter beschäftigen konnte, war der Krieg ausgebrochen, und die Frage hatte sich erledigt.

Mit den Parteigrößen verkehrte er privat nur, wenn es unumgänglich war. Er hatte kein Auto, kein Häuschen am Bodensee und kein Geld für große Einladungen. Und sie interessierten ihn auch nicht. Als Junggeselle hatte er keinerlei Verpflichtungen in dieser Richtung gehabt. Und um Einladungen hatte er sich schon deshalb gedrückt, wo es ging, weil jeder Mann und vor allem jede Frau damit beschäftigt war, ihm ein möglichst arisches Gretchen vorzustellen. Er war als Unterhalter gefragt, aber er machte sich rar. Lieber saß er zu Hause und knobelte an irgendwelchen mathematischen Problemfällen herum.

Sie war es zufrieden. Mehr als eine der Damen konnte ihre Enttäuschung nicht verbergen über die Frau, die der Kreisorganisationsleiter auf einmal präsentierte. Nicht gerade sehr arisch im Aussehen. Eher schon sehr italienisch. Und gar nicht unansehnlich. Leider. Man machte eine süßsaure Miene und konnte sich nur schwer daran gewöhnen, daß dieser unterhaltsame Junggeselle nicht mehr zu haben war und auch nicht mehr alleine eingeladen werden konnte.

Von den führenden Parteigrößen war sie wenig und von deren Frauen schon gar nicht beeindruckt. Neureich waren die meisten und sonst nicht viel. Sie führten die Volksgemeinschaft im Mund und den neuesten Pelzmantel vor. Auf ihre Dienstboten waren sie besonders stolz und kommandierten sie entsprechend herum. Wahrscheinlich war die eine oder andere der Damen auch einmal Dienstmädchen gewesen und mußte jetzt besonders zeigen, wie man es denen zeigte. Dabei machte bloß langweiliger Klatsch die Runde. Wer was geworden war. Und was der erst gewesen war. Und wo der jetzt eine Villa hatte mit allem Drum und Dran.

Beim Frauenschaftsabend kamen die selben Damen nicht im Pelzmantel, da ging es dann ums große Ganze. Da trug man brav Rock und Bluse wie alle anderen. Die Arbeit machten andere. Die Fürsorgerinnen, die Lehrerinnen oder die Ärztinnen. Die organisierten Sammlungen und einen Heimabend mit den BDM-Führerinnen und was auch immer auf dem Programm stand. Die luden Referentinnen ein oder organisierten eine Straßensammlung, einen Ausflug oder ein Zeltlager.

Bei den Frauen der Parteiführer genügte es, daß sie die Frau eines Mannes von Rang und Namen waren. Zu sagen hatten sie nichts. Das fanden alle in Ordnung. Die Frauenschaftsführerinnen, die Männer und die Frauen. Sie war froh, daß ihr Mann sagte, es reiche vollkommen, wenn sie sich ab und an in der Frauenschaft blicken ließe. In der Partei sei das wie beim Militär, man müsse von der Pike auf gedient haben.

Eine Führerin der Frauenschaft müsse eine Führerin sein, und die Frauen müssten sie als solche respektieren. Und eine Autorität habe man nur, wenn man sein Handwerk verstehe. Es genüge keineswegs, nur herumzubrüllen. Das müsse zwar auch mal sein, sei aber etwas für Dilettanten. Menschenführung bedeute, daß der gegebene Befehl innerlich bejaht und mit Freude durchgeführt werde. Und da sei mit Lob und gerechter Behandlung weit mehr zu erreichen als mit Gebrüll. Er sei schon immer dafür gewesen, daß die Frauen der Parteifunktionäre ins Haus gehörten. Deren Auftritte seien meistens bloß peinlich. Wohingegen die Walter Pauline ein Biest sein könne, das sei schon wahr, aber sie mache hervorragende Arbeit. An der sei ein erstklassiger Offizier verlorengegangen.

Erst hatte sie gelacht, aber es wurde ihr bedeutet, daß das nicht zum Lachen sei. Daß das im Gegenteil ein außerordentliches Lob sei.

Sie war viel zu sehr mit ihrem neuen Leben in Neustadt beschäftigt, als daß sie die Parteifrauen interessiert hätten. Besonders leiden konnten sie sie sowieso nicht, weil sie ihnen schon mehr als einmal widersprochen hatte, und Widerspruch war alles andere als erwünscht. Aber das war ja immer schon so gewesen. Auch zu Hause und im Jungfrauenverein. Aber sie hatte sich noch immer herausgenommen, zu sagen, was sie dachte, und das würde sie sich auch in Neustadt nicht abgewöhnen lassen.

Da hatte sich eine Referentin über das nationale Liedgut ausgelassen, über die guten und die schlechten Traditionen. Und hatte gegen die kirchlichen Choräle gewettert, etwa so ein Lied wie »So nimm denn meine Hände und führe mich«. Das war ihrer Meinung nach ganz und gar nichts für den germanischen Menschen. Weil der germanische Mensch, der war edel und gut und traf seine Entscheidungen selbst. Wem er diente, dem diente er treu, das stand fest, aber er diente aus freien Stücken. Er brauchte niemand, der ihm die Hand führte. Und deshalb war dieses Lied ganz und gar unnütz und am besten durch ein anderes zu ersetzen. Und wenn man sie nun fragen würde, durch welches Lied dieser Choral zu ersetzen sei, so griffe man am besten auf unseren Schiller zurück.

»Frisch auf Kameraden, aufs Pferd, aufs Pferd« sei da doch etwas anderes. Und sage Schiller nicht ausdrücklich, es gelte in den Kampf zu ziehen, denn auf dem Feld, da sei der Mann noch etwas wert. Das sei es, worum es dem germanischen Menschen eigentlich gehe. Denn nur der verdient die Freiheit wie das Leben, der täglich sie erobern muß. Und nur Sklaven ließen sich an der Hand führen und an die Leine legen.

Man klatschte Beifall und lobte die Referentin für diese außerordentlich interessante und wahrhaft völkische Sicht der Dinge. Da meldete sie sich und fragte, ob sie mit ihrer fast gelähmten Mutter dann auch anstatt »So nimm denn meine Hände« singen solle »Frisch auf Kameraden, aufs Pferd, aufs Pferd«. Ob sie das richtig verstanden habe?

Man starrte sie an, als sei sie die Hexe von Endor. »Ungeheuerlich«, murmelte die Frau des Kreisleiters. Sie sah sich diese Dame in aller Ruhe an. Mehr fiel der sowieso nicht ein, als höchstens noch mal »ungeheuerlich« zu murmeln. Da war sie sicher. Aber sie sagte nicht einmal mehr das. Alle Augen richteten sich erst erschrocken und vorwurfsvoll auf sie, dann erwartungsvoll auf die Referentin.

»Nun ja«, ließ die vernehmen und setzte sich kerzengerade auf wie ein Feldwebel, »das vielleicht nicht, aber es gibt doch genug anderes Erfreuliches im deutschen Liedgut, das man nehmen könnte.«

»Zum Beispiel? Was für einen Vorschlag könnten Sie mir da machen?«

»Ja, also«, sagte der Feldwebel, der sich jetzt an die Tischplatte klammerte, »da gibt es doch wirklich genug Beispiele, sagen wir mal...« Irgendwie klappte es nicht mit dem Beispiel, und sie dachte, immer schicken sie dürre sportliche Weibsbilder, auch nicht gerade das Inbild der deutschen Frau und Mutter, um die es doch ständig gehen soll. Aber der germanische Mensch als solcher ist vielleicht gar nicht weiblich, der muß ja in den Kampf ziehen. Und alt und gebrechlich ist er schon gleich gar nicht.

Dann hatte der Feldwebel das Ei endlich ausgebrütet und sagte triumphierend, man könnte zum Beispiel das Heideröslein nehmen. Da begann die Frau des Bahnwärters Günther, die auch eine alte Mutter zu versorgen hatte, sich vor Lachen zu schütteln. Die Frau Günther gab sich redliche Mühe, ihr Lachen zu unterdrücken, aber das machte die Sache nur noch komischer. Der halbe Saal lachte schon. Man stelle sich vor, eine halb gelähmte alte Frau sang die Verse vom wilden Knaben, den das Röslein stach.

Auf dem Heimweg hatte sie dann doch ein etwas schlechtes Gewissen, ob sie ihren Mann nicht blamiert habe. Aber der lachte nur. »Geschieht diesen dummen Gänsen doch ganz recht. So ein Quatsch. Aber daß sie ausgelacht worden sind, das werden sie dir nie verzeihen. Das trifft ihren heiligen germanischen Stolz mitten ins Herz. Doch deshalb brauchst du nicht den Mund zu halten.«

Sie war sehr erleichtert und nahm sich vor, sich etwas mehr zurückzuhalten. Sie wollte ihm mit ihrem Spaß am Diskutieren und Widersprechen keine Schwierigkeiten machen.

Dann wieder verstand sie ihn nicht. Als sie ihm von einem Abend mit einer Referentin über den Lebensborn erzählte, nickte er nur. »Ja, ja«, sagte er, und es ließ ihn kalt.

»Aber was soll das heißen, daß jede Frau dem Führer ein Kind schenken kann? Was hat der Führer damit zu tun?« fragte sie.

»Das ist eine Aufwertung der ledigen Mutter, sonst gar nichts. Und ledige Mütter gibt es immer.«

Sie dachte nach. Das würde ja noch Sinn machen. »Aber weißt du, was die sagten? Im Falle eines Krieges würden ja viele Männer fallen und gebärfähige Frauen übrigbleiben. Und diese Frauen wollten ja schließlich auch Kinder haben, und die sollten dem Führer ein Kind schenken. Die beim Lebensborn würden ihnen mit dafür ausgesuchten Männern dazu verhelfen. Kannst du dir das vorstellen?«

Er zuckte nur teilnahmslos die Achseln. Sie starrte ihn an. Begriff er denn überhaupt nicht, was das hieß? Da fuhr man irgendwohin. Und ging mit irgendwem ins Bett. Und wenn man schwanger war, ging man nach Hause. Setzte ein Kind in die Welt, das seinen Vater nie zu sehen bekam.

»Dann kann man ja gleich in den Puff gehen«, sagte sie angewidert.

Da legte er Bleistift und Zirkel neben sein großes Heft mit dem Millimeterpapier und stand vom Schreibtisch auf. Mit auf dem Rücken verschränkten Armen ging er im Zimmer auf und ab. Schließlich blieb er vor ihrem Sessel stehen.

»Das«, sagte er, »ist etwas ganz anderes. Wenn sich eine mit irgendeinem herumtreibt, ist das eine ganz andere Sache. So etwas betreibt man ganz gedankenlos, weil es der Zufall so will, was weiß ich. Man hat nur sein Vergnügen im Sinn. Eine Frau, die zum Lebensborn geht, handelt aus Verantwortung. Aus Verantwortung der Gemeinschaft gegenüber. Und das geschieht unter Aufsicht von Ärzten. Die Männer, die dort hinkommen, werden auf das Sorgfältigste ausgesucht. Man will schließlich erbgesunde Kinder.«

Erbgesund. Sorgfältig ausgesucht. Aufnordung der Rasse. Solches Zeug hatte die auch erzählt.

Der da in seiner belehrenden Manier vor ihr auf und abging, war derselbe Mann, mit dem sie sich halbe Nächte und ganze Sonntagvormittage lang verlustierte. Es war einfach nicht zu fassen.

Er blieb wieder vor ihr stehen. »Solange du die Sache nur vom Gefühl her betrachtest, sieht sie nicht gerade einladend aus. Aber wenn du sie von einem anderen Standpunkt aus betrachtest…«

»Vom großen Ganzen aus, vom Völkischen. Vom Völkischweltanschaulichen aus«, fiel sie ihm ins Wort, »ich weiß, ich weiß.«

»Ja eben«, sagte er völlig ungerührt. »In der Politik kommt man mit einer emotionsgeladenen Froschperspektive nicht weiter.«

»Aber dafür kommt man als emotionsgeladener Frosch auch nicht so schnell in den Krieg.«

»Krieg«, sagte er verächtlich, »wer will denn den Krieg.«

»Wenn man jetzt schon überlegt, wie man die vielen übriggebliebenen Frauen versorgt, wenn die meisten Männer gefallen sind, sieht das doch wohl sehr nach Krieg aus«, sagte sie schnippisch.

»Du kannst sicher sein, daß Hitler nie einen Krieg anfangen wird. Der war an der Front im ärgsten Dreck. So jemand fängt keinen Krieg an.«

Auch das sagte er von oben herab, und es ärgerte sie. Der Mann erinnerte sie an das Bild vom »Hüter des Tales«. Im ersten Weltkrieg hatte sie den Haller Fritz ehrfürchtig bewundert. Man hatte dem bis zum Hals in der eisernen Rüstung steckenden Ritter das Gesicht vom Haller Fritz aufgeklebt. Leider war es im Halbprofil und damit sah jeder, daß es eingesetzt war. Aber sonst war der Ritter hinter seiner Fahne, an der er sich festhielt, ganz echt.

Der Mann, den sie vor sich hatte, erschien ihr auch in ein eisernes Korsett geschnürt. Nur das Gesicht kam ihr noch bekannt vor. Oder war es umgekehrt? War das Gesicht eine Fälschung und nur das eiserne Korsett echt?

Manchmal war es ihr in den langen Kriegsnächten wieder eingefallen, wie er da vor ihr auf und ab ging und sie nur dieses kalte Korsett um ihn herum wahrgenommen und sein Gesicht angezweifelt hatte.

Auch Hitler stellten sie so als »Hüter des Tales« seit Beginn des Krieges dar. Der hatte das Gesicht natürlich akkurat im Profil, und jeder Muskel war heroisch angespannt, der Blick in unbestimmte Fernen gerichtet. Nur der Nasenbart wollte nicht dazu passen. Dieser »Hüter des Tales« verfolgte sie seit Kaisers Zeiten, und jetzt verdrehte sich mit diesem Bild alles in ihrem Kopf.

Dies waren zwei weinrote Sessel, dies war ein runder Tisch, dort ein runder Schreibtisch und ein Bücherschrank, der die ganze Wand ausfüllte. Dies war ihr Mann, der sie alles machen ließ, was sie nur wollte, und der es zufrieden war. Was war er noch? Bisher war sie auf warmes, wärmendes Fleisch gestoßen. Und auf einmal war da eine kalte Rüstung, von der sie ihre Hand erschreckt und angewidert zurückzog.

»Und du, würdest du auch zu so etwas wie dem Lebensborn gehen?«

»Ich?« fragte er völlig überrascht. »Wieso ich? Ich komme für so etwas überhaupt nicht in Frage. Verheiratet, über vierzig, Reserve der Wehrmacht. Da nehmen die ganz andere.«

»Heißt das, daß die an deiner Erbgesundheit zweifeln?« fragte sie boshaft.

Er lachte. »Du lieber Himmel, damit hat das gar nichts zu tun. Die nehmen ein paar Burschen von der SS. Jung und durchtrainiert. Die hungern sie ein bißchen mit Hochleistungssport aus, höchstwahrscheinlich. So was machen nur junge, unerfahrene Soldaten.«

»Und wenn sie es dir befehlen?«

»Was soll das«, sagte er ungehalten. »So ungelegte Eier auszubrüten?«

»Ich will es aber wissen«, sagte sie. »Wenn sie es dir befehlen, würdest du dann hingehen?«

»Falls sie das jemals befehlen, ist Krieg, verstehst du, und dann ist es ein sehr blutiger Krieg. Und in einem Krieg, da passieren noch ganz andere Dinge, dagegen ist das ein Klacks. Der Krieg, mußt du wissen, ist ein riesiger Deckmantel für alle Schweinereien auf Gottes Erdboden.«

»Dabei erzählst du immer, wie du in geschlossener Formation hoch zu Roß über die Rheinbrücke bei Straßburg mit deinen Männern von der Front nach Hause gezogen bist.«

»Ja sicher«, sagte er ungeduldig. »Das ist die eine Seite. Die andere ist der Kampf, die Schlacht.«

»Das sind doch deine Geschichten vom Stoßtruppunternehmen und wie ihr die drei Engländer gefangen habt und so.«

»Ja und nein. Über die eigentliche Schlacht kann man nicht reden. Wenn einer von einem Volltreffer zerrissen wird oder wenn du in den frisch aufgeworfenen Granattrichter springst. Ich möchte auch gar nicht darüber reden. Aber im Krieg gehst du barfuß durchs Feuer, gewissermaßen, da kümmert dich nichts anderes mehr. Du willst nur durch und raus. Sonst willst du nichts mehr. Was zehn Meter hinter dir oder im nächsten Dorf passiert, ist dir egal. Und wer das mitgemacht hat, vorne im Dreck, der kann keinen Krieg wollen.«

So war er schon einmal im Frieden aufgetreten, der andere, der Kriegsmann. Aber dann war das Leben wieder seinen gewohnten Gang gegangen und alles Militärische war vergessen bis zu dem Kameradschaftstreffen mit Damen.

Es trafen sich die Kameraden vom alten württembergischen Infanterieregiment 126 in Stuttgart. Sie übernachteten in einer kleinen billigen Pension in Cannstadt, man traf sich im Hotel Zeppelin und speiste auch dort. Dies alles konnten sie sich eigentlich nicht leisten, aber für ihren Mann, der seiner Mutter die Fahrkarte nach Freudenstadt nicht bezahlte, war es keinen Augenblick lang eine Frage, das leistete man sich ganz einfach.

Eine hochfeine Gesellschaft, etwa die Hälfte der Männer war in Uniform. »Wehrmacht natürlich, was hast du anderes erwartet«, sagte er. »Das sind die Aktiven. Ich bin bloß Reserve.«

Man begrüßte sie mit Herzlichkeit. Sie war mit Abstand die jüngste Frau. Dies blieb nicht unbemerkt. Ihr Mann stand hier in hohem Ansehen. Er hatte in den zwanziger Jahren für ein Denkmal gesammelt und unermüdlich alles organisiert. Hoch oben in den Bergen des Schwarzwalds gab es einen großen Granitstein mit Inschrift: Zu Ehren der gefallenen Kameraden des württembergischen Infanterieregiments 126.

Man war stolz darauf. Man zeigte die neuesten Bilder davon herum. War das nicht eindrucksvoll – mitten in der Heide unter jungen Föhren. Und so sinnig. Von den Höhen des Schwarzwalds konnte man hinübersehen auf die Höhen der Vogesen, wo die meisten gefallen waren. Und ohne den Kamerad Schuster wäre das gar nicht möglich gewesen.

In seiner Rede erwähnte der General das Denkmal noch einmal ausdrücklich und alle klatschten Beifall. Als jedermann ein volles Glas vor sich hatte, hob er es an die Brust und sagte, er erlaube sich, geziemend auf das Wohl des Kameraden Schuster sein Glas zu erheben. Und als sie sah, daß ihr Mann das auch tat, dachte sie ganz selbstverständlich, das ginge sie auch etwas an. Sie hob ihr Glas, lächelte den General an und verstand nicht, warum dem General fast das Monokel ins Glas fiel und alle um sie herum zu Salzsäulen erstarrten.

Dann ging ein Ruck durch den General, das Monokel saß wieder fest und sein Gesicht zerdehnte sich in ein herablassendes Lächeln. »Aber natürlich, liebe Frau Schuster, auch Sie dürfen mittrinken, zum Wohl!«

Sie hätte ihm das Glas ins Gesicht schmeißen können, aber da ihr Mann sich nicht das geringste anmerken ließ, nippte sie mit Todesverachtung an ihrem Wein und stellte das Glas wieder vor sich hin.

Bei der gnädig herablassenden Aufforderung des Generals war ein Ruck durch die Salzsäulen gegangen, und sie trauten sich, wieder lebendig zu werden. Jetzt sah sie sich diese Leute erst richtig an, diese feine Gesellschaft, in der jeder seinen festen Platz hatte. Der General und der Offizier und der Reserveoffizier. Und in der die Frauen nur eine Dekoration waren, rund um die Männerspiele. Und die Männerspiele waren dazu da, um jedem zu zeigen, wo sein Platz war. Und wenn man ihn ein wenig heraushob, dann war erst recht klar, wo sein eigentlicher Platz war. Das also war das Militär. Und sie wollte mit denen genauso wenig zu tun haben wie mit den Parteigrößen.

»Na«, sagte er auf dem Heimweg in der Straßenbahn, »dir hat es wohl nicht so gefallen.«

Sie wollte ihm den Abend nicht noch mehr vergällen. »Na ja, nach meinem Fauxpas wäre ich am liebsten davongelaufen.«

»Aber wieso denn, ich fand das ganz lustig. Das hat doch den ganzen Humbug wieder mal als solchen gezeigt.«

»Aber ich habe dich doch blamiert.«

»Was will das schon sagen. Du bis eine junge hübsche Frau, um die mich alle beneiden. Hast du die zwei fetten alten Schachteln an der zweiten Säule gesehen? – Na also.«

»Ich war also das nette kleine Dummchen, das sagst du jetzt selber.«

»Du bist wie du bist und basta«, sagte er müde. »Mir gehen ganz andere Dinge im Kopf herum. Die reden, als hätten sie schon Frankreich erobert. Und dabei machen sie blöde Witze über die Krawallbolde der Nazis.«

»Und was ist daran so schlimm? Die einen gönnen den anderen doch nie die Butter aufs Brot.«

Er seufzte und wischte mit dem Taschentuch über die Fensterscheibe. »So ist es. Aber die in ihren tipptoppen Wehrmachtsuniformen könnten sich ihre Witze sparen.« Er sah mißtrauisch auf. Sie waren fast alleine in dem Straßenbahnwagen. Nur ganz vorne saßen zwei alte Männer und redeten auf den Fahrer ein. »Die Wehrmacht hat schließlich dafür gesorgt, daß ein Haufen dieser Krawallbolde ins Gras beißen mußte.«

»Wie bitte? Von was redest du jetzt?«

»Röhm-Putsch«, sagte er trocken.

Sie brauchte eine Weile, bis sie es begriff. Die sogenannten SA-Verräter waren also bloß Konkurrenten gewesen. Ihre Köpfe waren der Preis für die Loyalität der Wehrmacht gegenüber Hitler. Es fiel ihr ein, daß das Post Päle so etwas auch schon mal behauptet hatte und alle über so eine Absurdität nur den Kopf geschüttelt hatten.

»Wenn ich eins nicht ausstehen kann, dann Heuchelei«, sagte er. »Dafür, daß diese Lackaffen großmäulig nach Paris marschieren dürfen auf ihren Kasinoabenden, haben eine ganze Menge arme Schweine dran glauben müssen. Aber es wird nicht nach Paris marschiert. Hitler redet viel, aber einen Krieg fängt er nicht an.«

An den Lackschuhen der feinen Herren klebt Blut, dachte sie. Und dann erstarren sie zur Salzsäule, wenn jemand Falsches an der falschen Stelle das Glas hebt.

»Ich möchte nicht mehr zu so was«, sagte sie kurz vor ihrer Haltestelle.

»Das brauchst du auch nicht. Mit denen bin ich fertig.«

Sie war erstaunt. »Aber sie halten doch so große Stücke auf dich. Sie haben dich doch so beklatscht.«

»Kasinorituale«, sagte er kalt. »Was wirklich zählt, ist das, was draußen passiert ist, im Dreck. Da zeigte sich, was einer wert ist oder nicht. Sie sind wieder wer. Und mehr als sie je waren, das macht besoffen. Und genau so reden sie daher.«

Was er an diesem Abend sagte, klang auch hart und kalt, aber es war die Härte eines Einzelgängers, der sich nicht vom Gehabe und den Ritualen der anderen einnehmen ließ, sondern auf seinem eigenen Standpunkt beharrte und Distanz wahrte, das gefiel ihr. Dies war der Friedensmann, der eigentlich schon ein Vorkriegsmann gewesen ist, auch wenn er es nicht sein wollte.

Nach dem Friedensmann kam der Kriegsmann. Er schien ein ganz anderer zu sein, der mit dem Friedensmann nichts zu tun hatte.

Seit der Friedensmann eine Postkarte erhalten hat und in die Kaserne einbestellt worden ist, hat sich alles geändert. Seit sie ihn eines abends mit dem kleinen braunen Handkoffer an die Bahn begleitet hat, wartet sie, daß der Friedensmann, der einzig richtige Mann, zurückkehrt. Seither hat sie die Erinnerung an das schmale kleine Jahr mit dem Friedensmann um und um gegraben. Je länger sie dieses Jahr umgräbt, desto mehr zerfällt alles in kleine Schnipsel, die nicht zueinander passen.

Sie sieht ihn von weitem gedankenverloren über den Schulhof der Horst-Wessel-Schule gehen. Er aber sieht sie nicht, trotz ihres Winkens und Rufens. Sie kann ihn nicht einholen. Schließlich gibt sie es auf und bleibt keuchend stehen. Da sieht sie ihn zwischen zwei Linden hindurch auf die Straße hinausgehen, die Aktentasche von der linken auf die rechte Seite wechselnd, am Schuhgeschäft und an der »Traube« entlang gehen und in die Alleenstraße einbiegen. Sie weiß nicht, warum ihr gerade dieser kurze Gang über die Straße immer wieder einfällt. Es war doch gar nichts Besonderes. Außer, daß die Linden blühten. Immer, wenn sie an das steile Mittagslicht über der Straße dachte, fielen ihr auch die blühenden Linden ein, und sie meinte, sie riechen zu können. Je öfter sie aber an den Vorkriegsmann dachte, desto weniger konnte sie sich an den Geruch der Linden erinnern. Der Geruch verflimmerte im Mittagslicht schon, bevor er die Bäckerei in der Bahnhofstraße erreicht hatte.

Überhaupt gab es von diesem Vorkriegsmann, abgesehen von den paar Gesprächen, fast nur so eine Art Stummfilm.

Wie sie am Geländer des Flusses standen. Sie waren natürlich oft am hölzernen Geländer, das den Weg am Fluß entlang ging, stehen geblieben. Im Winter, im Regen, in der Abendsonne. Und doch zog sich das am Geländerstehen in ein einziges Bild zusammen.

Da hatte er im Frühling zu einer zweiwöchigen Übung einrücken müssen, und es war am Abend davor gewesen. Sie pulte sich umständlich ein störendes Steinchen aus dem Schuh. Als sie niederkniete und ihn neu schnürte, sah sie zu ihm hinüber. Und sie sah, wie er gedankenverloren einen Stein ins Wasser warf und sich dann von den Kreisen, die einer aus dem anderen hervortraten, rasch abwandte.

Er starrte eine Weile in die Wipfel der Bäume, dann lachte er auf. »Komm her«, rief er und bückte sich nach einem anderen Kiesel, »wir wollen die Puppen tanzen lassen.«

Er wußte, daß sie ihre Freude daran hatte, wenn er die Kiesel über das Wasser hüpfen ließ, und daß sie unbedingt den Trick herausfinden wollte. Sie probierte es immer wieder, aber ihre Steine hüpften nicht, sie plumpsten immer gleich ins Wasser. Auch diesmal war es wieder so, und sie lachten.

Warum war es gerade dieser Frühlingsabend, in dem alle Flußspaziergänge einander kreuzten? Warum war es gerade dieser Abendhimmel mit den rosa Schäfchenwolken, die auf dem Fluß hinuntertrieben und in die der Stein hineinfuhr, um sie auseinander zu jagen?

Immer war es dieser Abend, die Gedankenverlorenheit, mit der er über das Geländer gebeugt stand, das Wegsehen, Aufschauen, Auflachen. Je öfter diese Szene in dem Fast-Stummfilm »Dies war unser Leben vor dem Krieg« auftauchte, um so rätselhafter wurde sie ihr. Was hatte er gedacht, geahnt, gefürchtet, gewußt? Wie nah war sie ihm dabei gewesen oder wie fern?

Von den vielen gemeinsamen Frühstücken verdichtete sich nichts. Kein Bild, in das schräges Licht durch die Fensterläden fiel oder das Kratzen der Schneeschippe. Auch kein Sonntagsgeläut.

Dies alles nahm sie gewissermaßen gleichzeitig wahr, aber da alles gleichzeitig stattfand, fiel auch alles auseinander. Es war, als hätte man die täglichen Handgriffe in völliger Bewußtlosigkeit durchgeführt, als hätte man sie gar nicht gemacht. Es schien, als lösten sich Teile aus dem Vorkriegsleben ab und machten sich selbständig oder lösten sich auf. Dann wieder verklärte sich manches in einer Weise, die sie mißtrauisch machte.

Sie waren nicht mehr jung, aber sie waren ein jungvermähltes Paar. Wenn sie zum Busbahnhof ging, um nach Sontheim zu fahren, genoß sie es, daß er sie dorthin begleitete und ihren Koffer trug. Wenn sie allein ging, vermißte sie ihn sehr. Sie hängte sich gerne an seinen Arm, plauderte über dies und das. Oft hing er dabei den eigenen Gedanken nach und hörte nur halb zu.

Anfangs war sie gekränkt, aber dann glaubte sie zu bemerken, daß er sich beim Halbhinhören doch irgendwie von einem inneren Druck, einer spürbaren Anspannung zu lösen vermochte. Und sie war es zufrieden. Die Bittersüße des Abschieds kostete sie jedesmal voll aus. Die lange Umarmung, den letzten Zuspruch, sein Bedauern über die tagelange Trennung. Sie gehen zu lassen, wann immer sie wollte und es für richtig hielt, war seine Pflicht. Er hatte sie sich selbst auferlegt, und es war keine Frage, daß er sie auf das Genaueste erfüllte.

Wenn der Bus anfuhr und sie ein letztes Mal die Hand hob, um ihm zu winken, und wenn er rasch kleiner und kleiner wurde auf dem Bordstein vor dem klotzigen Gebäude des Busbahnhofs und immer noch winkte, auch wenn der Bus schon um die Ecke fuhr, dann war das ein Augenblick von erlesener Bittersüßigkeit, in dem der bittere Beigeschmack nur dazu diente, das süße Aroma des Abschiednehmens zu steigern.

Sie hatte viele und ganz andere Abschiede hinter sich gebracht. Die Busabfahrten hatten inzwischen nur noch den klebrigen Geschmack gefärbter Himbeerbonbons.

So ging das nicht weiter. Während sie über den Kriegsmann, der er schon im Frieden gewesen war, nachdachte und ihr die schon bläßlichen Erinnerungen aus der Hand rutschten, ertappte sie sich dabei, wie sie nach der Haustüre und einem ganz bestimmten Geräusch hinhorchte. Wie die Tür nicht einfach ins Schloß fiel, wie man dem Einklinken eine behutsame Bewegung anmerkte. Und dem Schritt, der sich auf die Treppe zubewegte, anhörte, daß er es eilig hatte und dann doch wieder zögerte.

Es war vielleicht auch so gewesen, wie sie es jetzt sah, dieses erste, das gute Jahr. Aber da war noch manches andere.

Alle waren sich einig, daß der Krieg sechs Jahre gedauert hat. Aber das stimmt nicht, dachte sie. Er hat sechzehn Jahre gedauert. Er hat unsere Kraft und Gelassenheit, unsere Freude und unser Interesse an anderen Menschen, an der Welt und allem, was um uns herum geschieht, weggefressen. Er hat uns ausgehöhlt und in einer stumpfen Erschöpfung sitzen lassen, aus der wir uns mühsam herausarbeiten müssen, jeden Morgen, damit wir eine warme Stube haben und Milch für die Kinder. Und wenn wir das geschafft haben, schieben wir den Schrank vor die Tür, daß uns die betrunkenen Soldaten nicht überfallen können, und fallen wieder kopfüber in diese schwere Müdigkeit.

Unser Interesse an der Welt reicht nur bis dahin, wo der Milchtopf für unsere Kinder gefüllt wird. Und wenn wir eine Nachbarin fragen, wie es ihr geht, sind wir mit offenen Augen schon eingeschlafen, bevor sie uns die Geschichte ihres an den Masern gestorbenen kleinen Sohnes erzählt hat.

Doch bevor die Bilder in meinem Kopf völlig vergilbt sind, bevor sie übereinander verkleben und ich mich nicht mehr entsinnen kann, was das für ein Leben war, muß ich mich erinnern. An das Leben, das ich geführt habe, bevor alle Männer eine Uniform anzogen und jeder an irgendeine Front gezogen ist.

Der Adolf nach Norwegen, der Hans auf den Balkan, der Karl nach Holland, nach Frankreich und dann nach Rußland.

Wenn das, was mein Leben gewesen ist, nicht auseinanderfallen soll in beliebige Stücke, dann muß ich es neu zusammensetzen, sagte sie sich.

Sie hatten die Fotoalben durchgemustert. Sie hatten die Lebensläufe, die durch dieses Haus gegangen waren, ein wenig frisiert und zurechtpoliert. Von ihrem eigenen Leben war in den Fotoalben nicht allzu vielzu sehen.

Sie saß wieder einmal mit dem Rücken gegen das hölzerne Ende des Bettes gelehnt und erwischte sich dabei, wie sie auf die Haustür und die zögerlich eiligen Schritte im Flur hörte. Und das mitten in der Nacht.

Und sie beschloß, daß sie Abend für Abend auf Wanderschaft gehen wollte, durch dieses erste, das gute Jahr, so lange, bis sie sich müde gelaufen hatte und trotz der großen Erschöpfung einschlafen konnte.

Immer, wenn sie von ihrer Wanderung zurückkam, stand ein

Mann im Halbschatten der Haustür, und sie mußte an ihm vorbei. Nie wußte sie, welcher es war, das Gesicht blieb im Schatten der Tür. Und doch wußte sie schon, bevor sie um die Ecke bog und auf das Haus zuging, wer es an diesem Abend war. Absichtlich wandte sie das Gesicht ab. Aber es nützte nichts. Die Uniform war jeweils unverkennbar.

Sie haßte Uniformen. So lange es Uniformen gab, war immer noch Krieg.

Ein stattliches Paar

Die Mutter gönnte ihr keinen Abend außerhalb des Hauses. Die Frau Bürgermeister Krombach hatte die Mutter extra deshalb besucht, um ihr persönlich zu erklären, daß der Ortsverband des Roten Kreuzes keinesfalls auf das Fräulein Rosa verzichten könne. Die Mutter und die Frau Bürgermeister hatten sich nach längerem Hin und Her, bei dem sie dabeisaß, als ginge sie das alles nichts an, darauf geeinigt, daß sie wenigstens alle vierzehn Tage regelmäßig an Treffen oder Übungen teilnehmen dürfe.

Es gab eine weitere zähe Verhandlung um den anschließenden Ausgang. Nach dem Dienst ging man noch zusammen ins Café Besch, um bei einem Glas Wein zusammen zu sitzen. Dies hielt die Frau Bürgermeister zur Förderung des Gemeinschaftsgeistes in ihrer Truppe, wie sie sagte, für unabdingbar. Eine halbe Stunde ließ sich die Mutter dafür abhandeln, mehr nicht.

Das sei das Äußerste, erklärte sie, denn die Anna, die als Akkordarbeiterin in der Fabrik früh raus müsse, müsse auch früh schlafen können. Nach zehn Uhr dürfe und könne man nicht mehr mit der Anna rechnen. Allein und ohne Hilfe schaffe sie es aber nicht mehr von ihrem Lehnstuhl ins Bett, und länger als bis halb, allerhöchstens drei viertel elf könne sie es aber nicht aushalten. Bis dahin müsse die Rosl eben da sein, was immer auch das Rote Kreuz noch zu bewerkstelligen habe.

Sie sah von der Frau Bürgermeister, die nervös an den Manschetten ihrer weißen Rotkreuzbluse zupfte, zur Mutter, die vollkommen ruhig ihre Hände über der aus allerhand farbigen Wollresten gestrickten Decke im Schoß gefaltet hielt.

Der Frau Bürgermeister war es offenbar peinlich, in Anwesenheit einer über dreißig Jahre alten Frau über diese zu verhandeln wie über ein 15jähriges Schulmädchen. Der Mutter dagegen überhaupt nicht. Mit dem besten Gewissen der Welt erhob sie den Anspruch, die Tochter habe zuerst und zuletzt und rund um die Uhr für ihre persönlichen Bedürfnisse zur Verfügung zu stehen.

Sie stand auf, ging kurz in den Flur und öffnete das Fenster zur Straße, um sich Luft zu verschaffen. Als sie am Spiegel im Flur vorbeikam, betrachtete sie einen Augenblick die schlanke Person, um die da drinnen verhandelt wurde. In dem schräg von der Seite einfallenden Licht zeichneten sich die Fältchen in den Augenwinkeln deutlich ab. Den Blick der Person konnte man allenfalls vorsichtig skeptisch nennen.

Nie wird sich etwas ändern, solange Mutter lebt, dachte sie resigniert. Meine Haare werden grau und meine Haut wird gelb und schlaff werden. Für sie aber bin ich bis zum letzten Augenblick das Kind, das für sie da ist und dem sie sagen muß, was es zu tun und zu lassen hat. Ich hätte gehen sollen, schon lange. Wenn das allein nicht Grund genug ist, daß ich akkurat um halb elf zu Hause sein muß, um sie ins Bett zu bringen.

Die Frau Bürgermeister verabschiedete sich hastig, als sie die Stube wieder betrat. Die Mutter war nach dem Gespräch erschöpft und wollte ihre Ruhe haben.

Ins Bett wollte sie aber nicht. Sie wollte sich weder rechtfertigen noch irgend etwas erklären müssen, so war es immer schon gewesen. So würde es immer sein.

Der Kreis, in dem die alte Frau sich bewegen konnte, wurde immer enger. Also wurde er auch für die Tochter immer enger. Das war eben so, weil es nicht anders sein konnte. Immer hatte sie schon gemeckert, was sie beim Roten Kreuz, bei der Frauenschaft oder bei der Schwester Emilie wollte, noch als es ihr viel besser ging. Jetzt ging es ihr wirklich nicht mehr gut. Jetzt war es ganz selbstverständlich, daß ihr Schicksal auch das der Tochter zu sein hatte.

Sie war müde nach diesem Gespräch und zugleich voller Unruhe. Noch zweimal ging sie an diesem Abend am Spiegel im Flur vorbei. Das Licht fiel immer noch von der Seite ein. Aber es war viel schwächer und milchiger. Es waren keine Fältchen mehr um die Augen zu sehen. Dieses leicht verschwommene Gesicht im Spiegel war ihr keineswegs eine Beruhigung. Auch wenn man es jetzt nicht sah, so wußte sie doch genau Bescheid. Ihr Leben verging, ohne daß sie eine Chance hatte, es stattfinden zu lassen.

Also wollte sie wenigstens mit den Rotkreuzlern abends ins Café gehen, zweimal im Monat.

Das Café Besch hatte inzwischen vergrößert. Es war keine größere Stube mehr, schon eher ein kleiner Saal. Es gab Vierer- und Sechsertische mit Polsterstühlen, die man leicht zusammenschieben konnte. Die Vorhänge reichten bis zum Boden und waren von Samtschals und Schabracken umrahmt.

Alle lobten die neue Ausstattung, die Wirtin strahlte. Bis auf einen reservierten Tisch waren alle Plätze belegt. Das Rote Kreuz war stark vertreten, wie immer am Mittwochabend. Es gab noch einen Tisch mit kichernden BDM-Mädchen, die mit ihrer sorgenvoll um sich blickenden Führerin da waren. Drei Fähnleinführer am Nebentisch waren mit diesem Gegenüber voll und ganz beschäftigt.

Ein bißchen viel junges Gemüse, dachte sie, als die Tür aufging und die Frau Bürgermeister mit der Frau Ortsgruppenleiter hereinspazierte, beide in eleganten hellen Sommerkleidern mit Hut. Sie waren in Neustadt zum Einkaufen gewesen und hatten dort erfahren, daß sich die halbe Kreisleitung nach Sontheim aufgemacht habe. Warum, das habe keiner zu sagen gewußt, aber der Schmidt Christl habe das Auto geholt.

»Ach der«, ließ sich der Bürgermeister vernehmen, »der hat ja in jedem Dorf eine andere, vor dem haben wir gute Ruh'.«

Die Damen hatten noch nicht einmal ihre Bestellung gemacht, als auch schon die Türe aufging und ein seltsames Gespann erschien. Zwar trugen beide die Uniform der politischen Leiter, doch der eine war klein, dick, mit Doppelkinn und schnapsroter Nase, der andere schlank, groß und kam in kerzengerader Haltung daher. Man sah ihm in der Uniform schon von weitem den Reserveoffizier an.

Dem Kleinen dagegen spannte das Hemd um den schwammigen Bauch herum, den er mit dem Koppel so sehr schnürte, daß er nach beiden Seiten des ledernen Riemens um so mehr hervorquoll. Sonst machte die Uniform noch aus jedem Flegel ein einigermaßen ansehnliches Mannsbild, doch in diesem Fall wünschte man sich geradezu ein weit geschnittenes, ziviles Jackett, um dem Gewabbel etwas Halt angedeihen zu lassen. Er schob den Schmerbauch ungeniert zwischen den Tischen hindurch und sog mit gierigen Nüstern und hoch gerecktem Kinn die Aufmerksamkeit ein, die ihm von allen Seiten zuteil wurde.

Hinter ihm kam der Offizierstyp, schlank und sportlich, der ihm vor dem Tisch des Bürgermeisters herablassend als seinem Caracciola auf die Schulter klopfte. An dem sei wahrhaftig ein Rennfahrer erster Klasse verlorengegangen. Wenn der in die Linkskurve presche, begreife der Mitfahrer beim Schlag gegen die Fensterscheibe, was Zentrifugalkraft sei, spätestens, wenn er mit Freuden feststelle, daß sein Schädel von derselben nicht zerdeppert worden sei.

Der Lange war noch nicht ganz am Tisch angekommen, als man die Hände nach ihm ausstreckte und in schallendes Gelächter ausbrach, während der kleine Dickwanst neben ihm zu einer böse knurrenden Bulldogge zusammenschrumpfte.

So wie der große Schlanke mußte ein Frauenheld aussehen und reden, meinte sie, so einer mußte ja in jedem Dorf eine haben. »Aber nein«, sagte die Gröner Hilde, die aus Neustadt stammte und sich auskannte. »Das ist der Lehrer Schuster, der ist Organisationsleiter bei der Kreisleitung. Eine richtige Stimmungskanone. Der Weiberheld, das ist der Schmidt Christl. Übrigens ein ganz unangenehmer Typ, der die Leute, wenn es ihm was bringt, gnadenlos denunziert. Und außerdem säuft er, was das Zeug hält. Wirst es gleich sehen.«

Das hatte sie nicht erwartet, daß diese fette kleine Bulldogge der Liebling aller Frauen sein sollte. Und was sollte das heißen, er denunziert die Leute, wenn es ihm was bringt?

Die Frau Bürgermeister zog Bilder aus der Handtasche vom letzten Parteitag und durchblätterte sie wie ein Kartenspiel. »Schau her, Rosl, da bist du auch drauf, komm herüber, die mußt du dir anschauen!«

Sie kam neben dem Organisationsleiter zu sitzen und beugte sich mit der Frau Bürgermeister über die Fotos. Sie spürte, daß er sie die ganze Zeit unverwandt ansah. Es waren wirklich gute Bilder. Eines zeigte sie im Gespräch mit dem Klärle beim Suppeschöpfen, ein anderes, wie sie die Bäcker Lena im Rollstuhl in die erste Reihe schob und dabei mit ihr redete.

»Wenn du willst, kannst du die Bilder gerne behalten. Ich lasse sie noch mal nachmachen, kein Problem.«

Sie bedankte sich und wollte an ihren Tisch zurück. Da erkundigte sich die Frau Bürgermeister nach dem Befinden der Mutter, und sie mußte ihr erklären, daß sie umgehend nach Hause müsse, um sie ins Bett zu bringen.

Da grinste die Bulldogge und sagte: »Ich fahr die Frau Bürgermeister heim, Mädle, dann nehme ich dich mit.«

Er hatte ihr gleich nicht gefallen. Nicht bloß, weil er zu klein und zu fett war. Es war sein ganzes Auftreten gewesen. Daß er sich unterstand, eine dreißigjährige Frau mit Mädle anzureden und sie zu duzen, war mehr als geschmacklos. Sie wollte aufstehen.

»Wir gehen gleich«, sagte die Frau Bürgermeister und tätschelte ihr beruhigend den Arm. »Wir nehmen dich mit, dann kommst du viel schneller nach Haus.«

Die Bulldogge bestellte noch ein Bier. Der Organisationsleiter erzählte Geschichten aus Neustadt. »Kennen sie Neustadt?« fragte er sie.

»Kennen ist übertrieben«, antwortete sie. »Ich war zweimal dort.«

»Ja, Neustadt«, sagte er, »da ist man so eckig wie die Straßenkarrees. Sie müssen wissen, Neustadt ist Anfang des 19. Jahrhunderts abgebrannt, und die Bewohner waren lange sehr arm. Dann haben sie ihre Stadt mit lauter rechtwinkligen Straßenkarrees aufgebaut. Ein bißchen langweilig und eckig. Und so sind sie selber halt auch.«

Der ganze Tisch bis auf die Bulldogge lachte. »Na, jetzt gehst du aber zu weit«, knurrte die Bulldogge.

»Überhaupt nicht, lieber Christl. Aber du hast recht, manchmal können sie auch ganz anders, die lieben Neustädter, wenn sie nur wollen. Sie wollen halt bloß fast nie.«

Schon wieder hatte er die Lacher auf seiner Seite. Die Bulldogge hätte am liebsten gebellt.

Doch er fuhr lächelnd fort: »Die gescheitesten Neustädter sind manchmal die dümmsten, und die Dümmsten entpuppen sich als die Gescheitesten. Wie das geht? Das geht so:

In Neustadt gab es einen recht debilen Stadtstreicher, das ging eine Weile so hin, doch als er älter wurde, ging es nicht mehr so hin, und er mußte nach Zwiefalten in die Anstalt gebracht werden. Und weil er keine Familie hatte, war beschlossene Sache, daß der Gemeinderat Öhlschläger ihn da hinbringen sollte.

Nun ist der Öhlschläger ein Mensch, der sich vor allen schwierigen Unternehmungen im Leben erst einmal stärkt. Und die Fahrt mit dem Hugo gehörte zweifelsohne zu den schwierigen Unternehmungen. Also aß und trank er kräftig und ausgiebig und schlief auf der Fahrt im Zug neben dem Hugo den Schlaf des Gerechten. Dieser sah sich den Gemeinderat Öhlschläger geraume Zeit an, dann sah er sich seine eigenen Papiere in dessen Brusttasche an. Und dann hatte der Hugo eine Idee. Er behielt die Papiere bei sich.

Der Gemeinderat Öhlschläger war auf alles gefaßt, aber der Hugo schrie nicht und weinte nicht, er stampfte auch nicht mit dem Fuß auf, sondern lief lammfromm neben dem Gemeinderat Öhlschläger her in die Aufnahme. Der war sehr erleichtert, daß alles so glatt lief. Er stellte sich als Neustädter Gemeinderat vor, sagte, daß es sich um die Einlieferung des Hugo Hämmerle handele, was ihnen ja bekannt sei. Es war den Herren bekannt, und sie nickten.

So, sagte der Öhlschläger und fischte in seiner Jackentasche, und da wären also die Papiere. Die Papiere waren aber nicht da, und während der Öhlschläger fischte und fischte, trat der Hugo in aller Bescheidenheit vor und sagte: Es verhält sich ein wenig anders. Ich bin der Gemeinderat Öhlschläger, und das ist der Hugo Hämmerle, wie Sie den Papieren entnehmen können. Bitte sehr. Damit überreichte er ihnen die Unterlagen.

Da fing der Herr Gemeinderat an, den Hugo zusammenzustauchen, was ihm einfalle und was er sich da erlaube. Ihm werde man zeigen, wo er hingehöre ... ›Sehen Sie, so ist er immer‹, sagte der Hugo ungerührt, ›gleich fängt er an zu toben.‹

Die Herren nickten wieder, derartiges kannten sie. Und wirklich, der Gemeinderat Öhlschläger fing das Toben an, daß es nur so eine Art hatte, und mir nichts dir nichts befand er sich in einer Zwangsjacke. In so einem Haus ist man ja gewohnt, mit Tobsüchtigen kurzen Prozeß zu machen. Der Hugo aber sagte nur: ›Meine Herren, ich habe das Meinige getan, tun sie das Ihre‹, und ging.

Er ging schnurstracks zum Bahnhof, fuhr nach Neustadt und setzte sich in die Bahnhofswirtschaft, wo er sich von jedem, der seine Geschichte hören wollte, ein Bier bezahlen ließ. So selig war der Hugo noch nie zu seinem Standplatz unter der Donaubrücke zurück gewankt wie an diesem Abend.

So sind sie halt schon auch, die Neustädter.«

Spätestens seit der Öhlschläger eingeschlafen war, hörte das ganze Lokal aufmerksam zu, ohne daß der Mann neben ihr die Stimme zu heben brauchte. Der Schluß ging so im allgemeinen Gelächter unter, daß er ihn noch einmal erzählen mußte.

»Daß du den Hugo aber auch noch Schiller zitieren läßt, ist doch ein bißchen zu arg«, meckerte die Frau Bürgermeister schließlich im Spaß.

»Keineswegs«, sagte der Mann neben ihr todernst. »Unterschätze den Hugo nicht. Der ist einmal ein Student gewesen und hat immer wieder seine lichten Momente gehabt. Wenn er nicht so gesoffen hätte, hätte was aus ihm werden können.«

»Mit solchen asozialen Elementen machen wir aber jetzt kurzen Prozeß!« keifte die fette kleine Bulldogge dazwischen, und das Gelächter fiel sofort in sich zusammen. Sie sah, wie die Bulldogge den Mann neben ihr giftig anfunkelte. Die Reaktion der anderen schien er gar nicht wahrzunehmen, es war ihm offenbar nur wichtig, dem Organisationsleiter eins auszuwischen.

Der aber blickte erst mit Aufmerksamkeit ins Publikum. Dann lehnte er sich zurück, lächelte ihn breit an und sagte: »Mensch Christl, jetzt sei doch nicht neidisch, nur weil der Hugo gewußt hat, daß das im *Wallenstein* steht.«

»Das weiß ich auch!« rief die Bulldogge prompt, und die Frau Bürgermeister platzte fast vor Lachen.

»Eins zu null Christl – für den Hugo«, sagte der Mann neben ihr seelenruhig, »es steht im *Carlos*.«

Man lachte Tränen über den Christl und den Hugo. Sie lachte von Herzen mit und ihm mit Genuß ins Gesicht. Jetzt zerspringt er gleich vor Wut wie der Rumpelstilz, dachte sie. Da bestellte der Organisationsleiter für alle am Tisch noch eine Runde, ließ seinen Freund Christl hochleben und alle Neustädter Siebengescheiten, denn manchmal, so zeige es sich immer wieder, sind in Neustadt die Dummen die wirklich Gescheiten.

Alle lachten wieder, und eigentlich gefiel es ihr, aber sie mußte ja schon längst zu Hause sein. Schließlich stand sie auf, aber da faßte er sie flink am Arm und sagte: »Selbstverständlich gehen wir sofort.«

Aber da mußte der Christl noch sein Bier austrinken, dann brach man schließlich auf.

Erst fuhr man die Freundin und die Frau Bürgermeister nach Hause, und dann ging es in den Schlechtenfeldweg. Als das Auto hielt und sie gerade aussteigen wollte, lachte die fette kleine Bulldogge hinter ihrem Steuer ein teuflisches Lachen, gab

Gas und brauste wieder los. Als sie aufschrie, sagte der Mann neben ihr nur: »So macht der das immer.«

Schließlich stieg der Fettwanst aus mit den Worten: »Bin gleich wieder da.«

Da sagte er: »Er ist der Fahrer. Ich muß leider warten, bis er wiederkommt. Das war die Rache für Hugo Hämmerle, offenbar.«

»Ein unsympathischer Typ ist das«, sagte sie zu ihm.

Er seufzte. »Tja, ich kann mir leider keinen anderen aussuchen. Manchmal denke ich, es ist gut, daß man in Berlin nicht weiß, wer die Partei in der tiefsten Provinz repräsentiert. Sonst ginge es wie bei einem der preußischen Könige, der im Zorn gesagt haben soll: Macht euren Dreck allene .«

»Das hat ein preußischer König gesagt?«

»Hat er. Ich weiß bloß nicht mehr welcher.«

Sie dachte nach. »Und Sie, warum sagen Sie das nicht zu diesem Kerl?«

»Weil es nicht sein Dreck ist. Oder lassen Sie es mich so sagen: Wenn man diesen Leuten das Sagen überläßt und selber nichts tut, dann steht man zwar mit sauberer Weste da, aber wie steht dann die Partei da? Und wie steht das Land da? Und dann, er kann mir überhaupt nicht dreinreden. Ich mache das Organisatorische. Winterhilfe, Züge zum Reichsparteitag, Jugendfreizeiten, Sportwettkämpfe – jeweils auf Kreis- bzw. Gauebene. Da hält er sich raus. Das überblickt er nicht.«

»Und was macht er?«

»Sicherheit.« Er merkte, daß sie sich nichts darunter vorstellen konnte. »Na, ja, Polizei, Gestapo und so. Dafür gibt es zwar staatliche Instanzen, aber die Partei muß da ja auch auf dem laufenden sein.«

Ausgerechnet die fette kleine Bulldogge konnte der Polizei ins Handwerk pfuschen. Der schreckte doch vor nichts zurück.

»Das gefällt Ihnen überhaupt nicht, was? Jetzt können Sie ihn noch weniger leiden als vorher, stimmt's?«

»Stimmt. Können Sie Gedanken lesen?«

»Nein. Eher zwei und zwei zusammenzählen. Außerdem, ich kann ihn auch nicht leiden. Das heißt, er kann manchmal ganz nett sein. Aber er nützt die Position, die er hat, für persönliche Zwecke. Man munkelt da allerhand. Er ist schlau, man kann ihm nichts nachweisen. Es gibt niemand, der gegen ihn aussagt.«

»Setzt er die Leute vielleicht zu sehr unter Druck?«

Er schien überrascht. »Wie kommen Sie darauf?«

»Ich kenne ihn nicht. Ich kenne mich da auch nicht aus. Aber er hat doch eine Position, wo er jedermann mühelos unter Druck setzen kann. Irgendeinen Paragraphen findet man doch immer. Und sei es nur die Straßenverkehrsordnung oder die Sperrstunde oder den Kuppeleiparagraphen – eine kleine Nachlässigkeit genügt, und der kann darin herumstochern.«

Er sah sie überrascht an. »Sie haben recht – vollkommen recht. So muß das laufen. Wenn Leute ohne Ehr- und Verantwortungsgefühl soviel Macht über andere in die Finger bekommen. Was ein verdienter alter Kämpfer ist, muß noch lange kein fähiger politischer Leiter sein. Der Christl war halt bloß einer dieser Saalschutzleute, die munter draufgehauen haben für die Sache, an die sie glauben – aber damit kann man keinen Staat machen. Für Führungsaufgaben braucht es das Ehr- und Verantwortungsgefühl eines Soldaten, sonst wird alles faul und korrupt. Und das bekommt man nur in der Armee. Er war nie Soldat. Das ist es.«

Sie staunte. Sie war gewohnt, daß der Adolf sich über die eingebildeten ehemaligen Unteroffiziere in der Partei beklagte und der Ernst etwas von Parteidisziplin daherredete. Aber daß nur ein Soldat ein guter Politiker sein könne, war ihr etwas gänzlich Neues. Hindenburg, der hochverehrte, fiel ihr ein. Auch der Führer betonte ständig, daß er Soldat gewesen sei.

Das Gespräch mit diesem Organisationsleiter war interessant und anregend. Er konnte sehr witzig sein und dann wieder sehr ernst. Er war belesen und spielte mit Worten und Sätzen. Das gefiel ihr. Das war einmal etwas anderes. Sie versuchte im Halbdunkel, im schrägen Licht der Straßenlaterne, sein Alter zu schätzen. Vierzig oder etwas darüber.

Es war spät geworden, viel später, als sie gedacht hatte. Ungeheuer viel später, als ihr erlaubt war. Als sie im Schlechtenfeldweg gehalten hatten, hatte das Licht in der Stube noch gebrannt. Die Mutter war also noch auf gewesen. Es wäre noch einmal gutgegangen, wenn die Bulldogge nicht übergeschnappt wäre.

Sie stieg aus und gab ihm die Hand. Sie zögerte ein wenig. Sie fürchtete sich vor dem Heimweg durch die dunklen Gassen. Er blieb sitzen. Wenn er weg ginge, fahre dieser Kerl einfach ohne ihn ab. Er müsse aber heute nacht zurück nach Neustadt. Sie schlug die Wagentüre zu. Sie war schwer enttäuscht. Noch ein Neustädter Rüpel. Einer, der gut reden, sich aber auch bloß mies benehmen konnte.

Da war er aber schon neben ihr, entschuldigte sich, daß ihm gar nicht klar gewesen sei, wie spät es schon wäre, und daß er hoffe, die Mutter würde es ihr nicht übelnehmen.

»Das wird sie auf jeden Fall«, sagte sie lakonisch und stellte erstaunt fest, daß es ihr auf einmal ganz gleichgültig war. Gerade eben hatte es sie noch sehr beschäftigt, jetzt war es das unvermeidliche Strafgericht am Ende des Heimwegs, sicher wie das Jüngste Gericht, aber genauso weit entfernt.

Sie gingen durch die spärlich beleuchteten Gassen, und sie beachtete die unheimlichen Winkel ebenso wenig wie das Rascheln hinter den Zäunen und Stallwänden. Er fragte nach ihrer Mutter und nach ihren Geschwistern. Er fragte nicht nur obenhin, wie man aus Verlegenheit und um einen Gesprächsstoff zu haben fragt, sondern weil er es wissen wollte.

Und sie erzählte. Von der Kriegszeit und wie der Karl und der Christl und die beiden Onkel gefallen waren. Und daß ihr der Karl der liebste Bruder gewesen sei, weil er der lustigste war. Daß er sich durch den Krieg so sehr verändert hatte und in seinem letzten Urlaub überhaupt nichts mehr redete und nur noch vor sich hinstarrte, das sagte sie nicht, das konnte sie nicht sagen. Aber wie der Vater die Häuser, die er vor dem Krieg gebaut hatte, als das Baugeschäft noch gut lief, verkauft und Kriegsanleihen gezeichnet hatte und dann das Geld weg war, das erzählte sie schon.

Und der Mann neben ihr nickte nur, es schien ihn überhaupt nicht zu überraschen. Und dann erzählte sie, daß es für die jüngeren Geschwister auch nicht mehr zu einer Ausbildung gereicht habe wie für die älteren. Der Rudolf und die Anna hätten halt in die Fabrik müssen, und sie hätte nicht Kindergärtnerin werden können, wie sie es gewollt habe. So sei das eben gekommen.

»Und jetzt wird die Mutter Sie schurigeln, weil Sie einmal nicht schon um halb elf zu Hause und auf dem Posten sind.«

Sie wollte sich den Mann, der schon eine ganze Weile neben ihr am Gartenzaun stand, genauer ansehen, aber die nächste Straßenlampe gab es erst an der Kreuzung zur Hauptstraße.

Doch sie wußte auch so, daß er seit langer Zeit der erste war, der ihr wirklich zuhörte und verstand, was das für ein Leben war, das sie führte.

»Ja«, sagte sie langsam, »das wird sie tun. Sie wird mich ganz schön schurigeln.«

Er hob bedauernd die Schultern, wollte noch etwas sagen, aber da war sie schon jenseits der Gartentüre. Sie bedankte sich kurz und ging auf das Haus zu. Er war offenbar verblüfft, daß sie ihm nicht einmal die Hand gab.

Ja, dachte sie, er verstand, was sich in diesem Haus abspielte, er war kein Jüngelchen von zwanzig Jahren, das vorwiegend mit sich selbst beschäftigt war. Aber er würde auch fortfahren nach Neustadt, weiter Züge und Sportfeste organisieren und morgen nach Spaichingen oder Möhringen fahren und dort mit jüngeren Frauen sitzen und sie nach Hause begleiten.

Als sie nach oben schlich auf Zehenspitzen und den Mantel an die Garderobe hing, drehten sich abgelebte Bilder in ihrem Kopf von Gesprächen am Gartenzaun und in der Küche. Und was lange vergilbt und verlorengegangen war, bewegte sich in ihr, als habe es ein Recht und einen Anspruch auf Gegenwärtigkeit.

Da kreischte die Mutter auf, sie mußte zu ihr. Sie saß in die Kissen gelehnt, die Hände in die Decke gekrallt, und ein Schwall von Schimpfwörtern, von denen Schlampe und schamlose Herumtreiberin noch die salonfähigsten waren, ging auf sie herab.

Sie setzte sich auf den Stuhl am Fenster, bis sich die Mutter in den Zustand vollkommener Erschöpfung hineingeschrien hatte und nur noch heiser krächzte und röchelte. Angeblich ging es um die Anna, die sie habe extra noch mal wecken müssen, und die hier ja schließlich das Geld verdiene, von dem auch sie lebe. Dabei schrie sie aber so, daß die Anna mit Sicherheit davon aufwachen mußte.

Statt der gewohnten stumpfen Gleichgültigkeit dem Gang der Dinge in diesem Haus gegenüber gab es da einen dumpfen Schmerz, der nicht weichen wollte. Da war sie einmal seit Menschengedenken später nach Hause gekommen und mußte sich mit ihren mehr als dreißig Jahren ein freches Luder nennen lassen.

Es endete, wie es enden mußte, mit einem Herzanfall. Die Tropfen mußten her, und der Husten mußte abgewartet werden. Als sie schließlich ins Bett fiel, dachte sie, es steht nicht dafür und soll auch nicht mehr vorkommen. Denn morgen geleitet der feine Herr schon eine andere Dame an den Gartenzaun. Und die wird nicht einfach so davonlaufen, sondern sich bereitwillig einfangen lassen.

Holzspalten war eine Arbeit, die Kraft, Konzentration und Ausdauer erforderte. Ausdauer dabei war nur zu erreichen, wenn man einen regelmäßigen Rhythmus in das Bücken, Zufassen, Aufsetzen und Zerhacken des Klotzes brachte. Der erste Schlag mußte der am besten gesetzte sein. Wenn das Beil feststeckte, dann mußte man den Klotz am Beil umdrehen und mit dem Rücken des Beils den nächsten Schlag tun. Zwei gleiche Teile machten die Arbeit leichter, dann konnte man die Scheite wie

Kuchenstücke herunterhacken. Also mußte der erste Schlag mit Augenmaß, Kraft und Konzentration geführt werden. Es war harte Arbeit, aber sie machte sie gerne. Es konnten einem bei dieser Arbeit keine Gedanken und Vorstellungen, die man nicht haben wollte, den Nacken hochkriechen.

Als der Adolf um die Ecke kam und die Anna mit Holz hochziehen aufhörte, wunderte sie sich. »Da steht ein Auto, und da wollen zwei uniformierte das Fräulein Birk sprechen«, sagte Adolf mit unverhohlener Neugier im Blick.

»Was für Uniformierte?« fragte sie ohne jedes Interesse. »Ich kenne keine Uniformierten mit einem Auto.«

»Ich auch nicht«, antwortete der Adolf ungeduldig, »sie fragen aber nach dir, nun geh schon.«

Vor dem Gartentor stand das Neustädter Auto. Hinter dem Steuer grinste die fette kleine Bulldogge. Der Organisationsleiter stieg aus, begrüßte sie und sagte: »Es weiß wieder mal keiner so recht Bescheid, da haben wir gedacht, daß Sie uns vielleicht helfen könnten. Unsere Salutkanone in Neustadt ist defekt, und jetzt dachten wir uns, wir könnten die von Sontheim leihen, für nächste Woche. Die ist doch hier wohl in der Turnhalle untergebracht, oder?«

»Ja«, sagte sie und dachte, wenn die weiter keine Probleme haben, »die ist ganz bestimmt in der Turnhalle.«

Er strahlte sie an. »Ich habe es mir doch gleich gedacht, daß sie uns aus der Patsche helfen können. Sehr schön! Da werden wir uns aber noch erkenntlich zeigen müssen für Ihre Hilfe, was, Christl?«

Die Bulldogge feixte. »Versteht sich! Da sind wir nicht kleinlich.«

Er verabschiedete sich mit einer Verbeugung, winkte noch einmal und brauste davon. Als sie wieder am Spaltklotz stand, kam ihr die Geschichte mit der Kanone ziemlich dumm vor, ein Vorwand – aber wofür?

»Na, was wollten die denn jetzt?« wollte der Adolf wissen, »und wer waren die überhaupt?«

»Zwei von der Kreisleitung haben nach der Salutkanone gefragt.«

Der Adolf pfiff zwischen den Zähnen. »Oha, paß mal auf. Morgen ist das Sportfest der Pimpfe. Und das macht der Hauser Ottl. Und den können sie bei der Kreisleitung nicht leiden. Es soll da was mit einer Kasse gewesen sein. Und die Salutkanone, die braucht er ja zu seinem Sportfest.«

Sie war schon lange wieder in ihren Rhythmus gefallen und konzentrierte sich auf den ersten Schlag am neuen Klotz. Irgendwie klang das nach Pfadfinderspielen, und es interessierte sie nicht.

Am Montag schob ihr der Adolf die Zeitung über den Tisch. »Blamage beim Sportfest« war die Überschrift: »Wie ging die Salutkanone verloren?«

Der Artikel machte sich unverhohlen lustig über den Hauser Ottl. Als er am Sonntagmorgen seine Kanone auffahren lassen wollte, war sie nicht mehr da. Ja wo war sie denn? Auf dem Sportplatz von Spaichingen war sie gesichtet und der Kreisleitung gemeldet worden. Ja, und wie war sie dahin gekommen? Wo sie doch in der Turnhalle in Sontheim stehen sollte? Und wer war denn für die unbemerkte Verschickung der Kanone zuständig? Nichts als Hohn und Spott für den verdienten Parteigenossen.

Der Adolf hielt sich den Bauch vor Lachen, er hatte den Hauser Ottl noch nie leiden können, und schon gar nicht, als er im März 33 in die Partei eingetreten war mit dem erklärten Ziel, Gausportwart zu werden.

»Deine Neustädter Freunde haben sich da einen hübschen Streich erlaubt, das muß man sagen«, sagte er sichtlich befriedigt.

Sie erwiderte, das seien nicht ihre Neustädter Freunde, das ginge sie gar nichts an, und außerdem sei das Ganze ausgesprochen kindisch. Da wollte sich der Adolf erst recht totlachen.

»Sieh an, sieh an, die Hauptdarstellerin will nichts davon wissen. Unser Gretchen spielt die Unschuld. Das ganze Dorf wird dich am Ende noch des Verrats bezichtigen.«

Sie ließ ihn reden. Diese ewige Ehrenkäsigkeit der Männer ging ihr auf die Nerven. Ständig mußte man sich gegenseitig ausstechen und übertrumpfen. Und obwohl der Adolf längst aus der Partei ausgetreten war, verfolgte er akribisch, was sich da abspielte.

Sie hatte sich vorgenommen, das Ganze für unwichtig zu halten, und glaubte bald selbst, sie hätte das alles vergessen. Bis zum Wahltag.

An diesem Tag war sie so beschäftigt, daß sie sowieso zu keinem eigenen Gedanken im Stande war. Von acht Uhr morgens an hatte sie zusammen mit der Görner Hilde alte Leute zur Wahl abgeholt. Die Hilde fuhr das Rotkreuzauto, und sie waren fast ohne Pause von Straße zu Straße unterwegs mit einer langen Liste, um die alten Leute zum Rathaus zu bringen. Sie mußten das Gemecker von Schwiegertöchtern besänftigen, die sich beklagten, daß der Opa schon zwei Wochen nicht mehr das Bett verlassen habe und von vorne bis hinten bedient werden wolle, zur Wahl aber, da könne er auf einmal aufstehen und stundenlang herumkommandieren. Allein die Kugelfuhr, bis er angezogen sei. Warum sie denn nicht mit einer Wahlurne vorbeikämen, das wäre doch einfacher.

»Sie gönnt es mir bloß nicht, daß man sich die Mühe macht und mich aufs Rathaus holt, so ist sie halt«, sagte der Alte und wackelte an seinem Stock wildentschlossen zur Haustür, wo er sich noch einmal umdrehte. »Die holen mich aufs Rathaus, weil sie mich da brauchen«, sagte er triumphierend zu seiner Schwiegertochter. »Du siehst ja, daß es ohne mich nicht geht, wenn sie schon das Rote Kreuz schicken.«

»So wird es wohl sein«, sagte die Schwiegertochter schnippisch und zugleich resigniert, »daß es ohne dich auf dem Rathaus halt gar nicht geht.«

Im übernächsten Haus holten sie ein altes Paar ab, das sich vor Aufregung an der Hand hielt und gemeinsam die Treppe hinunterstolpern wollte. Schließlich konnten die Rotkreuz-schwestern sie davon überzeugen, daß es besser und sicherer war, wenn sie jedem einzeln die Treppe hinunterhalfen.

Da sitzt einer auf dem Rathaus und macht eine Liste. Und meint, man könne die Personen bei den kurzen Strecken im Zehnminutentakt ins Auto verfrachten. Keine Ahnung hat so einer von der störrischen Beharrlichkeit alter Leute, die endlich unversehens in den Mittelpunkt der Ereignisse geraten sind und sich davon nicht wegbewegen wollen, ohne möglichst viel Aufhebens zu machen und Aufmerksamkeit einzuheimsen.

Als sie neben der Hilde auf dem Trittbrett saß und vor der nächsten Fuhre ein Butterbrot hinunterschlang, dachte sie, warum machen die das überhaupt mit so einem Aufwand? Der Vorschlag mit der Wahlurne hat doch was. Und was soll das alles überhaupt, wenn das Wahlergebnis sowieso über neunzig Prozent liegt? Man müßte das mal jemanden von der Organisation fragen. Ja, das müßte man.

Nach dem Schließen des Wahllokals abends um sieben ging sie, obwohl sie eigentlich viel zu müde war, zum gemeinsamen Rotkreuzvesper mit in die Rose. Links neben ihr saß die Walter Hede, die bei Kühns in Stellung war.

»Wie jedermann weiß, ist Baldur von Schirach ein Freund unseres Hauses«, fing sie an. Das sei ein ganz netter Herr, gar nicht so steif und eklig wie die Obersturmbannführer. Und auch gar nicht so hochnäsig. »Und als ich das letzte Mal serviert habe, da hat er mich angelächelt und gesagt, das Fräulein Hedwig, wenn ich nicht irre, proper wie immer. Stellt euch das mal vor! Proper hat er gesagt. Aber ich hab auch das kleine Schwarze angehabt und ein Spitzenhäubchen. Und ein winziges weißes Schürzchen. Da legt die Madam Wert darauf bei solchen Gästen. Erst bin ich mir komisch vorgekommen, aber dann hab ich gedacht, sie hat recht, sie weiß das einfach, weil sie herumkommt.«

Na so was, dachte sie, proper hat er gesagt und Fräulein Hedwig, der Herr Reichsjugendführer. Da ging die Tür auf, und alle am Tisch erwarteten jetzt jemand Besonderes, und niemand hätte sich gewundert, wenn es die Frau Kühn mit Baldur von Schirach persönlich gewesen wäre.

Es waren zwar einige Herren in Uniform, aber nur die von der Neustädter Kreisleitung. Aber immerhin, das war ja besser als nichts, und der Herr Bürgermeister und die Stadträte, die den Stammtisch bevölkerten, sprangen erfreut auf, begrüßten die Herren und baten sie an ihren Tisch. Und während die Walter Hede erzählte, sie würde sich jetzt das Buch über Baldur von Schirach *Mann und Werk* kaufen, und wenn er wieder zu Gast sei, wolle sie es sich signieren lassen, wurde am Stammtisch aufgetragen und getafelt, gewitzelt und gelacht.

Nach dem Essen stand der Herr Organisationsleiter plötzlich auf, kam an ihren Tisch herüber und lud sie, die Görner Hilde und die Walter Hede an seinen Tisch ein. Die Hede strich sich den Rock glatt, als sie aufstand, was aber nichts besagen wollte, sie hatte ja nur ihren Rotkreuzkittel an. Die Hilde klemmte ihre Tasche unter den Arm und sagte zu den anderen am Tisch in herablassendem Ton: »Bis auf ein andermal.«

Sie selber sagte gar nichts und tat so, als ob es sie gar nichts anginge, sie zerrissen sich jetzt sowieso alle das Maul, was denn der Organisationsleiter aus Neustadt im Schilde führe, und da könne man wieder sehen, alle seien gleich, aber manche eben viel gleicher als andere. Dabei seien es doch im Grund bloß zwei Schneegänse und eine alte Jungfer.

Was konnte sie anderes tun, als mit hinüber zu gehen, auch wenn sie Angst hatte, daß es wieder viel zu spät werden würde. Wieder gab es allerhand unterhaltsame Geschichten, und heute abend war sogar die Bulldogge ein normaler Mensch und wußte ein paar Geschichten aus Neustadt zu erzählen, die sich um die dortigen Spitznamen rankten.

Sie waren komisch, die Neustädter Geschichten, und sie gefielen ihr. Der Organisationsleiter bespöttelte seine Figuren, aber es war nicht die beißende Häme, die Adolf in seinen Spott legte, oder die kalte Herablassung, mit der Ernst oder Hans ihre Kommentare machten. Er erzählte seine Geschichten und Späße mit viel Verständnis für seine armseligen Helden, die meist zu den Mühseligen und Beladenen gehörten. Und deshalb konnte man auch von Herzen und vergnügt darüber lachen.

Die Zeit verging wie im Flug. Als das heimische Gepolter bereits so gut wie sicher war, dachte sie, jetzt ist es vollends egal, sie wird mich sowieso fertigmachen, dann will ich wenigstens auch was davon haben. Und als man schließlich spät genug aufbrach, hatte er sie in ein Gespräch verwickelt, so daß es sich ganz selbstverständlich ergab, daß er sie nach Hause brachte.

Angesichts des finsteren Hauses verlor sie am Gartenzaun den letzten Mut und stahl sich wie beim letzten Mal davon, obwohl sie sich vorgenommen hatte, allem und jedem die Stirn zu bieten.

Beim Einschlafen biß sie sich vor Unbehagen in die Fingernägel. Das Strafgericht hatte apokalyptische Ausmaße angenommen. Es dämmerte ihr erst allmählich, daß es nicht in erster Linie das Strafgericht war, das sie davonlaufen ließ. Womit hätten ihr auch die dunklen Fenster des alten Hauses drohen können? Sie hatte sich im abstumpfenden Ablauf der Tage nichts sehnlicher gewünscht als eine Veränderung, als eine Herausforderung, etwas anderes und Neues. Und jetzt, wo die Herausforderung leibhaftig vor ihr stand, hatte sie es plötzlich eilig, den Gartenzaun zwischen sich und die Herausforderung zu schieben.

Je länger man auf etwas wartet, dachte sie, desto weniger ist man darauf gefaßt, wenn es eintritt. Sie wußte nicht, ob sie überhaupt noch an die lang erwartete Herausforderung glaubte. Die Erwartung fing an, sich in Furcht vor einer Enttäuschung zu verwandeln. Warum sonst mußte sie so zwanghaft den Gartenzaun zwischen sich und die Herausforderung schieben?

Zwei Tage später stieg abends jemand die Treppe herauf. Um diese Zeit kam gewöhnlich niemand mehr. Es war zu ihrer großen Verblüffung der Herr Organisationsleiter. Er lächelte sie an, steuerte geradewegs auf die mißtrauische Mutter zu, verbeugte sich und stellte sich vor.

Er habe sich zu entschuldigen bei ihr, weil es am Sonntag wieder so spät geworden sei. Ihre Tochter sei schon recht, die wolle immer heim, aber die Herren der Kreisleitung, die würden halt immer versumpfen. Arg sei das, aber schier nicht zu ändern. Und leider sei der einzige, der im Besitz eines Führerscheins sei, das allergrößte Schlitzohr. Man käme nicht vom Fleck.

Die Mutter lachte. Das gefiel ihr. Er setzte sich neben sie, schilderte ihr, wie besorgt ihre Tochter sei und immer heim wolle, aber der Schmidt Christl, dieser Hallodri, der brauche erst noch ein Bier und dann müsse er noch an einen anderen Tisch zu einer Bekanntschaft ... Ja, ja, er müsse zugeben, die Männer neigten halt zur Lumperei. Und die seien ganz allein wieder einmal schuld gewesen, und das Fräulein Rosa sei derweil auf Kohlen gesessen wie der heilige Franziskus.

Die Anna lachte jetzt auch, und der Adolf grinste von einem Ohr zum anderen. Ja, ja, sagte die Mutter ganz leutselig, das habe sie sich schon gedacht, sie habe ja ihre Tochter anständig erzogen. Der Herr Organisationsleiter zwinkerte ihr an dieser Stelle zu, es war peinlich komisch, wie sie da über ihre Tochter sprach, als sei sie ein 16jähriges Mädelchen.

Da könne man sehen, wie man es doch in Sontheim noch mit den guten alten Sitten halte, ganz im Gegensatz zu Neustadt. Da seien die guten Sitten ganz schön auf den Hund gekommen, was soviel heißen solle, wie auf den Schmidt Christl von der Kreisleitung. Aber Autofahren könne er halt als einziger, nun ja, von Können könne keine Rede sein. Und nun schilderte er der Mutter, was man alles auf einer Autofahrt mit dem Schmidt Christl mitmachen müsse, wenn man von Neustadt nach Sontheim wolle. Früher hätte ja ein Ritter für seine Angebetete noch Drachen umbringen müssen, heute ersetze eine Autofahrt mit dem Schmidt Christl solche Unternehmungen voll und ganz.

Der Christl remple die Bäume am Straßenrand, daß der ganze Kasten klappere, dann wieder knalle man gegen die Frontscheibe, weil er die Kurve nicht kriege und auf einmal im Kartoffelakker lande, wo man das Auto dann unter Einsatz der Dorfjugend herausziehen müsse. Und dann komme bestimmt eine Kurve, und mit Vollgas schieße der Christl hinein, so daß man seine Seele, aber auch seine Schädeldecke Gott befehlen müsse. Er habe sich schon ernsthaft überlegt, ob er nicht seinen Stahlhelm zu solchen Unternehmungen mitnehmen solle, aber was würden die Pimpfe und die Jungzugführer denken, wenn da ein Auto der Kreisleitung auf zwei Rädern um die Ecke brause und da einer im Stahlhelm herausgucke?

»Sie würden ›Sieg heil und Führer befiehl wir folgen‹ schreien und nichts wie hin und den Feind angreifen«, mischte sich der Adolf vergnügt ein.

»Tja, das Fahren mit Stahlhelm ist also genauso gefährlich wie ohne – ein wahrhaft tragischer Konflikt!«

Ja, er verstand es, das Publikum in dieser Stube zu unterhalten. Man hatte hier schon lange nicht mehr viel zu lachen. Man saß inzwischen bei einem Glas Bier zusammen, und noch immer hielt er mit seinen Geschichten und Geschichtchen das Publikum bei Laune.

Als er schließlich sagte, er müsse jetzt gehen, ergab es sich ganz von selbst, daß sie mit ihm hinunterging bis an das Gartentor. Es gab viel zu reden über den Abend, das Leben in Neustadt, und ob sie sich vorstellen konnte, dort zu leben. Und sie konnte sich das vorstellen. Daß das hieß, mit ihm dort zu leben, mußte nicht erst gesagt werden, und auch das konnte sie sich vorstellen.

In einem Nebensatz, als er über seine Mutter, das Haus in Neustadt und seine Schule gesprochen hatte, erwähnte er seine geschiedene Frau und die Kinder, die schon lange bei ihrer Mutter lebten. Daß er es gut so fand und mit seinem Leben eigentlich ganz zufrieden gewesen sei, bis, ja eben, bis ihm ein gewisses Fräulein Birk über den Weg gelaufen sei. Und jetzt sei er auf einmal ganz unzufrieden mit seinem Junggesellenleben.

Und so stand man bis in die Dunkelheit am Gartenzaun, und es war einfach völlig unwichtig, ob sich irgendwelche Nachbarinnen die Nasen an den Fensterscheiben platt drückten. Das

Licht wurde immer spärlicher, und sie bekamen immer noch nicht zu sehen, was sie sehen wollten. Und die beiden standen noch immer da, leider viel zu weit weg von der nächsten Straßenlaterne.

Und weil man nichts sehen konnte, mußte man sich natürlich alles akkurat ausmalen über diese schamlose Person, die immer noch mit einem fremden Uniformierten am Gartentor stand. Und sie standen so nah beieinander, daß nicht einmal ein Zeitungspapier zwischen sie gepaßt hätte. Das kommt davon, wenn man so hochnäsig ist wie die und einem keiner aus dem Dorf gut genug ist. Dann wird man eine alte Jungfer und bekommt die Torschlußpanik, und dann wird man ganz und gar hemmungslos und steht stundenlang mit einem fremden Uniformierten am Gartentor herum.

Als sie wieder in die Stube kam, sagte zunächst niemand ein Wort. Sie hatte sich schon gegen allerhand Kommentare gewappnet. Von spitzigen Bemerkungen, wo sie denn so lange gewesen sei, bis zu der Feststellung, daß es gar nicht in Frage komme, sich einen von der Neustädter Kreisleitung in den Kopf zu setzen, war sie auf alles gefaßt.

Aber niemand sagte ein Wort. Die Anna flickte an einer Manteltasche herum, und der Adolf war abgrundtief in seine Zeitung vertieft. Die Mutter war müde und wollte ins Bett. Als sie sich endlich darin zurechtgenestelt hatte, sagte sie: »Das war eigentlich ein netter Mann, der ist mir sympathisch.« Dann gähnte sie und wollte ihre Tropfen.

Sie dachte an diesem Abend lange über die Reaktion der Familie nach. Die Geschwister hatten sich totgestellt, die Mutter ihr Wohlgefallen geäußert. Man wollte sich nicht einmischen. Sie war überrascht, daß man ihr keinen Stein in den Weg legte. Daß die Mutter nicht mit Wenns und Abers anfing und nicht darüber jammerte, was dann mit ihr werden würde.

Er kam und ging, wann er wollte. Sie machten lange Spaziergänge, vor allem am Wochenende. Man tuschelte hinter ihnen her.

Beiläufig erzählte sie der Mutter eines Abends, daß er geschieden sei und zwei Kinder habe. Die Mutter setzte erschrokken die Teetasse ab. Eine Weile sagte sie nichts. Dann meinte sie: »Du weißt, daß ich ihn leiden kann. Aber das ist etwas anderes. Etwas ganz anderes.«

Sie dachte, jetzt wird sie loslegen von wegen Stiefmutter und Versorgung und dafür willst du mich im Stich lassen und so etwas. Sie sagte aber nur sichtlich gequält: »Da weißt du nicht, was auf dich zukommt.«

Damals begriff sie das nicht. Sie begriff nur soviel, daß es ein Stein war, den man ihr wieder mal in den Weg schmiß. Und sie wollte sich durch nichts mehr aufhalten lassen. Und dann, bisher war ja das Unerträgliche gewesen, daß sie so haargenau gewußt hatte, was auf sie zukam. Ihr ganzes Leben war so öde gewesen, weil sie darin im Kreise herumgehen mußte wie ein Ochse beim Wasserschöpfen.

Er war schuldig geschieden und mußte für Frau und Kinder zahlen. Aber hier hatte sie auch keine Reichtümer zu verwalten. Und was hieß schon schuldig. Das hatten sie juristisch gebraucht, damit er zahlen mußte. Er war aus dem gemeinsamen Schlafzimmer ausgezogen, weil seine Frau darauf bestanden hatte, daß der kleine Sohn mit im Schlafzimmer blieb. Das ging sie nichts an. Er war seit langen Jahren geschieden. Sie hatte damit nichts zu tun.

Immerhin, er hatte ein eigenes Haus. Eine eigene Wohnung. Dann würde man schon sehen. Daß seine alte Mutter auch in dieser Wohnung lebte, störte sie nicht. Er schilderte seine Mutter als stilles Wesen. Sie war an das Zusammenleben mit alten Leuten und an einen rauhen Umgangston gewöhnt. Sie würde sich in das alles einleben können.

»Du weißt nicht, was auf dich zukommt.« Davon wollte sie sich auf keinen Fall aufhalten lassen.

Der Adolf fing an zu sticheln. Er sähe ja gut aus und sei witzig und gesellig, aber man nehme doch keinen Geschiedenen, das habe sie selbst in ihrem Alter doch nicht nötig. Und dann sei ja da auch noch die Mutter. Darüber müsse man sich auch noch den Kopf zerbrechen. Sie ließ ihn einfach stehen und sagte, sie habe zu tun.

Dann fing er an, den Karl anzustänkern. Ob er denn immer noch nicht gemerkt habe, daß die Parteifunktionäre aus der Partei einen Selbstbedienungsladen gemacht hätten?

Das habe er sehr wohl gemerkt, aber gerade deshalb müsse er in der Partei aktiv sein, denn sonst hätten die ja das Sagen.

»Haben sie so oder so«, gab Adolf schnippisch zurück.

»Auf der unteren Ebene vielleicht«, gab Karl gelassen zurück, »aber weiter oben sind die, die bloß Krakeeler sind aus der Kampfzeit, schon lange kaltgestellt.«

Das war natürlich der Dolchstoß für den alten Kämpfer Adolf, und er mußte einwenden, daß der Schmidt Christl wohl auch ziemlich korrupt und kein Ruhmesblatt für die Partei sei.

Das schien den Karl irgendwie zu treffen, und er sagte, da sei was dran, aber es sei ja wohl auch noch nicht aller Tage Abend.

»An den kommt ihr nicht dran, der macht euch vorher alle fertig«, sagte der Adolf mit einem höhnischen Unterton. Der Karl zuckte nur die Schultern und sagte gar nichts mehr.

Männerspielchen. Um was ging es eigentlich? Um die Partei oder darum, ihr diesen Mann zu vergraulen? Sie schlug einen Spaziergang vor und zog sich um.

Er hatte gemerkt, daß etwas anderes in der Luft lag, und sie erklärte ihm, daß der Adolf einfach enttäuscht sei, weil die Partei im März 33 alle genommen habe, einfach alle, auch ehemalige Kommunisten. Und daß ausgerechnet die, bloß weil sie mal Unteroffiziere gewesen seien, ihn dann herumkommandiert hätten.

»Dein Bruder weiß, was er will«, sagte er nach einer Weile, »und er ist ein charmanter junger Mann, aber er hat nie gedient. Er weiß nicht, was Disziplin ist. Und schon gar nicht, was Parteidisziplin ist.«

»Was soll das denn nun wieder heißen?«

»Das heißt unter anderem«, sagte er ein wenig gelangweilt,

»daß er die Dinge so sieht, wie er sie wahrnimmt, und nicht in einem größeren Zusammenhang. Zum Beispiel, diese miesen und korrupten Führer vom Schlag eines Schmidt Christl. Deren Tage sind gezählt. Man wird die Spreu vom Weizen trennen, verlaß dich drauf, sie werden sich auf einem Posten befinden, wo sie nicht mehr viel anstellen können. Und die Nachwachsenden werden für diese Aufgabe erzogen und auf Herz und Nieren geprüft.«

»Gibt es denn so viele harmlose Posten wie es zwielichtige Figuren gibt?« fragte sie schließlich, weil ihr das Ganze zu abgehoben vorkam. Es klang ja auch ein wenig wie das Reich Gottes. Von dem war auch immer die Rede, daß es demnächst kommen solle. Derweil nahmen aber statt der Heiligen die Scheinheiligen zu.

Er entgegnete bitter. »Ja, was glaubst du, wie oft ich mich das schon selber gefragt habe. Sie haben schließlich kein Hehl daraus gemacht, wem die jüdischen Häuser und Grundstücke zugefallen sind. Angeblich der Partei. Aber sie sind ja die Partei. Also ist alles in besten Händen.«

»Und du?«, sagte sie vorsichtig, »dich haben sie davon ausgeschlossen?«

»Wo denkst du hin. Die wissen genau, daß ich nicht in die NSDAP eingetreten bin, um mir persönlich einen Vorteil zu verschaffen. Das ist eine nationale, aber auch eine soziale Partei. Ich habe als Kind von sieben Jahren anfangen müssen zu arbeiten, um die Familie mit zu ernähren. Ich weiß, was es heißt, arm zu sein, um jedes Stück Brot kämpfen zu müssen. Ich bin in die NSDAP eingetreten, als die Hälfte meiner Schüler sich keinen Zeichenblock und keine Bleistifte mehr leisten konnte. Am gleichen Tag, als ich fünfzehn Zeichenblöcke und vierzehn Bleistifte gekauft habe, um sie an meine Schüler zu verteilen, bin ich in die NSDAP eingetreten.«

Sie sah ein Kind im Acker stehen mit einer zu langen Hacke und die Erde um die Kartoffelstauden aufhäufeln. Sie sah einen Lehrer, der von seinem durch die Notverordnungen schon dreimal gekürzten Gehalt Zeichenblöcke für seine Schüler kaufte. Sie sagte nichts mehr.

Sie wurde das Unbehagen über den Adolf nicht los. War es ihm wirklich um die Partei gegangen oder eher darum, ihn aus der Fassung zu bringen, ihm das Gespräch und überhaupt das Haus zu vergällen? Da mußte sie aufpassen, das konnte sie auf keinen Fall zulassen.

Was aber war von diesem Mann zu halten, der voller Verachtung über seine korrupten Parteigenossen in der Kreisleitung sprach und den es einfach nicht interessierte, sich selber ganz unauffällig etwas unter den Nagel zu reißen. Das hatte etwas von der Größe eines Schillerschen Helden an sich – »Ich verachte dich, ein deutscher Jüngling«.

Mit Schillerschen Helden war Sontheim nicht gerade gesegnet. Und es tat ihr gut, am Arm eines solchen durch das sonntägliche Sontheim zu wandeln und die neidisch-neugierigen Blicke der Hauser Karline mit einem freundlichen: »Grüß Gott, was macht dein Rheuma« zu konterkarieren. Mit Absicht stellte sie den stattlichen Herrn an ihrer Seite nicht vor. Was aber die Karline nicht abhielt, sich über ihre Zipperlein auszulassen, wobei sie ihre kleinen Knopfaugen über diese Neuerscheinung am Arm der Rosl wandern ließ, die einfach über ihr Fassungsvermögen ging.

Ja, Schillersche Helden waren rar hierzulande und erregten Aufsehen. Aber sie war nicht jung und unbedarft genug, um nur an ihrem Helden hochzuschmachten. Etwas in ihr mahnte zur Vorsicht und zu genauer Beobachtung. Er heulte nicht mit den Wölfen um jeden Preis – war das nicht aller Ehren wert? Aber da war auch eine so tiefe Verachtung den anderen gegenüber zu spüren, daß es schon fast an Hochmut grenzte. Oder verstand sie einfach zu wenig von diesen männlichen Rangordnungskämpfen?

Eines aber wurde ihr immer deutlicher. Der wahre, der gute Mensch, der geeignete politische Führer – er mußte auf jeden

Fall Soldat gewesen sein. Erst dann war er ein Mensch, der zählte, auf den man sich verlassen konnte. Ihre Brüder hatten auch immer von soldatischen Tugenden und Disziplin geredet. Aber sie waren Raufbolde gewesen, die die Sozialistenkneipen stürmten und die sich fürs Leben gern herumprügelten.

Inzwischen trug fast jeder Mann irgendeine Uniform. Vom Roten Kreuz bis zur Reiterstaffel, vom Blockwart bis zur Betriebsgruppe, von der Sportjugend bis zum Schützenverein trug man Uniform und traf sich als geschlossene Gruppe zum Übungsschießen am Schützenhaus. Mit anschließendem Umtrunk, versteht sich. Das war es aber nicht, was er meinte – oder doch?

Dann wieder beschäftigte es sie, daß er für ein Säckchen Mehl schon als Kind auf dem Acker gearbeitet hatte. So jemandem war sie bereit, Hochmut und Herablassung zuzugestehen. Die Geschichte mit seiner Frau beschäftigte sie am wenigsten. Sie kannte genug Ehen, die so verfahren waren, daß eine Scheidung auch für die Kinder das weitaus kleinere Übel gewesen wäre.

Sie interessierte sich viel mehr für das Kind, das weit draußen vor der Stadt für die Tante auf ihrem heruntergekommenen Hof arbeiten mußte. Das die schlampige Unsauberkeit im Haus haßte, vor allem die Milchkannen und den käsigen Gestank aus den ungewaschenen Lappen, mit denen sie ausgewischt wurden. Wenn er heimkam, beschwerte sich seine Schwester, daß er nach Stall rieche. Seine Stimme wurde hart und kalt, wenn er von ihr erzählte. Wahrscheinlich hatte er sie dafür gehaßt und konnte es sich nicht zugeben, dachte sie.

Als sie nachfragte, sagte er, er habe seiner Schwester geantwortet, sie solle die Klappe halten. Ohne daß er den Stall ausmiste und danach rieche, könne sie sich nicht ein einziges Stück Lavendelseife kaufen, geschweige denn etwas zu essen. Da habe sie klein beigegeben, sie habe ihm ja nur heißes Wasser zum Waschen bringen wollen. Das aber habe er sich immer selber geholt.

Ja, in die Schule sei er immer gern gegangen. Das Lernen sei ihm leichtgefallen. Manchmal sei er müde von der Arbeit bei den Hausaufgaben eingeschlafen, aber in der Klasse sei es ihm immer gewesen, als ob er aus dem Stall in ein herrschaftliches Haus gekommen sei, wo es Blumen gab auf einer alten Kommode und ausgestopfte Vögel und Landkarten von allen Ländern der Erde. Die samtenen Vorhänge und die Marmorfliesen auf dem Fußboden mußte man sich dazu denken, aber das sei ihm nicht schwergefallen. Wer aus dem käsigen Gestank der Milchküche kam, dem waren Kreidestaub und Tintenkleckse die Wohlgerüche Arabiens.

Sie lachten beide. Sie erinnerte sich daran, welche Offenbarung von Freiheit die erste Landkarte an der Wand für sie bedeutet hatte, und was für ein schauerlich hinreißender Abgrund die tiefblaue Fläche des Pazifischen Ozeans war, die fast alles Land verschlungen hatte. Und felsenfest war der Entschluß gewesen, einmal im Leben am Ufer des Meeres zu stehen. Aber natürlich sei sie noch nie am Meer gewesen, wann denn und wie denn.

Da beschlossen sie, eine gemeinsame Reise zu machen an die Ostsee, nach Rügen. Stralsund solle eine schöne alte Stadt sein. »Und wenn sie mit Ketten an den Himmel geschmiedet ist, wir werden sie erobern«, sagte er lachend.

Sie antwortete mit betontem Ernst: »Aber wenn sie mit Ketten an den Himmel geschmiedet ist, dann sind wir dort doch schon im siebten Himmel, und was gibt es dann noch zu erobern?«

Sie lachten schon wieder und erregten damit bei der vorbeispazierenden Krauter Babette nebst Sohn und Tochter im schwarzen Konfirmationskleid Mißfallen, denn zwischen dem ersten und dem zweiten Lachen hatte sie die Babette nur mit einem kurzen Kopfnicken bedacht, obwohl sie neugierig stehengeblieben war.

Wie die Geschichte nach Kuhstall und Schule weitergegangen sei? Nun, seine Mutter, eine Witwe mit fünf Kinder ohne Einkommen – lediglich die Mieteinnahmen aus dem Haus standen zur Verfügung – hätte ihm natürlich nie eine ordentliche Ausbildung bezahlen können.

Als dann aber die Lehrer bei der Mutter vorsprachen, weil der Bub so gescheit sei, müsse er aufs Lehrerseminar, da sei eine ledige Tante eingesprungen und habe das Schulgeld für ihn bezahlt. Und da sei er zufrieden gewesen. Keine käsigen Milchkübel mehr, dafür durfte er Klavier und Orgel spielen lernen. Beides sei für einen Volksschullehrer unabdingbar, denn auf den Dörfern müsse man auch den Organisten machen. Viele seiner Kollegen hätten darüber geklagt, aber er habe das auf seiner ersten Stelle in einem Schwarzwalddorf gerne gemacht. Bei Hochzeiten sei dann immer auch ein kräftiges Bratenstück abgefallen, überhaupt sei man viel von den Leuten eingeladen worden, man habe da halt zu den Dorfhonoratioren gehört. Als Junggeselle sei das immer eine amüsante Abwechslung gewesen.

Nur als der Sägewerkbesitzer sein eigenes Schnapsglas, nachdem er es in seinen buschigen Schnauzbart versenkt habe, gefüllt über den Tisch schob und »Prosit, Herr Lehrer« sagte, da habe der Spaß aufgehört.

Ob er es denn getrunken habe, wollte sie wissen. »Es blieb mir nichts anderes übrig. Es war ja eine Ehre, wenn der erste Mann am Platz sein Glas über den Tisch schob. Und zimperlich war der nicht. Als es im Gemeinderat einmal nicht nach seinem Kopf ging, hat er gedroht, er werde sein nächstes Sägewerk in die Nachbargemeinde bauen. Aber nicht daß du denkst, ich mache vor den Geldsäcken einen Kratzfuß«, fügte er auf einmal in einem überraschenden Schulmeisterton hinzu.

»Das hast du ja auch nicht nötig«, sagte sie gelassen.

»So ist es«, antwortete er mit einiger Befriedigung.

Sie gingen am Friedhof entlang das Tal hinunter und setzten sich auf einen Baumstamm, der in einer Wiese zwischen den Obstbäumen lag. Von hier sah man in das Tal mit seinem von Weiden und Haselnußsträuchern gesäumten Bach hinunter bis zur Mühle. Jenseits des Tales stiegen die Berge der Alb auf.

»Von Neustadt hat man keinen so schönen Blick auf die Alb.

Da sitzt man im Tal, und von vielen Seiten schieben sich die Berge auf einen zu. Manche Leute finden das beengend. Wer aber da aufgewachsen ist, der kommt sich in den weiten Ebenen ein bißchen verloren vor«, sagte er nach einer Weile. »In der Champagne oder gar in Flandern hat man das Gefühl, der Himmel fällt auf einen herab, und nichts wird ihn aufhalten. Neustadt ist ein bißchen wie ein Schwarzwaldtal, nur daß die Berge nicht so hoch sind. Hier in der Baar hat man beides. Weite Ebene und Berge. Das ist gerade richtig.«

Sie sagte: »Wenn uns als Kinder der Christl – das ist mein Bruder, der Architekt in München war und gleich zu Beginn des Krieges im Elsaß gefallen ist – wenn der im Winter den Schlitten angespannt hat, dann ging es in vollem Galopp durch die Ebene und in den Winterwald hinein. Und wo immer man wieder auftauchte, stand die Alb wie eine hohe schützende Mauer am Horizont, und die Felsen glänzten und glühten im Abendlicht.«

Und sie erzählte. Vom Christl, wie er angefangen hatte als Maurer auf dem Bau beim Vater, wie alle Männer in der Familie, und wie er dann den Meister gemacht habe und auf die Fachschule gegangen und schließlich Architekt geworden sei in München.

Er sei mit dem Sohn eines Bankiers befreundet gewesen und habe in den besten Häusern verkehrt. Es sei ihm zu eng gewesen in Sontheim, er habe große Pläne gehabt. Nach Afrika wollte er gehen, und irgendwo im Hause müsse es noch eine Schublade geben mit den Entwürfen für eine Ladenstraße in Windhuk. Ihr habe er bei seinem letzten Besuch vor dem Krieg zu Weihnachten einen ganzen Zoo voller Gipstiere geschenkt. Bei den Bauplänen in der Schublade müsse es noch ein Gipskrokodil mit abgebrochenem Schwanz geben, das sei alles, was noch übrig geblieben wäre.

Er wollte wissen, wo genau der Christl gefallen war und in welchem Frontabschnitt. Das wußte sie nicht, sie hielt es auch nicht für wichtig. Sie hätte es nur für wichtig gehalten, wenn er dort begraben wäre, auf einem Friedhof, wo man an das Grab gehen könnte. Aber das gab es nicht.

Sie erzählte, daß dieser Weg mit dem Blick auf die Alb der Lieblingsweg des Christl gewesen sei, den er oft mit der Selma gegangen wäre. Die Selma sei aber hier nie mehr gewesen nach seinem Tod, sie habe immer gesagt, ohne den Christl könne sie hier nicht mehr entlanggehen. Das hielten alle für spinnert, weil sie immer noch darauf bestand, als sie schon lange die Frau des Sägmüllererben war.

Zuerst hat man mit der Schulter gezuckt, aber dann wurden die Leute ungeduldig. Weil sie, wenn man sie fragte, wie es ihr ginge, immer antwortete, schon recht, aber mit dem Christl, da wär es halt anders gewesen.

Schließlich hatte sie doch alles, was ein Mensch nur haben kann, ein Haus, einen Mann, der von Tag zu Tag reicher wurde, und drei wohlgeratene Kinder. Von mehr als einem wurde sie glühend beneidet, und da ging sie herum und sagte, mit dem Christl, mit dem wäre es halt anders gewesen.

»Ja, der Krieg, der verfluchte Krieg«, sagte er. »Wie gut, daß wir das hinter uns haben.«

»Meinst du wirklich?« fragte sie nachdenklich. »Erst letzte Woche hat der Ortsgruppenleiter Berger erklärt, um wirklich den Frieden auf Dauer zu erzwingen, müsse sich das deutsche Volk notfalls mit der Waffe in der Hand den Lebensraum im Osten verschaffen.«

Er seufzte. »Der Ortsgruppenleiter Berger ist ein Jurist, der Zeit seines Lebens hinter dem Schreibtisch gehockt ist. Der hat nie auch nur eine Kugel pfeifen hören. Solche Leute reden gern und viel von der Waffe in der Hand. Du mußt aber erst einmal deinen Stiefel aus dem verwesenden Brei einer Leiche gezogen haben und an einem, der sich schreiend unter einem Bauchschuß krümmt, vorbei und nach vorn gelaufen sein, wo dir die Leichenteile um die Ohren fliegen. Das ist die Schlacht. Das ist der Krieg. Von dem die Schreibtischhengste daherreden wie die Pfadfinder. Es ist nur gut, daß diese Leute nicht das Sagen haben. Vergiß nicht, der Führer war selber als Soldat im Schützengraben. Er war verwundet, dem Giftgas ausgesetzt und für kurze Zeit blind. So einer fängt keinen Krieg an.«

»Aber sie sagen, daß überall die Zahlen in der Rüstungsproduktion hochgefahren worden sind«, wandte sie zaghaft ein.

»Das stimmt«, sagte er ruhig. »Wir waren lang genug das Durchmarsch- und Aufmarschgebiet fremder Armeen in unserer Geschichte. In Dutzenden von Kleinstaaten bis zur Unbeweglichkeit gefesselt und amputiert. Das darf nie wieder passieren. Und es darf auch nicht mehr passieren, daß jeder unser Land als den großen Kuchen betrachtet, aus dem er herausschneiden kann, was ihm gerade passt, das Elsaß, das Saarland, Danzig oder Oberschlesien. Die Rüstung verschafft uns Unabhängigkeit und Ansehen in der Welt. Als wir im Saarland einmarschiert sind, haben sich die Leute in die Hosen gemacht. Was ist passiert? Gar nichts ist passiert. Warum? Weil wir stark genug dazu waren. Und weil sie wußten, der Friede von Versailles war gar kein Friede, sondern ein Diktat, ungerecht und brutal. Weil die sogenannten Sieger selber ein schlechtes Gewissen hatten, und weil Deutschland stark genug war, deshalb fiel kein einziger Schuß.«

Sie dachte darüber nach.

»So muß es sein«, sagte er befriedigt. »Man braucht nicht mit dem Säbel zu rasseln. Aber wenn man keinen hat, nützt einem das gute Recht auch nichts. Man kann es dann nicht durchsetzen, wie sich gezeigt hat.«

Das alles klang überzeugend, aber da blieb für sie immer noch ein Rest Unsicherheit. Sie dachte an die Pläne zur Kolonisierung des Ostens. Und vielleicht waren die Schreibtischhengste in der Mehrzahl in der Partei und gaben den Ton an. Und es waren ja nicht sie, die in die Schützengräben kriechen mußten. Sie blieben ja schön zu Hause und konnten sich am Ofen wärmen.

Das Gespräch fing an, ihn zu verstimmen. Es machte ihn nachdenklich und ein wenig melancholisch. Das wunderte sie.

Leute, die ihrer Sache sicher waren, hatten keinen Grund zu melancholischem Grübeln. Aber was ging sie das alles an. Sie war dabei, ihr Leben von Grund auf umzukrempeln, damit war sie mehr als genug beschäftigt. Und sie wollte es ihm jetzt einfach glauben, daß weit und breit kein Krieg in Sicht war.

Weil er so ein todernstes melancholisches Gesicht machte, das sie ganz unwillkürlich an den letzten Ausflug mit Bruder Karl in den Wald erinnerte, fing sie an zu erzählen, daß gar nicht weit von hier im Jahr 1910 die inzwischen berühmten Saurier ausgegraben worden seien.

Sie erzählte von den kleinen Jungen, die hier am Hang Rutschen gespielt hätten, und wie da einer plötzlich einen riesigen Knochen in der Hand gehalten habe. Den habe er seinem Lehrer gebracht, und der wiederum habe sich damit sofort an die königliche Naturaliensammlung in Stuttgart gewendet.

Sie sah, wie sich sein Gesicht aufhellte, während sie erzählte, ihr aber war noch immer der Bruder gegenwärtig, um so mehr, als sie von den Buben an der Rutsche erzählte. Er war auch so ein fröhlicher Lausbub gewesen, bis er eines Tages im Krieg verschwand und dann als verschlossener, finster dreinblickender Soldat wieder auftauchte.

Als sie erzählte, wie sie 1911 den Plateosaurus ausgruben und nach Stuttgart schafften, fiel ihr wieder schmerzhaft deutlich ein, wie sie mit ihrem Bruder als Kind mitten im Wald auf gerade so einem Baumstamm gesessen und immer darauf gewartet hatte, daß er endlich etwas sagte oder wenigstens einen kleinen Staudamm baute.

Er aber saß einfach nur da mit dem gleichen melancholischen Gesichtsausdruck, mit dem jetzt der Mann neben ihr in die Apfelbäume hineinstarrte, während er sich über den Krieg, der auf keinen Fall stattfinden würde, ausließ.

Sie kramte weiter nach den Sauriern, um ihn abzulenken. »1921 gruben sie zwei Jahre lang, das war jetzt unter der Leitung der Universität Tübingen«, erzählte sie weiter, »und es gab da einen freiwilligen Arbeitsdienst mit jungen Männern aus dem Dorf. Eines der Saurierskelette wurde nach New York verkauft an das amerikanische naturgeschichtliche Museum, dafür gab es dann große Pakete mit Haferflocken für den freiwilligen Arbeitsdienst. 1932 gruben sie 62 Saurier und drei Schildkröten aus. Und sie sagten, dies seien die ältesten Schildkrötenfunde überhaupt und es sei eine der reichsten Fundstellen des Plateosauriers weltweit. Und sie erklärten es so, daß von einer Landplatte, die vom Bodensee nach Böhmen reichte, die toten Tiere einer ganzen Herde hier heruntergeschwemmt worden seien in den See, der die Baar damals bedeckt habe. Das sei in einer Zeit gewesen, als es den Atlantischen Ozean noch nicht gab und Amerika noch mit Afrika verbunden war.«

Es wurde ihr selber schwindelig bei ihrer Geschichte. Die Apfelbäume um sie herum versanken im Moor, die Bergkämme der Alb bildeten einen fernen Schilfgürtel, und sie hockte fischschuppig auf einem Baumstamm und schnappte nach Luft auf dem Grund eines riesigen Sees. Und da trieben sie vorüber, die zehn Meter langen Riesenechsen, mit aufgedunsenen Bäuchen und steif vom Leib gespreizten Beinen, deren kleinste Drehung schwere Schlagwellen durchs Wasser jagten.

»Du erzählst ja so, daß man es sich genau vorstellen kann«, sagte er nach einer Weile, »man sitzt geradezu im Schilf und sieht die toten Riesen an sich vorbeiziehen. Dabei sitzen wir ja unter einem blühenden Apfelbaum.«

Sie lachten einander an. »Ich bin mitsamt dem Baumstamm dabei in den See gefallen und habe mich in eine Art fischschuppige Kröte verwandelt.«

»Oho«, sagte er erstaunt, »und wie fühlt sich das an?«

»Kalt, dunkel und ausgesprochen menschenleer. Und die glibberigen halbverfaulten Echsen treiben mit gedunsenen Bäuchen an einem vorbei, und ihre steifen Elefantenbeine peitschen das Wasser auf.«

»Nicht schlecht«, sagte er anerkennend. »Du hättest zum Film sollen.«

Sie wollten sich totlachen. »Um den sterbenden Saurier zu geben?«

»Keineswegs«, sagte er todernst, »um das Drehbuch für einen Naturkundefilm zu schreiben.«

»Ah, so«, sagte sie, »ja, das hat was. Das Sterben der Saurier aus dem Blickwinkel der fischschuppigen Kröte.«

Sie lachten beide wieder. Da drehte sich ein würdiges altes Paar nach ihnen um, er in Gehrock und schwarzem Hut mitten im schönsten Maisonnenschein, und sie in der Tracht mit ihrem dicken Wollrock, und strafte sie mit einem angewiderten Blick. Es war der Butsch-Leihes mit seiner Kätter.

»Was haben die Leute nur, darf man am Sonntag in Sontheim nicht einmal lachen, ohne öffentliches Ärgernis zu erregen?«

»Doch, das darf man, aber dann muß man siebzehn sein. Und nicht ein Herr von vierzig und eine alte Jungfer.«

Sie mußten schon wieder lachen. Und sie taten es so laut und herzlich, daß die Kätter sich noch einmal umdrehte, weil sie scheint's nicht begreifen konnte, daß sich zwei so gestandene Leute so albern aufführten.

Später hat sie dann zu der Anna gesagt, das hätt' sie ja nicht gedacht, daß die Rosl einen Geschiedenen nähm'. Scheint's brauche sie halt jetzt irgendeinen, da gäbe sie sich mit einem Geschiedenen zufrieden.

In ihrer Erinnerung fielen diese ersten Wochen in einem einzigen strahlenden Maisonntag zusammen.

Er kam, so oft er kommen konnte. Sie erregten Aufsehen, und man hatte nach einem Familienrat, in dem die Mutter und der Adolf ihr lange und ernsthaft einreden wollten, daß das nichts werden könne mit einem Geschiedenen, der für Frau und Kinder aufkommen müsse, endlich beschlossen, wenn es denn sein müsse, die Verlobung auf den vierzehnten Juni anzusetzen, damit es mit dem Aufsehen ein Ende habe.

Sie erregten immer noch Aufsehen. Wenn sie neben ihm an der Garderobe stand und sie gemeinsam in den Spiegel sahen, dann konnte sie mit innerer Befriedigung feststellen, daß er recht hatte, der Haller Marthe. Als sie ihm den Karl als ihren Bräutigam vorgestellt hatte, da sah er von ihr zu ihm und wieder zu ihr, rutschte ein wenig auf seiner Bank, um ihnen Platz zu machen, zog an seinem Pfeifle und sagte freundlich nickend: »Meiner Seel', a Pärle – stattlich. Ja, des ka ma sage. Stattlich.«

Und mit sich zufrieden, weil er die neue Lage der Dinge auf den Punkt gebracht hatte, schmauchte er weiter, während der Karl sich über die Stücker Vieh, die er im Stall hatte, und das Kartoffelstecken mit ihm unterhielt.

Ja, sie waren ein stattliches Paar. Die Einwände von Adolf und der Mutter reichten von ungeklärter Altersversorgung bis zur Versorgung der Mutter im Ernstfall, von »Du hast ja nicht einmal eine Aussteuer, da müßte man ja einen Wald schlagen lassen« bis »Du wirst ganz ohne Familie in Neustadt und ganz allein dastehen.« Alle diese Einwände hatten sie bis aufs Blut geärgert, aber keinen Augenblick ihre Entschlossenheit ins Wanken bringen können.

»Als ob sich hier im Hause jemals jemand um meine Altersversorgung gekümmert hätte«, schmetterte sie die erste Attacke ab. Und wenn es der Mutter schlecht gehe, könne sie jederzeit zu ihr kommen, das habe ihr der Karl in die Hand versprochen, und das werde er auch der Mutter in die Hand versprechen. Was seine Familie betreffe, so habe er schon lange keinen persönlichen Kontakt mehr zu ihr, und finanziell sei sie bekanntlich noch nie auf Rosen gebettet gewesen und habe mit fast nichts auskommen müssen.

So sei es ja nun auch nicht gewesen, brauste der Adolf auf, worauf sie in kalten Tone erwiderte, doch, genau so sei es gewesen, und das wisse er ganz genau. Und auf einer anständigen Aussteuer müsse sie selbstverständlich bestehen, sie habe seit ihrer Entlassung aus der Schule in diesem Haus siebzehn Jahre lang für Gottes Lohn und ohne einen Pfennig Geld gearbeitet, sonntags wie werktags und rund um die Uhr. Und wenn kein Geld da sei und ein Stück Wald geschlagen werden müsse, dann sei das eben so und nur recht und billig. Und in Neustadt werde sie sich einleben und neue Leute kennenlernen und die Freunde und die Kollegen ihres Mannes einladen und dafür wieder eingeladen werden, wie das überall auf der Welt üblich sei.

Da begriffen sie, daß ihr Entschluß feststand und daran nichts zu ändern war. Die Sache mit dem Waldstück fanden sie bloß unverschämt. Daß sie sich aber einbildete, sie könne in eine andere Stadt ziehen und dort auf Dauer zufrieden sein ohne ihre Familie, das fanden sie offenbar ungehörig und ganz aus der Welt. Ein wenig ratlos über soviel Undank beschlossen sie, wenn es denn sein müsse, die Verlobung auf den vierzehnten Juni zu legen.

Wie in allen solchen Familienangelegenheiten war die Anna zwar dabeigesessen, hatte sich aber mit keinem Wort eingemischt. Sie war sichtlich erleichtert über den Ausgang und zwinkerte ihr zu.

Es waren noch drei Wochen, bis zu ihrer Verlobung.

Wo du hingehst

Einmal fuhr sie mit nach Neustadt, um sein Haus und seine Mutter kennenzulernen.

Sie kannte Neustadt nur oberflächlich. Die Stadt war nicht gerade reizvoll, das wußte sie. Sie war eingeteilt in schachbrettartige Straßenkarrees. Die Häuser bildeten zweigeschossige Fronten mit Giebeln gegen die Straßenseite. Zwischen den Doppelhausblöcken gab es schmale Gassen, die zu den Mülltonnen, Holzschuppen und kleinen Hinterhofgärtchen führten. Vom Bahnhof führte eine Straße kerzengerade durch die ganze Stadt, bis sich ihr ein Berg entgegenschob und sie zum Abbiegen zwang.

Bei der Einfahrt in die Stadt dachte sie, es müsse auch stille und angenehme Plätze geben am Fluß entlang oder auf halber Höhe der Berge. In der Mitte der langen Straße gab es den Marktplatz mit dem Rathaus, mit Gasthäusern und Geschäften.

Sie fuhren über diesen Marktplatz auf den Berg zu und bogen in die Alleenstraße ein. Das Auffallendste an der Alleenstraße war, daß es hier überhaupt nichts Auffallendes gab. Und keinen einzigen Baum. Am Ende dieser Straße, an der Kreuzung zur Kanalstraße, stand das Haus. Ein Weg führte an einem langgestreckten Gebäude, das ihr als ehemaliges Schlachthaus bezeichnet wurde, vorbei zum Fußgängersteg über die Donau.

Die Wohnung im Erdgeschoß wirkte auf den ersten Blick ein wenig dunkel. Das Wohnzimmer ging gegen Norden und Osten, es gab natürlich keinen Garten ums Haus. So war es eben in der Stadt.

Er hatte ihr von seiner Mutter erzählt, sie sei eine kleine und unauffällige Person, die sich in nichts einmische. Sie war dann doch überrascht, wie klein und gebrechlich sie wirkte neben ihrem großen Sohn. Wenn ihr Sohn von ihr redete, dann in einem gutmütig herablassenden Ton, als wäre sie ein wenig einfältig.

Die alte Frau begrüßte sie freundlich. Sie war zurückhaltend, aber sie betrachtete ihr Gegenüber aufmerksam und mit einer warmherzigen Freundlichkeit. Gerade, weil sie wenig redete, empfand sie das von Anfang an besonders deutlich.

Das Reden war die Sache ihres Sohnes. Nicht nur, daß er offenbar gewohnt war, über sie hinwegzureden, er redete manchmal auch so, als sei sie gar nicht da. Das störte sie, und sie begann die alte Frau zu fragen, nach ihrer Gesundheit, wie sie mit der Vierzimmerwohnung und dem Haushalt zurechtkomme. Ihr Sohn war sichtlich gelangweilt.

Dann fragte er sie nach der Beerdigung des Kammerer Richard, der ein alter Kämpfer und guter Kamerad gewesen sei, an dessen Beerdigung er eigentlich auch hätte teilnehmen müssen. Ob sie dort gewesen sei.

Zum ersten Mal sah sie den Mann, mit dem sie am Wochenende herumspazierte und unter Apfelbäumen herumsaß, in einem Netz alltäglicher Verpflichtungen. Wenn er irgendetwas von der Kreisleitung oder der Schule erzählte, so war das für sie interessant, hatte aber in eine andere als ihre eigene Welt gehört.

Die alte Frau sah ihn an und sagte ruhig: »Natürlich war ich bei seiner Beerdigung. Ich geh ja immer zu der Beerdigung eines Nachbarn, das versteht sich doch von selbst.« Sie glaubte herauszuhören, daß der Jargon vom alten Kämpfer und Kameraden seine Mutter befremdete.

»Und?« sagte er. »Wer war da, wer hat gesprochen? Der Pfarrer kann es ja nicht gewesen sein, der Richard ist aus der Kirche ausgetreten.«

»Der Kreisleiter persönlich hat gesprochen.« Damit war ihr Mitteilungsbedürfnis offenbar erschöpft.

»Und? Was hat er gesagt? Wer hat noch gesprochen?«

»Ach«, sagte die alte Frau, »es haben einige gesprochen, alle in Uniform, und das an einem Grab. Ich habe die nicht gekannt. Es war viel von Ehre, Treue und Kameradschaft die Rede. Und dann kam der Kreisleiter. Der hat seine Rede mit dem Satz angefangen: Ein Baum ist gefallen, der Wald steht .«

Sie machte eine kleine Pause, wandte sich von ihrem Sohn ab und ihr, der künftigen Schwiegertochter zu: »Das kann ja auch zu nichts Rechtem führen, wenn nicht einmal ein Pfarrer am Grab spricht. Was ist denn das für ein Trost für die Kammerer Hilde, nach seiner langen schweren Krankheit, jetzt, wo sie allein ist?«

»Aber warum soll er das nicht an einem Grab sagen, der Kreisleiter?« fuhr ihr Sohn dazwischen. »Das heißt doch gerade, daß der Einzelne in der Volksgemeinschaft aufgehoben ist.«

»Wenn ein Mensch stirbt, redet man doch von dem Toten und nicht von denen, die weiterleben. Man besinnt sich auf die Person und ihr Leben und auf sein eigenes Leben dabei. Wenn der Tod kommt, steht man vor Gott. Da braucht es keine Bäume und keine Kreisleiter.« Die alte Frau hatte mit leiser und vorsichtiger Stimme gesprochen, aber mit einer festen Überzeugung.

»Ach, was verstehst du davon«, sagte ihr Sohn abschätzig. »Jedenfalls werde ich morgen bei der Kammerer Hilde einen Besuch machen.«

»Ja, das ist gut«, sagte seine Mutter und schien damit sehr zufrieden zu sein. Der Besuch war ihr wichtig und schien alles ins rechte Lot zu rücken.

Sie traf eine vollständig eingerichtete Wohnung an. Das hatte sie gewußt. Als sie nun beim Kaffee saßen und man ihr die Geschichte erzählte, wie der früh verstorbene Vater als Kellner in allen großen internationalen Hotels rund ums Mittelmeer gearbeitet habe, bevor er nach Neustadt gekommen sei und beschlossen habe, hier zu bleiben, zu heiraten und ein Lokal aufzumachen, da sah sie sich verstohlen um. Vom Bücherschrank, der mit allerhand Aktenordnern verunziert war, bis zum Spitzendeckchen auf dem Klavier hatte alles seinen Platz und seine Ordnung. Hier gab es nichts selber zu planen und neu anzuschaffen.

Die Geschichte des Vaters ging weiter mit der Heirat, der

Pachtung des Schlachthauslokals und dessen Neueröffnung mit für damalige Zeiten geradezu exotischen Gerichten. So habe ganz Neustadt zum Beispiel gestaunt über die Kunst, ein Kalbsbries schmackhaft zuzubereiten oder über so etwas noch nie Dagewesenes wie eine Hirnsuppe.

Ja, der Vater habe es verstanden, aus der Schlachthofgaststätte die gastronomische Sensation von Neustadt zu machen. Das Lokal habe einen ungeahnten Zulauf gehabt, und alles habe sich auf das Beste entwickelt. Die Mutter sei in der Küche gestanden, soweit es die Geburten – immerhin fünf Kinder in sieben Jahren – erlaubt hätten.

Es war ein glückliches Leben, man konnte bald an den Erwerb des Hauses, in dem sie jetzt Kaffee tranken, denken. Und so hätte es fortgehen können in alle Ewigkeit, wenn, ja wenn nicht ein schauderhafter Fieberanfall den Vater eines Tages heimgesucht hätte. Damals hatte in dem kleinen alemannischen Städtchen natürlich noch kein Arzt mit derartig befremdenden Fieberschüben zu tun gehabt. Deshalb hatte man erst erkannt, daß es sich um einen schweren Malariaanfall handelte, als der Vater schon mit gelbem Gesicht in der Stube aufgebahrt lag, zehn Tage vor Weihnachten.

Die alte Frau verfolgte die Geschichte, die ihre eigene Geschichte war, aus dem Mund ihres Sohnes auf das Genaueste. Sie seufzte höchstens einmal oder sagte: »Ja, ja, so war das.«

Alle Empfindungen, die mit dem Leben ihres Mannes als Gastwirt, zugezogenem Fremden oder als Familienvater verbunden waren, spiegelten sich in ihrem Gesicht. Als Karl erzählte, wie er als Kind mit dem Steckenpferd zwischen den Beinen durch das Lokal gehüpft sei, zur Freude der Stammgäste, da stand ein glückliches Lächeln in ihrem Gesicht.

So mußte sie in der Küchentür gestanden und die Hände an der Schürze abgewischt haben über dem schon wieder dicken Bauch. Dieser eigensinnige kleine Bub hupfte mit großen Sätzen von Tisch zu Tisch, gab seinem Pferd die Sporen und packte es herrisch an seiner Roßhaarmähne, während der ein Jahr jüngere

Hugo neben der Türe in das immer gleiche Spiel mit Bauklötzchen vertieft blieb. Der Karl war der Älteste und fühlte sich so. Und der Vater liebte ihn in dieser Rolle und in dieser Pose hoch zu Roß. Seine Söhne sollten einmal nicht den langen Umweg über Gesindekammern und Hintereingänge machen müssen.

Der hier liebte es jetzt schon, hoch zu Roß loszuziehen und stolz auf die anderen herabzusehen. Er blieb vor allen Gästen stehen, blickte ihnen couragiert in die Augen und beantwortete ihre albernen Fragen mit tiefem Ernst. Und ehe sie es sich versahen, stellte er ihnen seinerseits Fragen, was ihm zwar keineswegs erlaubt war, vielmehr streng verboten wurde, und was er sich dennoch herausnahm, auch weil er merkte, daß es die Gäste nicht wenig amüsierte.

So fragte er den Pfarrer ungeniert, ob er am Sonntag auch ein Opfer in die Opferbüchse gebe. Der versuchte auszuweichen und fragte zurück, wie er denn auf so eine Frage komme. Da klemmte er sich sein Steckenpferd zwischen die Beine und sagte kurz angebunden: »Weil ich Sie noch nie dabei gesehen habe.«

Das dröhnende Lachen um sich herum würdigte er keines Blickes und hüpfte mit großen Sprüngen zur Küchentür, wo sein Bruder den Kopf hob und ihn mißtrauisch musterte.

Als dann von dem Tag kurz vor Weihnachten die Rede war, als die Kinder in einer Reihe am Sarg des toten Vaters in der Stube standen und nicht so recht wußten, was sie mit dem gelblichen Wachsgesicht über den Tannenzweigen und den weißen Papierblumen anfangen sollten, da senkte die alte Frau unwillkürlich den Kopf. Denn mit dem Mann im Sarg ging alle Hoffnung auf ein besseres Leben dahin. Sie stand da mit leeren Taschen und fünf Kindern, von denen das älteste sieben Jahre alt war und als einziges etwas zu begreifen schien.

Sie sah ihn heraustreten aus der Reihe der Geschwister vor das Fußende des Sarges, die Augen auf den fremden Toten, in den sich der Vater verwandelt hatte, gerichtet. Sie sah, wie klein er noch war, als er sich neben die Mutter stellte. Wie seine

Geschwister verstohlen herübersahen und nicht wußten, was sie davon halten sollten.

Auch bei ihr zu Hause hatten die Kinder früh mithelfen und mitarbeiten müssen. Aber es war auf das eigene Haus und die eigene Wirtschaft begrenzt gewesen. Es wäre nie in Frage gekommen, daß einer der Brüder morgens um sechs schon mit dem Fahrrad Brötchen ausgefahren hätte für die Bäckerei. Oder gar bei fremden Leuten, selbst wenn es Verwandte gewesen wären, im Stall gearbeitet hätte.

Seine Mutter hatte aber kein eigenes Einkommen. Der Vater war ein selbständiger Unternehmer gewesen. Das Haus gehörte ihr, zwei Wohnungen konnte sie vermieten. Das war alles an Geld, auf das sie rechnen konnte. Vielleicht hätte sie durch Bitten und Betteln eine kleine Unterstützung von der Gemeinde erhalten können. Das ließ aber ihr Stolz und vor allem der ihres kleinen großen Sohnes nicht zu.

Die wohlhabenden Verwandten stellten sich taub und blind oder fanden sich allenfalls gnädig bereit, die Kinder als Laufburschen und Knechte zu beschäftigen für eine Tüte Mehl oder das, was gerade abfiel. Ein Loch in der Hose oder durchgelaufene Schuhe wuchsen sich zur Katastrophe aus.

Es gab nichts Hartes, Verhärtetes im Gesicht der alten Frau. Es war eher ein großes Bedauern für die überforderten Kinder, denen sie nichts Besseres hatte bieten können. Ihr Sohn beschrieb die Einzelheiten dieser Geschichte mit einem gewissen Pathos, das jeden Zuhörer beeindrucken mußte. Das war ihre Sache nicht. Sie schien auf ihr Leben und die Härte, der sie in diesen Jahren ausgesetzt war, mit einer gewissen Gottergebenheit zurückzublicken. Es half nichts, sich im Wunsch zu verzehren, daß es hätte anders kommen können. Es war so gekommen, und so mußte man es annehmen.

Als sie spätabends mit dem Bus aus der Stadt und in die Dunkelheit hinausfuhr, da dachte sie lange über das Gespräch nach. Die alte Frau redete von sich aus nicht viel, beobachtete aber mit

Sorge, die schnell in Verständnis umschlagen konnte, was ihr Sohn sagte und wie er sich verhielt. Oder war es umgekehrt, führte erst ihr Verständnis, weil sie ihn ja so gut kannte, zu dieser Sorge?

Jedenfalls hatte sie das Gefühl, daß sie mit der alten Frau gut zusammenleben konnte. Sie hatte nicht das Sagen in der Familie, wie die Mutter zu Hause. Und es war offensichtlich, daß sie auch gar nicht bestimmen wollte. Andererseits ließ sie aber auch nicht ohne weiteres über sich bestimmen. Sie hatte ihren eigenen Standpunkt. Ihr Sohn hatte eine Bemerkung über Kirchentreue und konservative Konventionen gemacht. Sie hatte dazu nur freundlich gelächelt. Solche Redensarten ließ sie offensichtlich an sich ablaufen.

Je länger sie darüber nachdachte, desto bemerkenswerter fand sie diese Frau. Das war nicht stumpfe Schicksalsergebenheit. Aber auch nicht das sich vergebliche Abarbeiten am immer Gleichen, am Ungerechten, das nicht zu ändern war. Was war es dann?

Während sie so in die Nacht hineinfuhr, ging sie in Gedanken noch einmal durch die Wohnung, die ihre eigene werden sollte. Es hatte ihr alles in allem nicht schlecht gefallen. Aber es bedrückte sie doch, wie fertig alles war, und wie wenig es etwas mit ihr zu tun hatte. Andererseits hätte eine neue Einrichtung Unsummen gekostet, und es war weitaus sinnvoller, das wenige Geld für andere Dinge auszugeben, zum Beispiel für einen gemeinsamen Urlaub am Bodensee.

Und die vielen Deckchen, die sie störten, da konnte sie mit der alten Frau sicher handelseinig werden. Und die Ordner mußten auch raus aus dem Bücherschrank, hinter die Glastüren gehörten ein paar schöne Bücher und hübsches Porzellan. Sie würde nichts neu einrichten, aber manches umkrempeln, so nach und nach.

Und was das Wichtigste war, sie würde seine heruntergekommene Garderobe so nach und nach aufmöbeln. Wenn er keine Uniform trug, fiel die Schäbigkeit seiner Anzüge auf. Ganz und gar unerträglich waren die billigen, extra aufgeknöpften Hemdkragen. Zur Verlobung wollte sie als erstes Hemden kaufen, und von einem neuen Anzug sollte auch die Rede sein. Und mit der Zeit sollte er in Zivil eleganter aussehen als in Uniform.

Dieses Gefühl beim Aufstehen, daß das Haus und die Wohnung samt der alten Frau in Neustadt sie vielleicht doch noch abhalten könnten, dort ein neues Leben mit diesem Mann anzufangen, war völlig verflogen. Sie mußte ein wenig Geduld haben, darin war sie ja geübt. Sie durfte nicht taktlos sein, und das würde ihr der stillen alten Frau gegenüber auch nicht schwerfallen. Sie wollte ihr erst das Gefühl geben, daß es so, wie es war, gut und recht war. Und erst dann den einen oder anderen Vorschlag vorbringen und ihr schmackhaft machen. Je länger die Fahrt dauerte, desto sicherer war sie sich ihrer Sache.

Als sie zu Hause auf das Gartentor zuging, fiel ihr zum ersten Mal seit langer Zeit auf, wie schief es in den Angeln hing und wie gräßlich es quietschte.

Am anderen Tag sah sie sich Haus und Wohnung seit langem wieder genauer an. Da dies nicht mehr lange ihr Zuhause war, richtete sie aufmerksamere Blicke auf die Gegenstände um sich her, als sie es gewohnt war.

Es gefiel ihr nicht besonders, was sie da feststellte. Sie sah vergilbte Vorhänge und abgewetzte Teppichecken, im Schlafzimmer einen halb blinden Spiegel im Schrank, ein durchgesessenes Sofa, das mit seiner aus Flicken zusammengesetzten Decke auch nicht gerade einladend wirkte. Sie hatte große Lust darauf, alles umzukrempeln. Dem Sofa wenigstens eine neue Decke zu verschaffen, den Schreiner um einen neuen Spiegel anzugehen und sich ans Nähen von Vorhängen zu machen. Merkwürdig, dachte sie, wo ich doch in Kürze hier ausziehen werde.

Sie sprach mit niemand über diese umstürzlerischen Gelüste, es hätte sie ja niemand verstanden. So ganz verstand sie es selber auch nicht. Und dann, sie hatte zu solchen Unternehmungen ja nicht die geringste Zeit. Sie mußte sich überlegen, was sie an Weißzeug, Geschirr und Besteck noch brauchte. Für Verlobung und Hochzeit mußte eine neue Garderobe beschafft werden. Und wenn er zu Besuch kam, und er kam oft, dann blieb kaum für das gewöhnliche Haushalten Zeit genug.

Die Mutter und der Adolf sahen einander vielsagend an und seufzten, wenn es an der Tür klingelte. Niemand außer ihm klingelte an der Tür. Man hatte ihm erklärt, das sei in Sontheim nicht nötig, aber er konnte seine städtischen Gewohnheiten offenbar nicht so schnell ablegen.

»Schon wieder und mitten unter der Woche«, murmelte die Mutter mehr als einmal. Er wußte es einzurichten, entweder mit einem Partei- oder Fabrikantenauto mitzukommen, und sei es nur auf zwei Stunden. Er kannte ja genug Leute, und alle wußten, um was es ging, und taten ihm gerne den Gefallen.

Seine Besuche gingen ihrer Familie auf die Nerven. Er konnte stundenlang neben ihr sitzen und mit ihren Fingern spielen, während er Geschichten erzählte. Wenn sein Auto schon vorgefahren war, stand er noch immer engumschlungen mit ihr am Gartentor und flüsterte ihr Zärtlichkeiten ins Ohr. Die ganze Straße betrachtete es als furchtbar übertrieben, lächerlich, höchst unpassend. Schließlich handelte es sich nicht um Siebzehnjährige. Hätte es sich um Siebzehnjährige gehandelt, hätte die ganze Straße es furchtbar übertrieben, lächerlich und höchst unpassend gefunden, weil so was nur den Erwachsenen zustand.

Man machte sie mehrfach darauf aufmerksam. Sie zuckte die Schulter. Nie kam er ohne ein kleines Geschenk, eine Aufmerksamkeit. Er brachte zwei Postkarten mit einer Heidelandschaft für ihre Sammlung mit oder ein Spitzentaschentüchlein. Es konnte auch ein Päckchen besonders gewürzter Tee sein oder zum Biedermeiersträußchen gebundene Maiglöckchen. Man fand das übertrieben, um nicht zu sagen närrisch.

Zu ihrem Geburtstagsgeschenk, einer Ledermappe mit Briefpapier, sagte man vorsichtshalber nichts. Wem, bitte schön, sollte sie wohl Briefe auf rosa Papier schreiben? Und wäre es nicht passender gewesen, so kurz vor der Verlobung an ein wirklich praktisches Geschenk zu denken, einen Kochtopf oder wenigstens eine Tischdecke?

Sie sagten nicht viel, aber sie wußte genau, was sie untereinander sagten und was sie liebend gern zu ihr gesagt hätten, wenn sie sie nicht sofort angeherrscht hätte: »Ich brauche keine Ratschläge in Sachen Karl! Er vergöttert mich, jawohl, und ich finde das himmlisch. Und es geht euch gar nichts an und damit basta.«

Die Mutter war beleidigt, und die Brüder begriffen allmählich, daß da alte Rechnungen von der Schwester beglichen wurden, Rechnungen, die sie lange vergessen hatten und die ihnen nichts wert waren. Sie aber hielt sie ihnen vor und brachte sie damit zum verlegenen Schweigen.

Ja, sie genoß es, engumschlungen mit ihm am Fenster zu stehen, und es war ihr egal, wer vorbeiging und wem dabei fast die Augen aus dem Kopf fielen. Jetzt war Nähe nicht mehr ein Druck gegen die Schenkel und eine Türklinke im Kreuz, während man in den Dunst eines ebenso hastigen wie schlechten Atems geriet, von dem man so schnell wie möglich wieder weg wollte. Es war vorbei mit dem schnaufenden Gerangel, in dem die Worte knapp und herrisch nur eines wollten, daß man zitternd stillstand wie eine Kuh, die besprungen wird.

Jetzt nahm das Schäkern und Lachen, das Streicheln und Küssen, das Kichern und Kosen kein Ende. Dann wieder mußte man sich Geschichten erzählen.

Er erzählte, wie er als Bub vom Heuwagen gefallen und unter die Räder gekommen wäre, beinahe, aber auch begriffen habe, daß er den Rädern nur entkommen konnte, wenn er sich zwischen den Hinterrädern in der Mitte hielt.

Sie erzählte, wie sie einmal Schillers *Glocke* in der Schule aufgesagt habe, den ganzen Text, wohl bemerkt, und wie die anderen aus lauter Neid zu lärmen und sie draus zu bringen versucht hätten, bis der Lehrer mit dem Tatzenstock auf die tobende Meute eingeschlagen habe.

Was ihn dann wieder so nachdenklich stimmte, daß er sagte,

in der Schule erfahre man täglich, daß der Mensch von Natur aus weder zu Sanftmut noch zu Gerechtigkeit neige. Kinder könnten untereinander roh und unglaublich grausam sein.

»Ja, ja, er ist halt böse von Jugend an, der Mensch«, sagte sie so leichthin.

»Das nun auch wieder nicht«, sagte er darauf schulmeisterlich ernst. »Deshalb ist ja die Erziehung so wichtig. Menschen muß man bilden und formen. Deshalb muß die Jugend auch geführt werden und früh Verantwortung übernehmen. Daß in unserem Staat Jugend durch Jugend geführt wird, ist das einzig Wahre.«

Nach soviel Ernst angesichts der Lage der Nation mußte natürlich wieder allerhand Getändel und Geschäker gepflegt werden.

Als Frau an seiner Seite

Übermorgen sollte Verlobung sein. Seine Mutter und sein Bruder mit Frau würden aus Neustadt kommen. Bruder Hans mit Frau, Bruder Rudolf mit Frau, Bruder Adolf würden zum Essen kommen und bis zum Abend bleiben.

»Der Karl kann ruhig schon am Samstag kommen, wir machen das«, hatte die Anna gesagt. »Das Klärle und ich. Das ist unser Verlobungsgeschenk. Wir schenken dir einen freien Tag.« Sie war gerührt. Das hatte sie nicht erwartet. »Ach«, sagte die Anna nur, »Verlobung ist nur einmal im Leben. Und die Hochzeit findet dann sowieso in einer Wirtschaft statt. Da kann ja die Verlobung zu Hause noch mal was Besonderes sein.«

Sie hatte kaum gefrühstückt, da war er auch schon da. So einen herrlichen Sommertag müsse man doch genießen und raus ins Grüne. Außerdem seien sie ja heute mittag eingeladen. Zum Kaffee in die Villa.

Sie traute ihren Ohren nicht. Sie wurde von der Fürstin von Sontheim zum Kaffee eingeladen. »Da will ich aber gar nicht hin«, sagte sie bissig.

Er zog die Schultern hoch. »Ich kann mir auch was Interessanteres vorstellen als diese Madame. Aber er ist ja ganz unterhaltsam. Nach einer Stunde gehen wir – was ist schon dabei?«

Er hatte recht. Was war schon dabei. Er mußte mit diesen Leuten Umgang pflegen. Er hatte zwar nicht viel Geld, aber er hatte eine Position. Er war jemand. Und sie war dabei, diesen Jemand zu heiraten. Also konnte man sie nicht mehr länger behandeln wie einen Dienstboten. Und vielleicht war es ja auch ganz lustig, wenn ihr die Fürstin von Sontheim zur Verlobung gratulieren und eine Tasse Kaffee anbieten mußte, dachte sie mit einer gewissen Bosheit.

»Na, wenn du meinst«, versuchte sie einen möglichst gleichgültigen Ton anzuschlagen, »wenn es dir wichtig ist, mir soll es recht sein.«

Er war sichtlich erleichtert. »Und ob es mir wichtig ist. Ich will da auf keinen Fall alleine hingehen. Ja«, sagte er lächelnd, »kann sein, daß ich dich ein bißchen vorführen will, und der alte Kühn wird mich auch ganz schön beneiden, da bin ich sicher.«

Die Mutter rührte ihre ganze Mißbilligung über soviel Albernheit in ihren Kaffee hinein, sagte aber nichts.

»Ich zeig dir mal mein Kleid«, sagte sie unvermittelt, weil sie mit ihm alleine sein wollte. Es hing am Schrank im Schlafzimmer. Es war aus braunroter Spitze, ein einfacher klassischer Schnitt mit rundem Ausschnitt.

»Ah«, sagte er, »das ist hinreißend.« Er zog ein kleines Päckchen aus der Tasche. »Da paßt das ja vorzüglich dazu.«

Sie öffnete das Päckchen. Eine dünne, rotgoldene Halskette kam zum Vorschein. »Perfekt«, sagte sie begeistert, »genau das Richtige, halblang. Schlicht. Als ob du es geahnt hättest.«

»Ja, so muß es sein. Als ob ich es geahnt hätte. Du mußt wissen, es ist eine Kette von meiner Mutter. Sie hat sie schon zwanzig Jahre nicht mehr getragen. Zum letzten Mal an Emmis Hochzeit. Und eigentlich sollte Emmi sie mal bekommen. Ich hab aber gesagt, das ist das einzig wahre Verlobungsgeschenk. Meine Schwester Emmi ist mit einem wohlhabenden Geschäftsmann in Freudenstadt verheiratet. Vermutlich würde ihr die Kette gar nicht gefallen. Ich hab es gleich gewußt. Diese Kette oder keine.«

Die Kette paßte wirklich sehr gut zu dem Kleid. Die Geschichte dazu gefiel ihr aber gar nicht. Er ging vermutlich ein wenig zu forsch und ungeniert über seine Mutter hinweg. Sie beschloß, die Kette anzuziehen zu ihrem neuen Kleid, aber nicht erst morgen. In dieser Aufmachung wollte sie bei der Fürstin von Sontheim erscheinen. Und morgen würde sie mit seiner Mutter darüber sprechen. Sie wollte keine Verstimmung mit unabsehbaren Folgen an ihrer Verlobung.

Vielleicht hatte ihre Mutter doch nicht ganz so unrecht. Er

war ein verliebter Narr und führte sich auf wie der Elefant im Porzellanladen. Die Kette war ihr nicht wirklich wichtig. Wichtig war ihr vor allem, daß er sie für seine Braut wichtig fand. Aber die Fürstin von Sontheim sollte ruhig erst einmal ein Auge darauf werfen können.

Als sie am Tor der Villa klingelten, bemühte sich Madame höchstselbst an die Tür. Sie war die mütterliche Herzlichkeit in Person, gratulierte ihr überschwenglich und nahm sie voller Freude in die Arme. Auch das Gesicht des Mannes neben ihr strahlte wie das eines Kindes unter dem Weihnachtsbaum.

Dann erschien der Herr des Hauses ebenfalls an der Eingangstür, fand herzliche Worte für den Kameraden Schuster, dem man nur von Herzen zu seiner überaus trefflichen Wahl gratulieren könne. Auch wenn man natürlich äußerst ungern so eine reizende Sontheimerin an die Neustädter verliere, das müsse er schon sagen. Auch er war heute nicht in Uniform, dafür in allerfeinstes Tuch gekleidet.

Die Fadenscheinigkeit des organisationsleiterischen Anzugs stach daneben ins Auge, trotz aller Aufbügelkünste. Wenigstens konnte das neue Hemd zu einem insgesamt soliden Eindruck verhelfen.

Als sie aber während des Komplimentedrechselns von einem der Männer zum anderen sah, ging ihr auf, daß man zwar feines Tuch, aber manch anderes eben doch nicht kaufen konnte: Das wirklich gute Aussehen, die leichten, fließenden Bewegungen und diese Ausstrahlung, diesen Charme, mit dem ihr Karl die Fürstin von Sontheim mit einer einzigen lockeren Gebärde zum Schmelzen brachte, so daß deren Mann ihr einen unverhohlen ironischen Blick hinterherschickte.

Händchenhaltend ließen sie sich in den Garten komplimentieren unter den großen Sonnenschirm, unter dem mit silbernen Kannen und Kännchen, Meißner Porzellan und Blumenkränzchen eine festliche Kaffeetafel gedeckt war für vier Personen.

Man nahm Platz, und der Herr Organisationsleiter lobte den erlesenen Geschmack und die liebevolle Dekoration der Dame des Hauses. Er bekam zur Antwort: »Ja, ein besonderes Hobby meiner Frau, und Verlobung ist ja schließlich nicht alle Tage, schon gar nicht in diesem Hause.« Das sollte wohl eine Anspielung darauf sein, daß die Tochter des Hauses den Vater ihres Kindes partout nicht heiraten wollte.

Man plauderte über das bevorstehende Fest, die geladenen Gäste und den Umzug nach Neustadt. Sie saß jetzt auf dem selben Stuhl, neben dem sie gestanden hatte, als es um zehn Mark ging, die sie angeblich schon bekommen hatte, und den man ihr eine halbe Stunde lang nicht angeboten hatte.

Jetzt wurde sie von der Dame des Hauses mit Aufmerksamkeiten überschüttet. Wie es denn der Mutter gehe und wie sie mit ihrer Heirat zurechtkomme? Einfach sei das sicher nicht für sie, aber sie dürfe sich um Himmels willen deshalb nicht davon abhalten lassen, sie habe sich lange genug aufgeopfert, und jetzt habe ihr Mann und ihre eigene Familie Vorrang. Und ein solcher Mann, der so wichtige Arbeit für Partei und Staat leiste, sei allemal die ganze Aufmerksamkeit seiner Frau wert. Es sei eine große und nicht ganz einfache Aufgabe, einen solchen Mann durchs Leben zu begleiten.

»Na, na«, sagte der Herr Fabrikant und tätschelte ihr gutmütig den Arm, während er keinen Augenblick seine Augen von den Beinen seines Gegenübers abwandte, »du hast es da doch zu einer beträchtlichen Routine gebracht, meine Liebe.«

Frau Berta seufzte herzerweichend. »Ach, ihr Männer, ihr habt ja keine Ahnung, was wir euch alles vom Leibe halten und in welchem Kleinkram wir uns verzetteln, aber es ist ja gut so, ihr braucht es ja auch gar nicht zu wissen, gell Rosl?«

Die Männer lachten. »Nein, alles wollen wir gar nicht wissen, beileibe nicht«, sagte der Herr Fabrikant mit einem Augenzwinkern zum Herrn Organisationsleiter.

Da tauchte die Hauser Lina mit einer neuen Silberkanne auf und machte mit ihr die Runde. Die Lina tat so, als ob sie sie nicht kennen würde, und also tat sie auch so, als ob sie sie nicht kennen würde. Gerade aber, als Lina dem Herrn Organisationsleiter einschenken wollte und zwischen ihrer beider Stühle stand, griff dieser nach ihrer Hand und sagte: »Erinnere mich, daß ich dem Ortsgruppenleiter heute abend unbedingt den Brief des Kreisleiters übergebe, es muß etwas sehr Vertrauliches und Dringendes sein. Vor lauter Verlobung kann man ja nicht seine Dienstpflichten vergessen, oder?«

»Selbstverständlich, ich werde dich erinnern«, sagte sie, während die Hauser Lina den Kaffee nachgoß und lautlos wie ein Schatten verschwand.

Das hättest du auch nicht gedacht, du affektierte Person, dachte sie befriedigt, daß du mich einmal wie deine Gnädige bedienen mußt. Die Befriedigung schmeckte aber schal und schlug in Unbehagen um.

Die Männer redeten über die Rüstungsproduktion, und der Organisationsleiter hielt es wieder einmal für gut, daß der deutsche Staat stark genug sei, um den Frieden wahren zu können. Da meinte der Herr Fabrikant, der sei noch nicht stark genug. Im Herbst, da werde es sich zeigen, im Sudetenland, spätestens. Aber für eine wirklich große Lösung seien wir noch nicht stark genug. Wir bräuchten noch ein Jahr.

»Na, dann rüstet mal schön«, sagte der Herr Organisationsleiter ein wenig schnippisch.

»Tja, ganz so einfach ist es nicht«, antwortete der Herr Fabrikant seelenruhig und schob sich eines der winzigen Törtchen in den Mund. »Im Falle eines Falles verlieren wir ja unsere Facharbeiter, und das gibt ein ernstes Problem. Die sind dann in der Wehrmacht. Und wo nehmen wir neue her?«

Der Herr Organisationsleiter schien sehr beunruhigt. Von was redeten die Männer überhaupt? Die Frau Fabrikant schien sich das auch zu fragen. Sie machte ein deutlich beleidigtes Gesicht.

»So eine militärische Unternehmung ist ja immer auch eine wirtschaftliche Unternehmung, nicht wahr? Man kann schon deshalb militärisch keine halben Sachen machen. Schon aus wirtschaftlichen Gründen muß der Osten angegliedert werden.«

»Und Sie wollen da die Rüstungsbetriebe hin verlegen? Ist das nicht ein bißchen riskant? Aus Sicherheitsgründen?« fragte der Organisationsleiter mit deutlichem Widerwillen.

»Ja, genau das ist das Problem!« rief der Herr Fabrikant aus, durch das Verständnis seines Gesprächspartners sichtlich belebt. »Man kann schon ein paar Betriebe verlagern, aber die wirklich wichtigen müssen im Reich bleiben. Welche Alternative also haben wir? Wir müssen die geeigneten Leute hierher bringen und hier arbeiten lassen.«

»Das wird dem rassereinen Reichsführer SS aber nicht schmecken, wenn Sie slawische Untermenschen durch deutsche Städte wuseln lassen.«

Es war ihr immer noch nicht klar, von was die redeten.

»Man wird sie halt irgendwie kasernieren müssen. Organisation ist alles. Das muß ich doch Ihnen nicht erklären, oder?« Die beiden Herren schmunzelten.

Frau Fabrikant war endgültig beleidigt. »Von was redet ihr überhaupt? Ihr habt wohl schon vergessen, daß wir eine junge Braut am Tisch haben. Glaubt ihr vielleicht, die hat jetzt Ohren für großdeutsche Rüstungsangelegenheiten?«

Der Herr Organisationsleiter war sichtlich erleichtert, gab ihr vollkommen recht und entschuldigte sich bei den Damen.

Der Herr Fabrikant lächelte. »Ist schon gut Berta, wir wollen euch ja den Spaß gar nicht verderben. Euch gehört der heutige Tag. Wir müssen uns auch nicht zur Unzeit über die Zukunft, die nun mal unsere Aufgabe ist, den Kopf zerbrechen. Morgen ist auch noch ein Tag.«

Die Frau Fabrikant rief die Hauser Lina, sie solle doch das Geschenk bringen. Lina kam zurück mit einem Paket, das eine riesige rosa Seidenschleife zierte. Sie überreichte es der Frau Fabrikant, die reichte es ihrem Mann, der erhob sich und hielt eine kleine Rede.

Wie sehr er und seine Frau ... Und gerade dieser hoch verdiente ... Etwas Schönes und zugleich Praktisches, das alle Familienfeste und auch die der Kinder und Kindeskinder ... Das Haupt und das Herz der Familie, in guten wie in bösen Tagen ... Aber jetzt kämen ja erst die guten Tage. Ein ganzes Volk im Aufbruch, von den jüdisch-bolschewistischen Fesseln endlich befreit, in eine glückliche Zukunft, darauf wollten sie jetzt anstoßen! Und er griff zu dem Glas mit Champagner, das die Hauser Lina, die neuerdings Schattenhafte, für jeden gefüllt hatte, und alle erhoben sich. Sie trank den ersten Champagner ihres Lebens und machte dazu ein Gesicht, als sei es höchstens ein Birnenschnaps und bei jeder besseren Gelegenheit fällig.

Und da war wieder das Unbehagen, das nicht nachlassen wollte, und es blieb, als sie das Geschenk auspackte und eine schwere Kristallschale aus böhmischem Glas in Händen hielt.

Ja, das sei etwas Wunderbares und die Zier einer jeden Tafel und werde in den Rang eines Familienerbstücks erhoben, sagte sie feierlich, und alle waren über den feierlichen Ton ein wenig verwundert, sie selber auch. Die Schale gefiel ihr über die Maßen und gab ihr das Gefühl, wirklich ein neues Leben unter anderen Leuten beginnen zu können. Ein Leben mit ein bißchen Freude und Glanz.

Als sie die Schale behutsam wieder einpackte, hatte sie das Gefühl, sie habe sie nur auspacken dürfen und sie gehöre ihr ja gar nicht. Sie sah sich wieder neben dem am Boden liegenden Tennisschläger stehen. Sah sich selber zu, wie sie als Dienstmädchen behandelt wurde und wie ihr dabei die Wut den Hals hochstieg. Damals war sie ein ganz anderer Mensch gewesen als der, den sie in ihr gesehen hatten. Einer, den sie nicht sehen und mit dem sie nichts zu tun haben wollten.

Jetzt taten sie um des Herrn Organisationsleiters willen so, als sei sie ihresgleichen. Das war sie nicht. Wer sie wirklich war, interessierte sie nicht. Da sie binnen kurzem die Frau des Organisationsleiters war, mußte man sie eben als solche behandeln. Das war alles.

Die Frau Fabrikant wurde sogar richtig menschlich und persönlich. Wie gern würde sie für ihre Tochter Verlobung und Hochzeit ausrichten, aber die wolle es um alles in der Welt nicht. Nein, sie habe nichts gegen ihren Jochen einzuwenden, er sei lieb und nett und reich und großzügig, aber heiraten, das wolle sie nicht.

Ja, sie hatte Kummer, die Fürstin von Sontheim, und sie selbst hätte sich glücklich schätzen sollen, daß sie gewürdigt wurde, von diesem Kummer erfahren zu dürfen. Gewissermaßen von gleich zu gleich. Warum war sie darüber nicht glücklich? Weil alles falsch und verlogen war. Weil sie jeder so das Herz ausgeschüttet hätte, die an der Seite des Herrn Organisationsleiters erschienen wäre. Weil sie dieses von gleich zu gleich nur spielte. Echt an dem ganzen war nur der Kummer um ihre Tochter.

Sie selbst hatte nun vom Rollenfach der pflegenden Tochter, also der Dienstmagd, in das Rollenfach der Parteiführersgattin gewechselt. Der lange neidische Blick der Hauser Lina, den sie auf sich gerichtet sah, bot ihr keinerlei Befriedigung mehr.

Früher hatte sie manchmal das Gefühl gehabt, mit einer Fußfessel an Herd und Küchentisch angekettet zu sein. Während sie dem Herrn Fabrikant noch einmal lächend zuprostete, dachte sie, merkwürdig, daß dieses Gefühl, angepflockt zu sein, plötzlich wieder da ist, mitten auf der Terrasse der Kühnschen Villa, angesichts von Meißner Porzellan, Silberkännchen und Champagner.

Auf dem Rückweg sagte er nicht ohne Stolz.: »Die haben sich mächtig angestrengt, das muß man sagen. Alles deinetwegen.« Er nahm ihren Arm.

»Umgekehrt wird ein Schuh draus«, antwortete sie nüchtern. »Das haben die alles deinetwegen gemacht. Weil du jemand bist, der für sie wichtig ist. Ich bin nicht wichtig. Überhaupt nicht.«

»Kann sein«, sagte er leicht gekränkt. »Aber du mußt aufhören, uns in verschiedene Schubladen zu sortieren. Wir gehören zusammen. Und nur das zählt.«

Sie wollte ihm glauben, daß es so einfach war. Es blieb aber dieses gespenstische Gefühl einer Fußfessel.

Sie würde die Kristallschale auf den Tisch mit den Geschenken stellen und allen erzählen, daß sie von der Fürstin von Sontheim persönlich stammte. Vielleicht konnte der Neid im Gesicht von Schwägerin Käthe der Fußfessel doch etwas anhaben.

Sie fragte ihn, worüber sie eigentlich geredet hatten.

»Über den Krieg«, sagte er verbissen. »Alle reden auf einmal über den Krieg und beweisen dir, daß er unbedingt nötig ist. Sie bilden sich ein, sie könnten mit dem Krieg ungeahnte Geschäfte und ungeahnte Karrieren machen. Sie haben es scheint's vergessen, wie er aussieht, der Krieg. Aber diese Fabrikanten haben auch nie eine einzige Kugel um die Ohren gehabt und höchstens in der Angst vor den Börsenkursen gelebt.«

»Aber er ist doch im Wirtschaftskreis von Himmler, der wird doch wissen, von was er redet.«

»Ach, diese SSler. Die platzen vor Einbildung und Ehrgeiz. Die malen sich offenbar aus, wie sie ein ganzes Stadtviertel mit polnischen Arbeitern vollstopfen und herumschikanieren können. Und dann wollen sie auch noch einen Orden dafür. Die werden sich noch wundern, was das ist, ein Krieg. Aber soweit wird es nie kommen. Himmler ist nicht der Führer. Und schon gar nicht der Führer der Wehrmacht. Sollen sie in ihren blankgeputzten Stiefeln herumstolzieren und vom Lebensraum im Osten reden, diese Milchbubis. Hitler wird sie auf ihren Platz verweisen. Mit der SA hat er das auch gemacht, und die war weitaus harmloser.«

»Du redest vom Röhm-Putsch, oder?«

»So ist es. Wahrscheinlich muß er diesem arroganten Pack und diesen geldgierigen Pfeffersäcken auch mal wieder zeigen, wo die Grenze ist.«

»Aber du hast doch gestern gesagt, daß du das mit dem Röhm-Putsch bedauerst«, wandte sie ein.

»Stimmt«, antwortete er mißmutig. »Ich bin gegen Lösungen, die auf Gewalt beruhen. Damit macht man sich aber nicht beliebt in der Partei. Da nehmen die Pfeffersäcke, die die anderen vorschieben für ihre Interessen, und die ehrgeizigen Schnösel überhand. Hauptsache, sie selber kommen sehr schnell zu sehr viel Geld oder zu einem hohen Posten. Und dafür hätte man den Röhm und seinesgleichen nicht abzuknallen brauchen.«

Wie er redete. Mit welcher Verbitterung und Enttäuschung. Aber auch mit welchem Trotz.

»Die alle können sich nur breitmachen, weil es den Leuten wirklich besser geht und die hinter der Partei stehen. Und das ist das wirklich Wichtige. Jedenfalls für mich. So, und jetzt lassen wir das. Ich bin aber froh, daß ich eine Frau habe, die sich für das, was ich mache und warum ich es mache, interessiert. Überleg es dir aber gut – noch hast du einen Abend Zeit –, ob du dich nicht besser für einen karrierehungrigen SSler oder einen strebsamen Bankier entscheidest. Dann könntest du dir drei Verlobungskleider leisten, nicht nur eins.«

»Man verlobt sich nur einmal, also braucht man auch nur ein Kleid«, sagte sie. »Diese schwarzen Uniformen habe ich noch nie leiden können. Und dieser Totenkopf an der Mütze – gräßlich. Sie sehen aus, als kämen sie von einer Beerdigung und als wollten sie ganz schnell zur nächsten. Dabei gehen sie meist auch bloß zum Bier in die nächste Wirtschaft wie alle anderen.«

Er lachte und legte den Arm um ihre Schultern. »Genau so sind sie. Viel Einbildung, viel Getue und nichts dahinter.«

Der Ortsgruppenleiter Berger wohnte gleich um die Ecke. Das Haus hatte man vor ungefähr zehn Jahren in den Gemüsegarten eines alten Bauernhauses hineingebaut. Von außen wirkte es nicht besonders groß, innen erwies es sich als erstaunlich praktisch und geräumig.

Die Stube, in die sie geführt wurden, war längst nicht so niedrig wie die Stube zu Hause, sie wirkte hell und freundlich. Die Fenster waren nicht besonders groß, hatten aber keine Gardinen, nur Vorhänge in bunten Bauernmustern. Dann gab es einen Kachelofen mit Holzbank, eine Eckbank mit großem Tisch und schweren Holzstühlen. Durch allerhand Kissen und Polster im Bauernmuster der Vorhänge wurde die karge Strenge des Holzes ins Gemütliche verkehrt.

Die Lampe über dem Tisch gefiel ihr besonders. Ein schwerer hölzerner Ring an vier Seilen mit vier Gläsern und nach oben offenen Schalen um die Milchglasbirnen. Als sie Platz nahm auf der Eckbank und sich umsah, bedauerte sie es zum ersten Mal, daß sie ihre Wohnung nicht auch so nach ihrem Geschmack einrichten konnte. Neidlos mußte sie zugeben, daß alles in diesem Raum zusammenpaßte. Am Fenster stand sogar ein Spinnrad. Ja, das sei noch von ihrer Großmutter und werde in Ehren gehalten, bekannte die Frau Ortsgruppenleiter freudig auf ihre Nachfrage.

Auch hier war der Tisch bereits gedeckt, und die sechzehnjährige Tochter des Hauses war soeben zur Begrüßung erschienen und wies den Gästen ihre Plätze an. Sie trug die Uniform der Jungmädelführerin, sogar am Samstagabend und im häuslichen Wohnzimmer.

Der Herr Ortsgruppenleiter saß neben ihr in Lodenjoppe mit Hirschhornknöpfen, die glattgescheitelte Gemahlin trug ein Dirndl. Sie paßten perfekt zu ihrer Bauernstube, und das war es wahrscheinlich, was das junge Mädchen störte. Mit sechzehn ging einem sowas auf die Nerven.

Es wurde, wie nicht anders zu erwarten, ein kräftiges Bauernvesper aufgetragen. Dabei war durchaus alles vom Feinsten, wie man auf den ersten Blick schon am Schwarzwälder Speck sehen konnte, dem eine große Schüssel Wurstsalat folgte. Die in Scheiben geschnittene Hausmacher Leberwurst war auf das vorzüglichste gewürzt, die geräuchten Würste standen ihr in nichts nach. Saft und Most wurden angeboten, und der Apfelmost war durch einen erheblichen Zusatz von Birnen gemildert und veredelt. Auch die Käseplatte ließ nichts zu wünschen übrig. Sahnemeerrettich und in allerhand Gewürztunken eingelegte Gürkchen rundeten das »bescheidene Vesper«, zu dem der Hausherr jetzt einlud, ab.

Die Herren hatten einander nach Übergabe des Briefes und dem Austausch einiger Klatschgeschichten um die Sekretärin des Kreisleiters herum nicht mehr viel zu sagen. Und da sich die Tochter des Hauses nicht für das Gespräch der Frauen über Vorhangstoffe erwärmen konnte, fing sie an, aus ihrem Internat zu erzählen, und wie sie eine Woche auf Fahrt gewesen sei nach Freiburg.

Am besten seien die Geländespiele im Wald gewesen, auch wenn das einigen Mädchen nicht gefallen habe. Das sei ja richtig militärisch, hätten einige gefunden, wenn man da in zwei Gruppen mit rotem und blauem Garn um den Arm herumlaufe und sich das gegenseitig abreißen müsse. Weicheier, Zimperliesen. Sie wolle grundsätzlich machen dürfen, was die Jungs auch machen dürften.

»Na, na«, sagte der Vater vergnügt, »beim Panzerfahren hört es aber dann auf.«

»Wer spricht denn vom Panzerfahren«, sagte diese Hilde verächtlich, »ich rede von Führungsaufgaben in Sachen Körperertüchtigung.«

»Ah so, ja dann«, meinte der Herr Ortsgruppenleiter mit ironischem Unterton und nahm sich ein wunderbar durchwachsenes Stück Speck.

Hilde ließ nicht locker. »Es paßt mir überhaupt nicht, daß man den Jungs immer mehr zutraut als Mädchen. Aber wir werden mit dem braven Häkeln und Sticheln schon aufräumen.«

»Aber womit sollen sich die Frauen dann beschäftigen, wenn nicht mit etwas fraulich Nützlichem, das Freude macht?« wandte die Frau Ortsgruppenleiter ein.

»Pah«, antwortete das Fräulein Tochter, »Frauen können sehr viel mehr. Das wird sich auch bald zeigen. Wenn die Männer erst einmal an der Front sind, werden Frauen schreinern und bauen und die Rüstung in Schwung halten, verlaß dich drauf. Frauen können alles.« Sie blickte herausfordernd in die Runde.

»Das mag sein«, sagte ihr Vater schließlich herablassend. »Aber die erste und vornehmste Pflicht einer Frau für Volk und

Staat ist es, daß sie eine gute Mutter ist. Erziehung ist heute wichtiger denn je.«

Schon wieder war in einem halben Nebensatz ganz selbstverständlich von der Front die Rede, als sei der Krieg eine ausgemachte Sache. Wenn schon sechzehnjährige Schneegänse so daherredeten, wurde es langsam unerträglich. Andererseits gefiel es ihr auch wieder, wie dieses Mädchen im Brustton der Überzeugung verkündete, Frauen könnten einfach alles. Sie sagte es mit soviel Elan und Überzeugung, daß ihre dreizehnjährigen Mädchen bestimmt davon angesteckt werden mußten.

»Der Platz einer Frau ist immer an der Seite ihres Mannes«, ließ die Frau Ortsgruppenleiter vernehmen und bot allen noch eine Scheibe Brot an.

»Ja, ja«, sagte die Schneegans leichthin, »irgendwann mal. Aber erstmal brauchen die Mädels Licht und Luft und freie Entfaltung.« Sie sah triumphierend in die Runde. »Und was die geistigen Führungsqualitäten angeht, na, da können wir eh locker mithalten.«

»Aha, so, so«, sagte der Herr Ortsgruppenleiter nun doch reichlich irritiert.

»Tja, es reicht den Jungs halt meist, nur das Parteiprogramm oder irgendeine langatmige Rede abzukupfern. Sie gehen gern auf Nummer sicher und wollen nichts falsch machen. Ganz schön langweilig. Keine Einsatzfreude. Keine Bereitschaft zum Risiko. Lahme Enten.«

Die Frau Ortsgruppenleiter war ein wenig ratlos. »Wie sprichst du eigentlich?« sagte sie spitz. »Gehört sich das für eine junge Dame deines Alters? Bringen sie euch in eurem Internat nicht wenigstens die Grundregeln des Anstandes bei?«

»Niemand im Internat hat vor, Damen aus ihnen zu machen, Gertrud. Aber ich denke doch, daß du dich ein bißchen weniger grobianisch ausdrücken solltest«, wandte sich der Ortsgruppenleiter an seine Frau und seine Tochter.

»Ach was, alles alte Zöpfe«, sagte Hilde. »Frisch und gradheraus ist bei uns die Devise. Und bitte sehr, wer hat die Preise beim Aufsatzwettbewerb der 10. Klassen abgeräumt? Von den ersten fünf Plätzen gingen vier an Mädchen, und auf welchem Platz landete der einzige Bub? Na? Exakt auf dem fünften.«

Die Mutter erklärte den Gästen: »Es war zum Thema ›Unser täglich Brot‹, und sie hat beschrieben, wie sie bei den Großeltern bei der Ernte geholfen hat. Und es hat ihnen offenbar gefallen, daß sie beschrieben hat, wie sie schon vor Sonnenaufgang aufs Feld gezogen sind und wie dann während der Arbeit die Sonne über den frisch aufgestellten Garben aufgegangen ist.« Dann wies sie ihre Tochter zurecht: »Du hast einen schönen Aufsatz geschrieben, das ist wahr, aber du brauchst deshalb noch lange nicht auf andere herabzuschauen.«

»Tu ich ja gar nicht«, sagte sie, »du hättest mal sehen sollen, wie wir meinen Preis gemeinsam gefeiert haben. Ich habe alle eingeladen, alle. Was anderes kommt bei uns gar nicht in Frage. Selbst die, die sich konfirmieren ließen, statt zur Jugendweihe zu gehen, hab ich eingeladen, da könnt ihr mal sehen.«

Die Schneegans stand auf, holte ein Buch vom Kaminsims und gab es ihr. *Vom Korn zum Brot* stand darauf. Auf der ersten Seite gab es eine Widmung für Hilde Berger, die in so vortrefflicher Weise die Würde der bäuerlichen Arbeit und ihre Rolle für Volk und Staat darzustellen gewußt habe. Als sie im Vorwort vom heiligen Gang des Bauern über die gesegnete Scholle las, klappte sie das Buch wieder zu.

Zu lange war sie bei Wind und Wetter auf dem Acker gestanden, um sich auf derartige Segnungen näher einlassen zu wollen. Ein Mädchen, das in den Ferien aus Langeweile mal mit den Großeltern aufs Feld zur Ernte ging, schrieb über den Sonnenaufgang und verklärte, mit Blick auf einen zu gewinnenden Preis, die Härte der Arbeit ins romantisch Leuchtende. Und schon wurde alles eine erbauliche Lesebuchgeschichte, die mit dem Leben, in dem man schwitzte, Schulterschmerzen bekam und aufgerissene Hände, nicht das Geringste zu tun hatte.

Das alles sei schon recht, meinte dieses Mädchen nun gnädig, als sie ihr das Buch zurückgab, aber eigentlich käme es jetzt darauf an, auch die Landwirtschaft richtig zu mechanisieren. In Rußland, das müsse man einfach sehen, sei man da schon ein erhebliches Stück weiter.

»Ausgerechnet Rußland! Als Vorbild!« echauffierte sich die Frau Ortsgruppenleiter.

»Mama«, sagte die Schneegans nachsichtig. »Hier spricht ja niemand von Kollektivierung. Es geht um Technisierung, große Erbbauernhöfe statt lauter kleiner Nebenerwerbslandwirtschaften, verstehst du, und dann Maschinen statt Landarbeiter.«

»Also, ich weiß nicht«, wandte die Frau Ortsgruppenleiter sichtlich besänftigt ein. »Wer Garten und Feld hatte, der hat seine Familie noch einigermaßen durch den Krieg bringen können. In den Städten dagegen mit allen ihren wundervollen Maschinen und Fabriken haben sie ganz schön hungern müssen.«

»Das ist lediglich eine Frage der Organisation«, warf die Schneegans hin.

»Und wo sollen die Landarbeiter hin, hast du dir das schon mal überlegt«, entgegnete der Herr Ortsgruppenleiter.

Es war Hildes Gesicht anzusehen, daß ihr das noch nicht in den Sinn gekommen war. »Na ja, in die Industrie, die Rüstungsindustrie«, sagte sie zögernd.

»Aber da wolltest du doch auch die Frauen hinschicken.« Dem Ortsgruppenleiter machte es offenbar Spaß, seine Tochter aufs Glatteis zu führen.

Allmählich fragte sie sich doch, warum sie hier saß und sich das allen anhören mußte. Bloß weil der Herr Ortsgruppenleiter und der Herr Organisationsleiter sich nicht viel zu sagen hatten, einander aber offenbar einladen mußten. Weil der letztere dem ersteren unbedingt die Frau, die er zu heiraten gedachte, vorstellen mußte.

»Die Partei verklärt nach außen hin den Bauernstand, das ist ja schon recht«, warf die Schneegans wieder in den Ring. »Aber die Technisierung der Landwirtschaft ist auf dem Programm.

Wir können weder hinter Rußland noch Amerika hinterherhinken.«

Der Frau Ortsgruppenleiter wurde es jetzt endgültig zuviel, und sie beorderte ihre Tochter in strengem Ton in die Küche, um sich um den Nachtisch zu kümmern.

»Das muß ja hübsch langweilig für Sie sein, was unser Fräulein Tochter da so von sich gibt«, sagte der Herr Ortsgruppenleiter ausdrücklich zu ihr. »Manchmal bin ich ein bißchen ratlos, wie das mit ihr weitergehen soll. Sie ist auf einem der besten Internate für Lehrerinnen – aber sie redet besserwisserisch daher und hat Manieren wie ein Müllkutscher. Das Ganze soll dann auch noch besonders nationalsozialistisch sein.«

»Alles halb so schlimm«, winkte der Herr Organisationsleiter ab. »Seien Sie froh, daß sie sich für so viele Dinge interessiert und mitreden will. Dann ist sie schon nicht die ganze Zeit hinter den Fähnleinführern her.«

»Na, ich wär manchmal ganz froh, wenn ihr so einer ein wenig den Kopf verdrehen würde«, wandte der Herr Ortsgruppenleiter ein, »irgendwie erinnert mich ihr Gehabe manchmal an unsere Kreislandfrauenführerin. Das ist ein richtiges Flintenweib. Und intrigant und verschlagen obendrein wie ein alter Viehjud.«

»Die Kübler Hanne?« fragte der Organisationsleiter. »Ja, die ist ein besonderes Kaliber. Aber man muß auch sehen, der Mann ist im Krieg geblieben, sechs Kinder und den Hof hat sie allein durchbringen müssen, da wird man halt so. Und manchmal ist es auch eine Herzensfreude, wenn sie den Schmidt Christl zum Beispiel einen Hurenbock nennt vor versammelter Mannschaft, der außer Leute schikanieren und herumvögeln rein gar nichts könne.«

Der Ortsgruppenleiter war entzückt. Er machte nicht den geringsten Hehl daraus. »Das hat die wirklich gesagt? Vor allen?«

Der Herr Kreisorganisationsleiter nickte. »Vor der versammelten Kreisleitung. Den Kreisleiter hat sie auch mal einen alten Esel genannt. Es kommt ihr nicht drauf an.«

Die Herren fanden das eine besonders gelungene Lachnummer.

Die Schneegans war ihr auf die Nerven gegangen, aber wie die Herren sich über sie und die Kübler Hanne ausließen, das ging ihr genauso auf die Nerven. Sie dachte an verschiedene Äußerungen des Herrn Organisationsleiters über seine Kolleginnen. Fast durchweg hielt er sie für spinnerte alte Jungfern. Sie hatte beschlossen, eine nach der anderen einzuladen. Das wollte sie doch selbst herausfinden.

Frauen waren für Männer da. Die Hilde hatte das zwar auch nicht direkt abgestritten, aber weit weg geschoben. Das hatte ihr gefallen. Wenn sie das in ihren Internaten duldeten oder gar förderten, war das ja auch schon was. Und diese Kübler Hanne, die die Courage hatte, sich mit der Bulldogge anzulegen, mußte sie auch unbedingt kennenlernen. Das Leben in Neustadt mußte keineswegs langweilig sein. Obwohl ihr klar wurde, daß sie auch einiges einfach absitzen mußte als Frau an seiner Seite.

Auf dem Heimweg sagte er: »Es muß ganz schön langweilig gewesen sein für dich, aber jetzt haben wir es hinter uns. Diese höheren Töchter im Braunhemd – ich fürchte, die taugen mal zu gar nichts. Weder für eine Familie noch als Führerin.«

»Aber genau dafür hält sie sich doch.«

»Geschwätz. Es wird zuviel Geschwätz um alles gemacht. Menschen kann man nur führen, wenn sie einen als Vorbild akzeptieren. Da muß man mit ihnen im Dreck herumkriechen und der Erste und Vorderste sein.«

»Du redest vom Militär.«

»Nicht nur. Das ist bei jedem Geländespiel, bei jeder Rotkreuzübung, bei jedem Wettkampf entscheidend. Selbst bei einer Straßensammlung mußt du der Erste und Beste sein. Diese Schwätzer wollen im Mittelpunkt stehen und Beifall bekommen. Sie wollen nicht wirklich etwas bewegen. In den Köpfen der Leute ändert sich aber erst etwas, wenn sie das Gefühl haben, sie können sich auf dich verlassen. Und wenn sie wissen, daß du der Erste bist, der sich stellt, wenn es brenzlig wird. Es genügt halt nicht, wenn man nur Führers Lebenslauf aufsagt und vom Podium donnert ›Führer befiel, wir folgen‹. Es ist ein bißchen wie in der Kirche. Es genügt nicht, am Sonntag träge in der Kirchenbank zu hocken. Der Christ erweist sich im Alltag als solcher im Handel und Wandel. Der Nationalsozialist erst recht.«

Das war einleuchtend und gleichzeitig ernüchternd für sie. Es kam ihr so vor, als sei er direkt von den Pfadfindern in die Partei gegangen. Als seine Schüler zu arm waren für neue Schuhe und Zeichenblöcke, sah er keine andere Rettung als die Partei, die Arbeit und Brot für alle versprach und eine nationale Erneuerung.

Er war nie bei den Pfadfindern gewesen, das wußte sie inzwischen. Er war der Sekretär eines Philosophen gewesen. Für Gottes Lohn, versteht sich. Niemand aus diesem Kreis hatte verstanden, warum er in die NSDAP eingetreten war.

»Weil es alles gutbürgerliche und gutsituierte Leute waren, verstehst du. Sie unterstützen die Armen zwar, aber sie haben keine Ahnung, was es bedeutet, arm und auf Unterstützung angewiesen zu sein. Arm sein bedeutet nicht nur Mangel an ordentlichem Essen und warmer Kleidung. Arm sein bedeutet, daß jedermann einen großen Bogen um dich herum macht und nichts mit dir zu tun haben will. Du bist überflüssig, ein lästiger Bittsteller. Auch dann, wenn du gar nicht bettelst. Du stehst nicht auf der gleichen Stufe wie die anderen. Da wo du stehst, ist die Grauzone. Die Grauzone zwischen Mensch und Geschmeiß. Das ist es, was am meisten schmerzt. Daß man dir die menschliche Würde nimmt.«

Nie hatte einer ihrer Brüder so geredet. Die redeten von der Ordnung im Land und daß es ein Ende haben müsse mit dem Schandvertrag von Versailles, der das Land ausbluten lasse. Dann gebe es wieder Arbeit und Brot für alle und eine Ordnung.

Karl war schon als Kind der Stallknecht gewesen. Sie sah ihn mit der Einkaufstasche, den Geldbeutel fest an den Gürtel gedrückt, vor der Theke in des Onkels Metzgerei stehen.

»Was will der«, sagte der Onkel Theo in gereiztem Ton, während er das Messer wetzte und höhnisch zur Tante Line hinübersah, die die Lippen zusammenkniff und nichts sagte.

Was will der, so schneidend kalt, daß kein Zweifel blieb, was damit gemeint war. Da kommt er wieder, der Hungerleider, und hofft auf ein Almosen. Was geht es mich an, wie sie ihre Brut groß kriegt, sie mußte ja unbedingt einen Reingeschmeckten haben, ein anderer war ihr ja nicht gut genug. Und die Tante Line kniff die Lippen zusammen, weil in diesem Haus jedes Wort zuviel war und man dafür Prügel bezog.

»Ein halbes Pfund Siedfleisch mit Knochen«, sagte er mit lauter Stimme, »und einen Ring schwarze Wurst.« Es war immer dasselbe und mußte fürs Wochenende reichen für alle.

»Wenn sie es dir schenken wollen, nimm es nicht an, bezahl dafür, hast du gehört«, hatte die Mutter ihm eingeschärft, als sie ihn das erste Mal zum Onkel Theo in die Metzgerei schickte. Aber es konnte nicht die Rede davon sein, daß hier irgend jemand etwas verschenkte. Nie in all den Jahren hatte sich ein auch noch so kleiner Wurstzipfel in die Tüte verirrt.

Einmal hatte er die Mutter gefragt, ob er nicht in eine andere Metzgerei gehen dürfe, aber sie, die Sanftmütige, hatte sehr energisch gesagt, nie und nimmer, das ginge ganz und gar nicht, man sei nun einmal verwandt und müsse deshalb dort einkaufen, es gehöre sich einfach so.

Und so mußte er sich dem rosig klaffenden Fleisch und seinen Versuchungen aussetzen und das leichte Baumeln meterlanger gerauchter Würste ertragen. Er durfte seine Blicke nicht gierig in den mit Eischeiben dekorierten sahneweißen Berg aus Fleischsalat versenken, sondern mußte geradeaus starren ins finstere Gesicht des Onkel Theo und sein Sprüchlein aufsagen.

Und der wählte und prüfte und entschied sich für ein mickriges sehniges Stücklein Fleisch und schnitt davon das bessere

Ende auch noch herunter, so daß der Bub den Geldbeutel in seiner Wut noch enger an den Gürtel preßte.

Oft und oft verwünschte er den Onkel auf dem Heimweg unter Tränen und malte sich aus, wie er zu ihm sagte, dieses Stück wolle er nicht, er wolle von dem anderen, dem da auf der Theke. Aber das sagte er nie. Er wußte genau, daß der Onkel dann toben würde. Das allein hätte ihm ganz und gar nichts ausgemacht. Aber dann würde der Onkel sich umgehend bei der Mutter beschweren, und das war unerträglich. Denn es würde unweigerlich in dem Satz enden, man merke eben, daß die Kinder keinen Vater hätten, der sie richtig erziehe. Und dieser Satz war für die Mutter, als renne man ihr des Metzgers Messer in den Leib.

Es war schlimm genug, wenn einer der Nachbarn wegen eines harmlosen Streiches diesen Satz vom Stapel ließ. Eine lange Ewigkeit sagte sie nichts auf so einen Satz, und das war schlimmer als das Jüngste Gericht.

Wenn man zur Hölle verdammt war, dann fuhr man eben zur Hölle, davor fürchtete er sich nicht besonders. Arg viel schlimmer als im Schneeregen Kartoffeln klauben konnte sie auch nicht sein. Aber vor einem stummen, todtraurigen Gesicht in Ewigkeit ausharren zu müssen, das war die wirkliche, die Hölle auf Erden.

Manchmal hatte er sich Luft gemacht, wenn er wieder seinen Metzgersgang hinter sich gebracht hatte. Dann hatte er als Bandenführer der Alleenstraße einen harmlosen, rosigen Buben aus der Neuhauserstraße überfallen, so einen mit weichen Lederstiefelchen und Matrosenkragen. Der versuchte natürlich sofort, sich freizukaufen mit Bonbons und Schokolade, aber da war er an den Falschen geraten.

Erst wenn der weiße Kragen in den Dreck gezogen, das Knie aufgeschürft war und die Nase blutete, konnte er von ihm ablassen. Er zog ihn hoch, tätschelte ihm die Schulter und teilte seinem verdutzten Opfer mit, was für ein großartiger Gegner und harter Kämpfer er doch gewesen sei, dem er den allergrößten Respekt zolle. Der hinkte dann mit sich zufrieden nach Hause und verkündete seiner besorgten Mutter, daß sie kein Recht habe, sich in ernsthafte Männerangelegenheiten einzumischen.

Vielleicht hatte diese Geschichte etwas mit dem, was er menschliche Würde nannte, zu tun. Vielleicht hatte es auch mit dem Philosophen zu tun, nach dem sie ihn noch fragen mußte.

Würde. Eines dieser abgehobenen Wörter, über die er reichlich verfügte. Das ihren Brüdern nie über die Lippen gekommen wäre. Irgendwie hatte sie es so verstanden, daß es der Gegenbegriff zu Demütigung war. Und dazu fielen ihr wahrhaftig genug eigene Geschichten ein.

Gedemütigt zu werden hatte immer besonders bitter geschmeckt. Die Freundlichkeit, mit der die Fürstin von Sontheim sie heute überschüttet hatte, konnte rein gar nichts gegen die Zehnmarkgeschichte ausrichten. Im Gegenteil. Diese Freundlichkeiten hatten das Gefühl, daß sie selber gar nichts, der Mann an ihrer Seite aber sehr viel wert war in den Augen der Fürstin von Sontheim, noch verstärkt.

Was ihm aber die nationale Würde bedeutete, das war ihr nicht ganz klar. Zwar hatte auch das etwas mit dem Ende von Demütigung zu tun, mit dem Versailler Vertrag und der alleinigen Kriegsschuld der Deutschen, aber er meinte noch etwas damit, vielleicht etwas eher Militärisches, Stolz und Anerkennung. Auch das mußte sie noch herausfinden.

Anerkennung war für Männer unendlich wichtig, und wenn sie ihnen nicht zuteil wurde, dann wurden sie bösartig und gemein. Schon ein bloßer Einwand war verdächtig, Widerspruch unerträglich, vor allem wenn er einleuchtend war. Gelobt und angehimmelt wollten sie werden, das Gefühl, sie stünden wieder mal auf dem Siegertreppchen und man klatsche Beifall, machte sie glücklich. So tief glücklich, daß sie süchtig wurden danach. Manche waren wie kleine ungeduldige Kinder, deren Launen umgehend befriedigt werden müssen. Sie hatte es in Hausfluren und hinter Scheunentoren, in Wirtshäusern und am Küchentisch mehr als einmal erfahren.

Vielleicht hatte die nationale Würde auch etwas mit Stolz und Anerkennung zu tun. Als die Wehrmacht ins Rheinland einmarschiert ist und alle Angst hatten, daß es sich die Franzosen nicht gefallen lassen, da war auch viel von wiedergewonnener Ehre und nationaler Würde die Rede, am Rundfunk und in den Zeitungen.

Wären ihm nur die Schuhe und die Zeichenblöcke seiner Schüler wichtig gewesen, hätte er auch zu den Kommunisten gehen können, so wenig, wie er auf seinen eigenen Vorteil bedacht war. Aber das mit der nationalen Würde war ihm wichtig. Mehr als einmal sagte er, daß die deutsche Armee keineswegs besiegt gewesen sei. Er müsse das wissen. Er sei schließlich hoch zu Roß an der Spitze seiner Männer über die Rheinbrücke bei Kehl gezogen und in feldmarschmäßiger Ordnung heimgekehrt.

Feldmarschmäßige Ordnung sagte ihr nichts. Aber das Bild mit der Rheinbrücke blieb ihr vor Augen. Der junge Leutnant hoch zu Roß an der Spitze seiner Männer. Das Eiserne Kreuz erster Klasse an der Brust. Kein verlotterter, zerlumpter Haufen, sondern so, wie man aus dem Manöver heimkehrte. Im Gleichschritt marsch.

Dann war da aber das andere Bild. Wie der aus dem Krieg heimgekehrte Zoller Michel in der Stube saß mit einem hageren Gesicht, aufgesprungenen Lippen und einem tagealten Stoppelbart im Gesicht. Seine Uniformjacke war dreckig und an der Schulter aufgerissen, und er starrte dumm und böse in der Stube herum, riß seiner Mutter Brot und Speck aus der Hand und schlang es, unter Verwünschungen auf die hinter der Front, die sich auf Kosten der Soldaten vollgefressen hätten, hinunter.

Die Bilder paßten nicht zusammen. Und doch hatten sie etwas Gemeinsames. Die Sonne der Hoffnung war untergegangen. Schuld daran waren aber nicht die Generäle. Schuld daran waren ganz andere. Die, die zu Hause noch eine Speckschwarte hatten, die sie bereit waren herzugeben. Schuld waren auch irgendwelche verhetzten Matrosen.

Irgend etwas stimmte mit diesen Bildern nicht. Zuviele waren in den Schützengräben geblieben. Fast jede Familie hatte es getroffen. Zuviele hinkten an Krücken durchs Dorf. Lange, bevor die Matrosen den ersten Schuß abgefeuert hatten.

Es war etwas Schwieriges mit der Ehre und der nationalen Würde. Ob sie für den Zoller Michel etwas bedeutet hatte und was, war sowieso nicht mehr auszumachen. Der war zur SS gegangen und in Heilbronn, nach einer Schlägerei in einem Bordell, betrunken gegen einen Baum gefahren. An seinem Grab redete ein Obersturmbannführer von seinem unermüdlichen Einsatz für die Sache der Partei, in deren Dienst er sein Leben gelassen habe.

Seine Mutter hätte etwas Besseres verdient. Der Fritz war, wie sie sagte, im Krieg geblieben, vermißt, verschollen, verreckt, wer konnte es sagen, genaues hat sie nie erfahren. Der Michel, ihr gehätscheltes Sorgenkind, das beinahe am Keuchhusten gestorben wäre und sich um ein Haar beim Sturz vom Heuwagen das Genick gebrochen hätte, ihr über alles geliebter zweiter Sohn, den der Krieg wieder ausgespuckt hatte, gerade er wurde auf eine so schreckliche Weise dahingerafft. Das war zuviel für sie und brachte sie schier um den Verstand, daß dieser Tunichtgut nicht wenigstens als Held, sondern als der Tunichtgut, der er immer gewesen war, sich das Hirn für nichts und wieder nichts an einem Baum zerschmettert hatte.

Helden, Soldaten, Ehre und nationale Würde, ein zweischneidiges Schwert, gewissermaßen. Blieb da der junge Leutnant mit dem Orden hoch zu Roß, der inzwischen nicht mehr jung war und dem das alles immer noch wichtig war.

Sie ging an diesem ihren freien Tag früh ins Bett, das Besuchemachen hatte sie ganz schön angestrengt. Das waren andere Geselligkeiten, als wenn man sich bei der Schwester Emilie traf, wo es unwichtig war, wer der jeweilige Mann war, wo man von Familien- oder gesellschaftlichen Pflichten gerade Abstand zu gewinnen suchte. Wo man allerhand Schabernack trieb oder sich ernsthaft über Bücher oder interessante Zeitungsartikel unterhielt, und wo ganz unterschiedliche Meinungen und Erfahrungen aufeinanderstießen.

Als sie die Atmosphäre dort mit der des heutigen Tages verglich, wurde ihr plötzlich bewußt, daß sie mit ihrer Heirat aus diesem Kreis heraustrat und ihn verlor. Sie würde zwar oft nach Sontheim heimkommen, aber wenn sie sich dann um die Mutter kümmern mußte, blieb ihr nur wenig Zeit für einen Abend bei der Schwester Emilie.

Es fiel ihr wieder ein, wie sie über Effi Briest geredet hatten. Die Frau Gebhardt hatte den Roman höchst interessant gefunden, sie selber konnte ihm nicht viel abgewinnen. Eigentlich fand sie das alles ein wenig langweilig. Eine sehr junge Frau an der Seite eines Landrats in einer Kleinstadt, deren gutbürgerliche Gesellschaft sich auf den Apotheker, den Pfarrer und ein paar andere Honoratioren beschränkte. Das alles war ihr so weit weg vom eigenen Leben vorgekommen.

Frau Gebhardt hatte das nicht gefunden. »Aber sie ist doch nur das Anhängsel ihres Mannes. Muß zu allen nett und reizend sein und auf sein Ansehen bedacht sein. Er macht Karriere, sie tippelt hinterher, wo immer es auch hingeht. Wer ist sie selber? Was kann sie selber? Was traut sie sich zu? Sie weiß es nicht. Da niemand diese Fragen an sie stellt, stellt sie sich diese Fragen selber auch nicht.«

Frau Gebhardt fand, das sei doch schon immer das Problem gewesen und in hundert Jahren sei es das wohl auch noch, daß eine Frau immer nur als Frau ihres Mannes wahrgenommen werde. Und das Verheerende sei, daß Frauen sich selber auch gar nicht anders sehen könnten und wollten. Und wer keinen Mann vorzuzeigen habe, der sei eben ein Versager, ein Nichts, sitzengeblieben, eine alte Jungfer.

Ausgerechnet am Tag vor ihrer Verlobung verfolgte sie dieses Gespräch, das sie damals als überspannt und als weit her geholt für diese Effi empfand. Wer war sie heute gewesen? Die künftige Frau des Organisationsleiters der Kreisleitung. Und was hatte das zu sagen? Es hatte zu sagen, daß alles Bisherige nichts mehr galt.

Weder ihre Familie noch ihre Arbeit für diese Familie, weder das alte Haus, in dem sie jeden Winkel aufgeräumt und aufgewischt hatte, noch die alte Frau, die ohne sie nicht durch die harten Nächte der letzten Jahre gekommen wäre. Ihre Auseinandersetzungen mit den Brüdern zählten ebenso wenig wie die spitzen Bemerkungen der Schwägerinnen. Was sie gelesen hatte, was sie interessierte – es war von Botanik bis Philosophie so ziemlich alles, manchmal wahllos durcheinander, in kurzatmigem Marsch durch das akademische Kauderwelsch – das alles fiel nicht ins Gewicht.

Mehr als eine dieser Expeditionen war im ewigen Eis abgehobener Begrifflichkeit stecken geblieben, mußte abgebrochen und mit einem kläglichen Rückmarsch durch Berge von Geschirr und Wäsche aufgegeben werden. Niemand außer den Frauen bei der Schwester Emilie hatte es jemals interessiert, was sie las oder darüber dachte. Lesen war sowieso etwas, das man am besten heimlich im Bett trieb, wenn man damit keinen Anstoß erregen wollte.

Und jetzt also, wo sie im Begriff war, einen Lehrer und Organisationsleiter der Partei zu heiraten, sollte wieder nur das zählen, was er zu sagen hatte. Sie war zwar nicht mehr die Dienstmagd für alle im Hause. Sie stieg auf zur Frau an seiner Seite und mußte bedient werden mit aller Höflichkeit, die ihm zustand. Aber das war es dann auch schon. Sie war die Frau an seiner Seite und sonst nichts.

Es beunruhigte sie irgendwie. Oder war es eher eine Art Enttäuschung? Wo sie doch die Hauser Lina warten lassen konnte, bis sie sich von ihr bedienen ließ. Warum war das so gar nichts für sie, nicht einmal eine Genugtuung?

Sie beschloß, aus ihrem neuen Leben in Neustadt ihr eigenes Leben zu machen, so gut das ging. An erster Stelle würden für sie ihre Kinder stehen. Wer immer ihr Mann war und was immer er zu tun hatte, sie würden eine Familie sein. Und ihre Kinder sollten eine gute Kindheit haben, ohne arbeiten zu müssen, und lesen und malen und spielen dürfen nach Herzenslust.

Morgen war ihre Verlobung. Ein Fest, zu dem ihre und seine Familie geladen war, und ein Fest, an dem sie nicht die Köchin und Bedienung war, wie bei all den anderen Verlobungen und Hochzeiten, sondern ein Fest, das die Anna und das Klärle ihr zu Ehren ausrichteten.

Jetzt fange ich auch schon an, kicherte sie in sich hinein, von der Würde ist es nicht weit zur Ehre. Scheint's ist das anstekkend. Wie Grippe oder Scharlach.

Dann kam das Fest. Schon der Auftakt war überwältigend.

Der Auftakt war ein Frühstück zu zweit in der Stube. Der Tisch war nur für zwei gedeckt, es gab eine Platte mit Wurst und Käse, drei verschiedene Marmeladen, Schwarz- und Weißbrot, alles war mit Eischeibchen, Radieschen und Petersilie dekoriert. Auf den Servietten lag je eine voll aufgeblühte rosa Rose, um die Teller war ein Band aus allerhand Gartenblumen in grünen Blättern gelegt, und in der Mitte stand ein Fliederstrauß. Frühstück um neun hatten Anna und Klärle angeordnet. Sie ließen sich nicht zum Kaffee mit einladen, sie hätten zu tun.

Eine gute halbe Stunde saßen sie allein an dieser liebevoll geschmückten Tafel, spielten mit den Rosen, die unter dem Fliederstrauß gelandet waren, und schoben einander von dem Schinken und Tilsiter Käse zu. Sie unterhielten sich über dies und das, genossen das Fürsichsein nach dem gestrigen Tag und das erste gemeinsame Frühstück ohne Eile. Auf einmal erschien ihr alles ganz einfach.

Nicht jeder Tag konnte auf Rosen gebettet sein wie der heutige, vielleicht würde sich über manches Frühstück das Schweigen legen, durch das die Arbeit des kommenden Tages bereits hindurchging. Während sie noch einen Löffel Aprikosenmarmelade auf das dick gebutterte Weißbrot gab, dachte sie, das macht nichts, es ist soviel Gelassenheit, soviel selbstverständliche Gemeinsamkeit darin, wenn man so nebeneinander die Butter aufs Brot streicht und an seinem Kaffee nippt, es muß ja nicht immer geredet werden. Das war ein neues und starkes Gefühl, etwas sehr Verläßliches.

Immer hatte sie sich einen Mann gewünscht, mit dem sie reden konnte, und war dafür bespöttelt worden. Jetzt, wo sie diesen Mann hatte, entdeckte sie, daß die Stille über einem Tisch keineswegs Stumpfheit oder Gleichgültigkeit bedeuten mußte.

Nach der Kirche kamen die Nachbarn und die entfernteren Verwandten zum Gratulieren. Die Anna und das Klärle hatten Sessel und Stehpult hinausgeräumt und eine weitere Tafel gerichtet. Sie hatten hier schon Geschenke aufgebaut – ein Porzellanservice und Silber von der Mutter und vom Adolf, die Kristallschale der Fürstin von Sontheim und den Holzteller der Frau Ortsgruppenleiter, auf dessen Rand kunstvolle Ähren geschnitzt waren und »Unser täglich Brot gib uns heute«. Das Kaffeeservice von der Anna und dem Klärle war ebenfalls schon aufgebaut.

Je länger die Gratulationskur und die Bewirtung mit Schnaps, Hefezopf und Kaffee dauerte, desto deutlicher wurde die geheime Regie des Organisierduos. Da kamen aus drei verschiedenen Päckchen dreier untereinander spinnefeinder Tanten je zwei wunderbare Weingläser mit Kristallschliff zum Vorschein. Man hatte offenbar jeder gesteckt, was die anderen zu schenken gedachten, und sie begriff, daß sie zu sagen hatte, daß sie sich genau die gewünscht habe, und so war es ja auch. Nicht umsonst hatte das Duo wochenlang Kataloge herbeigeschleppt und mit ihr darüber palavert. Und so war am Ende das Dutzend Kristallgläser beisammen, auch diverse Mokkalöffelchen gesellten sich zu ihren Täßchen.

Während sie Schleifchen auffaltete und Seidenpapier glättete, widmete sich ihr Bräutigam, wie er allgemein genannt wurde, den spinnefeinden Tanten und vereinigte sie wenigstens für kurze Augenblicke in befreiendem Gelächter. Aber auch mit den alten Herren machte er das eine oder andere Späßchen auf Kosten der Weibsleute, die ihm dann neckisch mit dem Finger drohten. Er unterhielt die ganze Stube, keiner dachte daran, daß es Essenszeit und also Zeit zum Heimgehen war, bis die Neustädter eintrafen.

Der Schmidt Christl hatte Karls Mutter, seinen Bruder Hugo und seine Schwägerin Luis vorgefahren. Erst als die neuen Gäste eintrafen und man mit dem Herrichten der Mittagstafel anfing, bequemten sich auch die drei zerstrittenen Tanten aus der Stube. Zwei davon hatten einträchtig auf dem Sofa nebeneinander ausgeharrt, offenbar in der Angst, etwas Unterhaltsames zu verpassen, bis sie von der dritten aufgescheucht wurden.

Es ärgerte sie, wie der Schmidt Christl sich sofort wieder aufspielte. In Zivil war er nichts als ein aufgeblasener Dickwanst. Sie hatte ihn überhaupt nicht dabei haben wollen, aber er war als Fahrer unentbehrlich. Mehr als eine halbe Stunde Anwesenheit wollte sie ihm nicht zugestehen, so war es ausgemacht. Als sie ihn mit einem Glas Wein in der Hand dastehen sah, bekam sie Zweifel, ob Karl es schaffen würde, ihn loszuwerden.

Aber pünktlich nach einer halben Stunde, als sich der Christl bereits nach einem zweiten Glas umsah, legte der Karl ihm die Hand auf den Arm und sagte gutgelaunt und so, daß alle es hören konnten: »Schad, daß du nicht bleiben kannst, Christl, aber wir verstehen natürlich, daß du deine Ottilie nicht warten lassen kannst. Bei Unpünktlichkeit wird auch die schönste Frau zur Megäre, und das wollen wir natürlich nicht.«

Der Christl kniff das linke Auge zu und blinzelte verdutzt mit dem rechten.

»Sie sind verabredet? Das geht natürlich vor«, sagte sie scheinheilig. »Ich kann es nicht dulden, daß eine andere Frau an meinem Verlobungstag meinetwegen zurückstehen muß. Sagen Sie ihrer Ottilie einen herzlichen Gruß.«

Jetzt hatte er definitiv den Gesichtsausdruck einer beleidigten Bulldogge. Sie wandte sich um und überreichte ihm einen

Fliederzweig. »Eine kleine Entschuldigung für die Verspätung«, sagte sie freundlich.

Was blieb ihm anderes übrig, als mit seinem Fliederzweig abzumarschieren. Der Karl begleitete ihn. Sie standen noch eine ganze Weile am Gartentor zusammen. Sie lachten und schlugen einander kameradschaftlich auf die Schultern. Sie sah es vom Fenster aus. Was redeten die Männer jetzt? Was redeten Männer, wenn sie unter sich waren? Weibergeschichten. Welche Rolle spielte sie jetzt in den Weibergeschichten? Sie hätte es gerade heute gerne gewußt.

Den Rest des Tages war sie vor allem mit der Familie beschäftigt, in die sie hineinheiratete. Mit seiner Mutter würde sie zurechtkommen. Sie hatte gleich vor dem Spiegel im Flur, als sie ihr das Klo zeigte, auf die Kette an ihrem Hals gezeigt. Sie wolle nichts vom Schmuck der Familie haben, das anderen zustehe, sagte sie ruhig. Sie wolle die Kette bis heute abend tragen, und dann solle sie sie wieder zurücknehmen und für ihre Tochter aufheben.

Die alte Frau war überrascht. »Hat er das also erzählt? Ja, so ist er. Immer mit dem Kopf durch die Wand.« Sie lächelte sie an. »Behalt sie. Sie steht dir sehr gut. Sie paßt wunderbar zu deinem Kleid. Er hat ja im Grunde recht. Die Emmi hat genug Schmuck und viel wertvolleren dazu. Du verstehst das vielleicht nicht – noch nicht –, aber der Karl ist der Meinung, es muß akkurat immer nach seinem Kopf gehen. Er respektiert nur Entscheidungen, die er selber trifft und die er für richtig hält. Er kann andere oft nicht gelten lassen – dann muß man ihm das sagen. So ist er halt. Du wirst es schon sehen. Er ist sehr geradlinig. Das ist seine Stärke. Aber manchmal ist es auch eine Schwäche. Und du weißt, Männer halten nichts von Schwächen.«

Ja, das wußte sie. Und sie begriff, daß sie in der gleichen Situation vermutlich ähnliches gesagt hätte wie seine Mutter. Aber dann dachte sie, im Grund hat er ja recht. So ernst muß man es auch wieder nicht nehmen. Und sie war sehr erleichtert, daß die

Kette jetzt wirklich ihr gehörte. Als Verlobungsgeschenk. Und jetzt erzählte sie es allen.

Mit seiner Mutter würde sie zurechtkommen, da hatte sie keine Sorge. An seinen Bruder mußte sie sich erst gewöhnen. Er war ganz anders. Schon äußerlich. Er war mindestens einen Kopf kleiner und sah überhaupt nicht sportlich aus. Zunächst redete er nicht viel, er schien es gewohnt, im Schatten des größeren Bruders zu stehen. Er redete offenbar auch nicht gern vor vielen Leuten.

Als er einmal kurz bei ihr in der Küche stand, sagte er ironisch: »Ja, ja, der Karl, jetzt ist er in seinem Element, da kann man ihn haben, wenn er ein großes Publikum hat. Wenn er es aber nicht hat, kriegt man all die großartigen Reden allein ab.«

Sie sah ihn an. Er sagte das ohne Neid und Spitzfindigkeit, mit einem gutmütigen Lachen. Er war kein Mann der großen Worte. Eher der pfiffigen kleinen Bemerkungen, wie sie bald herausfand, als er den Schwager in Dornstetten schilderte, der natürlich vor lauter Geschäften die Emmi nicht entbehren konnte, weshalb man immer ohne diesen Teil der Verwandtschaft feiern müsse. Bei allem und jedem heiße es: »Was denkst denn du, mir hond doch a Gschäft.« Manchmal habe man das Gefühl, er schlafe mit der Ladenkasse unterm Arm auf der Fußmatte als sein eigener Wachhund.

Wenn er denke, wie die Neustädter Geschäftsleute, allesamt geizig wie der Teufel, es wenigstens noch auf das eine oder andere Sonntagsvergnügen mit ihrer Familie brächten, so habe es seine Schwester auf den größten Knicker weit und breit gebracht. Fromm und reich sei halt schon immer die ärgste Mischung gewesen, gab er als Fazit zu bedenken.

Sie redete gern mit ihm, mochte den ironischen Ton, mit dem er auf seinen Bruder reagierte. »Ja, wenn's der Karl sagt, dann ist es amtlich, dann muß es wahr sein«, konnte er todernst sagen, wenn er gefragt wurde bei einer besonders ausgefallenen und ausgeschmückten Neustädter Geschichte, ob sie auch wirklich so passiert sei.

Mit seiner Frau würde es nicht leicht werden, das sah sie auf den ersten Blick. Sie wollte unbedingt die Weißzeugaussteuer sehen, taxierte den extra für sie geöffneten Schrank mit neidischem Blick und befühlte den Damast auf seine Qualität hin. »Die ischt aber net vom Bührer«, stellte sie triumphierend fest.

»Nein, das ist sie nicht, wir haben natürlich nie in Neustadt eingekauft.«

»Natürlich. Nie«, wiederholte sie hämisch. »Wo habt ihr sie denn her?« fragte sie hinterhältig. Es war die Wäsche, die noch der Herr Schwarz geliefert hatte, aber das würde sie ihr nicht auf die Nase binden. Von einem Reisenden aus dem Musterkoffer zu kaufen, da wäre ihr in ihrer Borniertheit wohl ein »Ach so, von einem Hausierer« eingefallen.

»Von der Firma Ferdinand Blum in Rottweil«, sagte sie deshalb zu ihr. Von der stammte ja tatsächlich einiges.

»Ach so, auch bloß von einem Jud«, sagte die Luis verächtlich.

»Eben nicht«, sagte sie gereizt. »Der Ferdinand Blum ist ein alter Förderer der Partei.«

»Wie alle, bevor man sie rausgeschmissen hat«, lachte die Luis boshaft.

»Sag das besser nicht zu laut, manche Leute sind mit Anzeigen nicht zimperlich. Sein jüngster Sohn ist Jurist und Abteilungsleiter im Innenministerium in Stuttgart, der hört so was gar nicht gern.«

»Ja, wenn euch Nazis sonst nichts einfällt, dann kommt ihr immer gleich mit Anzeigen«, gab sie ihr zur Antwort und drehte sich auf den Absatz um.

Mit der Luis würde es nicht leicht werden. Irgendeine Rechthaberei und Geltungssucht trieb sie um, offenbar. Oder eine Art von Neid. Sie stammte aus einer Arbeiterfamilie und hatte einen Facharbeiter geheiratet. Wäre sie gern etwas Besseres als die Neueinheiratende vom Land? Sie wollte möglichst wenig mit ihr zu tun zu haben.

»Ach, die Luis, da kann man nichts machen«, sagte seine Mutter nur, als sie sie vorsichtig auf die Luis ansprach. »Sie ist halt

furchtbar dumm. Und unglaublich taktlos. Wenn man freundlich ist mit ihr, reizt sie das über die Maßen. Dann sagt sie die unglaublichsten Sachen, bis man völlig konsterniert ist oder selbst aus der Rolle fällt. Wenn man ihr möglichst so ordinär herausgibt, wie sie selber ist, das befriedigt sie tief. Dann hat sie allen wieder mal gezeigt, daß überhaupt niemand was Besseres ist. Dann sagt sie voller Befriedigung: Aha, jetzt ist der Lack ab.«
Sie lachten beide.

Als die Gäste schließlich alle mitsamt dem Karl gegangen waren, sagte sie zu der Anna und zum Klärle: »Schluß jetzt, das Fest ist vorbei, ich helf euch beim Abspülen und Aufräumen.«

Schließlich saßen sie, nachdem sie noch die Mutter zu Bett gebracht hatte, alle drei um den Tisch bei einem Glas Wein. »Das vergeß ich euch nie«, sagte sie zu den beiden, »daß ihr mir so ein schönes Fest gemacht habt. Die schön geschmückte Tafel und das Essen, die Kuchen und das sogenannte Vesper – unglaublich, was ihr da auf die Beine gestellt habt und wie das Hand in Hand ging! Der schönste Tag meines Lebens, eindeutig.«

»Pah, der kommt erst noch«, sagte das Klärle, »das war ja noch gar nichts. Aber eins steht fest«, wandte sie sich zur Anna, »wenn mein Chef mich rausschmeißt und der deine weiter so rummeckert, machen wir einen Verlobungsfeiernspezialdienst auf. Es ist wie bei den Beerdigungsgeschäften. Gestorben wird immer und verloben tut man sich auch alleweil, das wär doch ein Geschäft fürs Leben, was, Anna?«

»Ärger wie jetzt wär's auch nicht, und besser verdient wär dabei allemal«, sagte die Anna trocken.

Obwohl sie todmüde war, setzte sie sich später noch an ihren kleinen Tisch ans Fenster und kritzelte einen Brief zusammen. Alles ging ihr dabei noch einmal durch den Kopf, alles mußte festgehalten werden. Die zerstrittenen Tanten auf dem Sofa, die Kristallgläser, das dumme Geschwätz der Luis, das Gespräch über die Goldkette, das Frühstück, selbst die Fürstin von Sontheim und die Schneegans beim Ortsgruppenleiter mußten noch einmal erwähnt werden.

Man hatte sie sehr bedauert, daß ihr Bräutigam selbst am Verlobungstag wieder nach Hause mußte. Sie fand sich gar nicht bedauernswert. Es war ihr lieber, ihm schreiben zu können, als daß er in der Küche beim Abspülen herumstand. Und je länger sie schrieb, desto mehr kam ihr der Ablauf des Tages zu Bewußtsein. Jetzt erst hatte sie Muße genug, sich auf die einzelnen Eindrücke des Tages einzulassen, sei es eine rosa Rose auf der Serviette oder ein Kristallglas neben dem Fliederstrauß.

Da waren die von der Gicht verquollenen Hände der Mutter auf der Taftschürze, Adolfs elegante Lackschuhe und seine nagelneue hellblaue Seidenkrawatte, da standen die Anna und das Klärle mit gestärkten Rüschen an ihren Schürzen und reichten die Wurst- und Käseplatten herum als Servierengel. Da bog sich der Tisch mit den Geschenken unter Kristall, Porzellan, Damast und handfestem Haushaltsbedarf wie einem Satz Messer und einem Stapel Küchenhandtücher. Es gab Blumenvasen in jeder Größe und Fasson, ein Haushaltsbuch und ein Kochbuch. Andere Bücher gab es nicht. Sie hatte von einem Bildband von Süddeutschland geträumt, weil sie doch am Bodensee Ferien machen wollten. Den, so beschloß sie, wollte sie dem Karl zur Hochzeit schenken.

Bücher galten in Sontheim nichts, schon gar nicht als Geschenke. Ein Verlobungsgeschenk mußte etwas Nützliches und etwas fürs Leben sein. Hätten die Anna und das Klärle nicht vieles mit List und Tücke umzulenken gewußt, sie wäre in Kochtöpfen und Handtüchern aller Art wohl untergegangen.

Wie die Neißle Frieda zu ihr gesagt hat: »Gerad du hast so einen Mann verdient, so einen netten, wo du Jahr und Tag immer deine Mutter gepflegt hast und bloß zu Hause gesessen bist«, das mußte ebenso in den Brief hinein, wie der Kommentar von Schwägerin Lotte, der selbst ihrem Ernst so peinlich war, daß er nicht wußte, wo er hinsehen sollte.

»Na ja«, brachte sie es fertig zu sagen, »er sieht ja gut aus, und reden, ja, das kann er auch, aber mit dem Geld, da wird es halt hapern, wenn er geschieden ist. Aber mach dir nichts draus, man kriegt halt nicht alles im Leben auf einmal.«

Ich habe einfach nur gelacht, ich hab' sie ausgelacht, das neidische Luder, und das war dem Ernst nun auch wieder nicht recht, schrieb sie mit einer gewissen Ausgelassenheit. Und hast du Bruder Paul beobachtet? Der war ausgesprochen gut aufgelegt und hat mit der Mutter ganz angeregt geplaudert, was sonst nicht seine Art ist.

Und so ging es fort, und erst als all das gesagt war, was während des Tages nicht gesagt werden konnte, der Gäste und des Tafelns wegen, war sie zufrieden. Vielleicht war es ein bißchen spinnig, und den anderen wäre es nur Hohn und Spott wert, daß sie da einen langen Brief an ihren Verlobten schrieb über den gemeinsam verbrachten Tag, kaum daß er aus dem Haus gegangen war. Ihr war es eine Freude. Sie streckte sich in ihrem Bett, räkelte sich genüßlich und rollte sich zusammen wie eine Katze. Das Leben war rund und voll und rollte durch einen sommerlichen Garten. Es rollte durch das Gebüsch, und sie lief ihm nach, um es einzufangen.

Da stieß sie plötzlich auf den Frosch mit dem Krönchen und der hielt den goldenen Ball in seinen glitschigen Pratzen. »Aha, so sieht also die Prinzessin aus«, sagte er, als habe er jemand anderes erwartet als gerade sie, und verzog sein breites Maul in eine bulldoggenhafte Grimasse. Dies war nicht der Prinz, das wußte sie sofort. Dies war nur eine ekelhaft grüne Bulldogge. Die spielte mit dem goldenen Ball in ihren Pranken.

Sie ekelte sich vor ihm, ging aber fast bis an den Brunnenrand auf ihn zu. »Da, fang«, rief er ihr zu. Er warf den Ball mit Absicht viel zu kurz und der fiel in den Brunnen. Sie wartete lange auf den dumpfen Aufschlag. Schließlich kam er von tief unten. Ein kalter Schauer lief ihr über den Rücken.

Da lachte die grüne Bulldogge. »Na so was, was machen wir jetzt? Hin ist hin, da ist nichts zu machen. Geschieht dir auch ganz recht, so dumm, wie du dich anstellst. Da kannst du sehen, jede meint, sie sei die Prinzessin und auserwählt, aber mach dir nichts draus, es sind schon ganz andere baden gegangen.«

Sie starrte in diesen Traum, an den sie sich plötzlich erinnern konnte. Genau das hatte sie geträumt an dem Tag, der so voll und rundum golden schön gewesen war. Und lange hatte sie in den dunklen Brunnen gestarrt, um den goldenen Ball ausfindig zu machen. Bis ihr der Verwesungsgeruch, der aus der kalten Tiefe stieg, den Atem nahm.

Zwischen Krieg und Frieden

Dieser Sommer verplätscherte sich nicht in den immer gleichen Arbeitsabläufen im Haus und ums Haus herum. In diesem Sommer bewegte sich alles auf ein Ziel zu. Selbst das, was ganz so ablief wie immer, war anders.

Die Hochzeit war auf den sechsten Oktober festgesetzt. Der Saal in der Linde war bestellt. Die engeren Verwandten wußten seit der Verlobung Bescheid, die ganze Stadt binnen kurzem. Zwei Wochen im Juli waren dem Haus gewidmet. Sie wollte es auf Hochglanz bringen, niemand sollte sagen können, sie habe nur noch ihren Umzug im Kopf gehabt.

Vom Keller bis zum Dach wurde geräumt und gefegt. Zimmer für Zimmer mußte dran glauben, Teppiche wurden geklopft, Betten auf dem Gestell in der Sonne ausgebreitet. Schubladen wurden ausgeräumt und ausgestaubt, Sprungfedern gereinigt, Schrankpapier mußte ausgemessen und neu ausgelegt werden. Das alles ging ihr leicht von der Hand.

Abends brütete man über der Liste der Einladungen und änderte ein Dutzend Mal die Sitzordnung, um allen Ansprüchen und Empfindlichkeiten gerecht zu werden. Man diskutierte des langen und breiten über den Stoff des Brautkleides, wer es schneidern sollte und welcher Schnitt der eleganteste sei.

Sie wollte in einem langen weißen Kleid heiraten. Und in der Kirche, versteht sich. Es verstand sich nicht. Er war aus der Kirche ausgetreten. Das hindere ihn keineswegs, in der Kirche zu heiraten. Er sei schließlich wegen der Kirchensteuer und wegen sonst gar nichts aus der Kirche ausgetreten. Die Kirche habe sich anläßlich seiner Scheidung, die ihn sehr teuer gekommen sei, geweigert, ihm die Kirchensteuer zu stunden, da sei er ausgetreten. Und er könne sicher unter den deutschen Christen einen Pfarrer finden, der ihn trotzdem traue, schließlich heirate er ja eine Frau, die in der evangelischen Kirche sei.

So kompliziert hatte sie sich das Heiraten nicht vorgestellt, aber sie wollte im weißen Kleid mit Schleier in der Kirche heiraten, jetzt erst recht. Und wenn er sagte, er finde einen Pfarrer, dann fand er auch einen Pfarrer. Sie wollte in der Kirche heiraten, in der sie getauft worden war und in der sie fünfzehn Jahre im Kirchenchor bei Hochzeiten und Beerdigungen gesungen hatte.

Und sie wollte in dieser ihrer Kirche heiraten, weil in dieser Kirche ein gewisser Vikar gepredigt hatte, für den sie dann als die Tochter eines Handwerkers doch nicht gut genug gewesen war.

Hochzeiten, an denen fast der ganze Ort teilnahm, mußten von langer Hand geplant werden. Und wenn sie nicht mit Schränke auslegen und Kachelfugen reinigen beschäftigt war, dann ging es um die Dekoration im Saal und darum, welcher Fotograf bestellt werden sollte und wie die drei Menüvorschläge des Lindenwirts zu beurteilen waren.

Die Auswahl der Tanzkapelle gab Anlaß zu hitzigen Debatten. Der Ernst vertrat die Meinung, es müsse in erster Linie was Flottes sein, während die Anna gegen ein krachledernes Gelärme war und für Walzer plädierte, damit auch die Älteren mitmachten, denn es überwogen ja bei dieser Hochzeit nicht die jungen Leute.

Und dann wurde all das wieder zurückgestellt und auf seinen Platz verwiesen am Wochenende, wenn er kam. Karl brauchte die Bulldogge nicht mehr, er fuhr mit dem Zug bis Aldingen und kam zu Fuß. Ein paar Kilometer Fußmarsch seien rein gar nichts, erklärte er jedesmal, erst bei einem Gepäckmarsch zähle jeder Kilometer richtig.

Die Einzelheiten der Hochzeit interessierten ihn nicht besonders, er ließ ihr freie Hand, es war ihm alles recht, wie sie es haben wollte. Sie genoß es, schalten und walten zu können nach Gutdünken, aber die anderen, allen voran die Mutter, fanden es geradezu ungehörig, wie wenig er darauf pochte, das letzte Wort zu haben und Herr im Haus zu sein.

Ende August waren die Kisten mit dem Porzellan, dem Kristall und der Wäsche gepackt, die Einladungen sollten in Druck gehen und das Aufgebot war bestellt. Sie fuhr für ein Wochenende nach Neustadt.

Im strömenden Regen hatten sie einen Bummel durch Neustadt gemacht, sich die Schaufenster angesehen und waren anschließend zusammen ins Schillercafé gegangen. Er hatte ihr die Schule gezeigt, an der er unterrichtete, es war die Horst-Wessel-Schule, früher Karl-Schule genannt nach dem württembergischen König.

Die Horst-Wessel-Schule war ein solider wilhelminischer Steinbau mit einem ausladenden Treppenhaus und hohen Fenstern, die auf hohe Räume schließen ließen. Ein kahler, geschotterter Hof umgab das dreigeschossige Gebäude. Es lag wie eine Insel zwischen zwei Straßen, die sich vor dem Marktgelände trafen. Der Straßenrand war mit Linden bepflanzt, die schon vereinzelt gilbende Blätter aufwiesen, die der Regen herunterschlug.

Vom Café aus konnte man auf den Schulhof hinübersehen. Fast jeder, der hereinkam, kannte den Herrn Schuster, und man begrüßte sich freundlich. Die jüngeren Leute waren meist irgendwann seine Schüler gewesen, die älteren stellten sich als deren Eltern heraus. Jeden kannte er, jeden fragte er nach der Familie, für jeden hatte er einen Ulk oder eine Geschichte auf Lager. Sie konnten sich keine Minute miteinander unterhalten, so lebhaft ging es zu, sobald er Platz genommen hatte.

Sie wußte nicht so recht, was sie davon halten sollte. Er war eine gewissermaßen öffentliche Person. Bisher war er ja auch ein aushäusiger Junggeselle gewesen. Andererseits ging er gar nicht gerne in Wirtschaften. Wo viel getrunken und gestritten wurde, da fühlte er sich nicht besonders wohl.

Als sie zu Hause waren, legte ihm seine Mutter eine Postkarte auf den Tisch mit einem vorgedruckten Text. Das Wehrmeldeamt in Rottweil teilte ihm mit, daß er sich als Hauptmann der

Reserve vom 27. September bis Mitte Oktober zu einer Wehrpflichtübung in Münsingen einzufinden habe.

Sein Bruder Hugo, der auf einen Sprung vorbeigekommen war und sich erkundigen wollte, mit welchem Hochzeitsgeschenk man denn am meisten Ehre einlegen könne, winkte nur ab, als er ihr entgeistertes Gesicht sah. »Das hat nichts zu sagen. Der rennt ein paar Mal im Jahr in Uniform herum, das ist nichts Besonderes.«

Sie sah aber seinem Gesicht an, daß es doch etwas Besonderes war. »Das geht nicht«, sagte sie möglichst ruhig, »weil wir da ja heiraten.«

Die alte Frau senkte den Kopf. Der Karl sah sie an mit einem Blick, der von weit her kam, wo es sehr kalt war. »Dienst ist Dienst und geht vor. Die Hochzeit muß verschoben werden.« Er sagte es in einem buchhalterisch sachlichen Ton, als gäbe er über den leider bedauerlich niedrigen Stand seines Kontos Auskunft.

Es ärgerte sie, daß ihr sofort Tränen in den Augen standen. Sie senkte den Kopf. Er schien es nicht zu bemerken.

Er stand auf, holte seinen Taschenkalender, prüfte seine Termine und sagte: »Vor Ende Oktober ist nichts zu machen. Am besten wir legen unsere Hochzeit auf den fünften November fest.«

Sie war gleichzeitig erleichtert und erbost. Die kühle Präzision, mit der er sich einen neuen Termin überlegte und vorschlug, beeindruckte und beunruhigte sie. Sie schluckte ihre Tränen hinunter. »Hast du dir überlegt, was das bedeutet? Neue Verhandlungen mit dem Wirt, dem Standesamt, dem Fotografen, der Kapelle – wenigstens sind die Einladungen noch nicht gedruckt.«

Er nickte, stand auf, holte ein Blatt Papier und schrieb alle Punkte auf das Blatt, säuberlich untereinander. Dann sah er auf. »Fehlt noch etwas?« fragte er und dachte nach.

»Der Gärtner. Die Dekoration, die Buketts für mich und die Brautjungfern.«

Er nickte anerkennend. »Gut. Sonst noch etwas?«

»Das Pfarramt.« Wieder nickte er. »Der Konditor. Wegen der Torten.«

»Läuft das nicht über den Wirt?«

»Nein.«

Schließlich war die Liste fertig. Er numerierte sie durch, fing mit dem Standesamt an und hörte mit dem Konditor auf. Dann nahm er ein neues Blatt, schrieb alles noch einmal ab in der richtigen Reihenfolge und in gebührendem Abstand.

Erst war ihr das ernste Gesicht über dem Blatt, das keinerlei Gefühlsregung zeigte, befremdlich.

Irgendwann hatte der Hugo gesagt: »Das kriegt der Karl schon hin. Das ist sein Beruf, das Organisieren. Er kann auch das Glück und das Unglück organisieren.« Er hatte es wohl tröstend gemeint.

Nun fragte Karl sie die Namen der einzelnen Geschäftsleute ab und ihre Adressen. Er holte das Telefonbuch und schrieb hinter jede Adresse die Telefonnummer.

Irgendwann hatte diese Art, wie er systematisch und ruhig die Zeilen füllte, nach der anfänglichen schneidenden Kälte auch etwas Beruhigendes. Ihre Hochzeit würde stattfinden.

Als sie ihm schon fast entspannt beim Schreiben zusah, spürte sie plötzlich, daß er nicht ganz bei der Sache war, daß das Ausfüllen seiner Liste und das Nachschlagen im Telefonbuch eher eine mechanisch ausgeführte Tätigkeit war. Sein Gesicht wurde mehr und mehr abweisend und verschlossen, als beschäftige ihn etwas ganz anderes als das, was er da gerade machte.

Sie hätte ihm am liebsten die Hand auf den Arm gelegt und gefragt, was ist, was hast du? Aber das tat man nicht vor allen Leuten. Und dann, er würde ja nicht antworten vor seiner Mutter und vor seinem Bruder.

Als sie sich einen Moment vorzustellen versuchte, was er antworten würde, während er die beiden letzten Telefonnummern eintrug, merkte sie, daß sie sich vor der Antwort fürchtete. Das machte ihr richtig Angst, weil sie keine Ahnung hatte, vor was sie sich fürchtete.

»So, fertig«, sagte er befriedigt. »Montag nach der Schule fange ich an. Mit dem Standesamt und dem Wirt. Dann sehen wir weiter.«

Er sah auf die Uhr und drehte das Radio an. »Die Lage an unseren Grenzen spitzt sich zu. Es muß ein Ende haben, daß Deutsche willkürlich drangsaliert werden. Konrad Henlein hat heute die Sudetendeutschen dazu aufgerufen, als Freikorpskämpfer für die deutsche Sache einzustehen. Ohne jemals auf das Selbstbestimmungsrecht verzichtet zu haben, haben wir unter schwersten Opfern alles versucht, im tschechischen Staat unser Dasein zu sichern. Alle Bemühungen um einen gerechten Ausgleich sind gescheitert. Wir wollen als freie deutsche Menschen leben! Wir wollen wieder Frieden und Arbeit in unserer Heimat! Wir wollen heim ins Reich! Dafür wollen wir kämpfen bis zum letzten Blutstropfen. Wir stehen nicht allein! Wir können der Unterstützung unserer Sache sicher sein! Wir werden kämpfen bis zum Sieg! Siegen oder untergehen ist die Devise!«

Irgendwann in der letzten Zeit hatte sie das schon einmal so oder so ähnlich gehört. Es war immer irgendwie von Kämpfen oder Siegen die Rede. Und man kämpfte sowieso immer bis zum letzten Blutstropfen. Politik hatte sie immer interessiert seit den Zeiten, als die Mutter aus der Zeitung vorgelesen und mit dem halben Dorf über Kaiser, König, Krieg und Sieg dischkuriert hatte, wie sie das nannte. In der letzten Zeit hatte es sie weniger beschäftigt, offenbar zu wenig.

Dies mußten, nach seinem Gesichtsausdruck zu schließen, Sätze von großer Tragweite sein. Als sie ihn fragte, ob das am Ende etwas mit seinem Manöver zu tun haben könnte, antwortete er: »Das weiß ich nicht.« Sie sah ihm an, daß er mehr wußte, als er sagte.

»Freikorps – das riecht nach Krieg«, sagte er. »Aber du wirst sehen, Hitler macht einen Kompromiß. Er geht weit, sehr weit – bis an den Rand, aber er weiß genau, wo die Grenze ist. Einer, der den Krieg kennt, kann niemals einen Krieg in Kauf nehmen. Der weiß, das ist der Anfang vom Ende.«

Er sprach überzeugt und überzeugend. Aber in seinen Augen war etwas wie eine tiefe Sorge. Er sah wieder in die Schützengräben, roch den Verwesungsgeruch, trat auf Kiefer und Hände toter Soldaten. »Das riecht nach Krieg«, hatte er gesagt und wie ein Spürhund schien er die Witterung aufzunehmen, innerlich, während er sich mit einer die anderen überzeugenden Rede selbst zu überzeugen suchte.

Als sie im Bus nach Sontheim saß, heulte sie still vor sich hin. Wie sie so in die Nacht hinein fuhr, schien ihr alles vergeblich und hoffnungslos verloren. Dann aber meldete sich der Trotz. Jetzt gerade und erst recht nicht. Irgendwelche sudetendeutschen Freischärler sollten ihr nicht ihr Fest kaputtmachen. Und meinte er es nicht ernst mit dem Verschieben und fing er nicht schon am Montag damit an? Und warum sollten irgendwelche Grenzstreitereien gleich den Krieg bedeuten. England und Frankreich waren mit den Tschechen verbündet, gewiß. Aber wenn man eine Lösung finden wollte, dann fand man auch eine. Und schließlich kannte Hitler ja den Krieg und hatte immer versichert, er wolle den Frieden. Also.

Und doch hatte sie vieles befremdet. Die stoische Ruhe, mit der er die Anordnung des Wehrmeldeamtes zur Kenntnis genommen hatte. Kein Ausruf, kein Fluch, nicht einmal ein Bedauern. Das war wohl das Soldatische, von dem er immer sprach. Die Disziplin. Ihr wollte das eher vorkommen wie die Haltung eines Pudels, der wortlos apportierte.

Und dann, wie er im nächsten Augenblick vor seinem Blatt saß. Vollkommen sachlich und bürokratisch. Und andererseits war er der leutselige Cafehausmensch, bekannt, beliebt, geschätzt und unterhaltsam. Sie hätte nicht gedacht, daß ihr die Lebenswelt dieses Mannes noch so fremd wäre. Wenn er in Sontheim war, dann war er der immer Gleiche und ganz ihr zugewandt, mit ihr beschäftigt.

Dort ist er so, dachte sie, weil er sich in meiner Welt bewegt. In seiner eigenen Welt ist er ein anderer oder verschiedene andere Personen. Der kalt kalkulierende Organisator, der ungeduldige Sohn, die öffentliche Figur, der unterhaltsame Gast.

Wie hatte das die Frau Gebhardt gesagt? Die Männer leben doch immer in ihrer eigenen Welt, und die Frauen müssen ihnen dahin folgen. Es war da was dran. Aber niemand hinderte sie daran, in Neustadt ihre eigene Welt daneben aufzubauen. Einfach war das nicht. Aber sie stammte aus einer Handwerkerfamilie, in der man immer am Bau beschäftigt war. Sie konnte sich in dieser Hinsicht schon einiges zutrauen.

Dann kamen die Tage, wo man sich vor den Nachrichten fürchtete.

»Aber das sieht doch ein Kind, daß das auf Krieg hinauslaufen wird«, sagte der Bäcker Fritz und pries dabei seinen Kuchen an.

»Wird auch Zeit, daß die eins auf die Nase kriegen«, antwortete ein Fähnleinführer, den sie nicht kannte, schneidend. Die sahen aber auch alle gleich aus in ihren Uniformen und mit ihren militärisch kurzgeschnittenen Haaren.

»Endlich sind wir wieder so stark, daß uns keiner mehr was kann, nicht einmal die Engländer«, sagte die Strohm Emma, »aber muß es deshalb gleich Krieg geben? Der Führer hat gesagt, er hat weiter keine Forderungen als den Schutz der Deutschen in sicheren Grenzen.«

»Aber das akzeptieren die doch nie. Das hieße ja, einen Teil ihres Landes abtreten mit allem Drum und Dran.« Der Bäcker Fritz schüttelte den Kopf.

»Wirklich?« fragte die Emma erstaunt.

»Die Engländer und Franzosen sind mit den Tschechen gegen uns verbündet. Das würde einen internationalen Krieg bedeuten«, erklärte der Fritz.

»Was?« sagte die Emma entsetzt. »Wegen dieser blöden Tschechen? Ja was machen wir da jetzt? Wir können doch keinen Krieg machen wegen denen, oder? Nein, nein«, sagte sie nach einigem Nachdenken, »dann müßte man ja wegen dem Elsaß, dem Danziger Korridor oder Oberschlesien auch einen Krieg machen – so was tut der Führer nicht.«

»Na ja, vielleicht fängt er mit den Sudetendeutschen halt mal an«, ließ sich der Fähnleinführer vernehmen und verlangte ein halbweißes Brot und vier Brezeln.

»Ausgeschlossen«, sagte die Emma, »so dumm ist der Führer nicht, daß er mit ganz Europa Krieg führt. Im Osten und im Westen, das haben wir nicht mal mit dem Kaiser geschafft. Nein, nein, der Führer ist ein ganz Schlauer, der hetzt die gegeneinander auf und lacht sich ins Fäustchen.«

»Na, und was hat er da im Fäustchen, hm? Das Sudetenland. Mit Häusern, Höfen und Fabriken. Das rücken die doch nie raus – jedenfalls nicht ohne einen kräftigen Panzervorstoß.«

Der Bäcker Fritz blies sich der Emma gegenüber auf, daß es unerträglich war. Sie war ein bißchen einfältig, die Emma, aber so ganz und gar unrecht hatte sie nicht in diesem Fall. Sie lief ohne ein Brot aus dem Laden. Da ging sie lieber zuerst in die Apotheke, als daß sie sich dieses Geschwätz anhörte.

»Wenn es Krieg gibt, werden Brot und Medikamente rationiert, und es gibt Lebensmittelmarken«, sagte der Apotheker, als sie den Laden betrat. Tiefes Schweigen senkte sich über die Runde. Der Satz schmeckte nach durchgelaufenen Sohlen, durch die das Wasser einsickerte, nach Steckrübensuppe und Leberwurst aus Griespampe. Das dumpfe Schweigen hielt an.

Nachts lag sie wach und war den Alpträumen ihrer Kindheit ausgesetzt.

Es kam, wie es immer gekommen war, durch die Haustür. Es war schon im unteren Flur, es drückte sich an der Wand entlang, sie mußte hinhorchen und hörte nichts, aber sie wußte, es drückte sich an der Wand entlang. Man sah es nicht, man hörte es nicht, aber man wußte, es war da.

Jetzt war es direkt vor der Tür, aber die Tür konnte es nicht aufhalten, es machte sich ganz klein vor der Tür, es kroch unter der Tür durch. Und kaum war es unter der Tür durch, fing es ungeheuer schnell zu wachsen an, dehnte sich nach allen Richtungen und quoll auf einen zu. Jetzt formte sich der Rattenkopf, er wurde größer und größer, er schob sich auf den Schrank zu und stieß ihn auf. Und da ringelte es sich schuppig auf einem Stapel damastener Kopfkissen und zog eine mattglänzende schleimige Spur über rosa und blaßgelbe Tischdecken, und immer noch schnüffelte das Biest gierig und kroch weiter. Da plötzlich schlug es die Zähne in einen sorgfältig zusammengefalteten Stoff und zerrte ihn aus dem Schrank.

Sie sah, daß es die weiße Seide war für ihr Kleid, wollte aufspringen und sie dem Vieh entreißen, aber sie konnte sich nicht bewegen, nicht einmal schreien konnte sie. Erstarrt mußte sie zusehen, wie das Vieh den Stoff in Fetzen riß und verschlang, als wären es Stücke von Marzipan. Es schlang mit unglaublicher Geschwindigkeit die Fetzen in sich hinein, bis es bis zur Unbeweglichkeit fett und aufgedunsen auf einem Haufen durch Schleim und Dreck gezogener weißer Fetzen liegenblieb, mit weit offenen rotunterlaufenen Augen wie ein sturzbetrunkener Säufer.

Da endlich konnte sie schreien, so laut schreien, bis das eklige Vieh die glotzenden Säuferaugen schloß und durch die dreckigen seidenen Fetzen, die an ihm kleben blieben, davonkroch.

Als die Anna sie schon lange wachgerüttelt hatte, mußte sie immer noch nach Luft ringen. Die Anna setzte sich auf ihre Bettkante und sah sie ratlos an. »Es wird schon«, sagte sie nur. »Es wird schon.«

Was meinte sie damit, das Fest, die Heirat? Oder meinte sie, wir haben einen Krieg überstanden, wir werden noch einen überstehen?

Das eigene Radio konnte man abstellen. Wohin man aber ging, überall dröhnten die Aufrufe, Appelle, Beschwörungen.

»Wenn man behauptet, heute sei der Friede bedroht, ist zu sagen, er ist schon längst bedroht, und zwar von den Tschechen.« Kaum hatte sie Klärles Wohnung betreten, um mit ihr über den Empfang auf dem Standesamt und zu reden, da wurde sie auch schon im Flur mit der Rede des Gauleiters Murr beschallt. Klärle saß vor dem Radio und starrte auf ihren Volksempfänger. Sie war froh über die Unterbrechung, und daß sie aufgefordert wurde, das Radio abzuschalten. Ja, das Leben ging weiter, was immer die da oben auch anzettelten.

Bei der Urschelbäs, die auf ihre alten Tage schwerhörig geworden war, bekam sie schon im Garten zu hören, wer die eigentlichen Übeltäter seien. »Um diesen Elementen, die vom Berge Sinai hergewatschelt kamen, endlich das Pulver aus der Pfanne zu nehmen, um Sauberkeit im europäischen Haus zu schaffen, deshalb muß der Dreckhaufen vor der deutschen Tür, muß das Blutgeschwür im europäischen Körper verschwinden.«

Sie blieb an der Türe stehen und überlegte sich, ob sie nicht unverrichteter Dinge wieder gehen sollte, so zuwider war ihr das Gedröhne, dem man im ganzen Ort nicht entkommen konnte. Aber es half alles nichts. Die Urschelbäs saß in ihrem Lehnstuhl zwischen Ofen und Radio und empfing sie mit den Worten: »Jetzt wo es Krieg gibt, willst du heiraten.«

»Ja, jetzt erst recht«, sagte sie trotzig, »und überhaupt, du wirst sehen, es gibt keinen Krieg.«

»Sagt das der Karl auch?«

»Ja, der sagt das auch. Der sagt, ein Frontsoldat fängt nie einen Krieg an.«

»So, ja«, sagte die Urschel nachdenklich, »hoffentlich hat er recht. Bei diesen Militärs weiß man ja nie, ob sie die Wahrheit sagen. Weißt, noch einen Krieg, das überleb ich nicht. Ich kann nicht mehr im Garten schaffen und herumfahren und tauschen, um etwas in den Kochtopf zu kriegen. Schau meine Hände, meine Gelenke an, wie bei deiner Mutter. Ich werd grad so krumm. Wie soll ich da allein durch einen Krieg kommen? Und wozu soll dieser Krieg gut sein? Sag mir nichts. Die haben mir schon den ganzen Tag die Ohren vollgeredet. Ich sag dir was. Es gibt keinen Krieg, der gut ist zu irgendwas. Jedenfalls nicht für uns kleine Leute. Und für mich schon gar nicht. Stell den Kasten ab. Der hat Arbeit und Brot versprochen, und jetzt zettelt der einen Krieg an.«

»Aber kann man denn zulassen, daß diese Leute schikaniert und eingesperrt werden, bloß weil sie Deutsche sind?« versuchte sie zaghaft zu widersprechen.

»Nein, das kann man nicht. Aber muß deshalb gleich ein Krieg her? Dann werden alle schikaniert und viele eingesperrt. Und es verhungern viele und viele kommen ums Leben. Und was erreicht man damit?«

»Sichere neue Grenzen.« Warum sagte sie das, wo sie es doch selber nicht glaubte. Oder nur halb, weil sie jetzt sowieso am liebsten gar nichts davon wissen wollte.

»Das wird sie aber freuen, die verhungerten Kinder«, sagte die Urschelbäs sarkastisch. »Es wird ihnen eine Freude sein, in deutscher Erde tot sein zu dürfen.«

Solche Äußerungen hätte sie der Urschel nicht zugetraut. Aber nach diesem Gedröhne im Dorf waren sie irgendwie wohltuend.

Bei der Schwester Emilie saßen zwei Pimpfe am Tisch und löffelten Pudding. Zwei ihrer Schützlinge, vermutlich. Der eine stellte sich als der Sohn des Leidinger Hans heraus, der bei einem Munitionstransport beim Reichsarbeitsdienst ums Leben gekommen war. Der kleine Erich platzte vor Stolz, weil er gerade die Aufnahmeprüfung für die Napola bestanden hatte.

»Die haben auch gefragt, was ich über das Sudetenland weiß, da hab ich losgelegt«, erzählte er stolz. »Ich konnte das Gebiet mit Fähnlein abstecken und die großen Städte aufzählen. Sogar über die Prager Deutschen habe ich Bescheid gewußt. Und als ich gefragt wurde: Wer sind denn die Sudetendeutschen?, da habe ich geantwortet: Sie sind die Urbevölkerung in einem unwirtlichen, unbesiedelten Gebiet. Und sogar die Iglauer Deutschen, die ringsum von Tschechen umgeben sind, sind die eigentliche Urbevölkerung. Denn sie haben sich auf dem unbewirtschafteten, unwirtlichen Gebiet, das keiner haben wollte, niedergelassen und sich so das Heimatrecht in Iglau erworben. Denn sie waren tüchtiger und fleißiger als die slawischen Untermenschen um sie herum.«

Der kleine Werner neben ihm hatte inzwischen seinen Pudding ausgelöffelt und kaute gelangweilt am leeren Löffel herum. Diese Geschichte hörte er nicht zum ersten Mal. Der Erich aber sah zur Schwester Emilie auf und wollte gelobt werden.

Die aber sagte nur: »Schmeckt dir der Pudding nicht, du ißt ja gar nichts?«

»Oh doch, er schmeckt mir ganz ausgezeichnet«, erwiderte er hastig, und man sah ihm die Enttäuschung über das ausgebliebene Lob an. Er aß schnell zwei Löffel, mußte aber dann unbedingt erzählen, wie ein hoher Parteimensch, mindestens ein Kreisleiter, ihn gefragt habe: »Was würdest du jetzt tun mit den Sudentendeutschen, wenn du der Führer wärst?«

»Na?« sagte er schelmisch zur Schwester Emilie, und auf seinem Gesicht strahlte der Abglanz dessen, den man, wenn auch nur für kurze Zeit, auf den Sockel neben den Führer gestellt hatte. »Na, was glauben Sie, was ich da gesagt habe?«

Er wollte es unbedingt wissen, was die Schwester Emilie dazu sagte, die für ihn und seine zwei Brüder zu den Lehrern gegangen war, als die Mutter wochenlang auf Tod und Leben im Krankenhaus gelegen hatte, und die für ein Mädchen vom Arbeitsdienst gesorgt hatte, das ihnen kochte und die Wäsche wusch. Er wollte unbedingt, daß die Schwester Emilie staunte, wie er da für kurze Zeit auf den Sockel neben dem Führer gehoben worden war und was er dann geantwortet hatte.

Er hatte nämlich geantwortet, wenn er der Führer wäre, dann würde er kurzen Prozeß machen und dreinschlagen. Dann würde er an der Spitze seiner Truppen ins Sudetenland einmarschieren und die Tschechen aufs Haupt schlagen. Jawohl, er würde dreinschlagen wie Attila mit seinen Hunnen.

Und da hätten der Kreisleiter und die anderen gelacht, und der Kreisleiter habe ihm auf die Schulter geklopft und gesagt:

»So ist es recht, Bub, so einer wie du, der ist bei uns am rechten Fleck, auf den haben wir gewartet.«

Sie sah den kleinen Werner, der begehrlich nach dem halb gegessenen Pudding schielte an, und dann den zehnjährigen hunnischen Schlagetot, der immer noch an den Lippen der Schwester Emilie hing und gelobt werden wollte. Und da ritt sie der Teufel und sie sagte, die Hunnen hätten zwar grausam dreinschlagen können, aber germanische Lichtgestalten seien sie nicht gerade gewesen. Und ein anderer Kreisleiter hätte ihn vielleicht dafür zur Rede gestellt, daß er den Führer mit einem Hunnen verglich.

Sie hatte den Satz noch nicht zu Ende gesagt, als es ihr auch schon leid tat, weil aus dem hunnischen Schlagetot unversehens ein erschrockenes Kindergesicht zum Vorschein kam, das hilfesuchend zur Schwester Emilie aufsah.

Die konnte aber jetzt lächeln, ihm den Arm um die Schulter legen und sagen: »Aber wir kennen dich doch, Erich, wir wissen genau, wie du es gemeint hast. Du hast den armen drangsalierten Menschen schnell und gründlich helfen wollen. Aber manchmal ist es besser, man hilft ihnen auf andere Weise. Und deshalb muß ihnen der Führer vielleicht auch anders helfen und einen Vertrag machen, der beiden Seiten Rechnung trägt. Das ist für den Frieden nötig, manchmal. Der Führer weiß das. Und ein Kreisleiter, der weiß auch nicht immer alles, gell, Fräulein Rosa?«

»Aber ganz bestimmt nicht. Ich kenne unseren Kreisleiter persönlich und kann dir versichern, der weiß ganz bestimmt nicht alles«, sagte sie sofort versöhnlich.

Die Schwester Emilie nickte. »Und jetzt iß. Sonst muß ich ja wirklich denken, mein Pudding schmeckt dir nicht.« Da wurde er in Windeseile verzehrt, der Pudding, und die beiden wurden in Gnaden für eine halbe Stunde auf die Gasse geschickt.

Schwester Emilie seufzte. »Wie soll ich ihn loben für so ein Geschwätz. Aber man muß ihn loben für seine Leistung, er hat keinen Vater mehr und eine schwerkranke Mutter. Er ist im Grunde ein gutmütiges Kind. Aber er meint, es allen immer zeigen zu müssen. Er ist der Älteste und fühlt sich auch noch für die anderen zwei verantwortlich. So ein Kind ist damit überfordert. Und jetzt stecken sie ihn mit zehn Jahren in eine Kaserne und biegen ihn zurecht, wie sie ihn haben wollen. Und dann wird er flink wie ein Windhund und hart wie Kruppstahl. Wo er doch ganz etwas anderes hätte werden können.«

Die Schwester Emilie sah sie plötzlich ein wenig mißtrauisch an. »Aber so war es schon in der preußischen Kadettenanstalt«, sagte sie schließlich, als wolle sie das, was sie gesagt hatte, ein wenig abmildern.

»Ich würde meine Kinder niemals mit zehn Jahren in eine Kaserne schicken«, sagte sie spontan.

Die Schwester Emilie sah sie lange und durchdringlich an. »Gebe Gott, daß Sie bei dieser Entscheidung ein Wort mitreden dürfen.« Und nach einer Weile fügte sie hinzu: »Ein Wort, auf das es ankommt.«

Auf dem Weg zur Liese dachte sie darüber nach, ob es klug war, wenn sie von den Rotkreuzkameradinnen nur die Liese einlud.

»Du mußt alle einladen oder keine. Oder vielleicht kannst du es bei den Führerinnen bewenden lassen. Aber alles andere geht nicht«, hatte ihr das Klärle geraten. Doch sie hatte keine Lust, Kameradinnen einzuladen, die gar keine waren. Jedenfalls dann nicht, wenn es darauf ankam. Im Streit mit der Frau Doktor Sohn hatten sie jedenfalls alle gekniffen, eine nach der anderen.

Die Rotkreuzübungen fanden am Sonntagmorgen statt auf freiem Feld oder in der Turnhalle. Anschließend gingen die Männer, fast alles gestandene Familienväter, in eine Wirtschaft und luden die meist jungen Frauen dazu ein. Aber Frau Doktor Sohn lehnte ein solches Ansinnen ab und ordnete an, daß die Frauen in die Kirche zu gehen hätten. Man folgte ihr. Widerwillig zwar und mit Murren, aber ohne Widerspruch.

Die Männer lächelten listig. Und von Mal zu Mal dachten sie sich entferntere Übungsplätze aus, von denen es weit bis zur

Kirche war. Und so kam es, daß eines Tages die Rotkreuzübung in Schopfingen stattfand, von wo aus es entschieden zu weit war in die Kirche nach Sontheim.

Die Männer glaubten schon, sie hätten die Frau Doktor Sohn endgültig überlistet, als diese die Einladung mit den üblichen Floskeln ablehnte und anordnete, die Frauen hätten in Schopfingen in die Kirche zu gehen. Alle waren enttäuscht und bestürmten sie, etwas dagegen zu unternehmen.

Als die Übung zu Ende war und die Frau Doktor Sohn verkündete, jetzt sei es Zeit für den Kirchgang, da trat sie auf die Frau Doktor Sohn zu und sagte: »Nein, wir gehen nicht in diese Kirche.«

»Und warum, Fräulein Rosa, wenn ich fragen darf«, erwiderte sie in schneidendem Ton, »warum verweigern Sie mir den Gehorsam?«

»Weil dies eine katholische Kirche ist und wir keine einzige Katholikin unter uns haben.« Die Männer nickten beifällig, die Frauen hielten den Atem an. »Und bis wir nach Sontheim zurück sind, ist die Kirche dort aus. Es hat heute keinen Sinn, in die Kirche zu gehen.«

Frau Doktor Sohn lächelte hochnäsig und sagte herablassend: »Es hat immer Sinn, in die Kirche zu gehen. Man kann immer und überall etwas dazulernen. Also, auf geht's.«

Jetzt hielten die Männer den Atem an, und die Frauen senkten den Blick.

»Ich gehe nicht mit«, sagte sie ruhig und ging einen Schritt auf Frau Doktor Sohn zu. Sie wandte sich zu den Frauen um. »Wer mitgehen will, der soll mitgehen, ich gehe nach Hause.«

Sie kehrte Frau Doktor Sohn endgültig den Rücken und ging an den Männern vorbei Richtung Straße. Im Nu wurde sie von allen Seiten umringt.

»Das wird ein Nachspiel haben!« hörte sie es hinter sich keifen.

Das Nachspiel fand dann statt in Gestalt einer Sonderversammlung des weiblichen Roten Kreuzes in der Rosenschule.

Es kam zu einer richtigen Anklage und zu einem richtigen Verhör. Die Frau Doktor Sohn bezichtigte sie der Verweigerung des Gehorsams und der Anstiftung der anderen zum Ungehorsam.

Niemand sagte ein Wort. Weder die zwei Ärztinnen, noch die Frau Kühn, und erst recht nicht die zwei Krankenschwestern im Vorstand.

»Nun, was fällt Ihnen jetzt ein zu ihrer Verteidigung?« sagte die Frau Doktor Sohn in das Schweigen hinein. Sie schien sich ihrer Sache sehr sicher.

»Dasselbe, was ich Ihnen schon in Schopfingen gesagt habe, daß es unpassend ist, Protestantinnen in eine katholische Kirche zu treiben. Und im übrigen habe ich Ihnen gegenüber nur das ausgesprochen, was die anderen hinter Ihrem Rücken gesagt haben.« Sie sagte es mit einem Kloß im Hals und mit Herzklopfen, aber laut und deutlich.

»Sie haben die anderen gegen mich aufgewiegelt!« schrie Frau Doktor Sohn ganz ohne ihre gewohnte Herablassung.

»Das ist nicht wahr«, versuchte sie möglichst ruhig zu entgegnen. »Die anderen sind zu mir gekommen, weil sie schon lange nicht mehr in die Kirche wollten. Ich habe nur das gesagt, was die anderen sich nicht zu sagen getraut haben, und deshalb sind sie mitgekommen.«

»Aha«, antwortete Frau Doktor Sohn im alten giftigen Ton. »Stimmt das, Fräulein Lang?«

Die Lang Marie fuhr erschrocken zusammen. Reden war ihre Sache nicht, und im Denken war sie ausgesprochen langsam, dafür ging ihr das Verbandszeug besonders flink durch die Finger.

»Ich weiß nicht«, stotterte die Marie nach geraumer Zeit, und alle grinsten.

Der gesammelte Hohn der Frau Doktor Sohn prasselte auf sie herab. »Sie wissen es nicht? Sie wissen also nicht, ob Sie schon immer nach Hause wollten? Interessant.« Mit langen

Schritten ging sie vor der Stuhlreihe der Frauen auf und ab, die Hände auf dem Rücken verschränkt, wie ein Feldwebel, der seine Rekruten mustert. »Und Sie, Fräulein Haller, wie sieht es mit Ihnen aus?«

Die Friedl äugte nur kurz zu ihr herüber. »Ja, eigentlich«, sagte die Friedl leise und schaute an ihr vorbei auf das Bild des Turnvaters Jahn an der Wand, »so richtig kann ich mich nicht mehr daran erinnern, aber gesprochen habe ich mit niemandem darüber, nein, an eine Unterhaltung kann ich mich nicht mehr erinnern.«

Auch das fand Frau Doktor Sohn interessant. »Sie sind also bloß mitgegangen, weil alle anderen auch gegangen sind?«

»So könnte man sagen«, sagte die Friedl erleichtert.

»Das heißt, Sie haben sich anstiften lassen«, schnaubte Frau Doktor Sohn.

»Keineswegs«, sagte die Friedl empört. »Ich habe ja mit niemand ein Sterbenswort darüber geredet.«

»Sie wollen behaupten, Sie hätten den ganzen Vormittag kein Wort geredet?«

»Nein, das behaupte ich nicht«, sagte die Friedl verärgert. »Ich habe über das Wetter, das neue Rotkreuzauto und die Männer mit verschiedenen Leuten geredet, aber sonst über nichts anderes.«

Frau Doktor Sohn wandte sich an die nächste: »Und wie war das bei Ihnen, Fräulein Müller?«

»Mir war das Jacke wie Hose, ich stamme aus einer nationalsozialistischen Familie und bin sowieso aus der Kirche ausgetreten.«

Da stürzte sich die Frau Doktor Sohn auf das nächste Opfer. Das war die Kutscher Hanna. Und die war derart unschuldig, daß sie gar nichts mitbekommen hatte als den Abmarsch, weil sie hinter einem Busch gesessen war und alles verpaßt hatte.

Und so ging es weiter. Alle, alle hatten sie wochenlang dazu angestachelt: »Sag doch endlich was. Eine muß es doch sagen.« Jetzt hatten sie auf einmal nichts mehr damit zu tun. Konnten sich an nichts erinnern. Hatten gar nichts mitbekommen. Waren lediglich hinter den anderen hergelaufen.

Bei jedem weiteren Namen, den sie aufrief, bei jeder weiteren Unschuldsbeteuerung wurde der Ton der Frau Doktor Sohn herrischer und unbeherrschter.

Bis sie die Burgbacher Toni befragte. Die sagte dann seelenruhig, daß sie sich diesen Ton von einer ganz und gar inkompetenten Führerin verbitte, die nicht einmal begriffen habe, was die Arbeit des Roten Kreuzes für Volk und Staat bedeute. Und dann legte die Toni los. Was dieser ganze Zirkus mit in die Kirche zwingen eigentlich solle angesichts der dringenden nationalen Probleme.

Da wurde es auf einmal lebhaft auf der Bank der Führerinnen. Unversehens befand sich die Frau Doktor Sohn, die gerade noch aufgetreten war wie ein Kardinal der heiligen Inquisition, selbst auf der Anklagebank. Sie mußte sich wegen ihres Kirchenfimmels ebenso rechtfertigen wie wegen ihrer mehr als dubiosen Buchführung. Es kam zur Sprache, daß sie die kirchlichen Betschwestern, die zu allem Ja und Amen sagten, den aktiven Nationalsozialistinnen vorziehe. Man wollte sie erklären lassen, was es für letztere in einem katholischen Gottesdienst zu lernen gebe, außer Duckmäuserei und Mitleid mit den Schwächlingen.

Sie riß Augen und Ohren auf. Da vorne wurde plötzlich ein anderes Spiel gespielt, mit dem sie nichts zu tun haben wollte. Sie sah sich diese sogenannten Kameradinnen an, die sie wochenlang zum Reden angestachelt hatten.

»Ach, wenn ich das sage, auf mich hört doch keiner, ich kann doch nicht so gut reden wie du.«

»Mensch, prima, wie du es der gegeben hast. Die war ja so was von geplättet.«

»Gott sei Dank hast du es der mal gesagt. Es traut sich ja sonst keiner. Die glaubt wohl, die kann machen mit uns, was sie will.«

»Ich? Nein, ich hab das gar nicht mitbekommen.«

»Ich soll das gesagt haben? Ich habe gar nichts gesagt, rein gar nichts.«

»Aus solchen Machenschaften halte ich mich raus. Ich hab immer alles mitgemacht, da kann mir keiner was nachsagen.«

Nur die Liese, die nicht bei der Sonderversammlung war, ging später zur Frau Doktor Sohn und sagte, es sei wirklich so gewesen, daß alle die Rosa Birk bedrängt hätten. Die habe eigentlich gar nichts sagen wollen zunächst, aber dann hätten die anderen immer gemeckert. Und das sei ganz und gar nicht recht, wenn man aus ihr jetzt eine Rädelsführerin machen wolle.

Die Frau Doktor Sohn sei ganz freundlich gewesen, habe ihr sogar einen Stuhl auf der Schreibstube des Roten Kreuzes angeboten und gesagt: »Ich dachte erst wirklich, das Fräulein Rosa habe die anderen aufgewiegelt. Sie hat ja nun mal einen Dickkopf und kann auftreten. Aber es geht inzwischen längst um etwas ganz anderes. Es gibt da Leute, die es auf mich abgesehen haben und die jetzt endlich ihren Vorwand haben, das ist mir inzwischen klar geworden.«

»Ich war ziemlich verdutzt«, meinte die Liese, »und war mir nicht sicher, ob sie das ernst gemeint hat. Sie klang aber so müde und resigniert, daß mich das irgendwie überzeugt hat. Wahrscheinlich haben die, die schon lang aus der Kirche ausgetreten sind, was gegen sie und wollen sie absägen.«

»Du tust ja so, als ob sie dir leid tut«, sagte sie schnippisch zur Liese.

»Das nun nicht gerade, aber irgendwie geht es mir gegen den Strich. Erst lassen sie sie ein Verhör veranstalten und dann hauen sie sie in die Pfanne. Und das Ganze sieht jetzt aus, als ob du alles angezettelt hättest.«

Sie war immer noch dabei, sich über die sogenannten Kameradinnen grün und blau zu ärgern. Nach dem Gespräch mit der Liese war ihr klar, daß sie von der Leitung des Roten Kreuzes gezielt benutzt worden war für eine Abrechnung der besondereren Art, und daß das ganze Dorf sich darüber das Maul zerreißen und ihr die Schuld geben würde.

Sie trat umgehend aus dem aktiven Dienst aus mit der Begründung, ihre schwer pflegebedürftige Mutter könne sie nicht mehr so oft entbehren. Man kam ihrer Bitte insoweit entgegen, als man ihr anbot, ihren Einsatz auf zweimalige Übungen im Jahr zu beschränken und ihr weitere Aktivitäten je nach der häuslichen Pflegesituation und ihrer eigenen Entscheidung freistellte. Ein halbes Jahr lang ließ sie sich nicht mehr blicken. Irgendwann würde sie diesen sogenannten Kameradinnen für ihre Feigheit und Verlogenheit eins auswischen.

Ihre Hochzeit war ein geeigneter Anlaß. Sie lud die Liese ausdrücklich dazu ein, sie sollte als eine der Brautjungfern fungieren. Und sie wollte ihr den strahlendsten Helden, den der Karl unter den Neustädtern seines Freundeskreises auftreiben konnte, an die Seite stellen.

Und all die ahnungslosen und unschuldsvollen Weibsbilder sollten am Straßenrand stehen und sich ärgern dürfen. Über ihr großartiges Fest und über die Hauptrolle der Liese dabei. So und nicht anders sollte es sein, und da konnte das Klärle reden, was es wollte.

Als sie die Türe des alten Bauernhauses aufmachte, wurde sie vom allgegenwärtigen Radio eingeholt. »Große Stunden brauchen große Männer und Frauen. Mit Ernst und Würde, aber auch mit dem Gefühl absoluter Sicherheit wollen wir den bedeutungsvollen Ereignissen entgegensehen. Denn auf der Seite Deutschlands ist das Recht. Und diesem Recht, das niemand in der Welt ableugnen kann, wird Adolf Hitler zum Sieg verhelfen.«

Die Liese war beim Kartoffelschälen in der Küche. Sie stellte das Radio ab. Sie saßen einander am Küchentisch gegenüber. Die Liese freute sich über die Einladung, kam aber mit dem Kartoffelschälen nicht richtig vom Fleck, weil sie dauernd über ein passendes Kleid nachdenken mußte.

Ihr grünes Samtkleid war gar zu schäbig und abgewetzt, und außerdem paßte es auch nicht so recht zu einer Hochzeit. Schon gar nicht für eine Brautjungfer. Wie sah das denn aus neben einer Braut: dunkelgrüner Samt. Zeit genug habe sie ja noch, sich was anderes zu nähen, aber was? Die Rosl heiratete ja sicher in Weiß?

Ja, das hatte sie vor.

Na schön. Es müsse was Helles sein, klar, rosa sei albern, hellblau eventuell, ein zartes Gelb, so ins Teefarbene, könnte sie sich vorstellen.

Sie habe ein Brautkleid aus weißer Seide.

Aha. Sehr elegant.

Man überlegte, entwarf und verwarf Ärmel und Halsausschnitte und ließ die Bahnen des Rocks in verschiedene Weiten und Formen fallen. Schließlich saßen sie beide am Küchentisch, schälten bedächtig Kartoffel für Kartoffel und säbelten sich gleichzeitig durch Stoffbahnen in verschiedenen Farben, mit und ohne feine kleine Muster hindurch.

Da erschien der Fritz in der Küche, Lieses Bruder, der kein frisches Hemd im Schrank finden konnte, er brauche ein Braunhemd, versteht sich, wenn er mit der Reiterstaffel der SA zum Geländeritt wolle. Die Liese schüttelte den Kopf und ging ihm sein Hemd holen.

Er drehte sofort das Radio an: »Das Kernproblem heißt deutsche Ehre, die nicht zuläßt, daß ein Räuberhauptmann namens Beneš Deutsche quält und mordet und verjagt. Allein an seine Adresse sind Warnungen und Ratschläge, Schulmeistereien und Appelle des Auslands zu richten. An der Kriegshetze und Friedensstörerei der Juden zerschellt jede positive Arbeit!«

»So ist es recht«, sagte der Fritz befriedigt und setzte sich zu ihr an den Küchentisch. Er hatte das Radio leiser gestellt, es war vom Jammer der Frauen von Graslitz die Rede, die den Führer um Hilfe baten per Telegramm.

Sein weißes Unterhemd, auf dem die Hosenträger glänzten, paßte nicht zu seiner braunen Reiterhose und den schwarzglänzenden Stiefeln. Wenn er am Küchentisch saß und selbstvergessen in den Zähnen stocherte, wirkte er wie einer der Bauern aus der Nachbarschaft, und alle Herrenreitermanier war abgetan.

Wenn er aber mit den Händen in den Hosentaschen vor dem Radio auf und ab stolzierte, hatte sein Gesicht etwas Lauerndes und dann wieder etwas Herrisch-Triumphierendes. Er hatte das Radio wieder auf volle Lautstärke aufgedreht.

»Die außenpolitische Lage ist so ernst wie noch nie. Schuld daran sind die sogenannten Friedensverträge von 1919, die, statt der Welt den Frieden zu bringen, nur den Keim für immer weitere Konflikte gelegt haben. Juden und Freimaurer versuchen auch jetzt wieder mit aller Macht, die Welt ins Chaos zu stürzen.«

»Wissen wir, wissen wir alles«, sagte er ungeduldig. »Macht mal endlich vorwärts.«

»Was meinst du damit?« fragte sie ärgerlich.

»Den Einmarsch natürlich.« Er stampfte triumhierend mit dem Fuß auf. Dann ließ er sich auf den Stuhl fallen. Nichts als ein Prolet in Hosenträgern.

»Ich hab es satt hier, gründlich satt. Ich kann's kaum erwarten. Sag selber, ist das ein Leben hier? In dem alten verrotteten Haus? Tagaus, tagein als Buchhalter Zahlenkolonnen in die immer gleichen Kladden pinseln – nein danke. Wozu hab ich mich in Geländebeurteilung, Tarnen und Entfernungsschätzen geübt, jahrelang? Hier geht doch alles seinen ewig gleichen Trott.«

Er verschränkte die Arme hinter dem Hals, warf den Kopf zurück und grölte: »Frischauf Kamerad, aufs Pferd, aufs Pferd.« Er lachte. »Na, ihr Weiber kapiert das nicht, werdet es nie kapieren. Ihr seid allesamt Stubenhocker«, sagte er verächtlich.

»Laß dir nur die Kugeln um die Ohren pfeifen, eine trifft dich bestimmt irgendwann, so wie sie deinen Onkel, zwei deiner Vettern und einen Vetter deiner Mutter getroffen hat. Es muß ein erhebendes Gefühl sein, wenn das eigene Gehirn fürs Vaterland in den Rinnstein tropft.«

Er starrte sie mit aufgerissenen Mund an, dann warf er den Kopf zurück und lachte. »Der Neid einer sitzengebliebenen alten Jungfer!«

Jetzt war das Hohngelächter an ihr. »Wer zuletzt lacht, lacht am besten«, sagte sie. »Auf einem Pferd sitzen kann jeder, aber man purzelt manchmal schneller herab, als man die Parteileiter hinaufkriechen kann.«

Langsam dämmerte es in seinem Gesicht, und er hätte sich nachträglich die Zunge abbeißen können, das sah sie ihm an. Sie genoß seine Verwirrung.

Daß er es vom Rottenführer zum Scharführer bringen wollte und daß sich das ungebührlich lange hinzog, pfiffen die Spatzen von den Dächern. Und da hatte er reineweg vergessen, daß dieses bornierte Weibsbild dabei war, den Kreisorganisationsleiter zu heiraten, einen Mann von beträchtlichem Einfluß also, der auch in dieser Angelegenheit von Einfluß sein könnte oder zumindest jemand kannte, der ganz bestimmt von Einfluß war.

»Spaß beiseite«, sagt er nach einer Weile todernst. »Die Sicherheit der Nation steht auf dem Spiel, da kann ich mich meiner Pflicht nicht entziehen. Da muß ich als SA-Mann, als der politische Soldat, der ich bin, meinen Mann stehen.« Er sah sie ein wenig lauernd an, auf die Wirkung seiner unerwarteten Erklärung bedacht.

Sie lachte. »Wenn der Führer lauter Parteisoldaten hat, die den Einmarsch in ein fremdes Land mit einer Wirtshausrauferei verwechseln, dann gute Nacht«, sagte sie sarkastisch.

»Was heißt hier fremdes Land? Das Sudetenland ist urdeutsches Land, seit urdenklichen Zeiten«, keifte er.

»Deswegen braucht es einen urdeutschen Krieg, was?« keifte sie zurück. »Vielleicht wird es aber auch ein großer internationaler Krieg, ein neuer Weltkrieg«, warf sie ihm hin.

»Wir Deutschen fürchten Gott und sonst nichts auf der Welt«, ließ sich der Fritz vernehmen und spannte den Bauch unter den Hosenträgern, im Bewußtsein, es ihr gegeben zu haben. Er widerte sie an.

Sie war über das Erscheinen der Liese froh, die den Bügel mit dem Braunhemd in der Hand hielt und den Kopf schüttelte. »Die Großmutter war immer so akkurat, und jetzt räumt sie nicht einmal die Hemden in den richtigen Schrank. Traurig ist das, aber was soll man machen?«

Sie verabschiedete sich freundlich von der Liese und würdigte den Fritz keines Blickes, während die Liese anfing, ihm die Details der bevorstehenden großen Hochzeit mitzuteilen, bei der sie als Brautjungfer eine tragende Rolle zu spielen bekam, der sie jetzt schon entgegenfieberte.

Auf dem Weg zum Post Päle ärgerte sie sich über sich selbst. Warum hatte sie sich überhaupt auf ein Gespräch mit diesem gestiefelten Lackaffen eingelassen? Weil es sie so geärgert hatte, daß er den Einmarsch, der mit Sicherheit den Krieg bedeuten würde, für seinen persönlichen Abenteuerspielplatz hielt.

Sie hatte sich so geärgert, weil der Tisch in der Küche gerade so ein abgewetzter alter Tisch war, mit denselben gedrechselten Wulsten an den Beinen und der weit vorragenden riesigen Holzplatte wie zu Hause. Selbst die Tischschublade hatte fast denselben Knauf. Wenn sie ihre Hände auf der Tischplatte liegen sah, dann war es fast wieder wie als Kind. Sie wußte, alles was sich auf dem Tisch abspielte, spielte sich über den vergilbenden Briefen in der Tischschublade ab.

Und in diesen Briefen lagen sie und waren eingesargt auf immer und ewig. Der Onkel Hans und der Onkel Paul, der Bruder Christl und der Bruder Karl.

Als Kind hatte sie gehofft, daß sie wieder daraus auferstehen würden eines Tages, wie Schneewittchen aus seinem gläsernen Sarg. Aber sie blieben eingesargt in der Tischschublade. Das Ende des Krieges kam, die Soldaten kehrten heim, setzten sich verlaust und verdreckt an den Tisch, als sei nichts gewesen, und starrten auf Konfirmations- und Rekrutenbilder ihrer Brüder und Vettern, deren Bilder ein schwarzes Band über der rechten Bildecke trugen.

Der Christl und der Karl kamen nicht. Obwohl sie mehrmals geträumt hatte, sie seien an Krücken den Schlechtenfeldweg heruntergehumpelt, wußte sie schon im Traum, daß sie tot waren. Sie wartete mit Herzklopfen, daß sie am Gartentor halten würden, aber sie humpelten, einer auf den anderen gestützt, weiter, als könnten sie nicht sehen, daß sie den Zaun ihres eigenen Hauses entlanggingen.

Vielleicht war sie zu dem gestiefelten Lackaffen so garstig gewesen, weil sie es nicht aushalten konnte, die Hände auf so eine rissige alte Tischplatte zu legen ohne die Gefallenen zu sehen, wie sie da drunter eingesargt waren in ihren Briefen.

Noch eine Einladung war zu bestellen und ein Brief für den Ernst. Diese Einladung machte ihr das Herz schwer, weil sie nicht wußte, in welcher Verfassung sie das Post Päle antreffen würde. Das heißt, sie wußte nur allzu gut, daß es mit ihm zu Ende ging. Sie wollte ihm trotzdem die Einladung zu ihrer Hochzeit persönlich vorbeibringen und ihn besuchen. Unterwegs bedrückte sie der Gedanke, daß er dieses Jahr nicht mehr überleben würde. Er gehörte seit ihrer Kindheit mit dazu, nicht gerade zur Familie, aber zu dem Kreis von Leuten, die sich regelmäßig mit der Mutter trafen, um sich über alles, was neu und interessant war, zu unterhalten, ob es in Berlin oder Stuttgart, in Rottweil oder Australien passierte.

Päle war zeit seines Lebens nicht nur ein begabter Handwerker und Erfinder gewesen – an jedem Arbeitsplatz in der Fabrik hatte er immer wieder Vorschläge für Neuerungen und Verbesserungen gemacht, über die die Ingenieure nur so gestaunt hatten –, Päle war auch so etwas wie ein Prophet gewesen, jedenfalls in technischer Hinsicht.

Das Päle hatte schon zu Kaisers Zeiten vorhergesagt, daß es motorisierte Flugzeuge geben werde, die man natürlich gleich für den Krieg einsetzen würde. Feuer und Schwefel werde vom Himmel fallen, daran ließ er keinen Zweifel. Das Gelächter der anderen kümmerte ihn nicht. Daß das Auto das Verkehrsmittel der Zukunft werden würde, war ihm ebenso klar wie die Tatsache, daß gepanzerte Autos die Kriegsführung verändern würden.

Dabei war das Päle fromm, glaubte, dies alles sei im Plan der Schöpfung angelegt und ganz wundervoll, nur der Mensch, der alte Adam in seiner Hoffart, gehe wie schon seit eh und je ganz verkehrt um mit Gottes guten Gaben.

Als sie das Gartentor des Werkssiedlungshäuschens öffnete, quietschte es in den Angeln. Das Geräusch erschreckte sie. So lange war er krank, daß schon das Gartentor quietschte, weil er nicht mehr in Haus und Garten nach dem Rechten sehen konnte.

Die Marie führte sie in die Stube, wo er in den Lehnstuhl gebettet saß. Sein Gesicht war noch kleiner und runzliger geworden, die großen braunen Augen hatten einen eigenartigen fiebrigen Glanz. Sie gab ihm die Hand, beugte sich zu ihm herunter, legte ihm die Karte mit der Einladung in den Schoß.

»Ja«, sagte er, »sie haben es mir gesagt, daß du nach Neustadt heiratest. Einen von der Kreisleitung. Dann brauchst du wenigstens keine Angst zu haben, daß er gleich eingezogen wird.«

Sie lächelte und zog sich einen Stuhl vom Tisch herüber, um neben ihm sitzen zu können. »Schön wär's. Ich hätte nichts dagegen. Aber er ist leider schon eingezogen. Das heißt, natürlich nicht richtig. Er mußte Mitte September zu einer Wehrübung nach Ulm. Bis Anfang Oktober. Als Reserveoffizier muß er das zwei- bis dreimal im Jahr machen.«

»Dann haben sie also die Reserveoffiziere schon eingezogen, das hätte ich nicht gedacht«, sagte das Päle nachdenklich.

Sie sah, wie abgemagert seine Hände geworden waren, wie pergamenten faltig sie aussahen mit ihren vielen braunen Altersflecken. Die Fingernägel bildeten viele blaue Monde am Ansatz.

»Es ist nur eine Übung«, sagte sie beruhigend.

Seine Augen fixierten sie durchdringend. »Mach dir nichts vor«, sagte er ungeduldig. »Ich hab es immer gesagt, Hitler bedeutet Krieg. Und so ist es. Ihr habt gelacht, als ich von den Tanks und den Flugzeugen geredet hab. Dann habt ihr nur noch weggeschaut. Als sie die Gewerkschaftler verhaftet haben und die SPD-Stadträte, da habt ihr am ersten Mai Hakenkreuzfähnchen geschwenkt und euch eine rote Wurst spendieren lassen auf Kosten der Partei. Als die Juden nicht mehr ins Schwimmbad gehen durften, habt ihr die Achseln gezuckt und gesagt, wir haben auch kein Schwimmbad in Sontheim. Als Hitler die eigenen Leute umgebracht hat, habt ihr gesagt, er wird schon wissen warum, die Falschen sind es sicher nicht gewesen. Und dann seid ihr auf den nächsten Parteitag gefahren und habt begeistert geklatscht. Als die Synagogen brannten, habt ihr auch gedacht, da hat es nicht die Falschen getroffen, uns betrifft das nicht, in Sontheim gibt es sowieso keine Synagoge. Und habt im Kino noch einmal den Film von den Olympischen Spielen in Berlin angeschaut und auf die Ferien mit Kraft durch Freude an der Ostsee gespart.«

Sie hielt ihm die Hände, um ihn zu beruhigen. Er stieß Wort für Wort aus mit aller Kraft, und es war ja seine letzte Kraft. So muß Jesaja auf dem Totenbett ausgesehen haben, schoß es ihr durch den Kopf. Aber dann war es auf einmal aus mit ihrer Fürsorglichkeit, und sie zog ihre Hände zurück von den kalten steifen Fingern des alten Mannes, die aussahen, als seien sie schon für den Sarg gefaltet. Es überfiel sie die Angst, die kalt aus seiner Anklage aufstieg.

»Der Karl ist nicht so einer«, sagte sie sehr langsam und vorsichtig. »Der ist zuständig für Winterhilfe und Jugendspiele. Für das Soziale eben.«

»Und du glaubst das?« fragte das Päle ungläubig. »Du glaubst wirklich, daß sich das so auseinanderhalten läßt? Die einen sperrt man für nichts und wieder nichts ein, um sich freie Bahn zu schaffen, und die anderen schickt man ins Erholungsheim – und das hat nichts miteinander zu tun?« Er sah sie wieder so eindringlich an, daß ihr nichts mehr dazu einfiel.

So hatte sie es noch nie gesehen, weil der Karl es noch nie so gesehen hatte, und weil sie es erst recht nicht so sehen wollte. Aber sie begriff, daß alle anderen es so sahen und so sehen mußten: Seine Position in der Partei war so hoch, daß alle ihn mit allem, was die Partei machte, identifizieren mußten. Sie sah plötzlich, daß seine persönlichen Ansichten oder gar Auseinandersetzungen mit anderen führenden Nazis für alle anderen, außer ihn selbst, überhaupt nicht von Bedeutung waren.

Nicht umsonst trat er überall in der Öffentlichkeit in Uniform auf. Nicht umsonst gehörte fast jeder irgendeiner Vereinigung an und trug bei offiziellen Anlässen die entsprechende Uniform. Ob Arbeitsdienst, Rotes Kreuz, Werkschutz – irgendwo war jeder erfaßt und trug die entsprechende Uniform. Und so wurde er von den anderen wahrgenommen. Als Parteigenosse, als Rotkreuzler, als Arbeitsdienstler, als Feuerwehrmann oder Mitglied des Werkschutzes, als SA-Mann.

Und er trug die Uniform eines politischen Leiters, also stand er immer und überall für die Partei. Er trug die gleiche Uniform wie die Bulldogge, und also stand er in den Augen aller anderen für dasselbe wie die Bulldogge. Dieser Gedanke erschreckte und erbitterte sie zugleich. Da gab es einen großen Unterschied, und auf dem mußte sie bestehen, auch dem Päle gegenüber.

»Wie soll es aber besser werden mit der Partei«, brachte sie zaghaft vor, »wenn nur die Angeber und die Korrupten das Sagen haben?«

Das Päle zog erstaunt die Augenbrauen hoch. »Besser werden?« fragte er kopfschüttelnd. »Glaubst du wirklich, da könne etwas besser werden? Sie haben Recht und Gesetz mit Füßen getreten – oder was soll das anderes heißen als vollkommene Willkür, wenn es heißt, der Führer ist das Gesetz? Das hieß es schließlich schon unter Nebukadnezar.«

Er fing an zu husten. »Sie werden sagen, der Stärkere hat recht, und werden einmarschieren und ihre Siegesparaden abhalten. Aber Gott läßt seiner nicht spotten. Es wird eine Zeit kommen, da werdet ihr keine Siegesparaden mehr bejubeln. Ihr werdet mit euren Kindern im Keller sitzen, und da wird sein Heulen und Zähneklappern. Und Feuer wird vom Himmel fallen auf Sodom und Gomorrha.«

Wieder drohte seine Rede im Gehuste unterzugehen. Dann beruhigte er sich und fuhr in einem sachlichen Ton fort: »Hast du einmal *Mein Kampf* gelesen? Da steht alles drin, was sie tun werden, und sie werden es tun. Man wird es dir auf dem Standesamt überreichen. Stell es nicht ungelesen neben die Bibel und deine Kochbücher. Dann weißt du, was dir bevorsteht. Sie wollen den Krieg. Sie haben ihn immer gewollt. Wenn sie ihn jetzt nicht bekommen, dann zetteln sie ihn in ein bis zwei Jahren an. Unter einem lausigen Vorwand. Und dann werden sie die Herren spielen im Osten und ganze Völker versklaven im Namen des deutschen Volkes und der Herrenrasse. Und dir, dir werden sie deine Kinder wegnehmen und in die Kaserne stecken, und sie werden als Wölfe zurückkehren und die Lämmer reißen. Ja, es wird eine Herrschaft der Bluthunde sein, und das Lamm wird abermals gerissen, und sein Blut wird kommen über uns und unsere Kinder. Herr erbarme dich, Gott erbarme dich unser, Amen«, murmelte er und sank in sich zusammen.

Er stirbt, wie er gelebt hat, dachte sie, um gegen die Angst anzukommen, die in ihr aufstieg. Er ist ein Bastler und Pröbler und Spintisierer, der es zu nichts gebracht hat mit all seinen Erfindungen als zu einem winzigen Werkshäuschen. Und er hat die Vorstellungskraft eines Leonardo und die Phantasie und Feuerzunge biblischer Propheten, wenn er nur will. Er konnte stundenlang räsonieren und die spitzfindigsten Argumente vorbringen, um dann auf den Flügeln der Apokalypse abzuheben. Er würde sterben, beflügelt von unheilschwangeren Prophezeiungen voll dunkler Bedeutung auf den Lippen.

Sie streichelte ihm die Hände, sagte, er solle sich nicht in Rage reden, das bekomme ihm nicht und verbrauche zu viel Kraft, und er beruhigte sich langsam.

Sie erzählte ihm von der Mutter, und daß der Adolf jetzt nach Hamburg komme und daß es für die Mutter nicht ganz einfach sei, jetzt, wo sie selber auch weggehe. Da sei sie dann allein übrig mit der Anna, und den ganzen Tag über sei niemand da. Aber der Karl habe gesagt, sie könne jederzeit nach Sontheim fahren, wenn sie dort gebraucht werde, und das sei ihr eine große Beruhigung.

»Ja, ja«, sagte das Päle, »das wirklich Beunruhigende sind nicht die Schweinehunde bei den Nazis. Das wirklich Beunruhigende sind die Gutgläubigen, die einfach nicht hinsehen wollen. Die bloß glauben wollen, weil sie selbst so harmlos sind, so leichtgläubig. Bis ihnen eines Tages die Augen übergehen und sie hinsehen müssen.«

Dabei blickte er selber mit weit aufgerissenen Augen an ihr vorbei, in eine Apokalypse, die ihn tief zu erschrecken schien, von der er aber den Blick nicht abwenden konnte. Schließlich fiel er in die Kissen zurück und schloß erschöpft die Augen.

»Laß dir von einem alten Spintisierer nicht dein Fest vergällen. Es ist schön, daß du mit der Einladung gekommen bist. Mit jedem Kind, vergiß das nicht, wird die Hoffnung neu geboren. Gott läßt seiner nicht spotten«, seufzte er dann. »Der hat schon den Nebukadnezar Gras fressen lassen. Der wird auch die Bluthunde in ihre Schranken verweisen, wenn nicht heute, dann morgen. Ihm sind tausend Jahre wie der Tag, der gestern vergangen ist. Uns ist der schon viel. Das ist der Unterschied. Wie klein sind wir vor ihm. Ist das nicht beruhigend? Die Bluthunde, ja die, die werden es hernach auch noch erfahren.«

Die Marie machte dem allem ein jähes Ende. Sie sah sofort, daß jedes weitere Wort zuviel war. Jesaja war erschöpft. »Laß die Heiden toben«, sagte die Marie energisch und schüttelte ihm das Kissen auf.

Es ist der Lauf der Welt, und er hat ein biblisches Alter erreicht, sagte sie sich unterwegs, und doch schmerzte es sie. Er war eine der Heldenfiguren ihrer Kindheit gewesen. Nie hatte er das Dorf verlassen, doch er hatte es mit seiner Phantasie täglich überflügelt. Nichts konnte für ihn einfach bleiben, wie es war, alles mußte hinterfragt werden und konnte vielleicht auch ganz anders sein.

Oft, wenn ihr das alte Haus zu eng wurde und die alten Leute sie langweilten, konnte sie sich sagen, wenn sie ihm begegnet war, es kommt auf dich selber an. Jeder hat Flügel, man muß sich halt nicht um die anderen scheren und sich die Flügel nicht stutzen lassen. Und wie spannend war es, wenn das Päle von der Zukunft erzählte. Was flog da nicht alles über das Kirchendach oder kam das Tal heraufgefahren. Und fast alles aus seinen Geschichten war so oder so ähnlich eingetroffen.

Und jetzt? Sollte es jetzt am Ende auch so oder so ähnlich eintreffen? Sie sah sich mit Kindern im Keller kauern, Staub rieselte von der Decke, das Licht ging aus, eine Mauer riß krachend auf...

Das Geplärre aus den Radios nahm keine Ende den Zaun entlang. Schließlich stand sie vor dem Haus der Hauptstätter Lore und hatte große Lust, den Brief einfach in den Kasten zu schmeißen. Es sei dringend, hatte der Ernst zu ihr gesagt, wegen der Vorstandssitzung der Feuerwehr heute abend. Na schön, dann klingelte sie eben, obwohl sie auf ein Gespräch mit der Lore nicht gerade erpicht war.

Die war zehn Jahre älter als sie, bei Apothekers im Dienst und also immer etwas Besseres gewesen und hatte sich mords was eingebildet, als sie sich einen Ingenieur von Kühn geangelt hatte. Bei der Hochzeit war sie schon im siebten Monat. Der Herr Ingenieur, hieß es, habe sich nur schweren Herzens zur Heirat entschließen können, schließlich sei er so gut wie verlobt gewesen mit einer Ärztin in Freiburg.

Seit ihr Mann Kassierer bei der Feuerwehr und der Partei war, meinte sie schon, sie könne es der Frau Bürgermeister gleichtun, schließlich hatte sie drei Söhne und die nur einen und zwei Töchter.

Die Lore machte ihr in weißer Rüschenschürze die Türe auf, und sofort dröhnte es ihr entgegen: »Rußland will die Weltrevolution, aber das deutsche Volk im Sudetenland weiß, daß der Führer es niemals im Stich lassen wird.«

Sie wurde ungewohnt freundlich hereingebeten. Es war ihr zuwider, aber was blieb ihr anderes übrig. Es wurde ihr versichert, daß der Brief dem Herrn Ingenieur sofort überreicht werde und was es für eine Freude sei, daß sie demnächst heirate und so einen interessanten und attraktiven Mann. Oh ja, das sei ihr durchaus bekannt, und sie kenne mehr als eine Neustädterin von Parteiveranstaltungen, die ein Auge auf ihn geworfen habe und schwer enttäuscht sein werde.

Die Lore lachte, während im Radio verkündet wurde, in den württembergischen Städten versammelten sich die Menschen auf den Marktplätzen zu Treuekundgebungen für den Führer.

»Ach, ich stell ab«, sagte Lore, »das ist ja nichts Neues.«

»Der Herrmann ist doch bei der Wehrmacht, oder?«

»Ja, ja,« sagte Lore leichthin, »der ist fast fertig, dann kommt der Hubert dran.«

»Und du hast keine Angst, daß er in den Krieg muß?«

»Aber wieso denn«, sagte sie in ihrer alten besserwisserischen Manier, »der Führer will doch den Frieden. Und die anderen, ja die werden ihn vielleicht in den Krieg hineinzwingen. Und wenn er es dann sagt, dann muß es sein. Man kann nicht immer nur an sich selbst denken.«

Sie war schon immer ein kaltes herzloses Biest. Warum sollte sie auf einmal anders sein? Und sie tat nichts anderes die ganze Zeit, als was sie schon immer getan hatte. Sie war nur darauf bedacht, wie sie sich ins rechte Licht setzte für eine Person, die unversehens in die höheren Parteikreise aufstieg, wo man lieb Kind sein wollte.

Sie verabschiedete sich schnell. Über ihren Sohn verlor diese Person kein Wort. Sie spielte die Nummer mit der Seelengröße vor. Du bist nichts, dein Volk ist alles. Als sie an dem Tischchen im Flur mit dem weißen Häkeldeckchen vorbei ging, sah sie, daß es dieselben gedrechselten Beine hatte wie der Tisch zu Hause.

Was hatte diese dumme Gans für eine Vorstellung vom Krieg? Wahrscheinlich gar keine. Sie hatte keine große Familie, war mit ihrer Mutter ziemlich allein gewesen, Gefallene hatten sie nicht zu beklagen, und anderer Leute Leben hatte sie noch nie interessiert. Bei ihr gab es keine toten Brüder, eingesargt in vergilbten Briefen.

Am Gartenzaun ertappte sie sich bei dem Wunsch, dieser rüschenbeschürzten Reichsmustermutter möge ein entsprechender Brief ins Haus kommen, den sie täglich dreimal auseinanderfalten und wieder einsargen mußte, um sich zu vergewissern, daß sie auch nicht die kleinste Spur übersehen hatte, die allerkleinste Spur, die noch irgendetwas von ihrem Sohn und seinem Leben festhielt und zu ihr zurückbrachte. Bis zur Haustür hatte sie ihr mit Opfermut und Liebe zu den Seinen, Dienst fürs Vaterland und ihrem Glauben die Ohren vollgeredet: »Ja, ich würde es Glauben nennen, durchaus im religiösen Sinne.«

Nein, die Lore ist nicht eine deiner Gutgläubigen, liebes Päle, dachte sie, auch wenn sie vom guten Glauben spricht. Die Lore ist schon immer ein kaltes Biest gewesen, der es nur auf ihre gesellschaftliche Stellung ankommt. Von der Haustochter zur Frau Ingenieur, aber die Frau Parteikassierer ist doch noch nicht das richtige, da muß noch was anderes her im Namen des deutschen Volkes. Und wenn es den Sohn kostet. Schließlich werden die Altäre mit Opferblut bestrichen. Warum also nicht auch der Sockel, von dem aus sie unbedingt auf die anderen herabsehen will.

Als sie in den Schlechtenfeldweg einbog, wunderte sie sich über ihre Giftigkeit der Lore gegenüber. Die war schon immer ziemlich doof gewesen. Und ihr Sohn Hermann war ein netter Bursche, der ein bißchen mehr Fürsorge und Herzlichkeit verdient hatte.

Vielleicht ging sie ihr bloß so auf die Nerven, weil die plärrenden Radios ihr solche Angst machten. Und weil Jesaja den Feuersturm über Sodom und Gomorrha prophezeit hatte.

Der harmlose braune Holzkasten mit der runden, abgedichteten Öffnung und den Bakelitknöpfen, der von weitem aussah wie ein zu groß geratenes Vogelhaus, wurde zum Brutkasten von Sorge und Angst.

Seinetwegen mied sie schon fast die Stube, werkelte in der

Küche und den anderen Zimmern herum und zog sich mehr als einmal in ihren Korbstuhl zurück, um dann doch zu jeder vollen Stunde hinüberzuschleichen und Nachrichten zu hören. Daß die Mutter sich beim Radiohören nicht einschränken ließ, war von vornherein klar, und sie versuchte es erst gar nicht.

Als dann der Karl ohne Vorankündigung in der Türe stand und erklärte, er werde in zwei Stunden wieder abgeholt und müsse weiter nach Rottweil, brachte sie es auch nicht fertig zu sagen: »Laß den Kasten aus, diese zwei Stunden gehören uns. Und was wirklich läuft, läuft sowieso hinter den Kulissen.«

Sie war überrascht, erfreut und befremdet vom ersten Moment an, als er das Haus betrat. An die Uniform mit Braunhemd hatte sie sich so leidlich gewöhnt, aber es war ihr viel lieber, wenn er im Anzug kam, auch wenn es nicht der neueste war. Sie hatte es mehrfach angedeutet, und er tat ihr den Gefallen, so oft es möglich war. Der Mann, der nun erschien, war wieder ein anderer, als der, den sie bis jetzt kannte, und sie mußte sich an die feldgraue Uniform mit der Schirmmütze erst gewöhnen.

Er hatte geläutet wie immer, und mit einer freudigen Vorahnung war sie die Treppe hinunter und ihm entgegengelaufen. Dann war ihr der Mann in der Tür doch so fremd vorgekommen, daß sie einen Augenblick stehenblieb. Da nahm er sie aber auch schon in den Arm, und es war sein Gesicht und seine Hand und seine Stimme. Er hielt sie fest und lachte und küßte sie und kümmerte sich nicht um das Geschwätz von Schwägerin Käthe, die plötzlich im Flur stand und maulte, was das denn hier für eigenartige Manöver seien, bis sie auf dem Absatz kehrte machte.

Da rief er ihr nach, daß das Vaterland manchmal zwei Stunden ohne seine Helden sehen müsse, wie es zurechtkomme, und deshalb nicht so schnell unterginge und überhaupt eine zähe alte Dame sei, die einen bloß unnötig von den jungen Frauen abhalten wolle. So seien halt die alten Weiber.

»Junge Frau, daß ich nicht lache«, knurrte die Käthe und verschwand. Sie lachten beide hinter ihr her.

Als sie in der Stube saßen und das Radio anmachten, gab es nichts mehr zu lachen. Karl zog einen Stuhl neben das Tischchen, auf dem das Radio stand. Er saß breitbeinig da, die Hände zwischen den Knien, den Kopf nach vorn gebeugt, als könne er dann besser hören. Wie ein Soldat nach einem Geländemarsch, gleichzeitig müde und angespannt sieht er aus, dachte sie, und dieser Gedanke war nah an einer Erinnerung, die sie vergessen hatte, das Bild war da in ihrem Gedächtnis, nicht aber der Zusammenhang, die Situation.

»Tausende und abertausende haben sich im Sportpalast versammelt, denn der Führer spricht«, begann der Sprecher mit getragener Stimme. »Sein Eintreffen wird jede Minute erwartet. Heute sitzen ihm, der von den führenden Männern des Reiches umgeben ist, nicht nur die Großen des Landes zu Füßen, ganz Berlin hat sich versammelt, und bis in den hintersten Winkel des Reiches, von der Ostsee bis zu den Alpen, von Friesland bis nach Königsberg, sitzen die Menschen vor ihren Volksempfängern, um den Führer zu hören, in dessen Händen das Schicksal der Sudetendeutschen und unser aller Schicksal liegt. Es darf im ganzen Reiche niemand geben, der nicht über den Rundfunk Zeuge dieser historischen Kundgebung wird!

Mächtige Pylonen, auf denen der Hoheitsadler seine Schwingen breitet, bilden neben einem gewaltigen, goldumrankten Hakenkreuzbanner den Hintergrund der Ehrentribüne. Hier haben die Mitglieder der Reichsregierung, die Reichsleiter und andere führende Persönlichkeiten der Partei sowie die Generalität inzwischen Platz genommen. Links vom Rednerpult des Führers haben Männer im schlichten Grau der Zivilkleidung Platz genommen: Die Führer der sudetendeutschen Partei.«

Das Gesicht des Soldaten, der demnächst ihr Mann sein sollte, verschloß sich. Von den grauen Herren in Zivil neben dem Rednerpult schien etwas Bedrohliches auszugehen für ihn. Die Erwähnung des Spruchbandes über der Ehrentribüne ließ das Gesicht unter dem militärisch kurzen Haarschnitt erst recht erstarren: »Die Deutschen in der Tschechoslowakei sind weder wehrlos noch verlassen, das möge man zur Kenntnis nehmen. Adolf Hitler.«

Als die Spruchbänder an den Seitenwänden mit Jubel in der Stimme verlesen wurden, sah Karl kurz auf, aber dann doch reichlich gequält an ihr vorbei. »Ein Volk, ein Reich, ein Führer!« Seine Mundwinkel spannten sich. »Führer, wir folgen dir!« Er senkte wieder den Kopf und sank in seine ursprüngliche Haltung zurück.

Und plötzlich wußte sie wieder, wo sie dieses Bild so ähnlich schon einmal gesehen hatte. Und es schnürte ihr den Atem ab, daß sie beide zufällig den gleichen Namen hatten.

Wieder ist sie ein Kind und sitzt mit ihrem Bruder Karl, den sie am Tag zuvor vom Bahnhof abgeholt hat, auf einem Baumstamm im Wald.

Seit Tagen ist von nichts anderem die Rede gewesen als von seiner Ankunft. Er kommt aus dem Krieg nach Hause, wenn auch nur für kurze Zeit und auf Urlaub. Dann ist es wieder wie früher. Er wird wieder mit dem Rüschenschirm der Urschelbäs durch die Stube tänzeln und der Katze eine Blechbüchse an den Schwanz binden. Und er wird diese hübschen kleinen Segelschiffe für sie machen. Er wird den Schiffsrumpf aus Holz schnitzen und ein kleines Stoffsegel an einem Stecken oben draufsetzen, und sie werden das Segelschiff wie früher, als der Krieg noch nicht erfunden war, im Ententeich schwimmen lassen oder in einem Bach in Hinterweiden mit Sandbänken und einer richtigen Strömung.

Und damit man das Schifflein nicht verlor, mußte man einen kleinen Staudamm bauen durch den Bach, damit es nicht davonfuhr. Außerdem hatte man im Handumdrehen einen kleinen See und konnte die Schiffe hin und her segeln lassen.

»Die schweren Türflügel des Saales öffnen sich, zwei Fahnen der sudetendeutschen Partei werden in den Saal getragen.«

Er hob den Kopf mit einem mißtrauischen Blick, sein Rücken versteifte sich angespannt.

Sie aber sitzt wieder neben dem Bruder auf einem Baumstamm im Wald mit dem Segelschiff in der Hand, das er ebenso wenig beachtet wie sie selber. Er sitzt genauso nach vorn gebeugt und hält die Hände zwischen den Knien. Er sieht weder den Bach noch den Wald, sein Blick ist nach innen gekehrt, wo er sich immer wieder an etwas festhakt und dann weiter irrt.

»Hinter den feierlich vorangehenden Fahnen hält das sudetendeutsche Freikorps unter dem Beifall des Volkes Einzug in den Saal. Langsam bewegt sich der feierliche Zug durch den Mittelgang auf die Tribüne zu. Der Beifall verstummt. Stille legt sich über den Saal, es ist die Stille vor dem großen Sturm. Jedermann ist beim Anblick dieser Fahnen, dieser zu allem entschlossenen Männer deutlich geworden, dies ist eine der Schicksalsstunden unseres Volkes.«

Immer noch sitzt sie neben dem Bruder auf dem Baumstamm im Wald, fremd ist ihr sein Gesicht mit dem Bart geworden. Und immer noch sagt er kein Wort, und seine Augen wandern unruhig durch innere Landschaften, in denen aufgedunsene und verstümmelte Leiber Laufgräben und Kanäle füllen.

Der Schmerz über seinen Tod fällt wieder über sie her, so heftig und lähmend wie am ersten Tag, als der Brief des Kameraden Felix kam.

> »Wir standen in einem Granattrichter, und es hat geschossen. Als es nach einer Weile nicht mehr geschossen hat, hat der Karl hinausgesehen. Da hat es ihn erwischt. Mitten in die Stirn. Wir haben zurückgeschossen und erst überhaupt nichts gemerkt, bis ich ihn angestoßen habe.
> Wir konnten es einfach nicht fassen. Er stand da und lächelte und war doch tot. Wir mußten zurück, aber nachts bin ich

mit einem anderen Kameraden wieder nach vorn und habe ihn geholt. Wir haben ihn dann zusammen beerdigt.«

Ihre Angst sagte ihr den Brief wieder vor und ließ sie die Hände des Mannes, der so dasaß wie damals ihr Bruder, ergreifen. Der Mann richtete sich ruckartig auf und zog seine Hände weg. Einen Augenblick musterte er sie befremdet, dann drehte er langsam den Kopf zu dem braunen Holzkasten, die Hände flach auf den Knien.

»Jetzt haben die Fahnen die Tribüne erreicht. Die Freikorpsmänner bilden einen soldatischen Halbkreis über die Tribüne. Ihre Blicke folgen ihren Fahnen. Die Mitglieder der Reichsregierung, die Generalität, alle, alle, die auf der Tribüne versammelt sind, erheben sich und grüßen die sudetendeutschen Fahnen. Je ein SA- und SS-Führer treten vor und reihen die sudetendeutschen Fahnen unter ihre eigenen Fahnen ein.«

Der letzte Satz ging im aufrauschenden Jubel fast unter.

Er biß sich auf die Lippen, stand auf, machte das Radio aus. Setzte sich wieder und schaute sie an, war aber mit seinen Gedanken immer noch bei den Fahnen der Freikorps.

»Was hat das zu bedeuten, was meinst du?« fragte sie.

Er griff nach ihrer Hand und fing an, gedankenverloren mit ihren Fingern zu spielen. »Wenn ich es wüßte«, sagte er dann. »Man demonstriert Stärke. Man nimmt die Freikorps demonstrativ in die eigenen Reihen auf. Man macht deutlich, sie gehören zu uns, sie sind Teil von uns. Man will nicht Schutz- oder Selbstverwaltung, man will das Land. Es geht um alles oder nichts.«

»Das sagen alle.«

»Ja, sicher. Aber wenn man es so demonstriert, legt man sich fest. Dann kann man nicht mehr zurück. Dann gibt es keine Kompromisse mehr. Warum sollten Engländer und Franzosen als Schutzmacht einen solchen Landstrich hergeben, einfach so? Sie würden sich ja lächerlich machen. Wer glaubt dann noch an ihre Verträge? Und wenn die sudetendeutschen Fahnen unter den SA- und SS-Standarten stehen, dann ist das so etwas wie eine symbolische Kriegserklärung.«

Sie konnte es nicht glauben. Der Aufmarsch von ein paar Freischärlern, das Aufstellen einiger Fahnen genügten als Anlaß für Mord und Totschlag. Er sah das Entsetzen in ihrem Gesicht.

»Und doch«, sagte er energisch, »ich kann es nicht glauben. Hitler geht bis an den Rand, er spielt mit einem hohen Einsatz. Ein Krieg wäre dumm. Ganz einfach. Wir könnten ihn auch gar nicht lange führen, allein militärisch.«

»Und wenn er sich verrechnet? Wenn sie nicht nachgeben? Das Sudetenland ist nicht das Rheinland. Es hat nie, überhaupt nie zum Reich gehört.«

»Ja, wenn die Rechnung nicht aufgeht...« Dann sagte er nichts mehr.

Sie beschlossen, einen Spaziergang zu machen, so konnten sie am besten für sich sein. Als sie an seinem Arm den Schlechtenfeldweg hinunterging, dachte sie, und jetzt gelobt der ganze Sportpalast dem Führer Treue bis in den Tod. Wenn in Liedern und Reden die Treue beschworen wurde, so war es immer gleich die Treue bis in den Tod. Schon die Pimpfe plapperten so daher.

»Wille schafft das Neue, Wille zwingt das Alte, deutscher heiliger Wille immer jung uns halte; himmlische Gnade uns den Führer gab, wir geloben Hitler Treue bis ins Grab. Wir Jungen schreiten gläubig, der Sonne zugewandt, wir sind ein heiliger Frühling, ins deutsche Land.«

Das sang schon das zehnjährige Hänsle mit Inbrunst. Und was dachte er sich dabei, dieser Bub, der noch nicht einmal das Sterben seiner alten Großmutter erlebt hatte? Was wußte der von Grab und Tod.

»Der Posten ist erfroren, oh weh, die kalte Nacht! Es fror ihn an den Ohren, das hat ihn umgebracht. Der Posten ist erfroren, das meldet der Rapport, und unter Trommelwirbel schafft man die Leiche fort.« »Laßt Kraft mich erwerben in Herz und in Hand, zu leben und zu sterben fürs heilige Vaterland.«

Es reichte nicht zu leben, das war gar nichts. Es mußte fürs Vaterland nicht nur gelebt, sondern gleich auch noch gestorben werden.

Noch war sie erst verlobt, und schon hatte sie es mit einer feldgrauen Uniform zu tun und ging den Weg am Bach entlang, den sie als Kind mit ihrem Bruder gegangen war, zu leben und zu sterben fürs heilige Vaterland.

Sie wollte heiraten und leben. Um keinen Preis der Welt sollte die Hochzeit noch einmal verschoben werden.

Als sie nach dem Spaziergang zurückkamen, stand schon ein Auto mit einem Soldaten am Steuer vor der Gartentür. Ein militärischer Gruß mit Hand an der Mütze ging zwischen den Männern hin und her. Karl ging ins Haus und verabschiedete sich kurz von der Mutter, sie gingen zusammen durch den Garten bis zum Auto zurück.

»Herr Hauptmann, ich kann noch ein bißchen warten, wir sind noch früh dran«, sagte das Kindergesicht hinter dem Steuer.

Er knöpfte die Handschuhe zu. »Nein«, sagte er, »nein danke. Das macht den Kohl auch nicht mehr fett.«

Erst wollte es sie kränken. Als sie ihnen nachsah, bis das Auto in die Hauptstraße eingebogen war, dachte sie, vielleicht ist es besser so. Was soll noch eine Viertelstunde, in der man sich stumm verquält gegenübersitzt und sich die Minuten gegenseitig in die Hand zählt.

Dann aber mußte sie sich am Zaun halten, weil alles so schnell ging. Noch war nicht Krieg, und schon war er ein Soldat, der nur für zwei Stunden vorbeikam und dessen Aufmerksamkeit mehr dem Radiosprecher als ihr galt, weil an ein paar feierlich auf eine Bühne getragenen Fahnen sein Leben hängen konnte.

Morgen, dachte sie, wenn die Nachricht vom Scheitern des Münchner Abkommens durchkommt, sitzt er schon im Zug an die Grenze. Denn wir ziehen, wir ziehen nach Frankreich hinein, klang es ihr in den Ohren. Ganz falsch, Kompanie kehrt. Es geht nach Böhmen. Oder doch nach Frankreich und weiter nach Prag und Wahrschau, bis alles in Scherben fällt. In Flandern reitet der Tod.

Sie stand immer noch am Gartentor, die Tränen liefen ihr über das Gesicht. Dann sagte sie sich, jetzt erst recht, ging zu ihrem Schrank, holte das Paket mit der weißen Seide und kramte zwei Schnittmuster heraus, in deren Einzelheiten sie sich vertiefte. Bis die Mutter hereinhumpelte und in unwirschem Ton fragte, ob es heute zur Feier des Tages kein Nachtessen gebe.

»Zur Feier des Tages geloben wir dem Führer einen hungrigen Magen bis in den Tod«, sagte sie bissig.

Die Mutter sah sie erstaunt an, drehte sich dann um und verließ ihr Zimmer ohne ein weiteres Wort.

Als sie am Abend kurz beim Klärle vorbei und ihr das Herz ausschütten wollte, sah sie, daß eine dichtgedrängte Menge vor dem Rathaus stand. Einzelne Pferde und sogar Autos waren unter der Menge auszumachen. Man redete und gestikulierte aufgeregt. Plötzlich ging das Licht im Sitzungssaal droben an und der Bürgermeister trat auf den Balkon, gefolgt vom Ortsgruppenleiter.

»Liebe Volksgenossen«, begann er, »euer Eifer in der nationalen Sache ehrt euch. Ich bin stolz auf meine Sontheimer! Aber noch ist nichts entschieden. Noch gibt es keinen Aufruf zur Mobilmachung. Ich bitte also jedermann, sich nach Hause zu begeben. Auch wer im Falle der Mobilmachung Pferd und Auto stellen muß, möge sich gedulden.«

Die Menge verharrte schweigend.

»Leute«, sagte er gutmütig, »so hat es doch sowieso keinen Zweck. Ihr werdet rechtzeitig aufgerufen, mit Ort und Datum. Alles muß genauestens erfaßt werden. Eine Mobilmachung muß äußerst korrekt nach Plan ablaufen. Noch ist es nicht so weit, seid vernünftig. Übereifer schadet nur.«

Da hatten sie schließlich begriffen.

»Ich danke euch! Dafür, daß ihr gekommen seid! Daß das

ganz selbstverständlich ist für euch! Ich bitte um euer Verständnis! Gott schütze uns und den Führer. Möge er alles noch einmal zum Guten wenden!«

Man sah einander etwas betreten an, zog sein Pferd am Zügel, setzte sich in sein Auto. Die beider Männer winkten noch einmal vom Balkon aus in die Menge, dann erlosch das Licht im Sitzungssaal.

Das Klärle versuchte sie zu trösten und wollte die Liste mit den Einladungen noch mal durchgehen, noch war die Sitzordnung nicht festgelegt. Und schließlich mußte man ja auch auf Änderungen durch plötzliche Krankheiten oder so gefaßt sein.

Die Sitzordnung interessierte sie nicht mehr. Sie hatte die Männer mit Pferden und Autos vor dem Rathaus gesehen. Aus dem Radio dröhnte eine begeisterte Stimme, die von spontanen Versammlungen des Volkes auf den Markplätzen von Heilbronn und von Tübingen sprach, im Schein der Fackeln.

»Ministerpräsident, SA-Gruppenführer Professor Morgenthaler hat das Wort: Des Führers und damit des ganzen deutschen Volkes Willen ist es, die sudetendeutsche Frage zu lösen. Er wird nicht rasten und ruhen, bis er nicht die sudetendeutschen Brüder und Schwestern heim ins Reich führen kann!« Tosender Beifall. »Und nun ein Ausschnitt von der Kundgebung in Tübingen: Oberbürgermeister Ströhlin spricht zum dichtgedrängten Volk, das sich bis in die Seitengassen des Marktplatzes versammelt hat...«

Das Klärle stellte das Radio ab. »Ich kann es nicht mehr hören«, sagte sie. »Und jetzt schau, wie ich es mir gedacht habe. Die Lindenwirtin hat nämlich ein offenes Hufeisen vorgeschlagen. Da sei das Bedienen viel einfacher. Man könne Platten und Schüsseln viel schneller wechseln und auch für die Gäste sei es angenehmer...«

Sie stand immer noch auf dem Marktplatz, sie brauchte nicht mehr zu wissen, wieso für ihre Hochzeitsgäste ein Hufeisen angenehmer war als eine geschlossene Tafel. Je länger sie auf das weiße Blatt starrte, das vor ihr auf dem Tisch lag, desto deutlicher sah sie die schwarzen Silhouetten der Pferde und der Autos. Sie bewegten sich immer schneller über das weiße Blatt, in dessen Kästchen das Klärle mit einem Bleistift Namen um Namen eintrug. Immer wieder hielt das Klärle inne, dachte nach, erkundigte sich nach dem genauen Verwandtschaftsgrad, nickte, radierte einen Namen aus und setzte einen anderen dafür ein.

Je länger Klärle kritzelte und radierte, desto schneller galoppierten die Pferde, desto schärfer gingen die Autos mit quietschenden Reifen in die Kurve, und alle, alle konnten nicht schnell genug auf die Tischkante und darüber hinaus rasen.

Sie gab es auf. Apathisch starrte sie auf das Blatt mit der Sitzordnung für eine lange Tafel. Niemand würde an dieser Tafel Platz nehmen und auf das Brautpaar anstoßen. Fleisch und Gemüseplatten, Soßenterrinen und Nachtischbecher wurden nicht aufgetragen. Die Stühle blieben im großen Saal neben den langen kahlen Tischen gestapelt. Die Läden waren herabgelassen, die Vorhänge zugezogen. Das Klavier blieb abgeschlossen.

Denn wir ziehen, wir ziehen nach Frankreich hinein oder nach Prag, Wien, Budapest. Warum nicht nach Athen und Istanbul. Vielleicht gab es noch deutsche Volksgenossen vom Nordpol oder aus der Sahara zu retten. Führer wir folgen! Heil dir im Siegerkranz, fest steht und treu die Wacht, die Wacht am Rhein.

Da sah das Klärle, daß ihr die Tränen über das Gesicht liefen. »Nicht doch«, sagte sie nur und kritzelte weiter, »du mußt dieses ganze Tamtam nicht so an dich heranlassen. Das einzige, was jetzt zählt, ist deine Hochzeit.« Und sie beugte sich über die Kästchen ihres Papiers wie ein General, der auf der Landkarte seine Truppenbewegungen einzeichnet.

»Das Päle, sagst du, kann nicht mehr kommen. Das ist schad, er war immer so unterhaltsam mit seinen Geschichten von der Zukunft.«

Das Päle und seine Geschichten von der Zukunft. Jesaja, der Feuer vom Himmel fallen ließ auf Sodom und Gomorrha.

»Heut hat es keinen Sinn mehr, ich bin zu müd«, sagte sie schließlich und stand auf. »Morgen ist auch noch ein Tag. Und dann, die Mutter wartet.«

»Ja, immer wartet die Mutter, das ist nichts Neues«, maulte das Klärle. Aber es war nicht ernst gemeint, sie wollte ihr wohl das Heimgehen leichter machen.

Auf dem Heimweg war es merkwürdig still auf den Straßen und in den Häusern. Von nirgendwoher war das Gelärme eines Radios zu hören. Es war eine bedrückende Stille. Als hätten sich alle in ihren Häusern versteckt. Als fürchteten sie sich vor dem Würgeengel, der nachts herumging und die Tür seiner Opfer suchte, wie einst bei den Kindern Israels vor dem Auszug aus Ägypten.

Am anderen Morgen ging es schon um sieben Uhr los mit dem Gedröhn. »Die Konferenz hat bereits begonnen. Mussolini, Daladier und Chamberlain in München, in Verhandlungen mit dem Führer.«

Um acht wurde mit Marschmusik gemeldet, die Atmosphäre sei frostig. Um neun Uhr meldete der Sprecher zu Beethovenmusik, man könne sich nicht einigen, der Krieg stehe unmittelbar bevor. Aus Nervosität hatte sie sich schon zweimal den Daumen am Bügeleisen verbrannt und mußte ihn bepflastern, obwohl sie mit Absicht weitab vom Radio in der Küche bügelte.

Um zehn Uhr meldete der Sprecher zu Volksmusik eine vorsichtige Annäherung.

Um zwölf dann gingen die Herren in die Mittagspause, die innere Spannung ließ ein wenig nach. So lange sie zusammen an einem Tisch saßen und in einem Kalbsmedaillon herumstocherten, konnten sie keinen Krieg ausbrechen lassen. So lange ging ihr das Nudeln abkochen und gelbe Rüben putzen flott von der Hand.

Als es aber um vierzehn Uhr hieß, es sei eine deutliche Abkühlung und Verhärtung eingetreten, wurde sie mit dem Aufräumen der Küche fast nicht fertig. Der Sprecher behauptete, das sei einzig der jüdisch-bolschewistischen Weltverschwörung zu verdanken. Sie stellte das Radio ab und räumte in Adolfs Zimmer weiter.

Als sie den großen alten Überseekoffer vor dem Fenster stehen sah, wurde ihr auf einmal klar, daß auch er das Haus in kurzer Zeit verlassen würde. Einige Bücher hatte er schon neben den Koffer gestapelt, eine Mappe mit Schreibkram und seine neuen Lackschuhe. Die sollte er aber doch zu ihrer Hochzeit anziehen, wieso stellte er sie jetzt schon neben den Koffer?

Aber die Stühle blieben ja neben dem Tisch gestapelt und die Vorhänge geschlossen. Das Klavier war abgeschlossen, Fleisch- und Gemüseplatten samt Nachtischbechern wurden niemals aufgetragen.

Sie räumte Adolfs frisch gebügelte Hemden in den Schrank und wischte den Staub von Schreibtisch und Waschtisch. Da hörte sie Schritte im Flur und wußte, das konnte nur er sein. Zum ersten Mal hatte er nicht geklingelt, es war eigentlich unmöglich, er war ja erst gestern hier gewesen. Aber sie wußte genau, das konnte nur er sein.

Diesmal kam er nicht in der Wehrmachtsuniform, auf die sie jetzt gefaßt war, diesmal kam er in Zivil. Sie saß ihm in der Stube gegenüber und konnte sich nur denken, daß vielleicht mit seiner Mutter etwas passiert sei.

Er aber sah von ihr zur Mutter im Lehnstuhl hinüber und sagte: »Ja, ja, die großen Vier können sich offenbar nicht einigen. Das bedeutet Krieg. Und das heißt, daß ich noch heute nacht zur kämpfenden Truppe einrücken muß. Wenn ich falle, dann bist du nicht meine Frau.«

Krieg echote es durch den leeren Lindensaal, in dem die kahlen Tische neben den gestapelten Stühlen an der Wand standen. Auf dem Klavierstuhl saß ein Gerippe und spielte grinsend einen Walzer auf seinem Akkordeon. Sie mußte sich drehen zu dem Walzer und drehen, und die Stube tanzte mit, und das Gerippe gurgelte: »Ohne Krieg kein Sieg, ohne Not kein Brot, das walte Gott.«

Sie hielt sich an der Tischkante fest. Langsam stand die Stube still. Der Walzer war noch zu hören. »Wenn ich falle, dann bist du nicht meine Frau.« Das Gerippe grinste und dudelte weiter mit neuem Schwung. Sie hielt sich noch immer an der Tischplatte fest.

»Ich habe mich bei der Kreisleitung erkundigt. Es gibt bereits Kriegstrauungen. Wir brauchen nur auf das Rathaus zu gehen.«

Das Gerippe hörte auf zu spielen. Sie ließ die Tischplatte los.

»Wie gesagt, wenn sie sich nicht einig werden, muß ich sofort los. Wenn ich falle, geht meine Pension an meine geschiedene Frau. Das will ich nicht. Ich habe schließlich mit dir leben wollen.«

Ich habe mit dir leben wollen. Gestern noch auf stolzen Rossen, heute durch die Brust geschossen.

»Aber noch ist ja nichts entschieden«, warf die Mutter ein.

»Doch«, sagte sie bestimmt. »Gehen wir.«

»Ja«, sagte die Mutter dann, »das müßt ihr ganz alleine entscheiden.«

»Dann ist es gut«, sagte er erleichtert. »Dann gehe ich jetzt aufs Rathaus. Ich bin in einer Stunde wieder da. Der Ortsgruppenleiter soll mir den Trauzeugen machen. Und wen nimmst du?«

Sie sah auf die Uhr. »In zehn Minuten kommt der Adolf vom Geschäft. Der wird das machen.«

Er war noch keine zehn Minuten fort, als der Adolf die Treppe heraufkam. »Ich heirate in einer Stunde. Kriegstrauung. Machst du mir den Zeugen auf dem Rathaus?«

Der Adolf lachte. »Jetzt aber«, sagte er verblüfft. »Wo gibt es denn so was. Trauung in einer Stunde. So mir nichts dir nichts.«

»Kriegstrauung«, sagte sie nur. »Wir haben Krieg.«

»Na, wenn du meinst«, sagte er ein wenig betreten, »an mir soll es nicht liegen. Hab ich ein weißes frisches Hemd?« Sie nickte. Bevor er ausging, brauchte er gewöhnlich eine Stunde, um sich herzurichten. Diesmal schaffte er es in einer guten halben Stunde.

Sie selber aber ging ratlos von der Stube in die Küche und wieder in die Stube. Die Mutter nahm das alles mit bewunderungswürdigem Gleichmut. Nur die Anna nahm es noch gelassener. »Ich bleib bei der Mutter«, sagte sie nur. »Ihr geht ja sicher anschließend noch irgendwohin.«

Daran hatte sie noch nicht gedacht. Ehe sie sich klar machte, daß sich irgendwelche Leute um sie versammeln würden, stand auch schon wieder der Karl in der Stube und sagte: »Zieh dich an, wir müssen gehen.«

Sie hatte noch nicht einmal daran gedacht, was sie anziehen würde. Ihr Verlobungskleid und den schwarzen Samtmantel. Als sie sich das goldene Kettchen von Karls Mutter vor dem Spiegel um den Hals legte, dachte sie, wie immer es noch kommen wird, so ist es gut. Ich bin seine Frau.

»Du gehst aufs Standesamt und hast nicht einmal einen Strauß«, sagte die Mutter und schüttelte den Kopf.

»Sonst wäre es ja auch keine Kriegstrauung im Hopplahopp«, sagte der Karl unbeschwert, »aber sonst passen wir schon auf, daß alles akkurat stimmt. Deine Tochter heiratet schließlich einen Organisationsleiter, das ist kein Pappenstiel.«

Alle lachten, auch die Mutter mußte lächeln. »Geb's Gott«, sagte sie nur.

An der Türe des Sitzungssaales standen die Liese und die Burgbacher Toni in der Rotkreuzuniform, und die Liese hielt einen riesigen Strauß roter Nelken im Arm. Der Bürgermeister kam und schloß den Saal auf. Der Notar hielt die Papiere im Arm. Als sie zusammen den Saal betraten, da erklang der Hochzeitsmarsch aus Aida.

»Das ist nicht die berühmte Zauberhand, das ist das Fräulein Huber vom Bürgermeisteramt, das den Plattenspieler bedient«, flüsterte ihr die Liese im Vorbeigehen zu.

Nachdem allen ihre Plätze zugewiesen worden waren, hielt der Bürgermeister eine Rede.

Er sprach von dem seidenen Faden, an dem der Frieden hänge

und von dem wir nicht wüßten, ob er halten könne. Zwar möchte er dem Brautpaar nichts so sehr wünschen, als daß sie beide morgen aufwachten und über die Sorgen der vergangenen Tage lachen könnten. Ja, das würde er dem Brautpaar und allen hier Versammelten von Herzen wünschen.

Klug sei es aber und zeige die Verantwortung, die einer für den anderen hege, wenn man nicht blind auf die gute Wendung vertraue, sondern sich rechtzeitig zusammentue, um auch allen Beschwernissen und Bürden, die es in schweren Zeiten zu tragen und zu meistern gäbe, gewachsen zu sein. So würden jetzt Eltern und Kinder, Mann und Frau wieder näher zusammenrücken, um gemeinsam gegen die Schläge des Schicksals gefeit zu sein.

So sei es denn nicht verwunderlich, vielmehr eine Freude, daß zwei Verlobte in dieser schweren Schicksalsstunde ihres Volkes beschlossen hätten, ihren Weg gemeinsam weiterzugehen, einer zur Stärkung des anderen.Und wenn der Mann jetzt in seine Kaserne zurück müsse, so geschähe dies mit einer um so stärkeren Bindung an seine Frau, die er zurücklassen müsse. Und sie wiederum wisse, daß sie zuerst und vor allem zu ihm gehöre, vor Gott und den Menschen.

Er sagte das, was sie hören wollte, und ersparte ihr alles Heroisch-Nationale, mit dem sie seit Tagen beschallt worden war.

Irgendwann mußte sie um den Tisch herumgehen und unterschreiben. Jetzt konnten alle sehen, daß ihr die Tränen über das Gesicht liefen. Was sollte sie ihnen sagen, wenn sie sie veräppelten, warum sie ausgerechnet an ihrem Hochzeitstag Tränen vergieße? Das ging schließlich niemand etwas an.

Aber dann gratulierten ihr alle, und sie bekam den riesigen Strauß mit roten Nelken überreicht, in dem sie ihr Gesicht verschwinden lassen konnte.

»Na«, sagte er lächelnd, »da hat mir deine Mutter eine Braut ohne Strauß unterstellen wollen, und jetzt?«

»Jetzt ist der Strauß so schwer, daß ich ihn kaum allein tragen kann«, erwiderte sie.

Sie hielt den Strauß im Arm und war verheiratet. Und das war jetzt alles.

Es war dann doch nicht alles. Das Fräulein Huber legte eine neue Platte auf mit einem Wiener Walzer.

»An der schönen blauen Donau«, sagte sie lachend. »Das paßt. Schließlich ziehe ich nach Neustadt.« Alle lachten. Man verließ beschwingt den Saal und beschloß, daß man das noch feiern müsse.

Natürlich war der Tisch im Besch bereits bestellt. Sie lächelte. Es konnte ja nicht anders sein. Schließlich hatte sie einen Organisationsleiter geheiratet.

Es war sogar eine Art Tafel aus drei kleineren Tischen gebildet worden. Stühle und Gedeck waren einander akkurat zugeordnet, die Servietten auf den Tellern waren mit je einer rosa Nelke und mit einer rosa Schleife geschmückt. In der Mitte der Tafel stand ein sorgfältig gestecktes Bukett aus rosa Nelken. Von dem Blumengesteck führte ein rosa Seidenband zum jeweiligen Ende der Tafel.

Und dann kamen sie, einer nach dem anderen. Der Adolf kam mit Bruder Hans und Schwägerin Bertl, die zum Gratulieren keine Zeit fand, weil sie sich erst einmal Luft machen mußte. »Hat es denn so was schon mal gegeben, Blitzhochzeit oder wie heißt man das?«

»Kriegstrauung heißt das«, antwortete sie ihr. »Vielleicht ist schon Krieg.«

»Was, was«, sagte die Bertl schnippisch, »so schnell wird es nun auch wieder nicht gehen. Vielleicht hat es auch einen ganz anderen Grund.«

»Du gehst mal wieder von dir selber aus«, sagte sie zu ihr. »Es gibt aber auch ab und an Leute, die nicht erst auf den letzten Drücker heiraten müssen.«

»Komm, setz dich, wer zuerst kommt, mahlt zuerst«, rief der Karl leicht alarmiert über den scharfen Ton unter den Frauen.

Die Bertl suchte sich einen Platz in gebührendem Abstand

vom Brautpaar. »Und jetzt hab ich auch noch gar kein Geschenk. Das hat man ja nicht wissen können«, sagte sie in beleidigtem Ton, »daß es so schnell Krieg gibt.«

»Ich hab es dir doch gesagt, daß der Karl bereits eingezogen ist, sozusagen. Daß es gleich losgehen kann für ihn morgen früh, wenn sie die Verhandlungen abbrechen«, wandte der Hans ein.

»Was für ein Theater wegen diesem Münchner Treffen. Es wird ausgehen wie das Hornberger Schießen. Der Führer wird's schon richten«, antwortete die Bertl.

Sie beugte sich über den Tisch. »Der Deine muß ja nicht gleich gehen. Da kann es dir ja egal sein«, warf sie ihr hin.

Schwägerin Lotte, von der sie eher solche Bissigkeiten erwartet hätte, war richtig freundlich und gerührt. »Wir haben ja gedacht, daß es eine große Hochzeit wird, aber so ist es auch recht. Jetzt sind eben andere Zeiten. Ich hab natürlich auch noch kein Geschenk, nur eine Kleinigkeit, das richtige Geschenk kommt noch. Es ist nur ein Taschentüchlein. Es ist eins der letzten, das meine Mutter noch umhäkelt hat, und das soll dich immer an den heutigen Tag erinnern.«

Sie freute sich. Der Lotte hätte sie das nicht zugetraut. »Es ist etwas Besonderes, und ich will es in Ehren halten«, sagte sie und gab ihr die Hand.

Rudolf und seine Käthe nahmen neben ihnen Platz. »Für die Mutter ist es ein schwerer Schlag«, fing die Käthe scheinheilig an.

»Das glaube ich nicht«, fuhr ihr der Karl im freundlichsten Ton in die Parade. »Sie war ganz einverstanden. Ich bedauere nur, daß sie nicht dabeisein kann.« Er wandte er sich an die Bedienung. »Fräulein, seien Sie so gut und packen Sie uns nachher ein schönes Päckchen mit Schinken, Salami und Geflügelsalat, es darf ruhig ein bißchen hübsch dekoriert sein, wie Sie das ja immer so schön machen. Und stellen Sie ein Fläschchen Sekt dazu. Ich weiß«, wehrte er die Einwände der Käthe ab, »daß sie mit ihren vielen Medikamenten derartiges nicht trinken darf, aber darum geht es doch gar nicht. Es geht darum, daß sie merkt, wir haben an sie gedacht und hätten sie gerne dabei gehabt.«

Die Käthe zog verächtlich die Mundwinkel herab.

Dann erschienen die Liese und die Burgbacher Toni, der Bürgermeister Krombach mit Frau und der Ortsgruppenleiter Berger mit Frau. Ihre erste Frage galt den neuesten Nachrichten aus München. Sofort richtete sich die Aufmerksamkeit des ganzen Lokals auf den Ortsgruppenleiter.

»Nun«, sagte der bedächtig, »es steht immer noch gleich, unverändert sozusagen. Man hat noch zu keiner Lösung gefunden, es ist also noch nichts entschieden.«

»Die machen es aber spannend, und unsereins muß es wieder ausbaden«, klang es aus dem Hintergrund des Lokals.

»Meinen Fritz haben sie schon geholt«, war hinter ihr an einem der Tische zu hören. Die Stimme kam ihr bekannt vor, sie wollte sich aber nicht umdrehen.

Nicht, daß sie die Anspannung dieses Tages auch nur für einen Augenblick losgeworden wäre. Aber Augenblicke lang war sie doch in den Hintergrund getreten. Vor der mit Blumen geschmückten Tafel – wie haben sie das alles in diesem Tempo herrichten können? –, vor dem üppigen roten Nelkenstrauß, den die Wirtin in eine große Vase auf den Sims des Raumteilers gestellt hatte, von wo aus alle ihn sehen konnten.

Der Druck, die Anspannung war geblieben, und bei der Erwähnung des eingezogenen Sohnes legte er sich über alle, die in Hörweite saßen, wie ein giftiger Nebel, der einem das Atmen schwermacht.

Die Witzchen und heiteren Geschichten, mit denen der Karl alle aufzumuntern versuchte, taten für kurze Zeit ihre Wirkung. Auch dem einen oder anderen fiel daraufhin etwas zur Erheiterung der Gäste ein, schließlich war man ja hier gewissermaßen bei einer Hochzeitsfeier.

Nachdem der Hans beim zweiten Viertele angekommen war, erzählte er, wie der Heiner ihm auf dem Heimweg vom Bau schon von weitem gewunken habe. Bis er schließlich vom Rad gestiegen sei und gefragt habe, was es denn so Wichtiges gäbe, er sei müde und wolle nach Hause. Was denn so wichtig sei, daß er derart fuchteln müsse.

»Deine Schwester hat grad geheiratet, die kommen eben vom Standesamt«, habe ihm der Heiner zugerufen.

»Spinn dich aus«, habe er geantwortet. »Deine Witze waren auch schon besser.« Und dann sei er auf dem Rad weitergebraust.

Kaum sei er zu Hause gewesen, da sei auch schon der Adolf in der Stube gestanden im neuen Anzügle mit den Lackschuhen. Da habe er gesagt: »Der muß auch immer übertreiben. Bloß weil er nach Hamburg geht, muß er ja nicht gleich am hellichten Werktag so herumlaufen.«

Er hatte die Lacher auf seiner Seite.

»Ich wollt es ihm immer noch nicht glauben – aber was bleibt einem übrig? Angesichts von neuen Lackschuhen kann man nur kapitulieren.«

Dann erzählte der Karl die Geschichte vom Hugo und dem Stadtrat Öhlschläger aus Neustadt, die dieses Publikum noch nicht kannte, und wieder hörte das ganze Lokal zu, und man klatschte sich auf die Schenkel vor Vergnügen.

Um elf Uhr wurden alle wieder unruhig, und die Wirtin schaltete das Radio ein. Alles beim alten, man war sich noch in keiner Weise nähergekommen. Um viertel nach elf war das Lokal so gut wie leer, es war schließlich ein gewöhnlicher Werktag. Alle waren laut und lustig, der Karl bestellte noch eine Flasche Sekt, und das Lachen wollte kein Ende nehmen.

Auch sie versuchte laut und lustig zu sein, schon weil sie meinte, das könne er erwarten, das sei sie ihm schuldig. Zwischendurch ging sie aufs Klo und weinte vor sich hin. Erst als von draußen Schritte auf die Tür zukamen, nahm sie sich zusammen, feuchtete einen Zipfel ihres Taschentuchs an und wischte sich das Gesicht ab.

Es war die Liese, die sie auch gleich in den Arm nahm und sagte: »So hast du es dir nicht vorgestellt, gell. Aber wir machen noch ein richtig schönes Fest, das lassen wir uns nicht von ein paar Politikern verhunzen.«

Dann heulte sie noch ein bißchen, und das nahm etwas von der Last und der Anspannung.

»Ich hab in Rottweil einen tollen Stoff gekauft, ich verrat aber nicht, was, du mußt es dir ansehen. Die Bäcker Lore hat mir zu einer kleinen Schleppe geraten, was meinst du? Hast du auch eine Schleppe?«

Sie wußte nicht mehr, ob sie eine kleine Schleppe am Rock hatte haben wollen oder nicht. In diesem Moment sah sie sich allein auf der Bettkante sitzen in einem langen wollenen Nachthemd und in eine alte Strickjacke gekauert, weil es sowieso nicht darauf ankam.

Kaum saß sie wieder an ihrem Platz, da erschien das uniformierte Kindergesicht, stand stramm neben dem Tisch und sagte: »Wie befohlen um halb zwölf, Herr Hauptmann.«

»Was ist denn jetzt kaputt?« fragte der Bürgermeister irritiert.

»Tja«, sagte der Karl, »Befehl ist Befehl. Was Bruno, so geht es bei uns Soldaten halt nunmal zu. Morgen um sieben müssen wir in der Kaserne sein. Aber jetzt setz dich erstmal hin und iß und trink nach Herzenslust, Kommißbrot und Steckrüben gibt es noch lang genug.«

Das ließ sich das Kindergesicht nicht zweimal sagen, schaufelte Geflügelsalat und Fleischsalat auf die Salamischeiben und vertilgte eine gewaltige Portion Schinken dazu.

»Also, das kann ja wohl nicht wahr sein«, sagte der Bürgermeister, »daß Sie am Tag Ihrer Hochzeit nachts in die Kaserne fahren. Herr Soldat Bruno, Sie fahren mich zum Rathaus. Jetzt brauchen Sie nicht gleich Messer und Gabel fallen zu lassen.« Einheit, Standort, Kommandantur wollte er wissen und machte sich Notizen. Im Nu war das Kindergesicht fertig, wischte sich den Mund ab und stand auf. »Also, vorwärts«, sagte der Bürgermeister.

Jetzt hatten die Hochzeitsnachtswitze und -geschichten Konjunktur. Es langweilte sie.

»Na warte«, sagte der Ernst gutgelaunt, »da heiratest eine, die ist noch so dumm wie voriges Jahr.«

»Schon recht«, konterte er, »ich bin nicht umsonst ein gelernter Lehrer.«

Alle lachten. »Ein gelernter Lehrer, hast das gehört«, die Bertl war aufs äußerste amüsiert.

Und so ging es noch eine Weile, bis der Bürgermeister und der Bruno wieder kamen. »Erledigt«, sagte der Bürgermeister, »denen hab ich eine Reifenpanne angedreht. Wär ja noch schöner. Am Hochzeitstag. Sechs Stunden wird das Vaterland wohl warten können, so schnell geht es auch wieder nicht unter.«

Dann war es soweit, und sie war froh darüber. Jede dieser plumpen Anspielungen schmerzte sie mit der Schärfe eines Fingernagels auf der bloßen Haut. Sie kam sich mit ihrem riesigen Nelkenstrauß ganz zerkratzt vor.

Sei nicht so empfindlich, wies sie sich selber zurecht. Sie sind gekommen, sie haben sich Mühe gegeben, unbeschwert zu tun und so etwas wie Hochzeitsfeier zu spielen. Und er hat keinen Aufwand gescheut und alles Menschenmögliche auf die Beine gestellt in der kurzen Zeit. Also gib dich zufrieden.

Sie gab sich nicht zufrieden. Sie konnte sich nicht zufrieden geben.

Vor einer Woche hatte sie im Kino noch gelacht über eine Kuh, die der verschlafenen Sommerfrischlerin mit gleichgültig mahlendem Kiefer Blume für Blume vom Strohhut gefressen hatte. Als sie so dastand mit ihrem Strauß im Arm und die Liebenswürdigkeit selbst sein wollte bei der Verabschiedung der Verwandtschaft und der Gäste, spürte sie, daß hinter ihr auch etwas stand, das nicht so harmlos war wie eine Kuh. Es war etwas, dessen mahlende Zähne es auf ihre Nelken abgesehen hatten und dessen Kiefer nicht aufhören würden zu mahlen und zu schlingen, auch wenn ihm der rote Saft schon lange aus den Lefzen lief.

Wie sie in das Auto gekommen war, wußte sie hinterher nicht mehr. Sie wußte nur noch, daß es ganz harmlos angefangen hatte, und sie drückte ihre Nelken fest an sich.

Sie lehnte sich gegen die hölzerne Rückwand des Bettes und zog die Beine unter der Decke an, wie sie es oft machte, wenn sie lange genug vergeblich versucht hatte einzuschlafen. So saß sie und sah in jene Nacht zurück, in der es angefangen hatte.

Die Erwartung und der Schmerz hatten sie am Schlafen gehindert. Die Erwartung auf das Ende des Wartens hielt sie wach. Je länger die Nacht dauerte, desto weniger verstand sie, was sich am Tage abgespielt hatte, und desto mehr fürchtete sie sich vor dem Morgengrauen.

Der Schmerz zog ihr den Unterleib zusammen. Verfrüht kündigte sich die Periode an. Die heftige körperliche Reaktion auf die Anspannung der letzen Tage lenkte sie von dem, was kommen mußte, ab. Sobald die Schmerzwelle abebbte, kroch ihr Bewußtsein aus der Höhle des Bauches dem neuen Tag entgegen.

Um sechs Uhr würden sie aufstehen, um sieben stand das Kindergesicht am Gartenzaun. Wenn es zu keiner Einigung gekommen sei, dann sei seine Einheit jetzt bereits an der Front, hatte er gesagt, als sie sich auszog. Er sagte nicht an der Grenze. Schon war es selbstverständlich für ihn, von Front zu reden.

Wie er dann seine Leute finde, fragte sie ihn.

»Kein Problem«, antwortete er. »Die werden ja erst mal an der Grenze einquartiert, wir sind nicht die erste Linie.«

Nicht die erste Linie, dachte sie, während sie die Strümpfe über die Stuhllehne hing.

»Jede Kommandantur reicht mich weiter. Das Militär ist eine geordnete Welt. Da geht keiner verloren. Wo das Militär das Sagen hat, ist alles Zivile zweitrangig.« Er sagte diese befremdlichen Sätze mit einem beträchtlichen Widerwillen.

Der frühe Aufbruch – oder war es schon der Krieg – stand zwischen ihnen und blieb da stehen.

Diese Nacht, das wußte sie schon, als sie das braune Spitzenkleid auf den Bügel hängte, war nicht vergleichbar mit der mittäglichen Teestunde auf ihrem Zimmer, wie sie es für den Rest der Familie genannt hatten oder mit den Nächten, als er aus Ernsts Zimmer zu ihr herübergeschlichen war. Das war ein Kichern und Küssen, ein Schäkern und Schwatzen und vieles mehr gewesen und wollte nicht enden und immer wieder anfangen. Das drehte, wendete und umschlang, lockte und reizte, erfüllte und durchdrang den Körper und alles, was ihn belebte und beseelte, bis auf den Grund.

Jetzt fröstelte es sie unter der Decke, und sie versuchte vergeblich sich an dem Körper, der den ihren umschlang, zu wärmen. Die kalte Nervosität und Angst, die sich in ihr zusammengeklumpt hatte, wurde kälter und schwerer und biß sich ihr schließlich als Schmerz im Unterleib fest.

Seine Wärme war da, aber so weit weg, sie erreichte sie nicht. Seine Hände wanderten zärtlich über sie hin, aber sie konnten den kalten schmerzenden Kloß in ihr nicht zum Schmelzen bringen. Und je länger sie sich dem kalten Kloß ausgeliefert fühlte, desto leichter und kühler wurden seine Finger auf ihrer Haut.

Vielleicht nahmen seine Finger schon Abschied von ihr, suchten unbewußt nach dem blanken Griff der Pistole, um sich zu schützen.

Als er über ihr Gesicht strich und die Tränen spürte, schloß er sie sehr fest in den Arm, und so lagen sie lange, reglos umschlungen, und langsam löste sich alles Kalte und Harte in warmen Wellen von Schmerz.

Er konnte zart sein und sich Zeit lassen, und das war es, wofür sie ihn liebte, was ihn mit ihr verband über alle Worte und alles Lachen hinaus. Bis an mein seliges Ende, hatte sie nach der dritten Nacht gedacht. Jetzt dachte sie an nichts anderes als sein Ende. Das jähe, blutige, im Straßengraben, hinter einer gesplitterten Windschutzscheibe, unter dem Rasseln einer Panzerkette, und immer noch lief ihm das Blut aus dem Mund.

Dann lag er ihr schräg gegenüber im anderen Bett an der Wand. Sein Atem ging gleichmäßig leicht. Er schlief den Schlaf des Gerechten, als erwarte ihn nicht morgens um sieben das übernächtigte Kindergesicht. Schließlich mußte sie ihn sogar wecken. Als er auf der Bettkante saß und ihr übernächtigtes Gesicht sah, mußte er lächeln.

»Ich kann überall und immer schlafen«, sagte er, »und das ist sehr wichtig. Es ist natürlich immer da, irgendwo im Hinterkopf oder vielleicht auch im Bauch. Wie ein Wachhund, der beim leisesten Geräusch anschlägt. Das lernst du beim Militär. Aus dem Schlaf heraus aufspringen und nach dem Gewehr greifen. Im Feld lernst du aber auch, wie wichtig schlafen ist. Sonst machst du dich verrückt. Und mehr als einer ist es ja auch geworden. Schlaf ist wichtiger noch als Essen, jedenfalls für mich. Und hier«, sagte er lächelnd, »ist es ja absolut ruhig und sicher. Und das ist die Hauptsache. Man braucht nicht einmal eine Wache vor dem Haus.«

Sie dachte an das Kindergesicht. Solche Burschen waren wahrscheinlich die Wache vor dem Haus. Der Gedanke hatte etwas Beunruhigendes.

Es war gut, daß er das gesagt hat, dachte sie, als sie den Kaffee aufgoß und das Frühstück herrichtete. Es war keine Gleichgültigkeit ihr gegenüber, daß er von einem Augenblick zum anderen in so tiefen Schlaf versinken konnte neben ihr, während sie sich den Kopf zergrübelte. Dann aber hieß es doch auch, daß er schon weit weg war, daß er sie schon verlassen hatte, innerlich, schon den nächsten Abend vor Augen hatte, irgendwo in einer Kaserne oder auf freiem Feld. Daß der Wachhund dauernd die Ohren spitzte und darauf gefaßt war, anzuschlagen.

Als sie einander am Frühstück gegenübersaßen und er die Spiegeleier, die er sich gewünscht hatte, mit Bedacht und Genuß vertilgte, war ihr das wieder äußerst befremdlich. Sie selber brachte keinen Bissen hinunter.

»So gut habe ich schon lange nicht mehr gefrühstückt«, sagte er und lehnte sich für einen Augenblick genüßlich zurück, »und es wird eine ganze Weile dauern, bis mir das wieder vergönnt ist.«

Sie schaltete das Radio ein für die Nachrichten.

»Nach langem, harten Ringen sind sich die vier Staatsmänner in München einig geworden. Der Führer hat in hartem Kampf das Recht der Deutschen durchgesetzt. Das Sudetenland wird von der Tschechoslowakei abgetrennt und kehrt heim ins Reich. Der Jubel des Volkes ist unbeschreiblich.«

Sie stellte das Radio ab und sah ihn an.

»Ah«, sagte er tief erleichtert, »na endlich. So mußte es kommen. Ich hab es doch gewußt. Er geht bis an den Rand. Er wagt das Äußerste. Ein Frontsoldat aber fängt nie einen Krieg an.« Er sprang auf und schloß sie in die Arme. »Jetzt machen wir unser nettes kleines Manöverchen zu Ende, und dann leben wir! Wir leben, was das Zeug hält!«

Etwas in ihr erstarrte. Vielleicht hockte da auch ein kleiner Wachhund auf der Lauer, der in ihre Erleichterung hineinkläffte. Sie war zu müde, zu erschöpft, um sich freuen zu können. Außerdem half die Tablette überhaupt nichts gegen das Bauchweh, aber das brauchte er nicht zu wissen.

»Ja«, sagte sie ein wenig lahm, »jetzt ist es vorbei.«

Der kleine Kläffer fuhr wieder dazwischen. Es ist überhaupt nicht vorbei, vielleicht muß man als nächstes die Deutschen vom Nordpol oder aus der Sahara retten. Und dann rollen deutsche Panzer in der Wüste herum in großen Kreisen, Platz gibt es ja da genug, und sie rollen herum, bis ihnen das Benzin ausgeht, und dann kommt der Feind. Quatsch. Was für ein Feind? In der Wüste gibt es keinen Feind, außer ein paar Schakalen. Der Kläffer grinste. Wart's ab.

Er ging ans Fenster, am Zaun stand bereits das Auto. »Der Bruno wird noch nichts wissen von seinem Glück, und er wird es auch gar nicht begreifen«, sagte er nachdenklich. »Mit solchen Milchgesichtern wollen sie Krieg führen. Aber es hat sich jetzt ausgerasselt mit dem Säbel. Der Bruno geht wieder hübsch in seine Handelsschule und lernt etwas Gescheites über die sudetendeutsche Textilindustrie.« Der Gedanke schien ihn sehr zu befriedigen.

»Das ist wirklich noch ein Bub«, sagte sie, weil ihr nichts anderes einfiel.

»Aber Autofahren kann er«, erwiderte der Karl anerkennend. »Du hast recht, der gehört nicht in die Kaserne. Die bleibt jetzt den altgedienten Haudegen. Und die Jungen sollen erst mal was Gescheites lernen.«

Merkwürdig, dachte sie, er ist vom Scheitel bis zur Sohle ein Lehrer. Und ein überzeugter Soldat. Aber er haßt den Krieg, und will jeden Soldaten erst mal auf die Schule schicken. Wie paßt denn das zusammen? Einerseits imponiert ihm das Durchorganisierte am Militär, das liegt ihm, und er ist dafür, daß jeder junge Mann zum Militär muß, schon aus erzieherischen Gründen. Andererseits möchte er den Bruno so schnell wie möglich auf die Handelsakademie schicken.

Sie sah ihn sich an, wie er da in seiner feldgrauen Uniform am Fenster lehnte und ihr erzählte, wie der Bruno geheult habe, tagelang, als seine Freundin ihm den Laufpaß gegeben habe. Er sei natürlich das Gespött der Kompanie gewesen. Tränen beim Militär und dann noch wegen einer Frau. Das sei natürlich das Letzte. Da habe er sich seiner angenommen und ihn zum Fahrer ernannt. Da seien die anderen erstmal gelb geworden vor Neid, weil der Bruno statt Waffen putzen zu müssen in der Gegend herumfahren könne. Den Bruno habe das dermaßen aufgebaut, daß er nicht mehr andauernd unter Tränen von seiner Irmgard reden müsse.

»Ja, und heut bilden wir mal ein Karree und ganz besonders zackig, da werde ich die Oberspöttler ein bißchen zusammenstauchen, dann klappt der Laden wieder.« Er schien sich geradezu auf die Kaserne zu freuen, jetzt, wo es nicht mehr in den Krieg ging.

Sie wollte nicht mit an das Auto gehen. Er bat sie darum. Sie wußte, daß sie wieder in Tränen ausbrechen und er das nicht verstehen würde, jetzt, wo doch alles vorbei war und alle Leute glücklich und zufrieden sein konnten.

Sie ging mit. Wenn sie heulte, würde es den Bruno nicht genieren, der hatte ja selber nahe am Wasser gebaut. Aber dann war Karl so unbekümmert, schlug dem Bruno auf die Schulter, der hatte ja nur noch drei Wochen, und dann ging es ab vom Militär. Beide waren so erleichtert und vergnügt, daß sie lächelnd dabeistand und den Abschied mit Anstand hinter sich brachte.

Dann saß sie in der Küche und wußte nicht, was tun. Da stand das gebrauchte Geschirr und die Pfanne auf dem Herd, im Schlafzimmer der Mutter lag die Wäsche, und eigentlich hatte sie heute zwei Fenster putzen wollen. Sie war froh, als die Mutter rief und sie durchs Haus kommandierte.

Tagelang ging sie durch das Haus, und wollte mit nichts und niemand etwas zu tun haben. Es kamen aber Nachbarn und Verwandte, weil sie ja geheiratet hatte, und brachten Geschenke. Sie bedeutete ihnen, daß das zu früh sei und das Fest ja im November stattfinden werde.

Die erste, die die Bemerkung fallen ließ, daß sich das Fest nun nicht mehr lohne, war Schwägerin Käthe. Sie fuhr ihr über den Mund. Als hätte man sich schon darauf geeinigt, daß es kein Fest geben würde und das eben ihre Hochzeit gewesen sei, so strömten die Leute herbei. Und da man natürlich bei einem Fest ganz anders zu Geschenken verpflichtet ist, schien es den meisten trotz aller bedauernden Bemerkungen sogar recht zu sein. Jetzt ärgerte sie sich, daß sie nicht gleich reagiert hatte und lange Tage damit vergeudet hatte, sich gehen zu lassen.

Eines Abends erschien Hans und teilte mit, der Lindenwirt habe ihn gefragt, ob der Hochzeitstermin eigentlich noch gelte, seine Schwester habe doch schon geheiratet. Da habe er geantwortet, daß wisse er auch nicht so recht. »Und als der Wirt gesagt hat, ›Weißt, jetzt wo der Vorsitzende des Liederkranzes gestorben ist, wollen die das Stiftungsfest um vier Wochen verschieben, weil man ja kurz nach der Leichenrede nicht gleich wieder feiern kann‹, da hat mir das eingeleuchtet«, sagte der Hans.

»Und was hast du ihm geantwortet?« fragte sie scharf.

»Na ja, daß ich auch denke, so lange hinterher ein Fest zu machen, das lohne sich doch nicht mehr.«

»Und da hat er natürlich gleich dem Liederkranz Bescheid gesagt«, fauchte sie ihn an.

»Das kann schon sein«, antwortete der Hans seelenruhig, »aber ich hab ihm gesagt, ich frag lieber noch mal.«

»Und wann hast du mit ihm geredet?«

Der Hans mußte sich besinnen. »Na, eine Woche kann es schon her sein, vielleicht.«

Sie sah die Mutter an und die Bertl. Die Käthe brauchte sie nicht zu fragen, was die dachte, war ihr ja sattsam bekannt. Und den Rudolf erst recht nicht. Der dachte sowieso, was die Käthe dachte.

Die anderen hatten die Zeit offenbar für sich genutzt. Man hatte sich schon lange darauf geeinigt, das Fest stillschweigend zu sabotieren. Daß es einen Wald kosten würde, hatte man ihr oft genug vorgehalten. Wenn man das Fest platzen ließ, mußte man nur für ihre Aussteuer aufkommen, das kostete weit weniger.

Sie war einunddreißig Jahre alt. Seit sie laufen konnte, hatte sie in diesem Haus für alle anderen gearbeitet. Seit sie vierzehn Jahre alt war, hatte sie einen Haushalt mit zehn Personen geführt, sechzehn Jahre hatte sie die Mutter versorgt und gepflegt, und das alles ohne jemals einen Pfennig dafür zu bekommen.

Über ihre Altersversorgung hatte man sich zum ersten Mal Gedanken gemacht, als sie beschlossen hatte zu heiraten. Und dann nur aus Angst, man könnte die Gratispflegerin verlieren. Und weil einem sonst nichts einfiel, um sie vom Heiraten abzuhalten, hatte man sie ausführlich vor der Heirat mit einem geschiedenen Mann gewarnt, der eventuell nicht im ausreichenden Maße für die Alterssicherung aufkommen konnte.

Und hier stand sie nun mit der Kaffeekanne und bediente sie noch immer. Der Hans und der Rudolf zeigten wenigstens eine gewisse Verlegenheit bei dem abgekarteten Handel, aber die beiden Weibsbilder spielten die Unschuld selbst und fanden, da gäbe es doch nun wirklich kein Problem. Und mit Geschenken habe man sich doch nicht lumpen lassen, es sei doch alles in bester Ordnung.

»Klar, daß ihr zu bestimmen habt, wann und wie ich heirate, und das hinter meinem Rücken. Damit ihr den Daumen auf dem Geld habt, das euren Männern gar nicht gehört und euch schon zweimal nicht«, sagte sie kalt. »Aber es hat sich ausbestimmt. Eins sag ich euch, wenn das, was ich mir für die Aussteuer gekauft habe und noch kaufen werde, nicht pünktlich bezahlt wird, geht mein Mann zum Rechtsanwalt. Der macht euch dann die Rechnung auf, was eine Haushälterin und Pflegerin für siebzehn Jahre als Lohn bekommen muß. Auf was sie einen rechtlichen Anspruch hat.« Sie sah, wie die Gesichter der Schwägerinnen lang und länger wurden.

»So ein Prozeß kann sich hinziehen und ganz schön lang für dich werden«, warf ihr die Käthe hin.

»Verlaß dich mal nicht drauf«, antwortete sie ihr. »Der Karl kennt den einen oder anderen Herrn von Einfluß. Und die Anwaltskosten, die müßt ihr dann auch noch bezahlen, das versteht sich von selbst.«

»Das ist ja unerhört«, keifte die Käthe.

»Das ist mein Recht«, sagte sie nur, »das in diesem Haus seit Jahr und Tag mit Füßen getreten wird. Und die nächste Kanne Kaffee könnt ihr euch auch selber kochen. Das Bedientwerden zum Nulltarif hat endlich ein Ende.«

Sie band sich die Schürze auf und knallte sie auf das Sofa. Sie hatte an diesem Sonntag mit Absicht ihr Verlobungs- und Hochzeitskleid und die goldene Kette angezogen und sie wußte, daß sie gut darin aussah.

»Aha, jetzt spielt sie die feine Madame, die hast du ja immer schon spielen wollen«, sagte die Bertl gehässig.

»Ich hab euch lang genug den Haustrampel gemacht. Jetzt ist Schluß«, sagte sie und knallte hinter sich die Türe zu.

So wie sie war, verließ sie das Haus und machte sich auf den Weg Richtung Wald davon. Sie hatte das nervöse Husten der Mutter nebenan wohl gehört. Sollten sie sich kümmern müssen. Sollten sie sich einmal darum kümmern müssen, die Herren Brüder, denen so gar nichts zu den Sticheleien ihrer geldversessenen Weibsbilder einfiel.

Der Karl begriff gar nicht, um was es ihr ging. Ja, das Fest war ihr wichtig, aber dann, sie waren ja verheiratet, und das war die Hauptsache, und außerdem war es jetzt tatsächlich schon eine ganze Weile her. Das mußte sie wissen, ob ihr das einen großen Streit wert war, ihm war es recht, wie sie es wollte.

Das war auch nur lauwarm. Sie hatte sie alle satt. Sie würde ihre Kisten packen und wegziehen.

Die einzige, um die es ihr leid tat, war die Anna. Wenigstens auf ihre Schwester war Verlaß und auf das Klärle. Mehr ist den Menschen wohl auf dieser Welt nicht vergönnt, dachte sie bitter. Man muß schon froh sein, wenn man eine Schwester hat, auf die man sich verlassen kann, und eine Freundin.

Dann aber wollte es ihr wieder nicht in den Kopf, daß die Brüder sich derartig unter die Pantoffeln dieser Weibsbilder begeben hatten. Bis sie begriff, daß auch das nur ein Vorwand war. Es ging allen Beteiligten um das Gleiche. Sie war ihnen keine müde Mark mehr wert als das, was unbedingt sein mußte.

Sie war selbst schuld. Sie hätte nicht so lange vor dem Radio sitzen und sich anhören sollen, daß jedes einzelne Haus in Graslitz mit Hakenkreuzflaggen geschmückt sei, nicht ein einziges stehe ohne Schmuck da, in dem Lande, das von Adolf Hitler befreit worden sei. Und nie mehr werde es zum Krieg kommen können zwischen England und Deutschland.

Vielleicht waren es nicht die Fahnen gewesen, auch nicht die Zahlenkolonnen über Stahl- und Elektrizitätswerke, über Fabriken und Eisenbahnknotenpunkte, die jetzt dem deutschen

Reich eingegliedert werden würden, die sie vor dem Radio hielten. Vielleicht hatte sie nur immer wieder den Satz hören wollen: »Der Führer hat aller Welt gezeigt, daß er den Frieden will, es wird nie wieder Krieg geben mit England.«

Sie verstand es selber nicht mehr so recht, wieso sie tagelang so erschöpft und apathisch und dann auf einmal so gierig auf die neuen Nachrichten gewesen war. Auf was wartete sie denn? Hatte sich nicht alles aufs Herrlichste erfüllt, wie die Nachrichtensprecher jubelten, wie das Volk die Straßen entlang jubelte, wie alle Welt jubelte? Warum glaubte sie es immer noch nicht?

Wie hatte die Lotte höhnisch zu ihr gesagt, als sie sie auf der Straße traf? »Was soll jetzt noch eine Hochzeit, das war doch klar, daß der Führer erreicht, was er erreichen will, ein bißchen Gottvertrauen braucht es halt schon. Aber du hast ja auf Nummer sicher gehen müssen. Hättest es halt nicht eilig haben sollen. Aber du hast schon immer aus jeder Mücke einen Elefanten gemacht.«

Alle waren sie vor ihren Radios gesessen und hatten von nichts anderem als vom Krieg geredet. Wer schon fort mußte und wann es losging. Und jetzt war alles auf einmal immer schon ganz harmlos gewesen.

Genau am sechsten November, an dem Tag, an dem sie hatte feiern wollen, wollte sie umziehen.

Schon vier Tage vorher waren Kartons und Kisten gepackt. Sie stapelten sich im Hausflur und in Adolfs Zimmer. Der schickte ihr eine Karte aus Hamburg und wünschte ihr zum Umzug alles Gute. Die Mutter hatte jedes Leintuch, jedes Tischtuch, jede Kristallschale und jeden Silberlöffel begutachtet. Sie hatte sogar mit unbewegter Miene beim Einwickeln des Bestecks und Porzellans geholfen, solange sie konnte.

Sie mußte sich reihum verabschieden. Sie tat es überall, nur nicht bei den Schwägerinnen. Immer, wenn sie aus einem der Nachbarhäuser den Schlechtenfeldweg herunter und auf den wohlbekannten Gartenzaun zuging, war das ein wenig beklemmend. Was ist, dachte sie, Vogel friß oder stirb. Endlich geht die Tür des Käfigs auf, und jetzt willst du nicht hinaus.

Dann wieder, wenn sie der Mutter einen geschlagenen Tag lang nichts recht machen konnte, setzte sie sich auf eine ihrer Kisten und stellte sich vor, wie sie alles auspacken und einräumen würde. Die Tassen und das Besteck, den Nähkorb und den neuen Morgenmantel. Den alten ließ sie hängen, das war am bequemsten so. In solchen Augenblicken konnte sie es kaum erwarten, bis es soweit war.

Wenn aber dann die Anna kam, war die Freude schnell verflogen. Jetzt blieb ja alles an der Schwester hängen. Und sie war ganz allein damit. Die Anna sah sie nur an, wenn sie da auf einer ihrer Kisten saß, und sagte nichts. Es gab ja auch nichts zu sagen.

»Ich geh ja nicht wirklich«, versuchte sie sie zu trösten. »Und weit weg ist es sowieso nicht. Nicht einmal eine Stunde mit dem Bus. Wenn etwas ist, komme ich sofort.«

Als sie es das fünfte Mal gesagt hatte, antwortete die Anna lakonisch: »Eine Weile vielleicht. Dann wirst du Kinder haben. Dann kannst du nicht mehr weg.«

»Wir werden sehen«, sagte sie kleinlaut. Sie traute sich nicht zu sagen, ewig wird sie es ja auch nicht mehr machen. Aber dann, das war ja auch kein Trost für die Anna. Das hieß ja, daß sie dann ganz allein war.

Neustadt. Der Umzug nach Neustadt. Wie weit weg das jetzt alles war.

Gestern hatte der Wanger Ottl zur Anna gesagt: »Es geht nicht mehr lange, dann seid ihr die Franzosen los. Die meisten werden abgezogen und verlegt. Vielleicht habt ihr Glück, und die euren sind auch dabei.«

Dann hieß es erst einmal ausmisten. Leere Flaschen und Fleischbüchsen in den Müll befördern. Mit dem Glaser verhandeln, daß er die Fensterscheibe ordentlich zusammenflickte. Die Böden mußten geschrubbt, die in Fetzen hängenden Tapeten notdürftig wieder angeklebt werden.

In der Truhe auf der Bühne mußte es noch ein paar Tapetenrollen geben. Wahrscheinlich waren es Reste aus verschiedenen Zimmern, die nicht zueinander paßten. Da mußte man sich irgendwie behelfen. Und das neu eingesetzte Stück war natürlich weder so ausgebleicht noch so schmuddlig wie die Tapetenreste an der Wand mit ihren Rotwein- und Fettflecken. Wo der Schrank hinkam, mußte man ja nicht gleich alles neu machen. Der hielt auch die unterschiedlichen Farbschattierungen auseinander.

So, wie es gewesen war, würde das Zimmer ohnehin nicht mehr werden. Aber es war dann immerhin wieder ihr Zimmer. Und es blieb trotz allem das Zimmer, in dem die Mutter gestorben war und in dem sie ihre Kinder geboren hatte. Und es blieb nachts ruhig. Niemand knallte mehr eine Flasche an die Wand oder klimperte auf dem Akkordeon herum »Wie einst Lili Marleen« und fiel immer an der gleichen Stelle aus dem Rhythmus heraus. So daß man schon deshalb nicht mehr einschlafen konnte, weil man zwanghaft auf diese Stelle wartete.

Sie wollte sich keine Hoffnung machen auf den baldigen Abzug der Soldaten da oben. Trotzdem war sie gestern schon ganz aufgeregt gewesen. Endlich heraus aus diesem vollgestopften Zimmer, wo zwei erwachsene Frauen und zwei kleine Kinder mit Sack und Pack zusammengepfercht waren.

Wenn der Karl jetzt kam, hatte er sowieso keine Chance. Da lief er den Franzosen direkt in die Arme. Und seit der Geschichte mit dem Burger hatten sie alle Blut geleckt.

Der Fabrikant Kühn, der so gern mit der SS-Standarte an seinem Mercedes durch den Ort gefahren war, der hatte sich rechtzeitig in Richtung Alpenfestung abgesetzt, wie es hieß. Den konnten sie nicht mehr in einem Saugatter durch die Straßen ziehen, wie es der Bilger Bertl gefordert hatte. Da stürzten sie sich auf Burger, den Direktor der Stadtwerke, weil sie nun einmal einen Nazi zum Abrechnen haben wollten.

Der Burger war ein Nazi, aber das waren viele andere auch. Er habe die Stadtwerke in die Luft sprengen wollen, hieß es. Er hatte es aber nicht getan. Es gab keine Verhandlungen, es gab stattdessen einen Schandmarsch. Der Burger mußte mit gefesselten Händen durch die Straßen ziehen und mit einem Schild mit der Aufschrift: »Ich bin der Kriegsverbrecher Nummer 2 in Sontheim«.

Der Bilger Ottl ging mit der Schelle voran, der Haug Christl und der Kramer Matteis folgten als Wache. Auf dem Marktplatz stürzte sich ein Mann mit einer Gartenhacke auf ihn. Er hob die gefesselten Hände vor das Gesicht. In der Nacht hat er sich in der Arrestzelle des Rathauses umgebracht.

Wenn der Karl jetzt kommt, läuft er ihnen in die Arme, dachte sie. Sobald er das Haus betritt, verhaften ihn die französischen Soldaten. Er war sechs Jahre im Krieg. Es wird ihm nichts nützen. Er war ein Mitglied der Kreisleitung, war zwei- oder dreimal in der Villa Kühn zu Gast. Das genügt. Er wird der Kriegsverbrecher Nummer 3 in Sontheim. Wenn er morgen kommt, führen sie ihn vielleicht durch die Straßen wie den Burger. Wenn er in drei Wochen kommt, sperren sie ihn vielleicht ins Gefängnis.

Neustadt, wo sie mit ihm gewohnt hat, in der gleichen Straße, in der seine Schule und das Gebäude der Kreisleitung standen, Neustadt war weit. Sie sah sich wieder auf einer ihrer Kisten sitzen, finster entschlossen, ihm nach Neustadt in ein anderes, neues Leben zu folgen. Sie sah sich auf ihrer Kiste sitzen, wie man ein vergilbtes Tanzstundenbild anschaut. Und den Weltschmerz belächelt, der einen wegen eines halbgaren Jüngelchens heimgesucht hat.

Alles hatte der Krieg verschlungen, die Kisten samt ihrem Silber und Porzellan, den Mann, die Brüder, das neue, das andere Leben. Was war geblieben? Ein Zimmer in dem alten Haus, zwei hungrige Kinder und ihre Schwester, die unermüdlich arbeitete, um sie satt zu bekommen.

Oben wurde unter dröhnendem Gelächter die Tür aufgerissen. Man polterte die Treppe herunter, rumpelte gegen ihre Zimmerwand und knallte schließlich die Haustüre zu. Sie fuhr zusammen. Es erschien ihr ganz unvorstellbar, daß sie die Fleischbüchsen, die Karabiner, die zerrissenen Uniformjacken, die Stiefel und die Weinflaschen jemals los werden würde.

Seit wieviel Nächten saß sie stundenlang im Bett, von der Randale über ihrem Kopf um den Schlaf gebracht? Wieviel endlose Nächte würde es noch gehen?

Frieden ist, wenn man ungestört in seinem eigenen Bett schlafen kann. Die ganze lange Nacht hindurch.